AU SUJET DE CE LIVRE

Depuis qu'Angie Russo s'est réveillée après une querelle presque fatale avec une cafetière, elle est capable de parler avec — et encore pire, de comprendre — un chat tigré trop gâté nommé Octavius.

LES ENQUÊTES DE LA CHUCHOTEUSE

TOMES 1 - 3

MOLLY FITZ

MINOU MYSTÉRIEUX

Rédactrice : Megan Harris
Traductrice : Suzanne Voogd
Correctrices : Jasmine Jordan et Alice Shepherd
Design de couverture : Lou Harper, Cover Affairs

Minou Mystérieux
PO Box 873543
Wasilla, AK 99687

REMARQUE DE L'AUTRICE

Bonjour, merci d'avoir choisi ce livre ! Si vous aimez autant que moi les *cozy mysteries* qui font rire, nous allons bien nous entendre.

Pour commencer, j'aimerais vous inviter sur ma page Facebook dédiée exclusivement à mon lectorat francophone. Vous pouvez le faire ici :

facebook.com/lapilealire

Et vous pouvez également vous inscrire à ma newsletter pour recevoir un cadeau numérique gratuit comprenant une histoire exclusive au sujet d'Octo-Chat que je réserve à mes abonnés:

minoumystérieux.com/abonnez

Nous allons bien nous amuser ensemble. Tout commence en tournant la première page…

On se revoit de l'autre côté,

MOLLY

MINOU MYSTÉRIEUX

J'étais juste une personne normale d'une vingtaine d'années avec sept diplômes différents et aucune idée de ce que je voulais faire dans la vie. Tout a changé quand je suis morte… Enfin, presque.

Comme si une expérience de mort imminente à cause d'une vieille cafetière n'était pas assez gênante, je me suis réveillée en découvrant que je savais parler aux animaux. Ou plutôt, à un animal en particulier.

Il s'appelle Octavius Maxwell Ricardo Edmund Frederick Fulton, mais comme c'est bien trop long, j'ai pris l'habitude de l'appeler Octo-Chat. Il parle si vite qu'il est parfois difficile à comprendre, mais il semble vouloir me dire que son ancienne propriétaire n'est pas morte de cause naturelle, contrairement à ce que croit tout le monde.

Bon, on dirait bien que je n'ai plus le choix : apparemment, ma vocation est d'être la première détective privée chuchotant à l'oreille des animaux de Blueberry Bay... sous couverture de mon travail d'assistante juridique chez Fulton, Thompson & Associés. Je n'ai qu'une seule question : *comment faisait le Docteur Dolittle pour donner l'impression que c'était aussi facile ?*

CHAPITRE 1

La première chose que vous devez savoir sur moi, c'est que je déteste les avocats. La deuxième est que je travaille pour eux.

Je n'avais pas prévu ça. Pas du tout.

J'allais être une star internationale et quitter Blueberry Bay sans même un coup d'œil en arrière. Le problème avec ce plan était que, eh bien, il fallait du talent pour être une star… et je n'en ai jamais eu beaucoup. En tout cas, je ne l'avais pas découvert.

Pour l'instant.

Quand l'agence d'intérim m'a envoyée travailler en tant que nouvelle assistante juridique chez Fulton, Thompson et Associés, j'ai presque refusé. Mais ensuite, j'ai vu l'argent que cela représentait et je me suis souvenue que le loyer est une chose qui existe.

Et me voilà faisant le nécessaire tout en continuant mon chemin compliqué vers la célébrité, éliminant un par un tous les talents possibles. Si je continuais assez longtemps, j'allais finir par trouver ma véritable vocation, c'était logique. Qui sait? Je pourrais être la meilleure jodleuse hip-hop au monde…

Sauf que j'ai déjà essayé ça et je ne le suis pas.

Ce n'est pas grave, vraiment. Je profite de mon parcours, même si j'aimerais que la destination se dépêche d'arriver.

Salut, je m'appelle Angie Russo et un jour, vous verrez mon nom en haut d'une affiche.

Voyez-vous, ma grand-mère était autrefois une actrice célèbre de Broadway. En tout cas, jusqu'à ce qu'elle arrête au sommet de sa carrière pour aller vivre à Glendale, dans le Maine, et élever sa famille.

Avant que vous posiez la question, non, je ne sais pas chanter, danser, ou jouer, mais Mamie m'assure que j'ai le pouvoir d'être une star dans le sang. Tout comme elle et tout comme ma mère.

Ah oui, vous connaissez sans doute ma mère. C'est la présentatrice du JT sur la septième chaîne et mon père est leur journaliste sportif. Étant donné qu'ils sont très branchés carrière, c'est Mamie qui s'est chargée de m'élever… et ça me convenait très bien.

En fait, je vivrais encore chez elle maintenant si elle ne m'avait pas doucement poussée du nid en me disant qu'il était temps de m'envoler.

C'était il y a environ un an, peu après que je reçoive mon septième diplôme de premier cycle universitaire de Blueberry Bay Community College. Oui, j'ai effectivement toujours aimé apprendre.

Au moins, Dieu m'a rendu service en me rendant intelligente, même s'Il a bien caché mes talents uniques. En fait, un de mes diplômes est dans l'assistance juridique et les services administratifs, un étrange objet d'études pour quelqu'un qui déteste les avocats autant que moi.

Mais cette histoire sera pour un autre jour…

Voici d'abord l'histoire expliquant comment j'ai failli mourir. Et elle est bonne.

* * *

J'ai commencé ma journée en reniflant deux vestons afin de choisir le plus propre pour la lecture d'un testament au bureau. Les deux avaient une vague odeur de transpiration et de chaussures de sport, ce qui voulait dire que j'allais encore recevoir une remarque sévère de la part des avocats. D'un autre côté, c'était sans doute précisément ce que je méritais pour avoir repoussé si longtemps un trajet au pressing.

Après avoir embrumé mon placard de déodorant jusqu'à en tousser, j'enlevai le veston rose fluo de son cintre et je passai les bras dans les manches. Un chemisier noir à pois blancs et un legging complétaient parfaitement la tenue. Parce que je n'avais pas le temps de me laver la tête ce matin-là, j'attachai mes cheveux volumineux en un chignon décontracté et j'ornai la coiffure d'une jolie barrette que j'avais achetée cette semaine dans mon magasin « tout à un euro » préféré.

Et avant que vous puissiez poser la question…

Non, je n'avais pas le temps d'aller au pressing.

Et oui, j'avais toujours le temps d'aller faire les magasins.

Ce matin-là, je n'avais le temps de faire ni l'un ni l'autre. En fait, j'avais passé tant de temps à hésiter pour choisir mon veston que je n'avais plus de temps du tout. Je n'étais déjà pas du matin, mais quand il fallait ajouter à cela une course précipitée pour me rendre à un travail que je n'aimais même pas…

Eh bien, je savais déjà que cette journée allait mal se passer.

Je filai hors de chez moi — sans être douchée, sans avoir mangé et sans avoir bu de café — en espérant au moins avoir de la chance et prendre tous les feux verts en chemin. À la place, le train le plus long au monde me coupa la route à moins de deux pâtés de maisons de chez moi. La voie ferrée longe la seule grande route qui dessert notre petite ville côtière et il est impossible d'atteindre le cabinet en prenant des petites routes. Je me suis donc retrouvée coincée quinze bonnes minutes à attendre dans une file de voitures klaxonnant furieusement.

Quand je suis enfin arrivée au bureau, j'étais la dernière à passer la porte et il nous restait moins de dix minutes avant le début de la lecture du testament. Tout espoir que j'avais de me faufiler à l'intérieur sans être remarquée fut anéanti.

— Russo ! hurla M. Thompson avant même que la porte se referme entièrement derrière moi.

Si vous imaginez un vieil homme blanc portant des mocassins et une lavallière, vous aurez une assez bonne idée de l'apparence de M. Thompson et une meilleure idée de sa façon d'être. C'était un avocat fantastique, mais pas un patron très plaisant.

Une épaisse veine charnue pulsait sur le côté de sa tête et je n'arrivais pas à en détourner le regard. Il pointa un doigt tremblant vers moi et me jeta un regard noir.

— En retard et vêtue comme si vous alliez à une fête dont le thème est les années 80 au lieu d'une lecture de testament. Non. Ça n'ira pas aujourd'hui. Allez voir si Peters a une veste que vous pouvez emprunter.

Il me fallut la force d'un millier de culturistes pour ne pas lever les yeux au ciel en m'éloignant pour trouver la seule avocate féminine de tout le cabinet.

Parce que nous partagions le même sexe, nous étions souvent groupées ensemble, mais Bethany Peters et moi étions très différentes. Elle était blonde et jolie et *avait l'air* d'être adorable également — sauf que c'était en réalité le plus grand requin de tous. Je suppose que c'était nécessaire pour être prise au sérieux dans un monde masculin.

Mais qu'est-ce que j'en savais ?

J'étais une simple secrétaire qui n'avait même pas envie d'être là.

Bethany me jeta un regard dédaigneux dès que j'entrai dans son bureau en me pinçant le nez. Voyez-vous, Bethany avait une obsession des huiles essentielles et elle en vendait même à ces fêtes ringardes en ligne auxquelles elle nous invitait environ une fois par mois. Je ne travaillais au cabinet que depuis quelques mois, mais j'avais déjà commandé plus de sels de bain à la lavande que nécessaire pour toute une vie.

Le jour de la lecture du testament, le bureau de Bethany empestait le genièvre et le citron, ce qui n'était certainement pas une de ses meilleures compositions. Malgré tout, quel que soit le mélange revigorant pour le pouvoir des femmes qu'elle essayait de concocter, j'espérais sincèrement que cela fonctionne pour elle.

— Laisse-moi deviner, dit-elle avec le ton condescendant qu'elle utilisait toujours quand elle s'adressait à moi ou à un des autres employés sans diplôme de droit. Fulton t'envoie pour m'emprunter une veste.

Un sourire s'étala sur mon visage.

— Thompson, à vrai dire.

J'avais peut-être l'esprit de contradiction, mais j'adorais lui donner tort, particulièrement quand une journée commençait aussi mal que celle-ci. C'était un petit cadeau magnifique.

— Ne peux-tu pas acheter des vêtements de travail plus appropriés au lieu de toujours emprunter les miens à la dernière minute ?

Elle soupira avant de marcher pesamment vers l'autre côté de la pièce, les bras ballants et avec de grands pas exagérés. Elle ressemblait à un gorille blond BCBG, mais je décidai de garder cette comparaison pour moi.

— Thompson... Fulton... Ils paniquent tous les deux aujourd'hui, me confia Bethany. Apparemment, la vieille dame décédée fait partie de la famille de Fulton.

J'écarquillai les yeux. C'était donc pour cela que tout le monde faisait autant d'histoires aujourd'hui.

— Comment le sais-tu ?

— Eh bien, pour commencer, son nom de famille est Fulton également.

Elle tapota sa tempe pour me montrer sa puissance cérébrale supérieure.

Je me tapai sur la tête en lui faisant une grimace. Maintenant, nous étions toutes deux des gorilles de bureau, et quel spectacle !

Bethany gloussa en me tendant le veston bleu marine le plus ennuyeux jamais créé sur cette terre.

— Essaie de tenir le coup pour la lecture du testament, d'accord ?

Je hochai la tête en échangeant les vestes. Celle-ci me pinçait au niveau des aisselles, mais j'évitai de me plaindre.

— Merci, maugréai-je en m'échappant tout juste du bureau de Bethany avant qu'elle puisse une fois de plus me rappeler qu'Emmaüs ou l'Armée du Salut étaient de bons endroits pour des vêtements correspondant à mon budget.

— Il vaut mieux enlever cette barrette ! cria-t-elle.

Mince, presque.

Mais comme Bethany avait tendance à être comme un chien avec un os quand elle avait une idée, je retirai mon joli petit accessoire en arrachant quelques cheveux. Je défis également le chignon et je me peignai rapidement les cheveux avec les doigts pour les rendre semi-présentables. Avec un peu de chance, ça allait suffire à contenter tout le monde.

— Angie, est-ce toi ? demanda M. Fulton, l'associé principal, depuis l'intérieur de la salle de conférence.

Pour une raison qui m'échappe, Thompson utilise toujours nos noms de famille et Fulton nos prénoms. C'était peut-être leur façon de jouer au gentil avocat, méchant avocat, ou alors ils aimaient nous forcer à rester sur le qui-vive.

J'affichai mon meilleur sourire. Après tout, ce type venait de perdre un membre de sa famille.

— Bonjour, monsieur. Puis-je faire quelque chose pour vous ?

Son regard s'attarda brièvement sur mon visage, puis il s'éclaircit la gorge et indiqua la vieille cafetière poussiéreuse dans un coin de la pièce.

— Il va nous falloir beaucoup de café et comme tu es un peu en retard ce matin, je crains qu'il n'y ait plus assez de temps pour courir en chercher au café. Il faudra utiliser notre cafetière de secours. Un café aussi fort que possible, s'il te plaît.

— Je m'en charge !

Nous n'utilisions pas très souvent la cafetière et ne la gardions vraiment que pour les urgences caféinées d'alerte rouge. Le fait que nous en ayons besoin maintenant n'était vraiment pas bon signe.

En fait, je n'avais jamais utilisé ce vieux machin. L'unique fois où j'en avais presque eu l'occasion, un interne était arrivé au bureau en portant un plateau de Starbucks et j'y avais donc échappé. Cette chose ancienne ne devait cependant pas être très difficile à comprendre. Après tout, j'avais sept diplômes différents.

M. Thompson, Bethany et quelques autres avocats entrèrent pendant que je trafiquais le porte-filtre qui refusait de s'aligner sur les rainures de la machine. Normalement, il n'y avait qu'un ou deux avocats présents à une lecture de testament, mais ils semblaient sortir le grand jeu pour celle-ci.

Était-ce simplement parce que la personne décédée faisait partie de la famille de l'un de nos associés ? Ou bien se passait-il autre chose ? Ma curiosité était soudain aiguisée.

En travaillant dans mon coin, j'entendis quelques bribes de conversation autour de la table de la salle de conférence. Nos discussions quotidiennes au cabinet étaient en général assez inintéressantes, mais tout semblait particulièrement croustillant aujourd'hui.

— Il est vrai que c'est une situation assez inhabituelle, dit Thompson le premier.

Plus tard, Fulton ajouta :

— Étant donné les modalités, je m'attends à ce que l'un des bénéficiaires conteste.

Un associé qui s'appelait Brad installa un magnétophone — oui, une autre relique qui vivait dans nos bureaux — et Bethany remua un tas de papiers.

Quand le porte-filtre se clipsa enfin à sa place, je laissai échapper un petit cri triomphal, m'attirant les regards désapprobateurs de mes collègues.

— Je reviens tout de suite, promis-je en filant le long de la foule grandissante avec le pot de café vide.

Une belle femme blonde portant un pull et un gilet assortis ainsi qu'un collier de perles m'arrêta avant que je puisse atteindre le robinet de la cuisine.

— Angie, je suis si contente de te voir !

Diane Fulton — l'épouse de M. Fulton — secoua la tête et fronça ses sourcils trop épilés.

— As-tu vu l'épisode d'hier soir ?

Même si Diane s'habille comme une snob aristo, c'est la personne la plus cool de cet endroit. Elle et moi avions toute une liste d'émissions de téléréalité que nous aimions regarder et dont on parlait quand elle passait au bureau pour venir déjeuner avec son mari.

Elle écarquilla les yeux en attendant ma réponse. J'étais peut-être arrivée en retard au travail, mais je n'étais jamais en retard sur les épisodes.

— J'ai eu du mal à croire qu'ils aient éliminé Trace, dis-je avec un soupir tragique en ouvrant le robinet. J'espère qu'il pourra quand même obtenir un contrat pour un disque après tout ça.

— Parlons-en plus tard, dit-elle en fronçant légèrement les sourcils. Je dois…

Elle indiqua la salle de conférence. Je me sentis très mal pour elle.

— J'ai appris. Mes condoléances. Vous, euh, vous n'étiez pas proches, si ?

Elle me fixa un moment comme si elle n'avait pas entendu la question. Ses boucles d'oreilles étaient si longues qu'elles touchèrent ses joues quand elle secoua la tête.

— Ethel était la grand-tante de Richard. Elle était très vieille et malade depuis longtemps. Je pense que nous nous attendions tous à ce qu'elle décède bientôt.

— Malgré tout, c'est nul.

Diane me fit un sourire poli avant de s'excuser.

Sérieusement ? Je n'avais pas trouvé mieux que *c'est nul* ?

Heureusement qu'aucun de mes diplômes n'était en psychologie. D'un autre côté, ce n'était peut-être pas une si mauvaise idée de reprendre les études. Après tout, l'école avait toujours été l'endroit où j'étais bien. C'est en partie la raison pour laquelle j'ai fini avec tant de diplômes.

Je revins avec une carafe pleine d'eau et un sachet de café moulu dont la date d'expiration était dépassée depuis l'année précédente, mais qui sentait encore bon, heureusement. Pendant ma très brève absence, la salle de réunion s'était encore remplie davantage. Les Fulton devaient être une grande famille. Ou alors grand-tante Ethel avait été une femme fortunée — et probablement généreuse.

M. Fulton me regarda en levant un sourcil interrogateur.

— C'est presque prêt, assurai-je en passant devant la salle pour me rendre à mon petit coin tranquille avec la cafetière.

Je remplis le réservoir d'eau aussi vite que possible, je versai quelques cuillerées de café dans le filtre et j'appuyai sur le gros bouton rouge pour lancer la préparation.

Il ne se passa rien.

Alors j'appuyai encore… et encore… et encore treize fois sans effet.

— Ça aiderait de la brancher, dit Bethany d'une voix assez forte pour que tout le monde l'entende et puisse rire à cause de mon incompétence pleine de bonnes intentions.

L'horreur !

Je passai la main derrière la machine jusqu'à trouver le câble. Tout le monde riait encore quand j'enfonçai le cordon dans la prise la plus proche…

D'abord, je sentis un petit picotement au bout de mes doigts, puis tout mon corps fut animé de douleur. Pendant environ deux fractions de seconde, je devins hyper consciente de ce qui m'entourait :

toutes les odeurs, les bruits, les sensations, même le goût de l'air dans cette pièce à ce moment-là. Les rires individuels se transformèrent en une exclamation collective.

Puis avec un *bzzzz* violent, tout disparut.

Je tombai sans connaissance sur le sol.

CHAPITRE 2

Je me réveillai sur le sol de la salle de conférence. C'était drôle, je ne me souvenais pas de m'être évanouie, et pourtant, me voilà.

Mon cœur battait à un million de kilomètres-heure, mais la plus grande partie de mon corps était devenue cotonneuse et parcourue de picotements. J'essayai de bouger les bras, mais ils semblèrent se contenter de rester étalés à mes côtés. Un par un, mes sens se remirent à fonctionner.

Pop !

Le hurlement de Mme Fulton fut la première chose que j'entendis, puis d'autres personnes dans la pièce se mirent à murmurer. Je reconnus certaines voix, mais d'autres m'étaient entièrement inconnues.

Bethany dit :

— Il est sans doute temps de nous débarrasser de cette vieille chose.

M. Fulton l'ignora en se précipitant vers moi.

— Angie... Angie...

Sa voix paniquée se rapprocha de moi.

— Est-ce que ça va ?

Pendant ce temps, M. Thompson marmonna quelque chose au sujet des responsabilités et de la compensation des travailleurs... exactement comme tous ceux qui le connaissaient s'y attendaient dans une telle situation.

J'essayais encore de me souvenir de ce qui était arrivé quand un poids inattendu se posa sur ma poitrine et m'empêcha de respirer. Une odeur de thon insupportable me monta aux narines, et cette intensité soudaine me fit tousser.

Une voix que je n'avais encore jamais entendue parla au-dessus de moi.

— Ça alors ! Celle-ci avait plus d'une vie, finalement. Les gens, *pouf*. Ils sont tellement fragiles.

— Oh, elle respire ! cria Diane.

— Bien sûr qu'elle respire, ma chérie, répondit son mari avec une trace de soulagement dans sa voix précédemment paniquée. Elle tousse également.

— Et moi qui pensais que le tour en voiture n'allait pas valoir le coup, intervint cette même voix inconnue avec un gloussement pas très amical. C'est le meilleur divertissement que j'ai eu de la semaine, haut la patte.

J'ouvris enfin les yeux et je découvris un regard ambré scintillant qui m'observait à quelques centimètres de là. Une seconde... pourquoi y avait-il un chat dans le bureau et pourquoi était-il sur moi ? Je luttai pour m'asseoir, mais mes membres étaient encore trop lourds pour que je les soulève.

— Oh, reprit cette voix traînante. Si tu voulais continuer à marcher, tu aurais sans doute dû atterrir sur tes pieds.

Je laissai échapper un grognement. Je sentais l'activité tout autour de moi, mais la seule chose que je voyais c'était ce foutu chat qui envahissait mon espace personnel.

— Qu'est-il arrivé? demandai-je avant de me remettre à tousser.

— Je crois que la cafetière t'a électrocutée quand tu as essayé de la brancher, révéla Diane.

Sa voix tremblante donnait l'impression qu'elle avait pleuré. Je me sentis très mal que ma maladresse l'affecte ainsi.

— Oh, mince. Celle-ci est encore plus stupide que la première. Il me tarde vraiment de vivre avec elle pendant que le reste de la famille trouve à qui me refourguer. Quel dommage. Ils ne reconnaissent pas l'excellence quand ils la voient.

Je gémis et j'essayai de lever la tête pour regarder autour de moi.

— Qui est-ce?

— C'est moi, Angie, dit Mme Fulton en serrant ma main dans la sienne. Tu m'as demandé ce qui est arrivé et je t'ai parlé de la cafetière.

— Non, le type qui vient de dire que nous étions stupides.

J'aurais aimé pouvoir m'asseoir afin de jeter un coup d'œil derrière ce chat irritant, mais il était la seule chose que je voyais. Bien sûr, j'avais beaucoup de questions au sujet de la cafetière et de la façon dont un si petit appareil ancien avait réussi à me faire tomber dans les pommes, mais le besoin d'identifier l'inconnu me pesait davantage.

Un ricanement cruel se fit entendre à côté.

— J'ai dit que tu étais stupide, parce que tu es stupide. La franchise est la meilleure philosophie, la vérité vous libère, et bla et bla et bla, et toutes les autres inepties que vous autres humains aimez dire.

J'aurais presque juré que cette étrange voix chantante venait du chat. Ma tête avait dû prendre un sacré coup en tombant.

Le chat se pencha si près de moi que ses moustaches chatouillaient mon visage. Ses yeux immenses et inquiétants s'agitaient fébrilement comme pour trouver une proie. J'espérais vraiment ne pas être cette proie. J'avais tout juste échappé à la cafetière. Si un être vivant cherchait aussi à me faire du mal aujourd'hui, je n'avais aucune chance de m'en sortir.

— As-tu... as-tu vraiment entendu ce que j'ai dit ? demanda la voix qui semblait vraiment venir du chat.

Avait-il mangé un humain ? Tout cela me paraissait insensé.

— Oui, je t'entends et je pense que tu es assez méchant, répondis-je avec autant de dédain que possible malgré ma position allongée.

— Angie, à qui parles-tu ? demanda Diane d'un ton hésitant, aussi inquiète que je l'étais.

— Je ne sais pas trop qui c'est, mais il n'arrête pas de m'insulter.

Je fermai les yeux de toutes mes forces, puis je les rouvris.

Le chat semblait sourire, mais pas de façon aimable. Une fois de plus, je me demandai s'il me considérait comme une proie facile. Enfin, moi aussi, je me considérais comme une proie facile.

— Personne ne t'insulte, insista M. Fulton. Nous voulons juste nous assurer que tu vas bien.

Le chat sourit encore, de façon plus marquée, cette fois.

— Hé ho, c'est moi ! C'est moi qui t'insulte, espèce de gros sac de peau stupide.

— Il vient de me traiter de gros sac de peau stupide ! Ne l'entendez-vous vraiment pas ?

Je clignai des paupières une demi-douzaine de fois, puis je me pinçai. Rien ne sembla changer.

— Russo, je crois que vous devriez prendre le reste de votre journée et faire un tour aux urgences, ordonna M. Thompson après s'être bruyamment raclé la gorge depuis un endroit près de la porte.

— Waouh, tu m'entends vraiment, répéta la voix. Au fait, salut, je m'appelle Octavius Maxwell Ricardo Edmund Frederick Fulton et j'ai quelques exigences.

J'avais du mal à garder le fil de toutes les conversations. Je savais que les associés s'inquiétaient pour moi et pour eux, mais je n'arrivais toujours pas à identifier la voix mystérieuse ni à savoir ce qu'elle voulait.

— Octavius Maxwell… qui ?

— Ma chérie, es-tu en train de parler du chat? demanda Mme Fulton en soulevant le chat tigré de ma poitrine.

Mes poumons la remercièrent et je me sentis immédiatement plus forte.

D'une voix mièvre de bébé, Diane leva le chat devant son visage et roucoula :

— Essaies-tu d'aider Angie? Tu es si mignon mon poilu tout doux.

Le chat se tourna vers moi et plissa les yeux.

— *Aiiiide-moiiii.*

Animée par mon besoin de savoir ce qu'il se passait, je parvins à m'asseoir et à scruter la pièce.

— Oh, c'est bien. Maintenant que vous pouvez bouger, Peters va vous conduire à l'hôpital, décréta Thompson.

Bethany soupira, mais elle n'émit pas d'objection.

— *Attends !*

Le chat tigré trotta vers moi à la seconde où Diane l'avait reposé sur le sol.

— Et mes exigences ?

Je le fixai, stupéfaite. Il était impossible que…

Le chat agita la queue et poussa un grognement du fond de la gorge.

— Je sais que tu peux m'entendre, alors tu ferais mieux d'être polie et de me répondre, hein ?

— Qu'est-ce que tu veux ? chuchotai-je, mais tout le monde au bureau pouvait voir et entendre la folle qui parlait au chat qu'elle venait de rencontrer.

— Ma propriétaire a été assassinée et j'ai besoin de toi pour m'aider à le prouver. De plus, et c'est aussi important, je n'ai pas été nourri depuis des heures. Peut-être des années.

Il fit retomber les oreilles en arrière et écarquilla les yeux, ce qui m'attendrit inexplicablement malgré sa mauvaise attitude.

Puis la première partie de ce qu'il m'avait dit me frappa et je soufflai :

— *Assassinée ?*

Bethany gloussa nerveusement et m'attrapa par le bras.

— Très bien, nous allons te conduire à l'hôpital. Les hallucinations, ce n'est pas bon signe.

— Mais… commençai-je à répondre.

Mon argument s'évapora quand je compris que je n'avais aucune raison valable de résister.

— *Assassinée !* cria le chat derrière moi d'un ton théâtral. Elle a été trucidée et maintenant que je sais que tu m'entends, tu vas m'aider à lui rendre justice. C'est le moins que je puisse faire pour la remercier de toutes les années qu'elle a passées à me nourrir et à disposer mes coussins exactement comme je les aime. Et puis, as-tu entendu ce que j'ai dit sur mon besoin d'être nourri ?

Bethany et moi étions presque arrivées à la porte. C'était donc ma dernière chance de parler au chat. Je n'allais peut-être plus jamais le revoir. Bien sûr, je savais qu'il était totalement fou de supposer que tout cela était réel. Je ne pouvais cependant pas ignorer le fait que ce chat tigré doué de parole avait besoin de mon aide.

— Je veux aider ! criai-je dans la salle juste avant que la porte se referme derrière nous.

— Non, *tu* as besoin d'aide, grogna Bethany qui ressemblait bien plus à un animal que le chat. Merci beaucoup, d'ailleurs. C'était la première fois qu'ils me faisaient participer à quelque chose d'aussi important pour le cabinet. Maintenant, grâce à ton petit spectacle à la cafetière, je vais le rater.

Ce fut presque aussi douloureux que l'électrocution de la cafetière.

— Tu ne penses pas vraiment que je me suis électrocutée juste pour te saboter, n'est-ce pas ?

Elle soupira et se pinça l'arête du nez.

— Non, je suis désolée. Je sais que ce n'est pas de ta faute. C'est juste que je dois travailler deux fois plus dur pour avancer, car je suis la seule femme avocate ici et tout le monde veut me mettre sur la voie de garage au lieu de celle des futurs associés.

— Oui, enfin… au moins tu n'es pas une espèce de simple secrétaire.

Je n'arrivais vraiment pas à croire que Bethany se plaignait de ses propres problèmes alors que je venais de vivre une expérience de mort imminente quelques minutes auparavant…

Ou peut-être que si. C'était Bethany, après tout.

Elle m'installa sur le siège passager de sa voiture. C'était une Lexus récente, signe qu'elle ne s'en sortait pas aussi mal qu'elle le croyait. Malgré tout, je me sentais coupable de lui coûter ce qu'elle considérait être la chance de sa vie, alors je lui dis :

— Pour ce que ça vaut, tu es la plus intelligente.

Elle rit en attachant sa ceinture et en ajustant le rétroviseur.

— Encore plus que Thompson et Fulton ?

Je hochai la tête et le mouvement me donna le tournis.

— Particulièrement plus que Thompson et Fulton.

Nous échangeâmes un bref regard de camaraderie avant qu'elle sorte de la place de parking et s'insère sur la route principale. Avec un peu de chance, il n'y aurait pas d'autres trains aujourd'hui, car malgré notre bref lien de solidarité féminine, je ne savais pas combien de temps nous pouvions supporter d'être piégées ensemble dans une voiture.

— Merci de me conduire, même si je sais que tu ne le voulais pas. Tu n'es pas obligée de m'attendre. Il te suffit de me déposer et j'appellerai ma grand-mère pour qu'elle vienne me chercher quand j'ai terminé.

— J'avais déjà prévu ça. Si je me dépêche, je pourrais quand même écouter une partie de la lecture.

Elle se tapota une nouvelle fois la tempe pour me montrer ses capacités de réflexion.

Et d'un seul coup, nous étions revenues à la normale.

Quant à moi ? Je n'en étais pas sûre.

CHAPITRE 3

J'étais assise en laissant mes jambes se balancer par-dessus le bord d'un lit d'hôpital pendant que le médecin des urgences se moquait de moi.

— Vous avez vraiment été électrocutée par une vieille cafetière ?

Quel que soit l'accueil que je m'attendais à recevoir à l'hôpital, ce n'était pas celui-ci.

Je croisai les bras et je me détournai afin de ne pas avoir à regarder son air amusé.

— Oui, je ne vois pas ce qu'il y a de drôle.

Il redevint enfin sérieux en agitant son stylo entre les doigts comme une sorte de tic étrange. En m'examinant avec un léger froncement de sourcils, il demanda :

— Et cela vous a fait perdre connaissance ?

— *Oui.*

Nous en avions déjà parlé.

— Vous êtes-vous cogné la tête en tombant ?

— Je ne crois pas.

Il y avait encore une grande partie de mon accident que je n'arrivais pas à comprendre, mais au moins, je me sentais bien physiquement.

Le médecin remit son stylo dans sa poche et me regarda au fond des yeux avant de déclarer :

— Eh bien, vous avez l'air en bonne santé. Le mieux que je puisse vous prescrire, c'est une dose de paracétamol au cas où vous auriez mal à cause de votre chute.

Il hésita un instant, puis il secoua la tête avec un sourire en coin.

— C'est étrange, cependant... la tension de cette cafetière aurait seulement dû vous faire un petit choc. Je suis surpris que vous ayez eu une réaction aussi forte.

Et voilà, nous en revenions à ça. Il fallait que je sorte de là avant qu'il appelle tous ses collègues pour venir voir la bête curieuse dans la salle des urgences.

— Waouh, merci, maugréai-je.

Il plissa les yeux.

— Oui, *merci* est la bonne réaction. Vous devriez être reconnaissante de ne pas avoir de brûlures. Ni de commotion cérébrale. Mais vous avez réussi à obtenir un jour de congé, n'est-ce pas ?

Le médecin eut l'audace de me faire un clin d'œil avant de glousser et de se retourner pour partir.

— Je ne me suis pas infligé ça exprès ! lui criai-je en essayant de ne pas laisser ma frustration prendre le dessus.

Quel crétin.

Quand je fus certaine qu'il n'allait pas revenir, j'envoyai un rapide message à Mamie et je rassemblai mes affaires pour l'attendre à l'extérieur. Pendant tout ce temps, je ne vis pas une seule personne entrer ou sortir par les portes tournantes. Même si Blueberry Bay n'était pas la zone la plus densément peuplée, je m'attendais à voir un peu d'activité dans l'hôpital. D'un autre côté, c'était peut-être une bonne chose que cette espèce de clown médecin n'ait pas à s'occuper de véritables malades.

Je fis des allers-retours sur le trottoir en essayant de me souvenir de chaque détail de la matinée. Même si le médecin n'avait pas été très aimable, il avait raison sur un point. J'avais failli mourir à cause d'une vieille cafetière et quand je m'étais réveillée, je savais parler aux animaux.

Quand j'étais petite, j'adorais regarder Eddie Murphy interpréter le docteur Dolittle malchanceux qui aidait ses patients animaux grâce à sa capacité à parler leur langue. À l'époque, je m'étais dit que ce devait être merveilleux de comprendre et d'avoir des conversations avec les animaux.

Mais maintenant que c'était réel ?

J'étais morte de peur.

Une forte rafale souleva un tourbillon de feuilles, attirant mon attention vers le parking où un couple de mouettes se battait bec et ongles pour un emballage de hamburger qui semblait avoir un peu de fromage collé au milieu.

L'une d'elles écarta les ailes et poussa un cri. L'autre siffla et picora la patte de son adversaire. Leur combat s'envenima et elles se mirent à danser autour du papier en criant et en se donnant des coups de bec. Elles commençaient à me donner un sacré mal de tête.

— Oh, ne pouvez-vous pas vous taire ? criai-je.

Si les oiseaux me comprenaient, ils étaient clairement trop occupés par leur bataille improvisée pour s'en soucier.

Une seconde… étaient-ils capables de m'entendre ? Pouvaient-ils me parler comme l'avait fait le chat au travail ?

Je m'avançai vers eux sur la pointe des pieds, ravie d'être seule dans le parking déserté, parce que je savais que j'avais l'air d'une folle. Malgré tout, un peu de folie était un petit prix à payer pour comprendre enfin ce qu'il se passait.

Je m'éclaircis la gorge et je m'adressai aux oiseaux.

— Excusez-moi.

Une des mouettes cria et donna un coup de bec à l'autre, mais elles ne m'accordèrent aucun crédit.

— Excusez-moi, dis-je un peu plus fort, en faisant quelques pas en avant.

Un des oiseaux se retourna pour me regarder et l'autre en profita pour attraper l'emballage et partir en sautillant. La première la pourchassa et elles furent bientôt prises dans une lutte acharnée, l'emballage en papier se tordant et se froissant entre elles.

Je les poursuivis moi aussi et je hurlai de toutes mes forces :

— *Excusez-moi !*

Enfin, elles m'accordèrent toutes deux leur attention, même si elles ne lâchèrent pas leur trophée convoité.

Comme je savais au moins qu'elles m'écoutaient, je leur fis une offre qu'elles n'allaient pas pouvoir refuser. Avec un grand sourire, je leur expliquai :

— J'ai des tonnes de bonne nourriture. Des burgers, des frites, des cônes de crème glacée... tout est à vous si vous répondez à une seule question : *me comprenez-vous ?*

Une des mouettes inclina la tête comme pour réfléchir. Pendant qu'elle était distraite, l'autre lui arracha le papier du bec et s'envola dans le ciel.

— Pardon pour ça, dis-je à l'oiseau restant. Je peux te trouver plus de nourriture, et meilleure, de la nourriture qui ne vient pas des ordures. Qu'en dis-tu ?

Avant que la mouette puisse répondre, un coupé sport rouge rubis s'arrêta à côté de moi, l'effrayant une fois pour toutes.

Mamie baissa la vitre de son nouveau jouet préféré et siffla.

— Monte, ma chérie !

— Merci d'être venue me chercher.

Je me glissai sur le siège en cuir et je mis ma ceinture.

Mamie laissa tourner le moteur au ralenti pendant qu'elle baissait ses lunettes de soleil papillon afin de m'examiner sans dire un mot. Ses cheveux bleu-gris étaient couverts d'un foulard en soie aux couleurs vives et elle portait des gants de conduite qui avaient exactement la même teinte de rouge que l'extérieur de la voiture. Je devais admettre que Mamie avait du style. Même après s'être éloignée des feux des projecteurs de Broadway, elle n'avait jamais arrêté d'en mettre plein la vue.

Je haussai les épaules.

— Quoi ? Je vais bien.

Des rides supplémentaires apparurent sur son front.

— Tu n'as pas dit grand-chose dans ton message. Qu'est-il arrivé ?

— Juste un léger choc électrique. Encore une fois, je vais bien.

Elle leva un sourcil.

— Alors pourquoi l'hôpital ?

Je haussai encore les épaules.

— Tu sais comment sont les avocats. Ils ne veulent pas prendre de risque quand il s'agit de leur responsabilité.

Elle secoua la tête, puis elle appuya sur l'accélérateur avec tant de force que nous fûmes projetées en arrière.

— Bon, où va-t-on ?

Il me fallait trouver ce chat puisqu'il semblait être le seul à connaître les réponses dont j'avais besoin. Avec un peu de chance, tout n'était qu'un très mauvais rêve. Quoi qu'il en soit, j'avais besoin de le savoir... mais pas Mamie. En tout cas, pas tant que j'ignorais comment expliquer ce qui m'arrivait.

— On retourne au bureau, s'il te plaît, répondis-je en tripotant nerveusement ma ceinture de sécurité.

Mamie laissa échapper un petit soupir outré.

— Allons, tu ne vas même pas prendre ta journée ? Tu as déjà été excusée, alors faisons l'école buissonnière. Nous pourrions aller à la plage. Ou au théâtre. Qu'en dis-tu, ma chérie ?

Ah, l'école buissonnière. Cela avait toujours été l'activité préférée de Mamie. Quelques-uns de mes souvenirs d'enfance les plus marquants avaient commencé quand elle me faisait évader de l'école en deuxième heure pour aller vivre une aventure loufoque et mal conçue. En grandissant, les cours séchés s'étaient espacés. En fait, nous n'avions pas réussi à partir une seule fois depuis que j'avais emménagé dans ma propre maison.

Ne vous y trompez pas, ma grand-mère me manquait beaucoup. Cependant...

Je détestais la décevoir, mais je n'avais pas d'autre choix.

— Ça m'a l'air très bien, mais il faut que j'aille chercher ma voiture au bureau, sinon ce sera très compliqué demain. Je pourrais te voir pour le dîner à la place ?

Je lui fis mon plus grand sourire.

Mamie poussa un grognement et tourna brusquement à droite.

— Ce nouveau travail t'a changée.

Oh, elle ne savait pas à quel point.

* * *

Malgré les objections de Mamie, elle me ramena au travail en un seul morceau. Il s'était écoulé à peine plus d'une heure depuis mon départ et une grande partie de la foule était encore là, à discuter des rebondissements dans le testament d'Ethel Fulton. L'un d'entre eux pouvait-il être un meurtrier ?

Mon nouvel ami chat était le seul à détenir toutes les réponses, raison pour laquelle je devais absolument le trouver sans autre délai ni interruption.

J'aperçus Bethany qui bavardait avec les autres avocats et je me dirigeai vers elle pour me renseigner sur ce que j'avais raté.

— Vous arrivez à croire qu'elle ait laissé autant d'argent à ce chat ? Qu'est-ce que le chat va faire avec tout ça ? grommela un homme que je ne reconnaissais pas en buvant une longue gorgée de son café dans un gobelet en carton.

La femme à côté de lui hocha la tête.

— C'est une véritable claque.

Qui sont ces deux-là ? Peuvent-ils être les meurtriers ? me demandai-je en essayant de ne pas les fixer tout en cherchant à retenir leurs visages.

Diane sortit de nulle part et me fit un énorme câlin collant.

— Oh, Dieu merci, tu vas bien. Nous avons tous été si inquiets !

— Oui, il faudra plus qu'une cafetière fâchée pour m'abattre. Je suis solide.

Je me frappai la clavicule pour montrer ma résistance.

. . .

J'avais beau apprécier les discussions avec Diane, j'étais revenue pour une raison et une seule : localiser le chat. Je devais trouver un moyen de poser des questions sur lui sans éveiller les soupçons.

— Alors, tout s'est bien passé ? commençai-je en espérant qu'elle morde à l'hameçon.

Madame Fulton baissa la voix pour chuchoter et je me penchai plus près.

— Oui, mais certains des membres de la famille sont contrariés par leur part. Tu sais comment se passent ces choses-là.

— Au moins, elle n'a pas tout légué au chat.

J'essayai de parler d'un air innocent, car j'avais déjà entendu que la chère défunte avait fait exactement cela.

— Eh bien, pas tout, mais une assez grande part. C'est pour ça qu'il était ici, tu sais. Elle a demandé à ce que tous les bénéficiaires soient présents et comme le chat était l'un des plus importants, eh bien, voilà.

Je fis semblant d'être choquée… pas par l'électricité cette fois, mais par la véritable surprise de cette nouvelle.

— Tu plaisantes !

Diane secoua la tête et fit la grimace.

— On n'ira pas dire que tante Fulton n'aimait pas ce chat.

— Alors, que va-t-il lui arriver maintenant qu'elle n'est plus là ?

M. Fulton nous remarqua et traversa le bureau pour se joindre à notre conversation.

— Déjà de retour, Angie ? Ne veux-tu pas au moins prendre le reste de la journée ?

Crotte. J'avais été si près de recevoir la réponse dont j'avais besoin de la part de sa femme. Maintenant il me fallait trouver un moyen pour rediriger la discussion vers le chat sans que ce soit trop maladroit. M. Fulton était un type intelligent qui battait souvent les meilleurs avocats de la région au tribunal. Pensais-je vraiment pouvoir être plus habile que lui ?

Il fallait que j'essaie.

Je déglutis et j'affichai le fameux sourire qui m'avait fait obtenir ce travail.

— Je vais bien. Je vais sans doute partir tôt, mais je voulais d'abord passer pour récupérer ma voiture et vous faire savoir que je vais bien.

— Parfait. À demain, alors. Fais un peu la grasse matinée si tu penses que ça peut t'aider.

M. Fulton me tapota sur l'épaule et jeta un regard appuyé vers la porte.

Je savais qu'il voulait simplement veiller sur moi, mais je ne pouvais pas partir sans parler d'abord au chat, particulièrement s'il y avait un assassin dans les parages. Avec un peu de chance, M. Fulton me remercierait plus tard pour mon entêtement dans cette affaire.

Je restai fermement à ma place en me tordant les mains.

— À vrai dire, je me demandais si le chat était encore là. Il semblait assez angoissé et je voulais lui dire que je vais bien.

Mari et femme échangèrent un regard inquiet.

— Tout va bien, ma chère. Nous lui dirons pour toi, m'informa gentiment Diane.

Je détestais mentir, mais nécessité fait loi…

— Il ne va peut-être pas bien, les avertis-je avant de sauter à pieds joints dans mon mensonge. J'ai fait un cours sur la psychologie animale au centre universitaire de Blueberry Bay et ça l'aiderait de voir par lui-même que je vais bien. Sinon, euh, des problèmes de comportement risquent d'émerger à cause de l'anxiété sublimée.

Madame Fulton me fixa avec une horreur perplexe.

— Oh non, nous ne voudrions surtout pas ça !

M. Fulton gloussa.

— Tu l'as dit, ma chérie. Surtout qu'il reste chez nous jusqu'à nouvel ordre. Nous ne voudrions pas que le vieux Octavius défoule son anxiété sublimée sur nos nouveaux rideaux.

Et voilà. Une autre opportunité en or. Opportunité que je ne pouvais pas laisser filer.

— Vous savez… il est sans doute déjà assez anxieux. Probablement déprimé également, parce que sa propriétaire est décédée et toute sa vie a été déracinée.

Diane fronça les sourcils.

— Je n'avais pas envisagé les choses de cette façon. Les chats peuvent-ils souffrir de dépression ?

Je l'avais presque.

En hochant vigoureusement la tête, j'enfonçai l'hameçon un plus loin.

— Certainement, et comme on ne peut pas vraiment leur donner des antidépresseurs, ils ont besoin de quelqu'un qui sait comment reconnaître les signes et les traiter naturellement.

— Que suggères-tu ? demanda M. Fulton.

Malheureusement, son visage ne trahissait aucune émotion.

En haussant les épaules, j'essayai de feindre l'indifférence pour vendre mon idée.

— Je sais que je ne suis qu'une assistante juridique, mais j'ai suivi ce cours et j'ai toujours été douée avec les animaux, particulièrement les chats. Comme vous avez déjà tant de choses à faire avec la famille et l'héritage, je devrais peut-être le garder pour vous pendant quelques jours. Je pourrais vous soulager et l'aider à surmonter sa dépression, si vous le souhaitez.

Ils échangèrent un regard que je ne pus pas vraiment déchiffrer.

Je supposai que c'était un don que l'on avait quand on était marié depuis plus de trente ans.

Diane répondit enfin pour tous les deux.

— Cela nous aiderait beaucoup, mais es-tu certaine de vouloir le faire ?

Avec un immense sourire apaisant, je répondis :

— Ce serait un plaisir.

Oui, un plaisir… et avec un peu de chance, *pas* mon enterrement.

CHAPITRE 4

Avec la bénédiction des Fulton, j'entrai dans le bureau de l'associé principal et j'aperçus immédiatement le chat. Il était assis au milieu du fauteuil en cuir comme une espèce de méchant des films de James Bond. Je m'attendais presque à ce qu'il sorte un chat plus petit et plus poilu pour le caresser de façon intimidante pendant qu'il me parlait.

— Tu as mis assez longtemps, maugréa-t-il en se léchant obsessionnellement la patte.

Malgré tout ce que j'avais traversé pour revenir vers lui, il ne prit même pas la peine de me regarder. Je connaissais ce chat depuis cinq minutes à peine et je savais déjà que c'était un enfoiré.

Si j'avais seulement eu à résoudre le problème de parler aux animaux ce jour-là, je serais sans doute partie. Mais non, quelqu'un avait été assassiné… et une gentille vieille dame, en plus.

— Je suis venue aussi vite que je pouvais, sifflais-je en me demandant s'il appréciait que je fasse comme lui. Ce n'est pas comme si tu avais un autre endroit où aller.

Il ricana et fit référence à un emploi du temps très rempli et des routines importantes. Je ne saisis pas tout, car il parlait incroyablement vite.

Quoiqu'il en soit, je discutais avec un chat d'une façon que nous comprenions, pour l'essentiel. Si j'étais folle, j'étais au moins cohérente. Maintenant que j'avais trouvé et confirmé ma capacité à parler à ce chat, il était temps que j'apprenne son nom terriblement long.

— Comment t'appelles-tu, déjà ?

Il leva ses yeux ambrés au ciel avant de se hisser sur ses pattes.

— N'as-tu pas écouté ? Je suis Octavius Maxwell Ricardo Edmund Frederick Fulton.

Pas étonnant qu'il parle si vite. C'était le seul moyen pour lui de cracher tout son nom sans risquer que l'autre personne s'endorme au milieu. Je testai ce nom étrange en espérant qu'il soit un peu plus aimable si je l'énonçais correctement.

— Octavius Maxwell Richard…

— *Ricardo Edmund Frederick Fulton,* rectifia-t-il. Franchement, ce n'est pas si difficile.

Il saute de la chaise et marcha vers moi, ses yeux de serpent montrant son irritation. Apparemment, c'était maintenant de ma faute qu'il porte un nom aussi ridiculement long. Eh bien, je refusais d'être intimidée par une créature qui ne faisait même pas un dixième de mon poids.

— Je m'appelle Angie. Merci d'avoir posé la question, d'ailleurs.

Il s'arrêta de marcher et plissa la peau au-dessus de son nez.

— Eh bien, c'est un nom ennuyeux. Il ne sonne pas bien du tout.

— Pardon de te décevoir, sifflai-je en me demandant si je parlais chat ou s'il parlait humain.

Pour la première fois, la voix du chat tigré devint plus aimable. Il soupira et concéda :

— Enfin, nous ne pouvons pas tous être Octavius Maxwell Ricardo Edmund Frederick Fulton le Premier.

— Une seconde, viens-tu d'ajouter quelque chose à ton nom pour le rallonger ? Non, ça n'ira pas. Même si je pouvais me souvenir de ta liste de quoi, huit noms ? Je ne vais pas les dire tous chaque fois que je veux ton attention.

— Bref.

Il écarquilla les yeux vers moi et bâilla. Quel chat mal élevé. En le remettant à sa place, j'espérais qu'il commence à me traiter comme une égale au lieu d'une servante incompétente.

— Comme tu es d'accord, je vais réduire ton nom à... à... *euh*...

— Je suis content de voir que ton esprit est tout aussi affûté que ton nom.

Il laissa échapper un miaulement amusé que je décidai d'ignorer.

— La ferme, Octavius... Octogone... Octopuce... Octo-Chat ! C'est ça. À partir de maintenant, je t'appellerai Octo-Chat.

Je me sentis très fière d'avoir trouvé ce surnom mignon qui lui allait comme un gant. Même sa mauvaise attitude ne pouvait plus me faire déprimer, désormais.

— Octo... Chat.

Il eut un rictus dédaigneux et donna des coups de patte dans l'air entre nous.

— Je ne crois pas.

— Eh bien, ton prénom est Octavius et tu as environ huit noms au total, alors...

Il tapota le sol avec ses pattes et tourna en rond.

— Non, mon prénom est Octavius Maxwell Ric...

— *Assez !* Veux-tu que je revienne à Octopuce ? Parce que c'est possible.

Il commença à dire quelque chose, mais le bruit d'une porte qui s'ouvrait nous coupa au milieu de la conversation.

La tête de Diane apparut avant le reste.

— Tout va bien ici ? J'ai cru entendre des voix.

Je me redressai et j'essuyai mon pantalon en faisant un sourire mielleux à mon ami pour lui promettre que je n'étais pas folle.

— Très bien. J'étais juste en train de me présenter et de lui faire savoir qu'il viendra vivre avec moi pendant quelques jours.

Elle jeta un coup d'œil vers Octo-Chat, qui choisit exactement ce moment-là pour se laisser tomber sur son derrière et se mettre à lécher ses parties intimes félines.

— Tu parles au chat ? demanda-t-elle, mais ça ne ressemblait pas vraiment à une question.

Je la regardai dans les yeux pour lui montrer que je n'étais pas gênée, alors que je l'étais totalement.

— Bien sûr. Créer un lien émotionnel les aide, et ce sera important même pour le peu de temps que nous vivrons ensemble.

Elle me regarda, puis le chat, puis moi à nouveau, avant de hausser les épaules.

— D'accord, eh bien, je viens d'aller récupérer ses affaires à la voiture. Es-tu certaine que ça ne te gêne pas de t'en occuper à notre place pendant quelques jours ?

Elle s'arrêta et fronça les sourcils avant de confier :

— J'ai peur qu'il ne soit pas un animal très agréable.

— Tout à fait certaine. Merci d'avoir récupéré ses affaires. Je ferais mieux d'y aller avec lui pour un peu de repos. Quelle journée, hein ?

Je ris nerveusement, puis je passai devant elle pour sortir de la pièce.

— Ici, minou. Allez viens, mon minou.

Je fis claquer la langue et je tapai le côté de ma cuisse pour l'appeler.

Octo-Chat trottina sagement derrière moi en marmonnant à travers ses dents serrées :

— Si tu m'appelles encore une fois « minou », je vais vomir dans tes pantoufles pendant ton sommeil.

— Très bien, au revoir ! criai-je à Diane en attrapant vite toutes les affaires du chat empilées près de l'entrée principale du cabinet.

Une fois assis en sécurité dans ma voiture, Octo-Chat explosa en une litanie de ce que je supposais être des jurons spécifiques aux félins.

— Arrête ça, le grondai-je. Ta mère ne t'a pas appris les bonnes manières ?

Il s'arrêta et me dévisagea avec une telle dérision que j'eus un mouvement de recul.

— Et maintenant tu insultes ma mère ? Je te ferai savoir qu'elle a fait du mieux qu'elle pouvait avec sept chatons à nourrir et seulement six tétines.

Je frissonnai en engageant la marche arrière.

— Eh bien, merci pour cette image.

Octo-Chat laissa échapper un cri terrible et sauta sur mes genoux, les ongles sortis.

— Oh, par mes moustaches ! Nous allons mourir ! Je suis trop jeune pour mourir. Trop beau. Et bien trop important.

— Ooh, tu as peur ? roucoulai-je en l'aimant presque à ce moment-là, malgré ses ongles enfoncés dans ma cuisse. C'est tellement mignon.

— Je ne suis pas mignon, grogna-t-il. Conduis-moi tout de suite en sécurité, puis nous discuterons de ta punition.

J'éclatai de rire et j'allumai la radio, inondant la voiture avec le dernier hit du top quarante. Cela couvrit une partie des plaintes d'Octo-Chat sur ma façon de conduire.

Malgré son cinéma inutile, on finit par rentrer chez moi assez vite, mais j'avais désormais un nouveau problème. J'adorais ma petite maison à deux chambres avec sa grande terrasse couverte et le gros chêne à l'avant.

Mon nouveau colocataire, en revanche…

— Où m'as-tu emmené ? demanda-t-il, ne voulant pas quitter la voiture malgré mes suppliques.

— Ceci est ma maison et tu y vivras pendant quelques jours, expliquai-je, même si ma patience s'était considérablement réduite.

Il leva son nez rose avec dédain.

— Non, absolument pas ! Ceci est à peine un taudis. Ça ne correspond pas au standing dont j'ai l'habitude.

J'avais envie de retourner à toute vitesse au bureau et de le rendre aux Fulton. À la place, je fis une révérence sarcastique et je grommelai :

— Eh bien, dommage, votre altesse. Ceci est tout ce que je peux me permettre. De plus, tu n'es qu'un chat tigré ordinaire avec une mauvaise attitude et des attentes ridicules dans la vie.

Il siffla et essaya de me griffer. Heureusement, je parvins à retirer mon bras juste avant qu'il m'entaille la peau.

— Juste un chat tigré ! cria-t-il en m'offrant une autre diatribe de jurons félins. Comment oses-tu ? Je te signale que je suis partiellement Maine coon du côté de ma grand-mère.

Il commençait vraiment à me fatiguer. Pourquoi est-ce que chaque petite chose devait être une bataille ?

Je m'accroupis pour le regarder dans les yeux, même si c'était risqué étant donné son caractère et ses griffes acérées.

— Écoute, veux-tu que je t'aide à résoudre ce meurtre ou pas ?

Parce que de mon point de vue, je suis littéralement la seule personne du monde entier à pouvoir t'aider en ce moment. Et si tu veux que je le fasse, tu vas devoir être beaucoup plus gentil.

On se fixa dans les yeux, mais je refusai d'être la première à détourner le regard. J'avais l'habitude de gérer des avocats mégalomanes. Je pouvais supporter ce petit chat irascible.

Finalement, Octo-Chat s'étira, bâilla, sauta de la voiture et trotta jusqu'à ma porte d'entrée.

— Tu me laisses entrer, ou quoi? miaula-t-il depuis ma terrasse en agitant la queue d'un air énervé.

Bon, c'était un tout petit peu mieux.

CHAPITRE 5

Une fois dedans, Octo-Chat partit tout droit vers mon fauteuil très rembourré préféré. Malgré ses protestations précédentes, il s'installa vite et se mit à l'aise. D'après l'état de mon pantalon, je savais déjà qu'Octo-Chat perdait beaucoup de poils. Mon pauvre fauteuil de couleur crème n'avait aucune chance contre son pelage noir et marron.

Malgré tout, c'était un invité et Mamie avait travaillé dur à m'apprendre les bonnes manières.

— Puis-je t'offrir quelque chose à boire ? demandai-je en hésitant près de la cuisine.

Il leva la tête et poussa un ronronnement satisfait qui me surprit autant que s'il venait de se faire pousser une deuxième queue.

— As-tu de l'Évian ? demanda-t-il poliment, en croisant les pattes devant lui.

— J'ai de l'eau du robinet et...

Je jetai un coup d'œil dans le frigo et je fronçai les sourcils en voyant le peu de choses adaptées aux chats.

— Il y a aussi du Coca light et du jus de pomme.

Les ronronnements cessèrent brutalement et Octo-Chat décroisa et recroisa les pattes avant.

— Sans façon, merci, mais il faudra aller au magasin et rassembler le nécessaire pour mon séjour ici. Je ne bois que de l'Évian et je ne mange que du Gourmet. Et pas n'importe quelle saveur, surtout. Ce doit être à base de poisson et dans la petite boîte en métal, pas le récipient en plastique. Je sens la différence au goût.

Je ne pus m'empêcher de rire à cause de l'audace de sa demande.

— C'est tout ?

— Non, mais il faut bien commencer quelque part.

Il me jeta un regard noir en refusant de voir l'humour de la situation.

Comme nous n'arrivions à rien, je quittai la cuisine et je retournai au salon avec une canette de Coca light pour moi. Je m'installai sur le canapé avec un énorme soupir. Si Octo-Chat insistait sur le côté mélodramatique, alors moi aussi.

Son regard ambré et inquisiteur me transperça, refusant de détourner la tête, et cette foutue queue se remit à s'agiter vivement. J'étais étonnée qu'il n'ait pas appris les bonnes manières, étant donné les circonstances dans lesquelles il avait vécu jusqu'à deux jours auparavant.

Je m'éclaircis la gorge, mais il continua à me fixer sans honte. Attendait-il que… ? *Oh non.*

— Je n'ai pas besoin d'aller au magasin maintenant, aboyai-je en rectifiant ma posture et en lui jetant mon propre au regard assassin. Si ?

Il haussa les épaules comme s'il n'y avait pas vraiment pensé, alors que nous savions tous les deux que c'était faux.

— Eh bien, ce serait agréable.

— Ce matin tu ne parlais de rien d'autre que du meurtre d'Ethel Fulton. Maintenant, il est plus important pour toi d'avoir une certaine marque d'eau minérale plutôt que de parler des détails et de commencer à travailler sur l'affaire ?

Il réfléchit un instant.

— Je n'aurais jamais cru dire ça, mais apporte l'eau du robinet.

— Vraiment ?

Même s'il avait donné la réponse que je voulais, je m'attendais à ce qu'il change d'avis au bout de quelques secondes... ou qu'il me dise qu'il plaisantait bien sûr, et que j'étais stupide de ne pas l'avoir compris.

— Parfois, nous devons faire des sacrifices pour les gens que l'on aime. Celui-ci est pour Ethel.

Il hocha la tête avec sérieux alors que nous discutions de l'un des sujets les plus triviaux qui soient.

— Oh, quelle patience à toute épreuve.

Il écarquilla les yeux, apparemment choqué.

— J'espère ne pas subir toutes les épreuves. Une fois que je te raconterai ce que je sais, l'affaire devrait vite être classée.

— Parfait, dis-je en partant à la cuisine.

Je fis couler l'eau quelques secondes afin que la température soit parfaite pour ma nouvelle connaissance pourrie gâtée.

— Dis-moi ce que tu sais.

Octo-Chat attendit que je sois revenue et que je dépose le bol d'eau sur la table basse devant lui. Il s'approcha et le renifla en hésitant.

— Ce n'est pas de la porcelaine Lenox ou du cristal. Pas même de l'inox.

Il étira le cou sur le côté, transformant son corps en une étrange torsade arrogante de pelage et de pattes.

— Qu'est-ce que c'est? Et puis-je boire là-dedans en toute sécurité?

— C'est un bol normal acheté au bazar et il est très bien. Je mange dedans tout le temps.

Je poussai le bol vers lui avec emphase et Octo-Chat bondit en arrière, craintif.

— Ce n'est pas vraiment une garantie rassurante.

Il me dévisagea de la tête aux pieds et haussa ses petites épaules de chat avant de se tourner et de sauter sur mon fauteuil.

— Soudain, je n'ai plus tellement soif, déclara-t-il en bâillant.

Au lieu de réagir à cette arrogance, j'ouvris ma canette et je bus une longue gorgée. Les bulles ne firent pas grand-chose pour calmer mes nerfs.

— Allons-nous enfin parler de ça? dit Octo-Chat en agitant impatiemment la queue.

Malgré les nombreux délais qui étaient de sa faute, mon unique gorgée était maintenant à blâmer pour le retard que nous avions pris dans notre travail de détectives amateurs.

Je n'aimais pas me laisser marcher sur les pieds, mais c'était simplement plus facile de jouer le jeu que de continuer à argumenter chaque petit détail. Plus vite le meurtrier était identifié et traduit en justice, plus vite je pouvais revenir à ma vie normale et sans chat.

J'inspirai profondément pour me calmer et je demandai :

— Qu'est-ce qui te fait croire qu'Ethel Fulton a été assassinée?

— Je ne *crois* pas qu'elle a été assassinée. Je le *sais*. J'ai tout vu de mes propres yeux.

Il écarquilla son regard ambré de façon démonstrative. Ceci n'allait peut-être pas être très difficile, finalement.

— Oh, très bien. Alors, qui l'a fait?

Je me penchai en avant, prête pour la grande révélation.

— Je ne sais pas.

Respire.

— Mais tu as dit avoir tout vu.

— C'est le cas.

— Alors, comment peux-tu ne pas savoir qui est le coupable ?

— C'était un humain, c'est sûr, dit-il avec un air confiant étalé entre ses moustaches.

— Vraiment ? C'est tout ce que tu as ?

Le canapé grogna de protestation quand je me jetai contre le dossier et que je levai les bras au ciel pour ne pas étrangler Octo-Chat.

— Était-ce un homme ou une femme ? Quelqu'un de vieux ou de jeune ? Un inconnu ou une de ses connaissances ?

Il bâilla.

— Tu t'attends vraiment à ce que je me souvienne de ça ?

— Tu es sérieux ?

Et maintenant, je criais contre un chat.

— Quoi ? Ce n'est pas de ma faute si tous les humains se ressemblent.

Souffle, fais la respiration du yoga pour te calmer.

— Tu as donc vu un humain la tuer, mais tu ne sais pas qui.

— Oui, c'est ce que j'ai dit. Ne m'écoutes-tu pas ?

Je parlai alors très lentement, même si c'était lui qui supposait que j'étais une idiote :

— Sais-tu comment l'humain l'a tuée ? D'après ce que j'ai compris, elle est morte de cause naturelle.

— Non, elle n'était pas encore prête à mourir. Quelqu'un est intervenu, c'est certain.

J'attendis qu'il en dise plus, mais au lieu de ça, il commença à se laver.

— Allô ? Nous sommes au milieu d'une conversation importante, là. Veux-tu arrêter de te lécher pendant cinq minutes pour que nous trouvions la solution ?

Octo-Chat poussa un petit soupir outré, mais il obéit.

— Les sacrifices que je dois faire ! J'espère qu'Ethel me regarde d'en haut afin que mes bonnes actions ne passent pas inaperçues.

— Je suis certaine qu'elle est au paradis et qu'elle nous regarde en pensant : « waouh, j'avais un chat fabuleux. » Maintenant, peux-tu me raconter toute l'histoire du début à la fin ? *Au sujet du meurtre*, précisai-je vite, ne souhaitant pas entendre parler à nouveau des six tétines de sa mère.

Il hocha la tête et il s'assit sur son arrière-train. Ce qui suivit fut un récit dramatique qui aurait mérité un Oscar si quelqu'un d'autre que moi l'avait compris.

— Laisse-moi peindre la scène pour toi.

Il leva une patte et fit un mouvement circulaire.

— C'était il y a deux nuits. La soirée était douce. La lumière avait commencé à disparaître du ciel. Ethel avait invité plusieurs autres humains à manger de la nourriture à sa table. Elle avait tout cuisiné elle-même. Je m'en souviens, parce qu'elle a fait du saumon et elle m'en a aussi donné une petite assiette. Je suis ravi de dire que le poisson était parfaitement préparé, tendre, mais pas sec, et la portion était aussi absolument parfaite. Ethel savait toujours exactement ce dont j'avais besoin.

— Concentre-toi, s'il te plaît, dis-je en serrant les dents. Reviens-en au meurtre, si ça ne t'ennuie pas.

Il eut un rictus de mépris, mais il ne me contredit pas.

— Tout le monde a beaucoup mangé, puis ils sont tous rentrés chez eux. Pendant qu'Ethel se préparait à aller se coucher, elle a posé la main sur sa poitrine et m'a dit qu'elle ne se sentait pas très bien, puis elle s'est couchée et s'est endormie. Elle ne s'est pas réveillée.

— On dirait qu'elle a peut-être eu une crise cardiaque. Qu'est-ce qui te fait croire qu'elle a été assassinée ?

Je tendis la main pour le tapoter sur la tête de façon conciliante, mais il me chassa d'un coup de patte.

— Ethel avait un cœur très solide, insista-t-il. Elle m'en parlait toujours quand elle revenait de chez le médecin.

Il parla alors d'une voix aiguë et grinçante et se courba en avant, apparemment pour imiter sa propriétaire défunte.

— « Le docteur dit que j'ai un cœur solide et que je pourrai vivre pour toujours. » En fait, elle est allée chez le médecin cette semaine-là, et elle m'encore dit que son cœur était en très bon état.

Je ne savais pas comment annoncer la chose avec délicatesse, alors je lâchai tout d'un coup :

— Oui, mais elle était âgée. Parfois, le corps lâche simplement.

Il secoua catégoriquement la tête et quand il me regarda à nouveau, ses yeux louchaient sur son nez.

— Peut-être, mais ce n'est pas ce qui est arrivé à Ethel. Elle avait une drôle d'odeur après le dîner.

Je me mordis la lèvre en réfléchissant. Je savais qu'Octo-Chat aimait sa propriétaire, mais plus il parlait, plus elle semblait être morte de cause naturelle et pas à cause d'une espèce de meurtre secret. Je ne savais pas comment le lui avouer.

Au bout d'un moment d'hésitation, je repris la parole :

— J'ai entendu dire que les chats étaient parfois capables de le percevoir quand les gens sont sur le point de mourir. Vous étiez très proches, alors tu l'as peut-être simplement perçu.

Il secoua encore frénétiquement la tête.

— Non, elle a vraiment été assassinée. Cette même odeur étrange était dans le dîner et dans son thé.

— Essaies-tu de me dire qu'elle a été empoisonnée ? Je ne suis pas sûre que ça marche. Souviens-toi, tu m'as raconté avec beaucoup de détails que tu as mangé le poisson et tu vas très bien.

— Elle me nourrit avant l'arrivée des invités. Je pense que quelqu'un a trafiqué sa nourriture après que je suis sorti de la cuisine pour aller faire une petite sieste.

Je levai un sourcil et je demandai :

— Dans ce cas, pourquoi les autres invités ne sont-ils pas morts ?

— Je suppose que quelqu'un voulait spécifiquement tuer Ethel.

Il regarda le fauteuil devant lui dans sa première démonstration de véritable chagrin.

— Je ne comprends pas. C'était l'humaine la plus gentille qui soit. Qui aurait voulu la tuer ?

— J'espérais que tu connaisses la réponse à cette question.

Je dus me rappeler qu'il n'aimait pas être caressé... en tout cas, pas par moi. Je posai les deux mains autour de ma boisson et je bus une autre gorgée avant de suggérer :

— Elle avait beaucoup d'argent. Penses-tu que quelqu'un essayait d'obtenir l'héritage en avance ?

Il releva brusquement la tête et ses yeux se focalisèrent sur les miens.

— Alors, tu penses que quelqu'un de la famille l'aurait tuée ?

Je haussai les épaules.

— Je ne suis toujours pas entièrement convaincue qu'elle ait été assassinée.

— Dans ce cas, je suppose qu'il va falloir que je te montre.

Il se leva et sauta du fauteuil en un temps record.

— Me le montrer ? Comment ? dis-je en le suivant bêtement.

— Allons jeter un coup d'œil chez moi. Je te garantis que tu trouveras les preuves dont tu as besoin.

Ensuite il agita la queue et ajouta :

— Puisque ma parole ne te suffit apparemment pas.

CHAPITRE 6

Je considérais que c'était un petit miracle qu'Octo-Chat connaisse l'adresse de sa maison. Ethel et lui avaient vécu ensemble du côté opposé de la ville, près de la baie… comme tous les gens fortunés autour de Glendale.

Une allée privée serpentait sur environ huit cents mètres à travers les bois avant de s'ouvrir sur une magnifique maison coloniale avec d'immenses fenêtres en saillie donnant sur la mer.

Ma mâchoire tomba en voyant cette splendeur inattendue.

— Tu vis ici ?

— La sécurité d'abord, on parlera après, chuchota-cria Octo-Chat en enfonçant ses griffes plus profondément dans mes cuisses pendant que je conduisais sur le dernier morceau de l'allée et que je m'arrêtai devant un bâtiment qui m'évoquait davantage un palace qu'une véritable maison.

Au lieu de me garer à l'avant, je fis le tour de la maison pour cacher au moins partiellement ma visite. Dès que j'ouvris la portière,

Octo-Chat sauta de la voiture et décrivit un arc de cercle vers la terrasse couverte.

— Attends ! l'appelai-je en examinant la propriété. Allons-nous vraiment simplement entrer ?

— Bien sûr. C'est ma maison.

— Oui, mais n'est-ce pas fermé à clé ?

Malgré tous mes diplômes et mes connaissances diverses, je n'avais jamais pris le temps d'apprendre la serrurerie. Je pouvais peut-être ajouter cela à ma liste pour plus tard, bien que cela n'allait pas beaucoup nous aider maintenant.

— *Pff.* Seulement pour les humains. Regarde.

Octo-Chat monta les marches de la terrasse en courant et se plaça devant une grande chatière qui était presque parfaitement cachée dans la façade en pierre de la maison. Pendant qu'il attendait, le battant s'ouvrit et le laissa entrer. J'étais certaine que la porte d'Octo-Chat coûtait plus que tout mon mois de loyer — peut-être même toute une année.

Je courus le rejoindre, puis je me baissai à quatre pattes pour jeter un coup d'œil à l'intérieur. Le battant en pierre se referma devant mon nez, mais il se rouvrit quelques secondes plus tard.

Octo-Chat sortit en trottinant avec un sourire sur sa petite tête.

— Ça fait du bien d'être à la maison.

— Eh bien, ne t'y habitues pas trop. Nous ne sommes ici que pour trouver des indices.

— Qu'attends-tu, alors ? Viens à l'intérieur.

Il repartit par son entrée personnelle et j'étais assez proche cette fois pour voir la petite lumière sur son collier avant que la chatière s'ouvre. Très chic.

Octo-Chat se tourna pour me jeter un regard noir.

— Tu ne viens pas ?

— Il y a juste un petit problème.

Je glissai la main dans la maison.

— Je ne passe pas.

Il secoua lentement la tête et leva une patte vers son visage pour montrer son exaspération.

— Dans ce cas, attrape la clé sous la pierre brillante. Dépêche-toi !

Je poussai un grognement en me relevant et je fouillai la terrasse et les massifs de fleurs à la recherche de la pierre brillante qu'il avait mentionnée. Je n'avais rencontré Octo-Chat que plus tôt dans la journée, mais je savais déjà qu'il ne servait à rien de lui demander de l'aide ou des précisions. Franchement, on n'a pas vécu tant qu'on n'a pas été méprisé par un chat… même si je ne recommande pas l'expérience.

Quant à moi, je n'avais pas le choix. En tout cas, pas tant que je n'avais pas résolu le meurtre ou prouvé qu'il n'y avait pas eu de crime, les deux possibilités me semblant aussi probables l'une que l'autre.

Octo-Chat ressortit et frappa mon mollet avec sa patte. Il ne fit aucun effort pour rentrer ses griffes.

— Tu cherches au mauvais endroit, m'informa-t-il en ayant l'air de s'ennuyer.

Je lui jetai un regard assassin et j'examinai ma jambe à la recherche de blessures fraîches.

Mon compagnon félin tourna sur lui-même puis sauta de la terrasse et commença à gratter le sol au coin où la maison rejoignait les marches. À cet endroit se trouvait la première d'une série de lampes dont aucune ne s'était déclenchée, malgré l'obscurité tombante.

Je redescendis les marches et je sortis cette première lampe du sol. Effectivement, une petite clé argentée était enterrée au-dessous.

— Bonne cachette, dis-je en me penchant pour sortir la clé de sa sépulture.

— Ethel était aussi intelligente qu'elle était gentille, dit Octo-Chat avec une admiration qu'il ne manifestait pas, d'habitude. C'était vraiment la meilleure des humaines. Dommage que tu n'aies jamais eu l'occasion de la rencontrer.

J'étais sur le point de lui dire que ce sentiment était adorable, quand il ajouta :

— Tu aurais pu apprendre autant de choses.

— Très bien, grognai-je en me retournant vers les escaliers. Commençons cette enquête.

La clé s'enfonça parfaitement dans la serrure et un instant plus tard, je me tenais dans l'entrée cossue sans savoir par où commencer. Je sifflai doucement, puis je chuchotai :

— Cet endroit est immense.

Octo-Chat soupira.

— Oui, c'est parfait, n'est-ce pas ?

Nous restâmes un moment à observer les décors et les meubles coûteux dans un silence respectueux. Même les lampes semblaient venir d'un château du dix-septième siècle. Je me sentais déjà coupable d'entrer par effraction dans la maison d'une défunte, et là je me sentais encore plus mal de fouiller parmi tous ses biens hors de prix.

Le chat partit d'un pas décidé vers la droite et je le suivis. Peu de temps après, nous arrivâmes dans la cuisine.

J'admirai les placards magnifiques en chêne blanc. Tout était plus grand que la normale ici. L'îlot géant au milieu de la cuisine faisait à peu près la taille d'un lit king size et le frigo en inox semblait faire au moins deux fois la taille de celui de mon petit appartement.

— Oh, pas bête, murmurai-je, incapable d'arracher le regard à ce qui venait de devenir la cuisine de mes rêves. Comme la nourriture a été préparée ici, nous devons chercher des preuves d'empoisonnement.

Je finis par reporter mon attention vers Octo-Chat. Ma lenteur ne le gênait pas si c'était pour admirer son ancienne maison.

En fait, il semblait plutôt content de lui, maintenant.

— Mmm-mmm. L'Évian est ici.

Je suivis son regard vers le garde-manger où des dizaines de bouteilles de son eau préférée étaient effectivement entassées sur l'étagère la plus basse.

— Devons-nous vraiment faire ça d'abord ?

— Oui et dépêche-toi. Je suis assoiffé.

Il s'allongea sur le sol et attendit.

Je levai les yeux au ciel tout en suivant les ordres d'Octo-Chat. Après lui avoir servi la quantité spécifiée dans le récipient spécifié, je retournai au garde-manger et j'attrapai plusieurs bouteilles d'eau et quelques dizaines de boîtes de Gourmet pour nous aider à supporter le temps passé ensemble. J'allais pouvoir éviter de dépenser une petite fortune pour ses courses.

Il vida son bol avec enthousiasme, puis il se lécha les babines.

— C'était parfait. Merci.

Je résistai à l'envie de tapoter impatiemment du pied, ce qui me semblait être l'équivalent humain de ses battements de queue.

— Maintenant que tu es rafraîchi et réhydraté, peux-tu me faire visiter et m'aider à voir ce que tu as aperçu la nuit du meurtre ?

— Oui, d'accord.

Il traversa la cuisine à grandes enjambées avant de sauter sur le comptoir.

Je le suivis quand il me guida vers l'évier qui avait été rempli à ras bord de vaisselle sale.

— Ceci est dégoûtant, mais je vais le faire pour Ethel, m'informa-t-il avant de fermer les yeux et de fourrer son nez au milieu du bazar.

Il fouilla un peu, avant de murmurer :

— C'est celle-ci.

J'étirai le cou, sans voir de quoi il parlait.

— Laquelle ?

— Je l'indique avec mon nez, fut sa réponse étouffée. Dépêche-toi, s'il te plaît. L'odeur n'est pas très agréable.

Les unes après les autres, je sortis les assiettes sales de l'évier. Chacune portait des traces diverses de peaux de saumon, de grains de riz ou de beurre accrochées à la surface, mais j'avais vu bien pire que des assiettes sales de quelques jours. Cette activité ne me dérangea pas autant qu'Octo-Chat.

— Voilà. C'est celle-ci, cria-t-il en reculant lentement hors de l'évier et en se léchant immédiatement la patte. Sens-la.

Je fis ce qu'il dit, mais je ne pus discerner qu'une légère odeur de poisson pourri.

Octo-Chat frotta la tête avec sa patte, puis il la redescendit pour la lécher davantage.

— Maintenant, renifle une autre assiette et tu verras ce que je veux dire.

Je le fis donc en inspirant bien chaque fois, mais je ne perçus aucune différence.

— Que suis-je censée sentir en dehors du poisson ?

— Te souviens-tu de ce que j'ai dit sur l'odeur bizarre ?

Il attendit que je hoche la tête, puis il révéla :

— Seule l'assiette d'Ethel sentait ainsi.

— Et ceci était son assiette? demandai-je en levant à nouveau la première pour qu'il la renifle.

Son visage se tordit de dégoût.

— Absolument.

— Je ne sais pas ce que je peux faire. Je ne sens pas la différence et je ne saurais même pas comment présenter cela à la police scientifique.

— Explique-leur ce que je t'ai dit.

— Oh, bien sûr. Je vais leur dire «c'est le chat qui l'affirme.» Ça passera très bien.

— Je comprends ton point de vue.

Il arrêta de se laver et scruta la cuisine.

— En dehors du bazar du dîner, rien ne semble avoir été déplacé. Ouvre la poubelle pour voir s'il y a du poison dedans.

J'appuyai sur la petite pédale qui soulevait le couvercle afin que nous puissions tous les deux regarder à l'intérieur.

— Rien, lui dis-je en secouant la tête. On dirait qu'elle n'a pas été assassinée, finalement.

— Ou alors le coupable a été assez malin pour emporter les preuves. De plus, nous avons la preuve de la vaisselle. Ce n'est pas de ma faute si ton nez faible d'humaine refuse de sentir ce que l'on place dessous.

Je détestais l'admettre, mais il avait raison.

— Très bien. Où pouvons-nous chercher d'autres preuves?

Il secoua la tête d'un air hautain et agita la queue au même rythme.

— D'abord, dis-moi que tu me crois pour le meurtre.

— Quoi? Pourquoi est-ce important?

Je le fixai de mon regard le plus autoritaire. Je ne pensais pas que les chats avaient des alphas comme chez les chiens, mais il me fallait un moyen de prendre le dessus.

Il grogna, brisant ma concentration.

— Si nous devons travailler ensemble, j'ai besoin de savoir que tu crois à ce que nous faisons. J'ai besoin de savoir que tu feras ce qu'il faut pour rendre justice à Ethel.

Je levai les yeux au ciel en maugréant :

— Très bien, je te crois.

— La prochaine fois, sois un peu plus convaincante.

Il me fit un rictus méprisant avant de sauter du comptoir, secouant son petit derrière de chat en s'éloignant.

— Étant donné que tu es ma meilleure option, je vais devoir te supporter. Allez viens, je vais te montrer notre chambre.

En le suivant dans le vestibule et en haut du grand escalier, je me demandai si je croyais vraiment qu'Ethel avait été assassinée. Je n'avais pas été capable de voir ou de sentir les preuves, mais je connaissais assez bien Octo-Chat pour savoir qu'il ne perdrait pas son temps avec de fausses affirmations.

Que ce soit logique ou pas, il était convaincu qu'Ethel était morte de façon prématurée, et même si ça me rendait dingue, je le croyais.

CHAPITRE 7

C'était étrange de me trouver dans une chambre où quelqu'un était mort moins de quarante-huit heures plus tôt. Même l'air dans la chambre d'Ethel Fulton semblait moins oxygéné, comme si elle avait essayé de respirer jusqu'à son dernier souffle. À cette idée très agréable, je frissonnai en serrant les bras autour de mon buste.

Octo-Chat sauta sur le lit et gratta le duvet.

— C'est ici qu'elle est morte. Je dormais sur cet oreiller ici et elle dormait du côté le plus proche de la salle de bains. En général, elle se levait plusieurs fois par nuit pour polluer son bol d'eau. D'ailleurs, vous autres les humains, vous êtes dégoûtants, mais j'aimais Ethel et j'étais capable de passer outre ses défauts.

— Et ? demandai-je avec un soupir.

Il retroussa sa lèvre, mais il ne siffla pas.

— Cette nuit-là, elle ne s'est pas réveillée du tout. C'était le premier signe que quelque chose n'allait pas.

Je traînai près du lit, mal à l'aise, ne souhaitant pas m'asseoir dessus ni même le toucher.

— Je pensais que l'odeur bizarre de la nourriture était le premier signe.

Mon compagnon renifla le lit comme pour chercher quelque chose de spécifique.

— C'est là que j'ai eu mes premiers soupçons, mais quand elle ne s'est pas levée cette nuit-là, j'en étais sûr.

Je laissai quelques instants ininterrompus à Octo-Chat pour terminer son enquête sur le lit. Quand il se réinstalla sur son oreiller, je dis :

— D'accord, alors même si c'est ici qu'elle est morte, je ne pense pas qu'il y ait un rapport avec le meurtre. En bas, il y avait six assiettes. En supposant que l'une d'entre elles était à Ethel, te souviens-tu de l'un des cinq autres invités ?

— Je pourrais les identifier si je les revoyais, et probablement davantage par l'odorat que par la vue.

Je songeai à cela. L'odorat développé d'Octo-Chat ne me servait pas. La seule personne que je pouvais identifier à l'odeur était sans doute Bethany du travail… et c'était uniquement à cause de son obsession pour les huiles essentielles. Soudain, j'eus une pensée encourageante.

— Certains des invités étaient-ils présents à la lecture du testament, ce matin ?

Il bâilla et étira les pattes devant lui comme pour prendre une belle position de yoga.

— Oui, ils y étaient tous, révéla-t-il.

Soudain, résoudre cette affaire me sembla non seulement possible, mais probable. Essayant de ne pas faire peur à Octo-Chat avec mon enthousiasme soudain, je lui demandai :

— Mais tu ne sais pas lequel a tué Ethel ?

— Non, aucun d'eux n'avait l'odeur bizarre du dîner quand je les ai vus ce matin, confia-t-il en fronçant les sourcils.

— Et tu ne te souviens pas de leurs noms ?

Octo-Chat secoua la tête.

En oubliant mon dégoût, je soupirai et je m'assis sur le matelas à côté de lui, ayant l'impression que tout le vent quittait mes voiles regonflées.

— Comme il y avait au moins vingt personnes à la lecture du testament, nous avons toute une liste de suspects.

Il soupira également.

— Oui, apparemment.

Je frissonnai en me rendant compte que j'étais assise exactement à l'endroit où la vieille dame Fulton était morte pas même deux jours plus tôt.

— Peut-être que si nous essayons de...

— *Chut!* cria Octo-Chat en se levant soudain, alerte.

Ses oreilles pivotèrent comme de petites paraboles cherchant à trouver la meilleure réception.

— Quelqu'un vient d'entrer dans la maison.

Mon estomac tomba dans mes talons et directement à travers le plancher.

— *Quoi ?*

Il écouta un peu plus longtemps.

— Oui, il y a quelqu'un, c'est sûr.

En connaissant ma chance, c'était le tueur venant nettoyer la scène de toute preuve restée sur place — des preuves que j'avais été trop stupide pour trouver. Maintenant elles allaient disparaître pour toujours et Ethel Fulton allait passer l'éternité de sa mort sans être vengée. De plus, si le tueur nous trouvait, il pouvait frapper encore… et, évidemment, nous étions sur son chemin.

— Nous devons sortir d'ici, articulai-je en silence en espérant qu'Octo-Chat sache lire sur les lèvres.

Il sauta sur le plancher et trotta hors de la chambre que j'avais bêtement laissée grande ouverte.

Je tendis l'oreille pendant ce qui me semblait une éternité, attendant que quelqu'un croise le chemin de mon acolyte malchanceux. Octo-Chat allait-il reconnaître le danger ? Et si oui, allait-il trouver un moyen de m'alerter ?

Plusieurs minutes s'écoulèrent sans aucun signe d'Octo-Chat ni personne d'autre. En prenant une profonde inspiration, je sortis dans le couloir sur la pointe des pieds et je me dirigeai vers le grand escalier. Il me suffisait de descendre les marches et de sortir, je n'avais ensuite plus besoin de revenir dans cet endroit.

Même si je m'en sortis très bien pour descendre en silence, je le fis aux dépens d'une sortie rapide.

À environ mi-chemin, une silhouette apparut dans le vestibule et s'arrêta en me remarquant.

De toutes les choses que j'aurais pu faire alors, je choisis la pire. Je me figeai sur place.

— Qui est là ? demanda la silhouette.

La voix appartenait clairement à une femme, ce qui me rassura un peu. J'aurais eu des difficultés à me défendre contre un homme adulte, mais je faisais un mètre soixante-treize et une taille quarante-quatre, je pouvais sans doute me résister à la plupart des autres femmes… sauf si elle avait une arme.

— Je… je suis…

Comment pouvais-je expliquer mon intrusion ? La vérité au sujet du chat qui parlait et de notre enquête pour meurtre était pire qu'à peu près n'importe quel mensonge, mais j'avais trop peur pour réfléchir à une bonne excuse.

Heureusement, Octo-Chat choisit ce moment précis pour entrer par sa chatière électronique et monter les marches pour me rejoindre.

— Dis-lui que tu cherches ma nourriture et mon lit et d'autres affaires, ordonna-t-il.

Oh, c'était une très bonne idée. C'était au moins partiellement vrai.

— Je m'occupe du chat pendant quelques jours et je suis venue chercher ses affaires. Qu-qui êtes-vous? demandai-je hardiment en me tenant droite comme si j'avais tous les droits d'être là.

Elle fit un pas en arrière et appuya sur un interrupteur qui illumina le chandelier au-dessus de nos têtes, nous éclairant toutes les deux.

— Apparemment, vous n'êtes pas quelqu'un de proche de la famille, autrement vous n'auriez pas besoin de poser la question. Alors pourquoi ne commencez-vous pas par me dire qui vous êtes?

— Elle bluffe, chuchota Octo-Chat à côté de moi. Elle est tout aussi effrayée que toi. Elle émet des hormones de stress comme pas possible.

— Je travaille pour M. Fulton.

Je descendis quelques marches, gardant les yeux rivés sur l'autre femme.

— Dois-je lui dire que vous êtes passée?

— Bien dit, m'encouragea Octo-Chat dans mon dos.

La femme jura. Les cernes profonds de ses yeux indiquaient qu'elle n'avait pas bien dormi depuis longtemps, et la façon dont elle tordit la bouche en fronçant les sourcils signifia que je m'étais montrée plus maligne.

— Non, il n'aimerait pas ça, marmonna-t-elle en jetant un coup d'œil derrière elle avant de me regarder à nouveau. Écoutez, je ne prends rien. Je suis simplement en train de regarder les affaires de Tante Ethel pour m'assurer de ne pas me faire avoir quand ils diviseront l'héritage. J'allais partir, de toute façon, alors aucun mal n'a été fait.

Elle leva les mains en signe de capitulation et attendit que je la rejoigne au rez-de-chaussée.

— Je suppose que je ne suis pas obligée de parler de ça à M. Fulton, mais nous ferions mieux de partir et de fermer, dis-je avec bien plus de courage que je n'en ressentais.

— Oui, d'accord.

Elle recula lentement, gardant les yeux rivés sur moi pendant tout ce temps, puis elle tâtonna à la recherche de la poignée de porte derrière elle et l'ouvrit avec tant de force qu'elle claqua contre le mur. Si je n'avais pas eu de soupçons auparavant, alors il était certain que je m'interrogeais sur ses motivations maintenant.

— À un de ces jours, alors, dit la femme en jetant un coup d'œil par la porte une dernière fois avant de descendre les marches et de détaler.

Je l'observai pendant qu'elle montait dans une vieille voiture et qu'elle s'assit en marmonnant au volant. Même si elle partait maintenant, ça ne signifiait pas qu'elle — ou quelqu'un d'autre — ne revenait pas bientôt. Je devais sortir d'ici, mais il me fallait d'abord attraper les affaires d'Octo-Chat dans la cuisine.

Il me suivit d'un pas rapide.

— Tu t'en es très bien sortie, dit-il. Je commence à penser que tu es peut-être à la hauteur de la tâche, finalement.

— Waouh, merci, lui dis-je en soulevant l'Évian et les boîtes de nourriture pour chat du mieux que je pouvais. Tu veux bien surveiller mes arrières au cas où elle essaierait de s'approcher et de me poignarder pendant que je ne regarde pas ?

Octo-Chat sauta sur le comptoir et écarquilla les yeux.

— Oh, ce n'est pas la tueuse.

— Qu'est-ce qui te fait dire ça ? marmonnai-je en luttant pour garder les affaires en équilibre dans mes bras. N'était-elle pas là l'autre soir ?

— Oh, elle était là, mais elle n'est pas assez intelligente pour commettre un meurtre, et encore moins pour le cacher. Crois-moi, c'est la nièce d'Ethel. Elle est sans aucun doute la femme la plus stupide que j'ai rencontrée. Elle n'aurait pas pu mijoter ça.

— On dirait presque que tu admires le tueur, chuchotai-je en quittant la cuisine.

Je ne savais pas si notre visiteuse était partie ou si elle risquait de revenir avant que je puisse m'en aller.

Mon compagnon siffla :

— Non, crois-moi, je suis furieux comme un humain sans son téléphone portable. C'est juste que je sais qu'elle n'en est pas capable. Cela laisse toutefois encore quatre autres invités qui auraient pu le faire.

La porte d'entrée était toujours grande ouverte, mais la voiture de l'autre femme avait disparu de l'allée. Heureusement, car je n'étais pas prête pour plus de bavardages, même en sachant que ça n'allait pas se terminer par mon propre meurtre.

— Tu ne sais pas qui étaient les autres invités ? Tu as dit plus tôt que tu ne connaissais personne, mais tu as semblé reconnaître immédiatement la nièce d'Ethel.

Il soupira comme si c'était lui qui supportait ma stupidité.

— C'est la mémoire olfactive. Certains détails ne se remettent pas en place sans ça.

— Je n'ai encore jamais entendu une chose aussi ridicule.

Je surveillais mes pieds pendant que nous avancions sur le sol inégal sur le côté de la maison où j'avais caché ma voiture près d'un bois de grands arbres.

— Eh bien, avec combien de chats as-tu eu des conversations profondes avant de me rencontrer ?

Je devais admettre qu'il m'avait eue.

— Compris. Mais notre petite escapade n'a abouti à rien, alors que devons-nous faire ensuite ?

On atteignit ma voiture et je posai ma charge de boîtes de conserves et de bouteilles sur le sol afin d'ouvrir le coffre et de tout poser à l'intérieur.

— Ce n'était absolument pas *rien*.

Octo-Chat sauta sur le capot de ma voiture et me regarda comme si j'étais une paysanne et qu'il était le roi.

— Nous avons ma nourriture et de l'Évian, non ?

Je secouai la tête et je gloussai en refermant le coffre. Nous avions affronté le danger, mais nous étions encore loin de résoudre le mystère du meurtre. Au moins, nous avions de l'Évian !

CHAPITRE 8

Le lendemain matin, un cri perçant me réveilla au petit matin. La chambre était toujours plongée dans l'obscurité, alors j'attrapai mon téléphone pour l'utiliser comme une torche improvisée.

— Ah, en plein dans l'œil ! cria Octo-Chat en sautant du lit pour échapper à la lumière.

Je luttai en m'asseyant, car mes membres étaient encore engourdis.

— Que se passe-t-il ? Qu'est-ce qui ne va pas ?

Il se tourna vers moi. Ses yeux scintillants s'élargirent en s'habituant à ma torche.

— C'est l'heure du petit-déjeuner, m'informa-t-il.

Un rapide coup d'œil à mon téléphone confirma qu'il n'était que cinq heures du matin, deux bonnes heures avant que je me lève pour une journée de travail habituelle.

— Pas question, tu rêves, gémis-je en me couvrant la tête avec les couvertures. Va-t'en.

L'horrible cri de banshee résonna encore, envoyant des frissons dans ma colonne vertébrale et transperçant directement mon cerveau.

— Est-ce toi ? sifflai-je.

Octo-Chat siffla à son tour, puis il me parla lentement et avec un volume normal.

— C'est l'heure du petit-déjeuner, répéta-t-il. Si je pouvais moi-même ouvrir la boîte, je le ferais, mais je ne peux pas. Alors, lève-toi et utilise tes pouces opposables, ma chère.

— Très bien, mais je te déteste, me plaignis-je en jetant mes jambes par-dessus le bord du lit.

Il m'obligeait à me lever, ça ne voulait pas dire que je devais me presser.

Il courut devant moi et décrivit plusieurs cercles en attendant que je le rejoigne.

— Le sentiment est réciproque, au moins tant que je n'ai pas eu mon petit-déjeuner.

— Et moi, mon café, dis-je en frissonnant lorsque je me souvins de mon altercation avec la cafetière du bureau.

J'allais peut-être passer au thé, désormais.

Dans la cuisine, je mis son pâté de saumon préféré sur une assiette et je la posai sur le sol pour mon colocataire pourri gâté.

— Bon appétit, marmonnai-je en retournant dans ma chambre d'un pas traînant.

Je ne m'étais même pas recouchée quand Octo-Chat donna un coup de patte à mes pieds en grognant.

— Non, tu ne peux pas retourner au lit. C'est le matin et il me faut mon petit-déjeuner.

— Je viens de te nourrir. Va manger et laisse-moi tranquille.

Je me laissai tomber sur le lit et je me tournai sur le côté afin de ne pas être obligée de voir sa petite tête de chat exigeant.

— Pourquoi est-ce si difficile à comprendre? soupira-t-il, ses moustaches frémissant furieusement. Je ne peux pas manger, sauf si tu es à côté de moi et que tu me regardes. Tu pourrais aussi me dire que je suis un bon chat.

— Mais tu n'es pas un bon chat, grommelai-je.

À ce moment précis, il était à peu près le pire chat au monde. Après tout, aucun des autres chats sur Terre ne me tirait du sommeil à cette heure indue.

— Ethel me caressait toujours et elle me parlait quand je mangeais. S'il te plaît, ne crois-tu pas... ?

Il s'interrompit et je me tournai malgré moi... pour me retrouver plongée dans ses énormes yeux suppliants.

— Très bien! crachai-je. Mais demain, nous nous réveillons selon mon emploi du temps.

Octo-Chat ne dit rien en ouvrant la voie vers la cuisine, la queue levée et les hanches se balançant d'une façon qui donnait vraiment l'impression que c'était pour mon bénéfice.

— Oh, grand et puissant Octo-Chat, tu es un si bon minou, dis-je en levant les yeux au ciel pendant qu'il prenait une première bouchée hésitante de son petit-déjeuner à l'odeur horrible.

— Hé, que t'ai-je dit sur le fait de m'appeler « minou »? grommela-t-il entre deux bouchées. Mais je dois dire que je commence à apprécier l'autre.

— Quoi? *Octo-Chat?*

Je lui jetai un regard suspicieux. J'étais surprise, car jusqu'à présent il avait été intraitable concernant son nom ridiculement long.

— Celui-là, oui, confirma-t-il en faisant claquer les lèvres pendant qu'il continuait à avaler son Gourmet.

— Ça te va bien.

— Et ça donne l'impression que je suis branché et moderne, aussi.

— Oh oui, tu es un chat très cool.

Il était peut-être temps d'apprendre quelques nouveaux mots à ce pauvre chat. Après tout, il tenait tout son vocabulaire d'une femme de quatre-vingts ans.

Quand il eut terminé son repas, je versai un peu d'Évian dans une tasse et je la posai devant Octo-Chat. Il la lapa avec plaisir et commença ensuite la première de ses nombreuses toilettes quotidiennes.

— Puisque je suis debout, je vais aller me préparer, l'informai-je en remerciant ma bonne étoile quand il ne me suivit pas dans la salle de bains.

Je pus prendre une douche sans qu'il fasse tout un cinéma.

L'eau chaude tambourina sur ma peau, me ramenant lentement à la vie. Quand j'eus terminé tous les rituels du matin, j'étais de bien meilleure humeur.

— C'est bien de voir que tu es enfin réveillée, dit Octo-Chat d'un air approbateur. À quelle heure partons-nous au bureau ?

— Nous ? Non, non, non. Je ne peux absolument pas justifier le fait de te ramener au bureau.

— Mais j'y étais hier, argumenta-t-il en faisant la moue comme un enfant.

— Pour la lecture du testament.

— Alors, il te suffit de faire une autre lecture de testament. De plus, si je suis là, je peux t'aider à découvrir le tueur.

Je croisai les bras sur ma poitrine et je le fixai sans cligner des paupières.

— Tu ne viendras pas.

Il courut vers la porte en criant d'une voix chantante :

— Dommage que tu ne puisses pas m'arrêter.

Quel sale gosse. On pouvait être sûr qu'Octo-Chat voulait toujours être au centre de l'action. Il était assez sociable pour un chat. Si je voulais le laisser à la maison, il me fallait trouver quelque chose d'important à faire ici… ou au moins lui faire croire que c'était important.

J'espérais que les chats étaient vraiment curieux. Je comptais dessus.

— Je vais seulement au travail parce que je n'ai pas le choix, l'informai-je. Toi, ce n'est pas ton cas. Et il vaudrait bien mieux que tu restes ici et que tu fasses des recherches pour notre affaire.

Il agita la queue, mais sembla intrigué.

— Ah ? Eh bien, qu'as-tu en tête ?

Si je mettais trop longtemps à réfléchir, Octo-Chat allait comprendre ma combine, alors je dis la première chose qui me vint à l'esprit.

— Des recherches. Sur Internet.

— Je ne sais pas taper au clavier, dit-il en se renfrognant. Ni lire, d'ailleurs.

— Tu ne sais pas lire ?

Je ne sais pas pourquoi j'étais surprise. La plupart des chats ne parlaient pas. Peut-être avais-je simplement supposé qu'Octo-Chat savait tout faire comme un acolyte super-minou.

Il abandonna la porte et me rejoignit dans le salon.

— Jusqu'à ce que je te rencontre, je ne savais pas du tout que les humains avaient un système de communication aussi complexe, expliqua-t-il. Vos sons différents ont des sens différents ! J'ai toujours cru qu'il ne s'agissait que des émotions, mais vous semblez attribuer des bruits à différents objets et concepts. C'est fascinant.

— Pareil pour moi, chat.

J'étais toujours stupéfaite qu'Octo-Chat considère les humains comme simplement un autre animal. Dans son esprit, les chats étaient l'espèce intellectuellement supérieure de la planète, ce qui me semblait risible. Les humains se faisaient-ils des illusions au sujet de leur place dans le règne animal ? En tout cas, ça me laissait songeuse.

Je m'étais demandé autre chose également, et je décidai de poser la question à Octo-Chat.

— Alors, tu ne parles pas ma langue ?

Il agita les moustaches, perplexe.

— C'est quoi ta langue ? Est-ce votre mot pour l'humain ? Parce que non, je ne parle pas l'humain. Tu parles chat.

— Pourtant, je ne parle pas le chat.

En tout cas, j'étais à peu près certaine de ne pas être en train de parler en miaulant, ronronnant et grognant.

— Et pourtant, nous nous comprenons.

Octo-Chat sembla s'ennuyer, alors que je trouvais la conversation terriblement intéressante. Apparemment, la curiosité était humaine également.

Nous restâmes silencieux en y réfléchissant tous les deux, l'un de nous plus que l'autre.

Je finis par dire :

— Je suppose que c'est un autre mystère qu'il nous faudra résoudre. Tu sais, une fois que nous aurons résolu le mystère plus urgent du meurtre.

— Il n'y a pas de mystère qui soit, m'informa-t-il, ses yeux brillant d'une lueur de connaissances qu'il ne partageait pas. C'est la magie.

— La magie ?

Je ris à cette idée.

— Tu crois à la magie ?

— Pas toi ?

Il sembla véritablement surpris.

Combien de choses nous autres les humains ne savions-nous pas sur le reste du monde ? Je commençais à croire qu'il y en avait beaucoup. J'allais me renseigner plus tard. Pour l'instant, je devais le distraire afin de filer discrètement au bureau, toute seule.

— D'accord, alors voilà ce que tu peux faire pour moi, lui dis-je en me penchant pour attraper la télécommande sur la table basse. Je vais laisser la télévision allumée pour toi et tu pourras apprendre à lire l'humain.

— Beurk, mais pourquoi ?

— Afin que tu puisses m'aider avec les recherches, bien sûr.

— Vas-tu apprendre le chat ? rétorqua-t-il.

— Bien sûr, tu pourras me donner des leçons quand je rentrerai du travail.

J'acceptai essentiellement pour éviter une longue discussion, mais je devais admettre que l'idée d'apprendre une nouvelle langue inconnue m'enthousiasmait.

La télévision s'anima quand j'appuyai sur le bouton et nos yeux furent immédiatement attirés par l'écran. Après avoir zappé un moment, je choisis une des chaînes pour enfants où une petite fille à la peau couleur caramel et son singe parlaient directement au spectateur. J'appuyai sur plusieurs boutons, trouvant enfin l'option des sous-titres.

Octo-Chat miaula en répondant à l'écran, tout de suite fasciné par le programme. Je regardai quelques minutes avec lui, puis je parvins à sortir sans être repérée, comme je l'avais espéré.

J'allais arriver affreusement tôt au bureau ce jour-là, mais c'était peut-être à mon avantage. Petit à petit, un plan se forma dans ma tête.

Oui, aujourd'hui allait être une journée productive dans la résolution du meurtre d'Ethel Fulton. Si tout se passait selon mes plans, je pouvais même découvrir le coupable avant de retourner à la maison en fin de journée.

CHAPITRE 9

En chemin vers le bureau, je m'arrêtai au café local pour commander des cafés latte pour les associés et tous les avocats. Même si je ne pouvais pas vraiment me le permettre financièrement, j'avais besoin d'une excuse pour parler à tout le monde et voir ce que je pouvais apprendre au sujet de la lecture du testament et de la prétendue cause de la mort d'Ethel Fulton.

Heureusement, même si Mamie voulait que je sois une adulte entièrement autonome, elle intervenait quand il m'arrivait de ne pas pouvoir payer le loyer. En général, mon argent de poche était dépensé en livres, en cours de fac ou en séminaires en ligne, mais pour les quelques jours à venir, le mystère d'Octo-Chat allait trop m'occuper pour avoir le temps de me divertir en apprenant.

J'avais lu assez de romans policiers pour savoir qu'il fallait pas mal de travail pour identifier un tueur. Dans le monde réel, de nombreuses affaires étaient sans doute très vite élucidées, mais je doutais que ce soit le cas de celle d'Ethel.

Pour commencer, toutes mes preuves étaient basées sur des rumeurs… *venant d'un chat.*

Et même si je le croyais, je ne pouvais pas vraiment utiliser sa parole pour me justifier. Octo-Chat m'avait également donné juste assez pour rendre légitime son affirmation de meurtre, mais pas assez pour guider mes questions quand je m'adressais à quelqu'un d'autre.

Tout cela signifiait que je devais rester décontractée et bavarder en essayant de récupérer des informations auprès de mon patron et de mes collègues. La livraison surprise de café allait me permettre de lancer la conversation, mais je devais compter sur ma présence d'esprit pour apprendre des éléments ayant un véritable intérêt.

Bon, j'avais vraiment du pain sur la planche.

Grâce à mon réveil brutal de ce matin, j'arrivai au travail une bonne heure avant le début habituel de ma journée. Il n'y avait que deux autres voitures sur le parking : celle de M. Fulton et celle de Bethany. Dommage pour tous les cafés supplémentaires. J'espérais pouvoir les réchauffer secrètement aux micro-ondes sans que quelqu'un le remarque.

En essayant de ne pas montrer ma déception, j'entrai d'un pas léger avec mon grand plateau de cafés et un sourire éclatant.

— Bonjour, chantonnai-je en passant devant le bureau de l'accueil où j'étais normalement assise pour accueillir les visiteurs qui passaient au cabinet.

Je ne fus accueillie que par du silence.

— Bonjour ? appelai-je en sachant que j'avais vu leurs voitures.

En avançant dans le couloir vers le bureau de M. Fulton, j'allumai les plafonniers.

— M. Fulton ?

La porte s'ouvrit brusquement, ce qui me fit sursauter. Heureusement que les cafés brûlants ne m'éclaboussèrent pas, sinon je me serais retrouvée à l'hôpital avec un accident du travail surprenant pour la deuxième journée consécutive.

Quand je récupérai mon équilibre, je levai les yeux vers mon patron. Le pauvre homme était presque méconnaissable. M. Fulton était ébouriffé de façon comique. Sa chemise normalement bien repassée était froissée et sa cravate pendait de travers. Il avait les yeux rivés sur le sol et il lui fallut donc un peu plus longtemps pour constater que je me tenais juste devant lui.

— Bonjour, monsieur, dis-je avec précaution. Est-ce que… est-ce que tout va bien ?

Il leva les yeux vers moi et plaqua sur son visage un sourire poli dont je n'étais pas dupe.

— Oh oui. Oui, je vais bien. Ce café est pour moi ?

Quand je lui eus donné le latte, il retourna dans son bureau et claqua la porte derrière lui sans un *merci* ni un *bonjour* ni *je suis content que tu ne sois pas morte à cause de cette cafetière, hier.*

Étrange. Vraiment étrange.

En haussant les épaules, je me dirigeai ensuite vers le bureau de Bethany. La pièce était sombre et silencieuse, alors que j'aurais pu jurer avoir vu sa voiture sur le parking. J'avais peut-être vraiment perdu l'esprit, ou alors tous les autres étaient devenus fous.

Quoi qu'il en soit, j'avais l'étrange impression d'être observée. Le tueur savait-il que j'étais sur ses traces, ou bien un autre danger obscur me menaçait-il ?

Le *danger*, pff, n'importe quoi.

C'était toujours mon vieux bureau ennuyeux, mais un peu plus tôt dans la journée que d'habitude. M. Fulton venait de perdre un membre de sa famille et il avait un héritage compliqué à gérer, alors évidemment, il était un peu perturbé.

En ce qui concernait Bethany, elle aimait souvent s'échapper dehors pour prendre un peu d'air frais, ce qui était logique, vu qu'un brouillard chimique permanent avait envahi son bureau après plus d'une année d'utilisation exagérée d'huiles essentielles. En fait, elle était sans doute dans le jardin en ce moment même, ce qui allait me donner l'occasion parfaite de lui parler en privé avant que les autres arrivent.

Après m'être rassurée un peu, je posai le plateau de cafés sur mon bureau, j'en attrapai un pour moi et un pour Bethany, et je sortis. Je fis le tour de tout le bâtiment, mais je ne vis qu'un écureuil louche qui me fixait d'un air suspicieux.

Où était Bethany ?

En retournant au parking, je jetai un coup d'œil dans sa voiture, mais elle était vide également. Quand je fis demi-tour, j'aperçus une lueur grise disparaître derrière le bâtiment.

— Bethany ? appelai-je en courant.

Une fois de plus, il n'y avait personne.

Je laissai tomber et je retournai à l'intérieur où je trouvai Bethany qui m'attendait à côté de mon bureau.

— Comment as-tu… ?

— Quoi ? demanda-t-elle en tripotant un des gobelets de café qu'elle souleva ensuite pour le serrer entre ses mains. J'étais là depuis le début, dit-elle en haussant les épaules quand je ne finis pas ma question.

Si c'était vrai, alors elle était très probablement avec M. Fulton dans son bureau. Le sien était vide et aucun des autres n'avait encore été ouvert pour la journée.

Mais pourquoi tout ce secret ?

Étais-je tombée sur un nouveau mystère ?

Non, M. Fulton n'aurait jamais eu une liaison. Totalement

impossible. Et particulièrement pas avec l'impétueuse et hargneuse Bethany, qui était l'opposé de sa femme. À cause d'Octo-Chat, mon imagination était en train de me jouer des tours.

Il était maintenant temps d'arrêter de spéculer au sujet de mes collègues et de commencer à rassembler des informations au sujet du meurtre d'Ethel. Étant donné que Bethany était déjà un peu troublée, elle allait peut-être faire une gaffe et me dire plus que ce qu'elle voulait.

Il fallait que je tente le coup.

— Alors... dis-je en posant un des cafés et en buvant une petite gorgée de l'autre. Hier, c'était de la folie, hein ?

Elle tourna brusquement la tête vers moi comme si elle venait de se souvenir de ma présence, puis un sourire serpentin glissa sur son visage.

— Vraiment de la folie, oui.

— As-tu raté beaucoup de choses parce que tu m'as conduite à l'hôpital ?

— Oh, non. Je ne crois pas. Quand je suis revenue, ils venaient tout juste d'arriver à la partie qui concernait le chat.

Elle fit passer ses cheveux blonds derrière ses oreilles et me fit un sourire apaisant.

— J'ai entendu dire qu'Ethel avait laissé une grande partie de son héritage à Oct... je veux dire, à son chat. Je parie que tout le monde a dû être outré.

Elle prit ses aises dans notre conversation, devenant moins tendue pendant que nous échangions nos ragots.

— Que ressentirais-tu si on te retirait ton héritage à cause d'un chat de gouttière ?

— Il paraît qu'il est en partie Maine coon, dis-je en me demandant pourquoi j'avais besoin de défendre un chat que je connaissais depuis moins de vingt-quatre heures et que je n'appréciais pas tellement, de toute façon. Bethany avait raison. Je ne savais toujours pas combien d'argent Octo-Chat avait hérité, mais à en juger par la maison que nous avions visitée la veille, ce devait être assez conséquent, en effet.

— Eh bien, quoi qu'il en soit, dit-elle en fronçant les sourcils, je ne crois pas que cette femme restera favorablement dans les esprits, après ça. En tout cas, pas pour sa famille.

— L'appréciaient-ils avant ? songeai-je à voix haute en essayant de ne pas montrer mon intérêt pour sa réponse alors que nous arrivions enfin au cœur de cette information croustillante.

Bethany haussa les épaules.

— Qui sait ?

Quand elle se retourna pour partir, je lâchai la première chose qui me passa par la tête.

— Savons-nous comment elle est morte ? criai-je presque. Est-il possible que quelqu'un dans la famille, tu vois, l'ait aidée un peu à mourir pour obtenir l'héritage en avance ?

Bethany se figea sur place. Quelques secondes gênantes s'écoulèrent avant qu'elle éclate de rire.

— Vraiment, Angie ? On dirait que tu as un peu trop regardé la télé. Les gens meurent tous les jours. Très peu d'entre eux sont assassinés.

Je me forçai à rire, moi aussi.

— Oh, tu as raison. J'ai veillé tard en lisant hier soir, puis je me suis réveillée tôt à cause du chat. J'ai peur de m'être un peu grillé le cerveau.

Elle semblait intéressée par cela.

— Le chat. Oui, c'est toi qui l'as accueilli, n'est-ce pas ?

— Oui, je voulais aider la famille pendant cette période difficile et ça m'a semblé être le moyen le plus simple.

Bethany revint vers moi avec des pas lents et déterminés. D'une voix grave, elle chuchota :

— Tu as intérêt à être contente que ces histoires de meurtre ne soient que dans ta tête, parce que celui qui récupère le chat aura l'argent. S'il reste trop longtemps avec toi, tu pourrais être la suivante sur la liste du tueur.

Un frisson se faufila du bout de mes doigts jusqu'à mon cœur et les petits cheveux de ma nuque se dressèrent, en alerte. J'étais sur le point de demander ce qu'elle insinuait lorsque Bethany éclata encore de rire.

— Tu aurais dû voir ta tête, s'esclaffa-t-elle avant de tourner les talons et de partir dans son bureau.

Son rire la suivit, me laissant seule avec mon plateau presque entièrement rempli de gobelets de café.

Si je ne la connaissais pas mieux, j'aurais pu jurer que Bethany essayait de me faire réagir… ou de m'avertir. Savait-elle quelque chose que j'ignorais ? Était-elle au moins partiellement coupable ?

Soudain, je ne me sentis plus très en sécurité.

CHAPITRE 10

Environ une demi-heure plus tard, les autres avocats arrivèrent petit à petit. J'avais déjà décidé de ne plus jamais venir en avance. M. Thompson m'envoya chercher du café à son arrivée, mais cette fois au moins, il me donna de l'argent pour rembourser mon achat.

Quand je revins avec un nouveau plateau de boissons chaudes, je trouvai Diane Fulton assise dans la petite salle d'attente avec un magazine plié sur ses jambes croisées.

— Oh, te voilà, Angie, dit-elle avec un sourire exagéré. Bonjour.

— Bonjour, répondis-je en hésitant, me balançant d'un pied sur l'autre.

Normalement, j'adorais les visites de Diane, mais aujourd'hui sa présence me rendait nerveuse à cause de l'étrange comportement de son mari ce matin-là et de mes soupçons d'une liaison éventuelle.

J'affichai mon propre faux sourire.

— Puis-je faire quelque chose pour toi ?

Ses mains tremblaient sur ses genoux, trahissant l'émotion extrême qu'elle s'appliquait à cacher.

— Eh bien, je suis venue voir mon mari, mais il semble être absent. Je me suis dit que si j'attendais ton retour, tu saurais peut-être me dire où je peux le trouver.

— Je suis désolée, mais non. S'il n'est pas dans son bureau, je ne sais pas où il est allé.

J'hésitai encore avant de demander :

— Est-ce que tout va bien ?

Diane fit passer ses cheveux normalement bien coiffés derrière ses oreilles et déglutit. Ce fut alors que je vis comme elle était débraillée, elle aussi. Au lieu de sa garde-robe habituelle de chemisiers et de jupes de couturiers à la mode, elle portait un vieux tee-shirt avec une grande tache sur la poitrine. Elle avait assorti cette horreur avec un pantalon de jogging et des tongs. Je n'aurais jamais deviné qu'elle en possédait, et surtout pas qu'elle allait se montrer en public en les portant.

Je posai les cafés sur une petite table et je me baissai pour parler à mon amie qui devait maintenant activement lutter pour retenir ses larmes.

— Tu peux toujours me parler, lui dis-je doucement en me demandant si je devais proposer un mouchoir ou un câlin.

— C'est Richard, avoua-t-elle avec un sanglot. Il n'est pas rentré à la maison hier soir et il ne répond pas à mes appels ou à mes textos. Je ne sais pas quoi faire.

Je repensai à ce matin. Je n'avais jamais vu mon patron aussi perturbé et j'étais prête à parier que Diane ne l'avait jamais vu perdre son calme de cette façon non plus.

— Voilà ce que je propose, dis-je en espérant ne pas le regretter plus tard. Je te passerai un coup de fil dès que je le vois.

Elle écarquilla les yeux, ses larmes retenues scintillant maintenant d'espoir.

— Oh, tu ferais ça ? Ça m'aiderait tellement.

— Bien sûr.

Je ne voulais vraiment pas m'immiscer dans leur drame domestique, mais je ne pouvais pas ignorer mon amie alors qu'elle en avait besoin.

— Il a agi si bizarrement cette semaine, poursuivit Diane après s'être attrapé un mouchoir et avoir vidé son nez dedans. Nous sommes mariés depuis presque trente ans, mais soudain, il est comme un inconnu.

Je ne savais vraiment pas quoi répondre à ça, alors je la tapotai sur l'épaule et je fis un sourire apaisant.

— Je suis sûre que tout va bien. Il traverse une période difficile avec la mort de sa tante. N'est-ce pas ?

Diane hocha la tête.

— Ethel était toujours ma préférée de la famille. Je regrette de ne pas avoir passé plus de temps avec elle sur la fin. Je pense que nous nous attendions presque à ce qu'elle vive éternellement. Ça a été un tel choc.

J'aurais beaucoup aimé lui poser des questions sur le dîner, mais je ne pouvais pas justifier le fait d'être au courant.

— Je suis vraiment désolée.

Elle renifla et rangea le mouchoir usagé dans son sac à main.

— Oh, regarde-moi. Je t'empêche de travailler.

Elle jeta le magazine sur la table basse et se leva en essayant de lisser les plis de sa tenue sans y parvenir. Elle fit un petit rire sarcastique.

— Je suis dans un état pas possible. C'est peut-être le bon jour pour me rendre au salon de beauté.

— C'est une excellente idée.

— Tu me promets de m'appeler si tu le vois ?

— Je te le promets.

Je pouvais au moins faire ça. Quant à résoudre le meurtre ? Je commençais sérieusement à m'inquiéter des autres secrets sinistres que je risquais de découvrir en continuant à fouiller.

Diane hocha la tête, scruta les lieux, puis me surprit en me serrant dans ses bras.

— Merci, Angie. Tu n'as pas idée de l'aide que tu m'apportes.

Moins d'une minute plus tard, elle avait disparu et j'étais tout aussi perplexe qu'avant.

Notre plus jeune avocat, Derek, sortit du bureau qu'il partageait avec Brad, un autre des futurs avocats au sang bleu ayant appartenu à une fraternité, et il marcha tout droit vers le café.

— Merci pour ça, dit-il en prenant deux gobelets et en tournant les talons pour replonger dans leur bureau.

Je le suivis et je m'assis au coin du bureau de Derek, afin qu'aucun des deux hommes ne puisse m'ignorer.

— Vous étiez à la lecture du testament hier, n'est-ce pas ?

Derek but lentement une gorgée de café.

— Je n'étais pas invité, mais Brad, oui.

Il ne semblait pas très content à ce sujet, mais je n'avais pas le temps de déballer les sentiments de Derek alors qu'il y avait encore tant de choses à apprendre au sujet des Fulton.

Je fixai le regard sur Brad et j'essayai de me montrer intéressée par le sujet sans encourager aucune séduction de sa part.

— J'ai entendu les choses les plus folles. Qu'est-il arrivé ?

Il tourna sur sa chaise avec un petit sourire satisfait.

— Eh bien, il y avait cette secrétaire canon qui a été électrocutée et qu'il a fallu conduire à l'hôpital en urgence.

À l'époque où je n'étais pas détective, soit je l'aurais giflé en sachant très bien que je pouvais perdre mon travail, soit je serais partie en trombe sans jeter un regard en arrière. Brad m'avait invitée à sortir une fois ou deux ou quelques douzaines, et j'avais systématiquement dit non. J'allais éternellement dire non, c'était une certitude sur laquelle je pouvais parier ma vie.

De plus, il me traitait régulièrement de secrétaire du cabinet, alors j'étais plus qu'ennuyée. J'étais assistante juridique. Le fait que j'apportais souvent le café à tout le monde n'y changeait rien. En outre, j'étais à peu près certaine que Brad ne s'en était sorti en école de droit que grâce au réseau de son père. Tout ce que j'avais comme carrière — bien que ce n'était pas grand-chose — venait de mon propre mérite.

Je me forçai à sourire.

— Après ça, je veux dire.

Même si je le trouvais vicieux, je pouvais compter sur Brad pour avoir envie de m'impressionner. Cela signifiait qu'il avait peut-être la langue plus déliée que certains des avocats à la bouche cousue. Et je comptais précisément là-dessus.

Il s'éclaircit la gorge et ajusta sa cravate, se redressant sur sa chaise en révélant :

— La vieille dame a presque tout légué à son chat. Et une femme a complètement perdu son calme en l'apprenant.

Oh, voilà qui était intéressant !

— Quelle femme ? dis-je en levant un sourcil avec curiosité.

Il grimaça.

— Elle était petite, les cheveux gris, assez mal fagotée. Je crois que c'était la nièce ?

Hmm, cela ressemblait beaucoup à la personne qu'Octo-Chat et moi avions trouvée la veille dans la propriété d'Ethel.

— Qu'a-t-elle fait en l'apprenant?

— Elle a commencé à crier toutes sortes de grossièretés, a dit qu'elle avait beaucoup veillé sur Ethel pendant des années alors que tout ce que faisait le chat, c'était attraper quelques souris et faire caca dans une boîte. Elle a dit qu'elle méritait cet argent.

Je ris en me promettant de retenir l'insulte que je pouvais livrer à Octo-Chat plus tard.

— Et qu'ont dit tous les autres?

— En gros, de rester à sa place. Elle s'est assise en silence assez rapidement, puis elle est sortie à toute vitesse quand c'était terminé.

Je gloussai en essayant d'imaginer le fiasco.

— On dirait que j'ai raté un vrai spectacle.

Brad sauta de sa chaise et leva son col d'une façon qu'il pensait certainement être sexy, mais que je trouvais ridicule et clownesque.

— Je serais heureux de te faire un récapitulatif au cours d'un dîner.

Je bâillai en secouant la tête.

— Merci, mais non.

Il haussa les épaules pour ignorer la blessure à son égo. Je commençais à croire qu'il avait des pouvoirs de guérison hallucinants comme Wolverine ou la pom-pom girl de *Heroes.* Rien ne semblait le perturber longtemps.

— Je vous vois plus tard, dis-je en hochant poliment la tête vers Derek, que j'avais toujours bien plus apprécié que Brad.

D'un autre côté, j'appréciais tous les gens du bureau plus que Brad. Sauf peut-être Bethany. Ces deux-là étaient sans doute à égalité pour la dernière place sur ma liste des collègues préférés.

Si elle n'avait pas de liaison avec M. Fulton, elle pouvait envisager Brad comme un prétendant potentiel à la place. Je voulais vraiment qu'il me lâche, mais je n'étais pas certaine que ça vaille le cauchemar d'une potentielle alliance entre eux.

Quand je repassai par l'accueil, je remarquai que tous les gobelets de café avaient été récupérés pendant que je bavardais avec Brad et Derek. Soit quelqu'un était trop impatient et avait servi tout le monde, soit M. Fulton était bien là et il se cachait volontairement de sa femme.

J'inspirai profondément avant d'aller voir à son bureau. Personne ne répondit quand je frappai à la porte, mais elle n'avait pas été entièrement fermée, alors j'entrai lentement. Je savais que ce n'était pas bien de fouiner, mais ce n'était pas bien d'assassiner non plus… et il fallait au moins que j'essaie de livrer le coupable à la justice.

Après mon étrange rencontre avec M. Fulton d'abord, puis avec sa femme, je commençai à soupçonner que mon gentil patron puisse avoir du sang sur les mains, ce qui rendait mon petit cambriolage encore plus risqué.

J'avançai lentement, prête à fuir au moindre signe de danger ou au retour de M. Fulton. Au début, tout sembla normal, mais un morceau de tissu violet vif attira alors mon regard sous le bureau. En reculant la chaise, je me penchai pour l'examiner de plus près.

Et je me retrouvai nez à nez avec un soutien-gorge en soie et dentelle. Il était bien plus chic que ce que j'aurais porté et trop sexy pour Diane. Est-ce que ça voulait dire… ?

Je ne voulais pas imaginer le pire au sujet de mon patron, mais je commençais déjà à le soupçonner de meurtre. En comparaison, l'adultère n'était pas tellement tiré par les cheveux.

Il était facile de coller toute l'affaire sur le dos du suspect le plus évident et le plus immédiat, mais j'avais des difficultés à imaginer mon patron préféré comme étant le tueur d'une gentille vieille dame à chat.

Ce n'était pas logique. Il avait toujours paru si gentil, même, et peut-être particulièrement, pour un avocat. Était-ce une ruse pour nous donner la fausse impression qu'il n'était pas coupable ?

Mais pourquoi maintenant ?

Pourquoi aurait-il tué sa tante ? Était-ce froid et calculateur, ou plutôt une histoire de passion ? J'avais l'impression que glisser du poison dans le dîner de quelqu'un était une chose que l'on planifiait. S'il avait vraiment fait cette chose terrible — s'il l'avait effectuée lentement et sûrement — alors pourquoi semblait-il si perturbé maintenant ?

Je n'arrivais pas à comprendre, mais une chose était certaine : il me fallait sortir d'ici avant d'être prise sur le fait avec cette nouvelle preuve. Bien sûr, ce que cela prouvait restait à voir, mais la vérité allait bientôt éclater.

Oui, même si je devais l'y forcer.

CHAPITRE 11

Je ne vis pas M. Fulton pendant le reste de la journée, ce qui ne fit qu'augmenter mes soupçons. Diane appela juste avant la fin de ma journée de travail et je détestais la décevoir par mon absence de nouvelles.

Pendant le trajet de retour, je baissai ma vitre et je laissai l'air frais de l'océan envahir ma voiture. C'était assez agréable de conduire sans griffes enfoncées dans mes cuisses, pour changer. Et en parlant de griffes, j'espérais vraiment qu'Octo-Chat n'ait pas causé de désastre chez moi pendant que j'étais au travail.

Quelques courtes minutes plus tard, je me garai dans le parking en gravier de ma maison de location, j'inspirai autant d'air frais que possible, et j'entrai en m'attendant au pire.

Octo-Chat me salua à la porte en se frottant contre ma jambe et en agitant la queue.

— Tu es partie une éternité !

J'hésitai à me pencher pour le caresser, mais je ne voulais pas gâcher son humeur juste après être rentrée.

— À peine plus longtemps que mes horaires habituels de neuf à cinq. Pas une éternité, expliquai-je.

— Neuf à cinq heures? On dirait une peine d'emprisonnement.

Il n'avait pas tort, je voulais bien lui concéder ce point.

— Oui, eh bien, ce n'est pas tout à fait faux, avouai-je en soupirant avec lassitude.

— Dans ce cas, pourquoi y vas-tu?

Il s'assit et m'examina sans siffler, sans agiter la queue, sans témoigner son déplaisir. Avait-il été échangé avec un autre chat pendant mon absence? Ceci n'était certainement pas le chat grognon que j'avais appris à connaître et à détester.

Je frottai le pouce et l'index.

— C'est tout pour le flouze, bébé. Alors? Est-ce que je t'ai manqué?

Je ne voulais pas risquer de le transformer en version tigrée de Grumpy Cat, mais il fallait que je le sache.

Il haussa les épaules.

— J'aime savoir que tu n'es pas loin. Tu sais, au cas où j'aurais besoin d'Évian fraîche ou d'aide avec une boule de poils particulièrement tenace.

Cela me fit rire.

— Heureusement que tu as survécu.

Il sourit comme... eh bien, comme le chat du Cheshire, puis il m'informa :

— En parlant de ça, c'est l'heure de mon souper.

Je lui fis un salut militaire et me dirigeai vers la cuisine. Après avoir déposé une portion de pâtée et rempli un bol d'Évian, je lui dis alors que c'était un bon chat, comme il m'avait demandé de le faire le matin même.

Quand il eut terminé son repas du soir, il sauta sur le comptoir et dit :

— Bien. Tu peux me caresser maintenant.

— Euh, d'accord.

Cela me parut étrangement intime de passer les doigts dans sa fourrure marron et noire et de le caresser du haut de la tête jusqu'en bas de la queue. Ce fut encore plus étrange de l'entendre ronronner.

— Avec plaisir, dit-il après quelques caresses supplémentaires. Je sais que tu as envie de le faire depuis un moment, et — *hé* — tu l'as mérité. Mais s'il te plaît, arrête maintenant, sinon je te mords.

Je reculai ma main plus vite que je ne pouvais dire « pitié, pas ça ! » puis je le dis quand même.

Octo-Chat sauta à nouveau sur le sol et me guida vers le salon où ma télévision était toujours allumée sur la chaîne pour enfants que j'avais sélectionnée pour lui.

— As-tu appris beaucoup de choses aujourd'hui ? demandai-je avec un sourire en coin.

Il bâilla et hocha la tête.

— Entre deux siestes, oui.

— Ne veux-tu pas me poser des questions sur ma journée ?

J'étais impatiente d'apprendre ce qu'il pensait de l'étrange comportement de M. Fulton et de son apparente disparition.

— Cette idée ne m'était pas venue, avoua-t-il avec un autre bâillement. De plus, j'ai encore tant de choses à te raconter sur la mienne.

— Oh, je suis désolée. Vas-y, je t'en prie.

Je m'installai sur le canapé et je lui fis signe de me régaler des nombreux événements ayant rempli sa journée. Je lui devais bien ça, puisqu'il avait réussi à ne pas démolir tout ce que je possédais au cours d'une espèce de caprice irrationnel.

Il sauta sur la table basse et fit les cent pas dessus en parlant rapidement pour décrire sa journée.

— D'abord, je me suis réveillé en ayant faim, comme souvent. Il m'a fallu un moment pour te sortir du lit et encore plus longtemps pour t'apprendre comment me servir correctement mon repas matinal. En tout, tu mérites un C pour ton effort. Médiocre, rien de spécial.

— D'accord, super. Pouvons-nous avancer un peu s'il te plaît? demandai-je d'un ton irrité.

Je n'avais encore jamais rencontré quelqu'un qui pouvait faire volte-face aussi vite. D'abord il m'accueillait affectueusement à la porte, l'instant d'après il recommençait à m'insulter. Cette incohérence semblait être un élément de base de son caractère. Au moins, je pouvais lui faire confiance pour me dire exactement ce qu'il pensait. Cela devait bien compter pour quelque chose, particulièrement quand il s'agissait de résoudre une affaire de meurtre.

Octo-Chat continua à faire des allers-retours, parlant en rythme avec ses pas rapides :

— Quand tu es partie, j'ai regardé la fillette du dessin animé résoudre des mystères en utilisant des objets de son sac à dos. Il nous faudrait vraiment acheter un sac à dos pour nous aider avec notre affaire. Oh, et une carte.

Je gloussai, ce qui fut apparemment la mauvaise réaction.

— Je suis très sérieux, là, dit-il en transperçant mes yeux bleus de ses yeux ambrés. J'ai aussi appris qu'il y avait des ananas sous l'eau et d'autres bizarreries du monde humain. Je comprends votre langage un peu mieux, mais vous en tant qu'espèce, beaucoup moins. Pourquoi diffuser des émissions au sujet d'une éponge de mer et de son escargot domestique? Pourquoi ne pas vous concentrer sur votre propre espèce, ou au moins une espèce supérieure comme le *felis catus* ?

— Euh, je n'ai pas vraiment de réponse. Les gens font des choses bizarres tout le temps, comme commettre des meurtres ou avoir des liaisons. Tu ne croiras jamais ce que j'ai découvert aujourd'hui au travail.

— Oh, je suis certain de te croire. Vous autres humains, vous êtes également assez prévisibles, m'informa-t-il en posant son derrière sur la table basse et en agitant la queue d'un air menaçant. Mais d'abord, je dois te parler du reste de ma journée.

Il y en avait *plus* ? Que pouvait-il bien y avoir d'autre ?

Il ne me tardait pas d'avoir une description détaillée de tous les dessins animés qu'il avait regardés ce jour-là, particulièrement pas alors que nous avions parlé de choses bien plus importantes. Malgré tout, il semblait vouloir toute mon attention, alors je m'enfonçai dans les coussins du canapé et je lui fis signe de poursuivre.

— Au début j'ai essayé de faire la sieste sur le dossier du canapé, mais il était plein de bosses. Après avoir fouillé la demeure, j'ai trouvé l'endroit parfait où un rayon de lumière tombait sur la moquette et la réchauffait agréablement. J'y ai fait une sieste d'environ une heure avant que le soleil bouge, rendant l'endroit insatisfaisant.

Il attendit une réaction de ma part, alors je choisis :

— Bien sûr.

Content, il poursuivit :

— Puis je suis allé dans ta chambre et j'ai trouvé que le duvet était enroulé de façon agréable, j'ai pu y faire une sorte de nid. Malheureusement, je n'ai pas pu descendre à temps quand je me suis réveillé avec une boule de poils en travers de la gorge. Il vaudra mieux que tu fasses une lessive avant d'aller te coucher.

Il avait vomi sur mon duvet ? Dégoûtant. Au moins, il me l'avait dit au lieu de me laisser le découvrir par moi-même. Je devais apprécier les petits miracles.

— Quand tu es rentrée à la maison, tu m'as nourri, et cette fois tu t'en es beaucoup mieux sortie. Je te donnerais un A moins, je pense. Maintenant nous sommes ici. Comment la fin de la journée se déroulera reste à voir.

— On dirait que tu as eu une journée bien remplie, résumai-je d'un ton sarcastique.

Il me fit un clin d'œil, ne saisissant pas l'humour.

— Oui, c'était une bonne journée, tout compte fait.

J'hésitai à lui demander ce qu'il voulait dire par là, mais je décidai de ne pas m'aventurer dans une autre longue conversation au sujet des subtilités de la vie quotidienne d'un chat alors que nous devions encore parler de ce que j'avais découvert au travail.

— Puis-je te parler de la mienne ?

— Ce sera difficile de faire mieux que ma journée, mais tu peux essayer.

J'avais l'impression que cela signifiait qu'il était content de moi, et pour une raison étrange, cela fit gonfler mon cœur de fierté. Comme Brad, je désirais sans doute l'affection de quelqu'un qui ne l'offrait pas facilement. La gentillesse d'Octo-Chat était comme une récompense que j'avais méritée pour bon comportement et je l'acceptai volontiers.

Sans trop entrer dans les détails — car je savais comme il était facile de perdre son attention —, je récapitulai les événements de ma journée, finissant par le soutien-gorge violet que j'avais découvert dans le bureau de M. Fulton.

Octo-Chat secoua la tête.

— Et les humains pensent que c'est nous qu'il faut castrer. Au moins nous ne faisons que des chatons, pas des problèmes.

J'étais d'accord avec lui là-dessus.

— Es-tu surpris que M. Fulton puisse avoir une liaison ?

— Pas vraiment, mais je ne le connais pas bien et je ne comprends pas vos mariages humains, de toute façon. Ces petits colliers que vous portez à vos doigts… c'est un peu comme avoir une micropuce, n'est-ce pas ? Vous pouvez essayer de vous enfuir, mais ils finissent toujours par vous retrouver et vous ramener à la maison. C'est frustrant.

— C'est quelque chose de ce genre, dis-je en essayant de cacher mon sourire. Penses-tu que M. Fulton aurait pu empoisonner Ethel ?

Octo-Chat réfléchit longuement.

— C'est celui avec les cheveux gris et le rembourrage supplémentaire, n'est-ce pas ?

M. Fulton était mince et la plupart de ses cheveux étaient encore bruns. Quelque chose ne collait pas.

— Parles-tu de la femme que nous avons vue dans ta maison, hier ?

— Oui ! C'est M. Fulton, n'est-ce pas ?

— Euh, non. C'était la nièce d'Ethel. Ne sais-tu vraiment pas distinguer les hommes des femmes ?

— Je te l'ai dit, tous les humains sont pareils. Sais-tu différencier un chat mâle ou femelle juste en le regardant ?

D'accord, il avait raison, je décidai donc d'être plus indulgente.

Il agita la queue en réfléchissant, puis il dit :

— Je suppose que tu ne peux pas décrire l'odeur de ce M. Fulton ? Ce serait bien plus facile pour moi.

— Euh, non. Désolée.

Je secouai la tête pour effacer l'image mentale que j'eus de moi essayant discrètement de renifler mon patron.

Il haussa les épaules et commença à se laver.

Je m'affalai à nouveau dans le canapé et je soupirai, chose que je faisais beaucoup ces derniers temps.

— Je suppose que dans ce cas, rien de ce que je te raconte n'a de valeur, parce que tu ne sais même pas de qui je parle. Comment pouvons-nous résoudre cette affaire si nous ne pouvons même pas correctement communiquer l'un avec l'autre ?

Obtenir la capacité de parler aux animaux sans pouvoir utiliser ce don pour accomplir quoi que ce soit me semblait une plaisanterie cruelle. Quelqu'un au-dessus de nos têtes devait bien se moquer de nous.

— Tu pourrais me prendre au travail avec toi, hasarda Octo-Chat avec un sourire rusé.

— Hors de question. Je t'ai déjà dit pourquoi ça ne peut pas fonctionner.

Je ne savais toujours pas pourquoi il voulait tellement se rendre au travail, mais c'était un point sur lequel je refusais de céder.

Il prit un air blasé en suggérant :

— D'accord, alors que penses-tu de la veillée funèbre demain ?

Je me redressai subitement.

— Une veillée ? Comme ce qu'ils font avant les enterrements ?

— C'est ce que j'ai compris. Les humains en ont parlé hier, entre le moment où tu es partie et celui où tu es revenue.

Il faisait référence à mon trajet à l'hôpital. Apparemment, personne ne s'était particulièrement inquiété que je frôle la mort, pas même mon nouvel ami, le chat parlant. J'essayai de ne pas être vexée, mais bon sang. J'aurais cru que quelqu'un au moins se serait inquiété après un tel spectacle.

— Je ne sais pas comment, lui dis-je en me forçant à me concentrer une fois de plus sur l'affaire en cours. Mais oui. Je vais trouver un moyen de te prendre avec moi. Comme le tueur est quelqu'un qu'Ethel connaissait assez bien pour l'inviter à dîner, alors il viendra certainement. Nous devons nous y rendre également.

— J'espérais que tu dises cela, affirma-t-il avec un clin d'œil. Maintenant, si tu veux bien m'excuser, je dois aller faire un tour aux toilettes pour chats.

CHAPITRE 12

Le lendemain, je quittai discrètement le travail plus tôt afin qu'Octo-Chat et moi puissions nous préparer à la veillée qui avait lieu en début de soirée. M. Fulton ne vint pas au bureau de toute la journée, ce qui ne facilita pas mon enquête concernant son mobile et ses moyens de commettre le meurtre. Cependant, plus il restait absent, plus il devenait suspect.

D'une façon ou d'une autre, j'allais devoir en apprendre plus. Pouvais-je m'inviter chez lui pour rendre visite à Diane ? Ou bien la veillée allait-elle révéler tout ce que j'avais besoin de savoir ? J'espérais que ce soit le cas.

Savoir qu'il y avait un tueur en liberté — et que c'était sans doute quelqu'un que je connaissais personnellement — avait commencé à rogner sur mon sommeil. Si l'on ajoutait à cela les réveils très matinaux d'Octo-Chat, j'étais pratiquement déjà un zombie. *Gloups !*

Comme nous n'avions pas assez de preuves pour porter l'affaire à la police, j'allais simplement devoir boire beaucoup, beaucoup plus de café, ce qui était assez cruellement ironique si l'on pensait à la façon dont j'avais acquis ma capacité à parler aux animaux. J'essayai de ne pas trop m'attarder sur mon expérience de mort imminente, étant donné qu'il n'y avait rien d'*imminent* dans la mort d'Ethel Fulton.

En chemin vers la maison, je m'arrêtai dans une friperie solidaire pour me trouver une tenue de deuil acceptable. Je trouvai également un très grand sac à bandoulière que je choisis pour l'utiliser le soir même. Même si son style en osier marron et noir évoquait un peu un sac de plage, il allait parfaitement cacher la silhouette poilue d'Octo-Chat, me permettant ainsi de le faire entrer et sortir de la maison funéraire en toute discrétion.

— Il sent mauvais, me dit-il en agitant la queue quand je lui présentai mon idée, peu de temps après.

Même si j'avais su que le sac d'occasion n'allait pas être facile à vendre à mon ami félin pourri gâté, je fronçai les sourcils de déception.

— Sauf si tu as une meilleure idée, j'ai peur que nous soyons coincés.

— J'ai été invité à la lecture du testament. Pourquoi ne suis-je pas invité cette fois ?

Sa lèvre supérieure trembla et il laissa échapper un bruit de miaulement faible et pitoyable. Je me sentis mal pour lui alors que son ego pouvait bien être rabaissé un petit peu.

— Écoute, ce n'est pas moi qui ai dicté les règles, expliquai-je. C'est une veillée publique, ce qui signifie qu'à peu près tout le monde qui en a envie est bienvenu, mais j'ai peur que nous soyons refoulés si j'arrive avec toi en évidence. Désolé, c'est juste ainsi que la plupart des gens réagiraient à un chat apparaissant dans un lieu public. Particulièrement si tu es encore tout paniqué à cause du trajet en voiture.

Et maintenant, je l'avais mis en colère. Enfin, je supposai que la colère valait mieux que la tristesse.

— Tu as dit que je m'améliorais, me rappela-t-il avec un grognement.

D'accord, oui, j'avais effectivement affirmé ça au retour de la propriété d'Ethel, quelques soirs auparavant, mais ça n'avait été qu'un petit mensonge poli pour qu'il se sente mieux.

— Oui, c'est vrai, dis-je en ne souhaitant pas prendre le temps d'expliquer les subtilités de la bienséance humaine alors que l'heure tournait.

Je laissai bouder mon ami félin pendant que je me changeais rapidement, enfilant ma nouvelle tenue. Sarcastique ou pas, Bethany avait eu entièrement raison au sujet des friperies caritatives : c'était un très bon endroit pour trouver des vêtements adaptés à mon budget. Cette nouvelle robe noire descendait juste au-dessous de mes genoux et elle pouvait très facilement être réutilisée pour un cocktail ou un enterrement.

— Allons-y, dis-je en retraversant le salon et en indiquant le véhicule en osier que j'avais acheté exprès pour cette mission.

Les yeux d'Octo-Chat s'écarquillèrent d'horreur.

— Je ne dois quand même pas y entrer maintenant? Ne puis-je pas au moins attendre que nous atteignions la maison funéraire?

— Non, je ne veux prendre aucun risque.

Je posai une main sur ma hanche et j'utilisai l'autre pour tenir le sac grand ouvert.

— Maintenant, entre!

Il siffla et grogna, mais il finit par obéir.

— Gentil minou, dis-je.

Un autre sifflement sortit du sac.

— Je t'ai déjà avertie à ce sujet.

— Oui, murmurai-je en tournant le verrou de la porte d'entrée après l'avoir fermée derrière moi. Mais tu as déjà vomi une fois sur mon lit, alors j'ai pensé que je méritais cette fois-ci.

— Tu as mal pensé, dit-il en sortant la tête du sac pour me jeter un regard noir.

Je ris en posant mon sac pour chat improvisé sur le plancher du côté passager, et nous voilà partis. Il essaya une ou deux fois de fuir le sac pour venir se mettre en sécurité sur mes genoux, mais je parvins chaque fois à le convaincre de retourner dans sa cachette.

— Je te déteste tellement, grogna Octo-Chat quand nous arrivâmes enfin.

— Chut. Personne ne doit savoir que tu es ici.

Heureusement, le tissage du sac lui donnait un peu de visibilité sans révéler sa silhouette cachée. J'avais très envie d'attraper le tueur, mais je trouvais aussi qu'Octo-Chat méritait de pouvoir rendre hommage à Ethel. Après tout, elle avait été une compagne exclusive pour lui pendant toute sa vie et je savais qu'elle lui manquait terriblement.

— Souviens-toi du plan, murmurai-je sans bouger les lèvres.

Depuis toutes ces années, mon talent caché était peut-être la ventriloquie ? J'allais devoir explorer cela plus en détail.

— Si tu vois — ou, *euh*, si tu sens — quelqu'un qui était présent au dîner, sors tes griffes du sac et tapote mon bras. Mais s'il te plaît, pense que c'est la seule fois que je te donne l'autorisation de me griffer.

— Compris. Maintenant, finissons-en. Cette chose sent vraiment très mauvais.

Il n'était pas le seul qui aurait préféré être à la maison, mais je devais apparemment être forte pour nous deux.

Je remontai le sac sur mon épaule et je m'avançai avec la

confiance de quelqu'un qui n'avait pas caché un chat parlant dans son sac. Dès que nous entrâmes, un visage ridé familier se focalisa sur moi. Franchement, elle me filait la frousse, surtout après ce que Brad avait révélé au sujet de son caprice pendant la lecture du testament.

— Je vous reconnais, dis-je en avançant tout droit vers elle. Quel est votre nom, déjà ?

Elle regarda autour d'elle avant de murmurer :

— Anne Fulton.

Octo-Chat choisit précisément ce moment-là pour enfoncer ses griffes dans la peau sensible sous mon bras.

— *Aïe*, criai-je avant de me rattraper, de glousser nerveusement et de dire : aïe, j'ai oublié comment vous connaissiez Ethel.

— C'était ma tante, répondit Anne.

— Toutes mes condoléances, dis-je en baissant la tête et en m'éloignant vite fait. Je ne voulais surtout pas être piégée toute la soirée avec cette étrange femme caractérielle et cambrioleuse. D'un autre côté, moi aussi, j'étais toutes ces choses. Anne et moi avions peut-être plus en commun que je ne voulais l'admettre.

Le sac pesait lourdement sur mon épaule et je pensai qu'un régime n'aurait pas fait de mal à Octo-Chat et qu'un peu de sport aurait été bien pour moi. Nous passâmes maladroitement entre les invités en nous avançant vers le cercueil.

Là, Ethel Fulton était allongée sur un lit de soie rose, ses cheveux courts frisés en un halo parfait, son maquillage très exagéré, mais élégant. Je ne l'avais pas connue de son vivant, mais voir son corps sans vie exposé de cette façon me fit frissonner de tristesse.

Octo-Chat me griffa une deuxième fois et ce fut douloureux.

— Oui, sifflai-je doucement. Ethel était à sa propre soirée. Je sais.

Il émit un grognement grave avant de marmonner :

— Quelqu'un arrive derrière toi.

Je me retournai en résistant à l'envie de regarder mon bras à la recherche de petits trous sanglants et je me retrouvai nez à nez avec Diane qui portait un fourreau noir très simple avec une toque discrète.

— Oh, Angie, cria-t-elle en tombant dans mes bras avec une telle vitesse que le sac faillit tomber de mon épaule. Je suis tellement contente de voir un visage amical.

Elle s'accrocha longuement à moi en sanglotant et en partageant des histoires de tous les bons moments qu'elle avait passés avec Ethel.

— Quand j'étais jeune mariée, Ethel m'a prise sous son aile et m'a appris tout ce que j'avais besoin de savoir pour tenir un bon foyer et satisfaire mon mari.

Diane eut un autre sanglot hystérique.

— Oh, tu n'as pas le temps pour tout ça.

— Là, là, dis-je en la tapotant dans le dos et en priant pour qu'elle me laisse partir.

Elle se raidit dans mes bras et s'écarta comme si elle venait d'être brûlée… ou peut-être électrocutée.

Je me tournai pour voir ce qu'elle regardait et je vis M. Fulton qui se tenait dans l'entrée de la maison funéraire, avec Bethany près de lui.

— Je dois partir, sanglota Diane en fuyant la scène avant que je puisse l'arrêter.

Des images du soutien-gorge violet dans le bureau de M. Fulton dansèrent d'un air menaçant devant mes yeux. Maintenant que j'y réfléchissais un peu plus, cette chose avait semblé correspondre à la taille de Bethany. J'observai mon patron avec dégoût pendant qu'il posait la main au creux du dos de Bethany et qu'il la guidait vers le cercueil, faisant étalage de leur intimité devant tout le monde.

Oh, pauvre Diane!

Elle était venue faire ses adieux à une proche qu'elle aimait et à la place, son mari choisissait de l'humilier devant toute la communauté.

J'attendis près du cercueil en me demandant s'il allait essayer d'excuser leur comportement. Octo-Chat glissa ses griffes hors du sac et enfonça une fois de plus ses petits missiles pointus dans ma peau en me signalant que M. Fulton avait effectivement aussi été présent la nuit du meurtre.

Eh bien, nous connaissions maintenant l'identité de trois des cinq invités de ce soir-là. Octo-Chat avait déjà éliminé Anne pour nous et je savais qu'il était inutile de soupçonner Diane. Cela diminuait la liste de nos suspects à exactement trois personnes. Le coupable était M. Fulton ou l'un des mystérieux invités… et j'avais de plus en plus l'impression que c'était M. Fulton.

— Angie, dit-il avec un sourire triste en laissant tomber la main du dos de Bethany lorsqu'il s'approcha. Merci d'être venue lui rendre hommage.

Bethany hocha sèchement la tête, mais elle ne dit rien.

— C'était le moins que je puisse faire, dis-je sans savoir ce que je voulais dire.

Apparemment, mes paroles furent bien reçues.

— C'était une dame si spéciale, dit Fulton en soupirant. Presque comme une deuxième mère. J'ai beaucoup de mal à admettre qu'elle est partie.

Sa voix se brisa et Bethany lui tapota le bras pour le consoler. Cela me rendit de plus en plus furieuse.

Ils se tournèrent tous les deux pour regarder dans le cercueil et je m'excusai avant de pouvoir dire quelque chose que nous allions tous regretter. Octo-Chat me tapota encore le bras pendant que je fonçais à travers les autres personnes en direction de la porte, mais je ne remarquai même pas qui il voulait que je voie.

À ce stade, j'avais toutes les preuves dont j'avais besoin pour savoir que M. Fulton était coupable d'au moins deux crimes impardonnables.

CHAPITRE 13

Une main sur mon épaule m'arrêta avant que je puisse traverser le parking à toute vitesse. Je me retournai pour voir…

Bethany, justement.

— Que veux-tu ? grognai-je en n'essayant même plus de cacher mon dégoût.

Ses cheveux blonds très fins ondulèrent dans le vent et elle pinça les lèvres pour former un petit arc. Je ne l'avais encore jamais vue aussi vulnérable — ni aussi féminine.

— Je voulais m'assurer que tu allais bien. Tu avais l'air prête à te sentir mal, là-bas. N'as-tu encore jamais vu un mort ?

— J'en ai vu, crachai-je. Ce que je n'avais pas vu, c'est mon patron exhibant sa liaison aux yeux de tout le monde et au pire moment possible, en plus.

Bethany poussa un petit cri et fit un pas en arrière.

— Une liaison ? Tu ne crois quand même pas…

— Que suis-je censée penser, sinon ? demandai-je en souhaitant véritablement qu'elle me trouve une autre réponse.

J'avais été assez contente de travailler pour Fulton, Thompson et Associés jusqu'à cette tournure des événements. Je n'allais plus jamais voir Fulton ou Bethany de la même façon, pas sans imaginer cet horrible soutien-gorge violet, la main de Fulton dans son dos et — ah oui — la mort d'une adorable vieille dame qui ne le méritait certainement pas.

Bethany fronça les sourcils et secoua la tête.

— Je pensais que tu me connaissais mieux que ça, maintenant, Angie.

On aurait presque dit qu'elle allait pleurer. Qui était cette femme frêle devant moi, et pourquoi était-elle soudain si différente du requin qui n'hésitait pas à dévorer qui que ce soit pour avancer dans sa carrière ?

— Je te connais à peine. Et je suppose que je ne connais pas non plus M. Fulton.

Je ris amèrement avant d'ajouter :

— Tu sais, vous avez très bien caché votre petit jeu. Je ne l'avais pas du tout imaginé jusqu'à ce que j'arrive en avance et que je vous découvre tous les deux au bureau. Et puis il y avait ce soutien-gorge…

— Un soutien-gorge ? demanda Bethany à voix haute avant de marmonner quelque chose que je n'entendis pas.

En sachant qu'elle avait été prise sur le fait, elle allait peut-être enfin commencer à me dire la vérité.

Je croisai les bras en plissant les yeux.

— Oui, ton soutien-gorge.

— Waouh.

Elle me fixa sans cligner des paupières.

— Juste, waouh.

— Tu as franchement pensé que personne n'allait jamais le découvrir ? Ce n'est pas parce que je suis assistante juridique que je suis moins intelligente que vous autres, les avocats si malins.

Je déversai tous mes griefs maintenant, toutes les choses que j'avais gardées pour moi pendant des semaines afin de créer un environnement de travail positif. La façon dont Bethany se contentait de me fixer avec une espèce de souffrance dans les yeux était toutefois perturbante. J'aurais presque préféré m'occuper de Brad et de ses avances détestables.

Bethany donna un coup de pied frustré contre le trottoir. Quand elle leva le regard vers moi, celui-ci était froid et inflexible.

— Oui, et ce n'est pas parce que tu es une femme que tu n'es pas terriblement sexiste en ce moment même. C'est une chose de le supporter de la part des hommes, mais de la tienne ? Je m'attendais à mieux, Angie.

— Oh, ne me fais pas le coup du « je ne suis pas fâchée, je suis déçue. » Je l'ai déjà entendu un million de fois de la part de ma grand-mère. Et ne va pas rejeter la faute sur moi alors que c'est toi qui fréquentes un homme marié en douce… qui s'avère en plus être notre patron.

Elle écarta un peu les pieds comme si elle se préparait à un impact, plus elle énonça chaque mot en insistant :

— Je n'ai pas de liaison avec M. Fulton.

— Je ne sais pas, dis-je en haussant les épaules. Pourtant, vous aviez l'air très collés là-dedans.

Elle jeta pudiquement un regard par-dessus son épaule.

— C'est différent.

— Mais bien sûr.

Je fis un sourire en levant le pouce d'un air sarcastique. Normalement, je n'étais pas quelqu'un d'aussi agressif, mais pour une raison que j'ignorais, Bethany m'irritait tout particulièrement aujourd'hui. C'était une veillée et les émotions partaient déjà dans tous les sens.

— C'est vrai, insista-t-elle en serrant les dents. Tu ne comprends pas.

— Oh, je le comprends parfaitement, criai-je.

Il n'y avait rien que je détestais plus que la condescendance… enfin, sauf peut-être le meurtre et l'adultère.

— Non, cria-t-elle à son tour, puis elle baissa la voix. Et tu es en train de faire une scène.

Ce que Bethany ne comprenait pas, c'était que ça ne m'avait jamais gêné de me donner en spectacle. J'avais été élevée par une actrice de théâtre à la retraite, nom d'un chien ! Pour nous, faire une scène était quelque chose de bien, tant que ça ne nous attirait pas des ennuis.

Je vis que Bethany se préparait à mettre fin à notre échange, alors je décidai enfin de poser la question en or.

— Hé, c'est toi qui m'as empêchée de partir. Mais, d'accord, explique-moi ceci : si vous n'avez pas de liaison, que faites-vous ensemble ?

Elle serra les bras autour de son buste et fixa le sol en murmurant :

— Je ne peux pas te le dire. Du moins, pas encore.

— Comme c'est pratique, maugréai-je en secouant la tête.

Quand Bethany n'ajouta rien d'autre, je finis de traverser le parking à grands pas et je jetai mon sac sur le siège passager de ma voiture en oubliant momentanément qu'Octo-Chat était caché à l'intérieur. *Oups.*

— Ne te gêne pas ! cria-t-il après avoir fait le même bruit horrible qu'il utilise souvent pour me réveiller le matin. Il y en a parmi nous qui essaient de ne pas perdre inutilement leurs vies.

Malgré son irritation, il n'avait rien, c'était évident.

Mais moi ? J'étais si furieuse que mes mains tremblaient et que j'étais devenue écarlate. Il me fallait un moment pour me recentrer, mais Octo-Chat n'aimait pas que je l'ignore.

— Euh, hé ho, je te parle ! cria-t-il en me donnant un coup de patte sur le bras avec les griffes sorties, ce qui me mit encore plus en colère.

— Tu ne la fermes donc jamais ? hurlai-je à mon tour.

— Waouh, qui a troublé ta fête ?

— Tu n'utilises pas correctement l'expression, dis-je en fulminant encore après ma confrontation avec Bethany.

Je voulais simplement rentrer chez moi, mais je n'étais pas encore sûre de pouvoir conduire en toute sécurité.

Ma nuisance à rayures posa ses deux pattes avant sur ma jambe et se mit à masser le muscle en parlant.

— Elle est adaptée, pourtant. Maintenant que tu m'as entraîné dans toute cette histoire, tu peux au moins m'inclure. Que s'est-il passé tout à l'heure ?

— Moi ? Je t'ai entraîné, *toi* ? Ce n'est pas ce dont je me rappelle.

— Pff, tu joues sur les mots.

Il agita la patte avec dédain et se rassit sur son siège.

— Qui a commencé quoi n'a aucune importance. Ce que je veux savoir, c'est pourquoi tu as été si énervée par une humaine qui n'était même pas présente ce soir-là. Ça ne t'intéresse pas de trouver le meurtrier d'Ethel ?

Soudain, toute la combativité s'échappa de moi comme si Octo-Chat venait d'ouvrir un robinet. Peu importe que la liaison me scandalise, Octo-Chat se sentait évidemment bien plus mal que moi. Il avait perdu quelqu'un d'important pour lui et je faisais tout un cirque à sa veillée.

— Je suis désolée, murmurai-je en me sentant comme la pire amie au monde.

— Hé, ça va. Les humains sont un peu émotifs, parfois.

Il se lécha nonchalamment la patte avant d'ajouter :

— D'accord, souvent. Mais nous pouvons surmonter ça.

Ses paroles étaient étrangement réconfortantes et exactement ce dont j'avais besoin.

— D'accord, dis-je en laissant échapper un soupir tremblant. D'accord.

Octo-Chat hocha la tête.

— Il nous faut y retourner. Nous n'avons toujours pas trouvé toutes les personnes présentes ce soir-là.

— Je pense déjà savoir qui a tué Ethel, avouai-je. Tous les signes pointent vers M. Fulton. L'homme. Mon patron, clarifiai-je en remarquant qu'il ne semblait toujours pas comprendre.

Ce que mon compagnon félin dit ensuite me choqua par sa sagesse et sa profondeur.

— Écoute, dit-il. Ça pourrait très bien être lui, mais nous n'en aurons pas la certitude tant que nous n'avons pas éliminé les autres. C'est comme parfois tu peux croire que la pâtée au poulet est ton Gourmet préféré, mais le lendemain tu goûtes au mélange saumon et crevettes et il est encore meilleur que le poulet. Quand tu y réfléchis, tu avais peut-être un peu plus faim la première fois, ce qui a donné l'impression que le goût du poulet était particulièrement délicieux, ou alors tu as pensé à tort que le poulet était le meilleur seulement parce que tu n'avais pas encore goûté toutes les autres saveurs délicieuses. Comprends-tu ce que je te dis ?

Étrangement, c'était clair.

— Que M. Fulton pourrait être notre mélange de saumon et crevettes, ou qu'il peut simplement être la pâtée au poulet, mais que nous ne le saurons pas avant d'avoir terminé notre repas ?

— Exactement.

Il sembla briller de fierté, mais c'était peut-être seulement ses yeux qui scintillaient dans le soleil couchant.

— Ce repas ne fait que commencer, alors fais en sorte d'avoir de la place dans ton ventre.

— Merci, Octo-Chat. J'avais besoin de ça.

— Et j'aurais peut-être besoin que tu passes au magasin tout à l'heure et que tu achètes de la pâtée au poulet. Je sais, je sais. En général, je ne mange pas les goûts volaille, mais j'en ai soudain très envie.

Je le grattai derrière les oreilles.

— Tu es un bon chat.

— Et tu es une très bonne humaine. Oui, c'est ce que tu es, me dit-il d'une voix bébête qui nous fit sourire tous les deux. Maintenant, retournons à l'intérieur et voyons quelles autres personnes nous pouvons identifier.

CHAPITRE 14

Même si Octo-Chat m'avait convaincu de retourner dans la maison funéraire pour la veillée, nous étions trop en retard pour mener l'enquête intelligemment. Les amis et la famille proche étaient déjà partis pour une cérémonie privée, ne laissant que les connaissances lointaines et les curieux.

Je ne fus pas surprise de voir que Bethany était partie également, ce qui ne faisait que confirmer mes soupçons.

Octo-Chat et moi étions parmi les derniers, ce qui lui permit de sortir discrètement la tête du sac et de faire ses adieux à Ethel.

— Oh, Ethel, s'écria-t-il sans trace de sa théâtralité habituelle. Tu étais tout pour moi et tu ne le savais même pas. Je sais que nous avons eu nos désaccords de temps en temps, mais tu étais vraiment la meilleure chose qui me soit jamais arrivée. Le monde ne sera plus aussi lumineux sans toi. Je penserai toujours à toi en buvant de l'Évian ou en m'étirant dans un endroit ensoleillé. Je t'aime et je suis très heureux que tu aies été mon humaine.

J'eus les larmes aux yeux en écoutant ses adieux sincères.

— C'était très beau, lui dis-je en cherchant vainement des yeux une des boîtes de mouchoirs que j'avais aperçues plus tôt.

Il renifla en faisant frémir ses moustaches.

— Oui.

— Au fait, dis-je en le déposant dans le sac avec le plus grand soin. Elle savait l'importance qu'elle avait pour toi.

Il me répondit d'une voix étouffée :

— Comment peux-tu en être sûre ?

— Je le suis, c'est tout.

Après ça, nous rentrâmes à la maison et je m'arrêtai brièvement au supermarché afin d'acheter des crevettes pour le dîner. Contrairement à moi, Octo-Chat avait gardé son sang-froid. J'étais d'avis qu'il méritait une récompense. Comme il était impensable de préparer un bon repas sans en profiter également, j'en achetai assez pour moi aussi.

Octo-Chat ne mangea pas autant que d'habitude, ce qui m'inquiéta.

— Ton dîner te convient ? demandai-je en examinant suspicieusement le morceau sur ma fourchette.

Était-il capable de percevoir quelque chose que je n'avais pas remarqué ? Je repensai un instant à ma vaine tentative de détecter du poison en reniflant la vaisselle d'Ethel dans sa cuisine.

Il soupira.

— C'est juste qu'Ethel me manque.

— Bien sûr. Je suis vraiment désolée que tu aies dû la voir ainsi.

— C'est juste que...

Il renifla en agitant nerveusement les pattes sur la table.

— C'est juste que je pensais que nous allions être ensemble pour toujours. Puis elle a disparu d'un seul coup.

— La vie est ainsi, parfois, admis-je en n'ayant jamais ressenti ce genre de perte, mais en espérant néanmoins le réconforter un peu.

— Si tu veux, peut-être...

J'hésitai, dominée par un sentiment nouveau et très inattendu.

— Oui ? demanda-t-il tristement quand je ne poursuivis pas.

— Peut-être que quand tout sera terminé, je ne sais pas...

Dis-le, c'est tout !

— Eh bien, je pourrais peut-être être ton humaine ?

Il écarquilla les yeux de surprise, puis un ronronnement emplit le silence entre nous.

— Ça me plairait, dit-il. C'est mieux que de devoir former un nouvel humain.

Il baissa la tête et grignota la crevette la plus grosse et la plus appétissante que j'avais placée devant lui.

Maintenant qu'il était occupé, il ne pouvait pas voir les larmes qui s'accumulaient au coin de mes yeux.

Que pouvais-je dire de plus ?

J'avais fini par m'attacher à ce chat grincheux au cours des derniers jours. J'étais peut-être quelqu'un qui aimait les chats, finalement.

Le lendemain matin, je me réveillai avant qu'Octo-Chat puisse s'en charger... et étonnamment, je me sentais reposée et prête à commencer ma journée. J'étais même enthousiaste à l'idée de ce qui m'attendait. C'était un changement si brutal par rapport à ce que j'avais ressenti en me couchant que c'était forcément un cadeau du ciel.

Plutôt que de le remettre en question, je décidai de faire quelque chose de gentil, moi aussi.

— J'ai un cadeau pour toi, dis-je à Octo-Chat quand il eut terminé son petit-déjeuner.

— Pas un autre sac nauséabond, j'espère, se plaignit-il, mais je vis qu'il était enthousiaste.

Quelque chose dans le balancement de sa queue et dans sa façon de sautiller en me suivant vers la chambre suggérait qu'il était d'aussi bonne humeur que moi. Cela avait peut-être un rapport avec le lien que nous avions forgé au cours de notre repas de crevettes.

— Monte, lui dis-je en m'asseyant sur le lit et en fouillant ma table de chevet.

Il me rejoignit en montant sur mes genoux pour renifler dans le tiroir.

Quand j'eus sorti ce que je cherchais, il bondit en arrière.

— Qu'est-ce que cette chose? dit-il entre deux respirations rapides et paniquées.

— Ceci est mon iPad, expliquai-je en appuyant sur le bouton pour allumer l'écran avant de le poser sur le lit entre nous. Eh bien, à vrai dire, c'est maintenant le tien.

— Ça brille, commenta-t-il en le reniflant d'un air hésitant.

Je hochai la tête avec enthousiasme.

— Oui et je pense que tu aimeras vraiment ce que ça peut faire.

— *Ah bon?*

J'avais maintenant réussi à le captiver.

— Je suppose qu'Ethel n'en avait pas, dis-je en le présentant une fois de plus avec un geste exagéré.

Il secoua la tête pour confirmer cela.

— Eh bien, nous pouvons installer des applications pour que tu puisses jouer quand tu t'ennuies, comme un aquarium virtuel ou un clavier ou même la radio, et nous allons… La principale raison pour laquelle je te le donne, c'est pour FaceTime.

— FaceTime ?

Il rit après avoir essayé de prononcer le nom à voix haute.

— Quelle drôle de mélange de mots.

— Oui, comme ils avaient déjà l'iPhone, ils ont dû trouver un autre nom pour cette appli. Regarde.

Je sortis mon téléphone de ma poche et j'appelai la tablette en utilisant FaceTime.

Octo-Chat remua la queue en me regardant répondre à l'appel.

— Waouh, murmura-t-il, admiratif, lorsque mon visage apparut à l'écran, suivi par le sien quand je pointai la caméra de mon téléphone vers lui.

— C'est cool, hein ? m'extasiai-je.

J'aimais apprendre de nouvelles choses aux autres tout autant que j'aimais apprendre moi-même.

— Qu'est-ce que ça peut faire de plus ? demanda-t-il en tournant en rond, tout excité, avant de se réinstaller devant l'iPad.

— Je sais que je te manque pendant que je suis au travail, alors je me suis dit que nous pouvions utiliser ce système pour nous parler, expliquai-je avec un sourire mielleux au cas où il avait prévu de me contredire.

Je fus agréablement surprise quand il ne le fit pas. Mon iPad faisait partie du réseau familial de Mamie, alors que mon téléphone était fourni par Fulton, Thompson et Associés, ce qui signifiait heureusement que j'avais deux numéros séparés. Auparavant, cela m'avait paru pénible, mais c'était très pratique maintenant que mon chat parlant avait besoin d'avoir sa propre ligne.

Je restai assise avec lui pendant environ une demi-heure à lui apprendre comment déverrouiller l'appareil, cliquer sur l'appli de

FaceTime et appuyer sur ma photo pour m'appeler. Nous nous sommes aussi entraînés dans le cas où je l'appelais, afin qu'il puisse répondre en posant la patte sur l'écran.

Il s'en sortit très bien.

Qui avait dit qu'on ne pouvait pas éduquer les chats ?

Quand il me fallut partir pour le travail, Octo-Chat était agréablement occupé par une appli de carpes koïs qu'il avait choisie tout seul. Il ne jouait pas tout à fait comme il fallait à ce jeu, mais il s'amusait à donner des coups de patte aux poissons à l'écran.

Je le laissai donc faire et je me rendis au bureau afin de voir ce que je pouvais apprendre de plus.

Pas grand-chose, malheureusement. M. Thompson avait pris Derek au tribunal avec lui. Bethany refusait de me parler et je préférais généralement éviter Brad. Cela laissait quelques-uns des avocats les moins bavards, M. Fulton, et moi.

De son côté, mon patron semblait bien plus calme aujourd'hui qu'il ne l'avait été plus tôt dans la semaine. Je me demandai s'il s'était réconcilié avec Diane. Je me demandai également si Bethany lui avait parlé de notre échange animé de la veille dans le parking, mais si c'était le cas, il n'en montra rien.

Il s'approcha de mon bureau et s'éclaircit la gorge.

— Angie, dit-il avec la bouche pincée. J'ai besoin que tu travailles sur un projet spécial pour moi aujourd'hui.

Je levai la tête de mon clavier et j'acquiesçai.

— Bien sûr. Que puis-je faire ?

Il tapota les doigts sur le bord de mon bureau et nous regardâmes tous les deux sa main pendant qu'il parlait.

— J'ai besoin que tu cherches des précédents au sujet de testaments annulés parce que le garant ne jouissait pas de ses facultés mentales au moment de la signature. Quels étaient leurs arguments ? Qu'est-il arrivé à l'héritage une fois que le testament originel a été rejeté ? Combien de temps a-t-il fallu pour que les affaires soient réglées ?

Il marqua une pause, glissa les deux mains dans ses poches et jeta un coup d'œil par-dessus son épaule avant de continuer.

— Mais avant ça, pourrais-tu, euh, faire une rapide relecture d'une requête pour moi et l'envoyer par courrier ? J'aimerais vraiment que ce soit expédié aujourd'hui, s'il te plaît.

— Oui, très bien, répondis-je sans hésiter.

Il fit un grand sourire.

— Fabuleux. Cela m'aidera beaucoup. J'envoie vite la requête par mail.

Il tourna les talons et repartit vers son bureau d'un pas un peu plus léger qu'à son arrivée.

Le document apparut dans ma messagerie à peine une minute plus tard. Curieuse, je cliquai pour télécharger la pièce jointe.

C'était une demande de divorce.

Son divorce avec Diane.

CHAPITRE 15

Après avoir vite lu la demande de divorce, je partis discrètement aux toilettes pour appeler Octo-Chat. Il fallut deux essais avant qu'il décroche, et quand il le fit, je ne vis rien à l'écran.

— Allô ? dis-je, ne sachant pas si notre connexion était très stable.

— Allô, répondit-il d'une voix forte et claire et pleine de fierté. J'ai réussi !

Je fixai l'écran, toujours incapable de le voir.

— Pourquoi n'apparais-tu pas à l'écran ?

— Je ne sais pas, me parvint sa réponse perplexe. Je veux dire, je suis assis en plein dessus !

Bon, cela expliquait beaucoup de choses. J'allais devoir gentiment lui rappeler comment fonctionnait la caméra. Pour l'instant, j'étais bien trop excitée par la nouvelle information que je souhaitais partager et je préférais ne pas tout gâcher en me lançant dans une longue discussion du bon usage de l'iPad par les chats.

Je baissai la voix afin que personne d'autre ne puisse m'entendre dans l'immeuble.

— M. Fulton demande le divorce. Il me fait également rechercher de vieilles affaires liées à l'annulation de testaments. Je pense qu'il pourrait être notre mélange crevettes et saumon, finalement.

— Qu'est-ce que ça veut dire? demanda Octo-Chat sans la moindre trace d'ironie dans la voix.

Avait-il déjà oublié sa propre métaphore?

— Hier, tu... *Laisse tomber.*

Je ne voulais pas me lancer là-dedans avec lui, pas alors que nous avions des choses bien plus importantes à nous dire. Pas alors que j'avais déjà un mal de tête énorme qui commençait à m'écraser le cerveau.

— Bon, grommelai-je en souhaitant que l'appel aboutisse à quelque chose. Que penses-tu que ça veut dire?

Octo-Chat émit un long bâillement bruyant.

— Tu as raison, ça donne l'impression qu'il est coupable. M. Fulton, *mmm*... C'est lequel, déjà?

Je soupirai et je me couvris la tête avec les mains. Je passai très vite au stade de la migraine.

— Je te le désignerai à l'enterrement, d'accord? proposai-je en gémissant.

— D'accord.

Il bâilla encore avant de demander :

— C'est quand, déjà?

Je commençais sérieusement à m'inquiéter. C'était comme si l'esprit de mon chat venait d'être effacé au cours de la nuit.

— Hé, *euh*, est-ce que ça va?

— Je viens de me réveiller d'une sieste, alors je suis un peu perturbé, avoua-t-il avec un autre bâillement aigu. Et plus nous parlons, plus cet appareil devient chaud. Ça me donne très envie de dormir.

C'est ce qui arrive quand tu t'assieds sur ton iPad, pensai-je.

— D'accord, bon, je vais te laisser. Profite de ta sieste.

— Oh, je n'y manquerai pas, dit-il juste avant que je mette fin à l'appel.

Bon, ça n'avait rien accompli, sauf d'apprendre que FaceTime pouvait fonctionner en temps que moyen de communication si Octo-Chat s'entraînait un peu plus.

Je me lavai les mains et je sortis des toilettes.

M. Fulton attendait juste devant la porte.

— As-tu déjà terminé cette requête pour moi ? demanda-t-il anxieusement.

— Presque, promis-je.

— Bien.

Il hocha la tête, mais il continua à froncer les sourcils.

— J'ai également besoin de ces recherches aussi vite que possible.

— Ça marche.

Il sembla vouloir dire autre chose, alors je restai sur place, un peu gênée, et j'attendis qu'il rassemble ses pensées.

M. Fulton fronça les sourcils en m'examinant, ce que j'essayai de ne pas prendre pour une insulte. Même si j'essayais de prouver qu'il était coupable de meurtre, j'étais quand même très douée dans mon travail d'assistante juridique.

— Je vais bientôt partir et j'ai l'intention de prendre demain et lundi pour régler des affaires personnelles, m'informa-t-il en hochant la tête d'un air hautain.

Des affaires, oui. Je faillis m'étrangler, mais je parvins à garder mon calme pour dire :

— D'accord, je vais mettre tout le reste de côté pour finir cela d'abord.

Enfin, son visage devint un peu moins mécontent et un peu plus neutre. Ce n'était toujours pas vraiment un sourire, mais c'était mieux que rien.

— Très bien. Merci, Angie. À la semaine prochaine.

Je l'observai pendant qu'il retournait à son bureau, puis il ferma et verrouilla la porte. Que pouvait-il bien cacher là-dedans ? Et où allait-il pour ce long week-end ?

J'hésitai brièvement à rappeler Octo-Chat, mais la pauvre boule de poils avait clairement besoin de se reposer. Malgré tout, il me fallait parler à quelqu'un, alors je pris un gros risque et je me dirigeai vers le bureau de Bethany, en espérant qu'assez de temps s'était écoulé et qu'elle veuille bien accepter de me parler.

Je frappai doucement à sa porte en regrettant de ne pas avoir de cadeau pour me faire pardonner. Pour l'instant, mes excuses allaient devoir suffire.

— Va-t'en, s'il te plaît, dit-elle sans ouvrir la porte.

— Je suis désolée pour hier, implorai-je à la porte en cerisier. J'espérais que nous puissions en parler.

La porte s'ouvrit brusquement pour révéler ma collègue toujours furieuse.

— Que reste-t-il à dire ? demanda-t-elle avec une main sur la hanche et un rictus sur le visage.

— C'est juste que je m'inquiète pour toi et je voulais voir si tu avais besoin de parler.

Jusque-là, c'était vrai. Si elle fricotait avec un meurtrier, il fallait absolument qu'elle le sache. Même si Bethany m'énervait parfois, je préférais l'avoir dans mon équipe que contre moi.

— Non merci, répondit-elle en essayant de refermer la porte.

Je passai juste à temps le pied dans son bureau.

— S'il te plaît, donne-moi juste deux minutes, la suppliai-je.

— Très bien.

Elle recula jusqu'à la sécurité de son bureau et me lança des poignards avec les yeux.

Je fermai la porte derrière moi et je m'approchai lentement.

— Le temps passe, me rappela-t-elle en montrant son poignet, alors qu'elle n'avait jamais porté de montre depuis que je la connaissais.

— Écoute, je ne sais pas ce qu'il se passe entre M. Fulton et toi, mais je m'inquiète pour toi, commençai-je.

Elle soupira avec tant de force qu'elle fit bruisser des papiers sur son bureau.

— On ne va pas recommencer.

— Bethany, écoute-moi. J'ai des raisons de croire qu'il est dangereux.

Elle secoua la tête.

— C'est ridicule. M. Fulton est l'une des meilleures personnes que je connaisse.

— Il va quitter le bureau pendant quelques jours, lâchai-je.

C'était vraiment un comportement inhabituel. Normalement, il travaillait même le week-end et je voulais savoir ce qui avait changé cette semaine.

— Savons-nous pourquoi ?

— Je ne sais pas... peut-être pour faire son deuil ? Pourquoi ne laisses-tu pas ce pauvre homme tranquille ? Et laisse-moi tranquille aussi, d'ailleurs. Ton temps est écoulé, au fait.

— Quoi ? Mais nous n'avons presque rien dit, protestai-je.

— Ceci est mon bureau, dit-elle en se levant de sa chaise et en marchant vers la porte. Je décide qui est bienvenu ou pas. Et en ce moment, tu ne l'es pas.

Abattue, je la suivis en traînant des pieds.

— Fais attention, d'accord ? dis-je en arrivant dans le couloir.

— Mais oui, bien sûr.

Elle fit une grimace en hésitant, la main sur la poignée de sa porte. Elle ne m'avait pas encore rejetée, pas tout à fait.

Bethany se mordit la lèvre et m'examina pendant un moment avant de suggérer :

— Je pense que tu devrais parler à Brad de ce soutien-gorge que tu as mentionné hier. Je l'ai entendu se vanter auprès de Derek d'une conquête après les heures de bureau, et enfin... je suis certaine qu'il sera ravi de te raconter le reste.

Elle me ferma la porte au nez... un peu plus doucement cette fois : il y avait du progrès. Choisissant de suivre ses conseils, je me dirigeai donc vers le bureau de Brad.

Je détestais que Derek ne soit pas là pour nous servir de tampon aujourd'hui. En général, c'était le seul qui savait contenir Brad. Malgré tout, j'avais besoin de réponses et il me les fallait le plus vite possible.

— Que se passe-t-il, poupée ? demanda-t-il quand je refermai la porte derrière moi.

— Poupée ? Vraiment ?

Je frissonnai. Tout d'abord, ce terme affectueux datait d'au moins huit décennies, et deuxièmement, il n'était pas du tout approprié au travail.

— Quoi ? Tu préfères callipyge ?

Il jeta un regard appuyé vers mon derrière et écarquilla les yeux avec ce que je supposai être de l'admiration. *Dégoûtant.*

— Ce que je veux, c'est que tu m'appelles par mon nom et seulement mon nom, grognai-je en me retenant de le gifler... au moins le temps d'obtenir l'information que j'étais venue chercher. C'est Angie, au fait, rappelai-je.

— D'accord, Angie, dit-il de façon appuyée en ricanant. Que puis-je faire pour toi ?

Je décidai de simplement cracher le morceau afin de passer le moins de temps possible avec ce futur procès pour harcèlement sur pattes.

— Que sais-tu au sujet d'un soutien-gorge en soie violette que j'ai trouvé dans le bureau de M. Fulton, hier ?

Son sourire s'élargit jusqu'à en être écœurant.

— Tu as entendu parler de ça, hein ?

— Je l'ai *vu*, dis-je en frissonnant encore de dégoût.

Il rit.

— Ooh, ne sois pas jalouse. Il y a largement assez de Brad pour tout le monde.

— C'était donc le tien, crachai-je.

— Pas le mien, mais...

Il me fit un sourire pervers en cherchant à formuler la chose.

— Celui d'une amie, finit-il par choisir.

— Si c'était à ton amie, pourquoi se trouvait-il dans le bureau de M. Fulton ?

Il haussa les épaules d'un air nonchalant.

— Mon amie a peut-être pensé que j'étais associé adjoint du cabinet.

— Et pourquoi aurait-elle pensé cela ?

Il soupira et secoua la tête.

— Allez, Angie. Dois-je vraiment tout t'expliquer ?

Beurk, beurk, beurk.

— M. Fulton est-il au courant ?

Il s'éclaircit la gorge.

— Bien sûr que non. Crois-tu que je veuille être suspendu ?

— Non, mais tu le mérites. Pire, même, sifflai-je en lui jetant un dernier regard assassin avant de sortir en trombe de son bureau.

Enfin, le cabinet avait assez de raisons pour renvoyer Brad. Peu importe que son père soit influent et respecté. Brad était facilement le pire pervers que j'avais rencontré. Il aurait dû être viré depuis des mois pour harcèlement sexuel. D'un autre côté, il était possible que Thompson et Fulton ne soient pas au courant, puisque Bethany et moi avions tendance à laisser son comportement dégoûtant se poursuivre sans rien dire.

Eh bien, c'était fini.

Je déboulai dans le bureau de Fulton en oubliant de frapper.

Je le trouvai au téléphone, parlant d'une voix rauque.

— Peu importe ce qu'il faut faire, grogna-t-il. Je veux que ça reste caché. Au moins jusqu'à ce que le divorce soit définitif.

Il croisa mon regard et son visage fut soudain plein de rage avant qu'il efface à nouveau toute expression. J'aurais dû tourner les talons et partir en courant, mais j'étais trop surprise pour oser bouger. C'était le stupide effet du lapin pris dans les phares d'une voiture.

— Je te parle plus tard, chuchota-t-il au téléphone, avant de tourner toute son attention vers moi et d'afficher le sourire le moins authentique qui soit. Angie, as-tu préparé ma requête ?

— Oui, laissez-moi juste aller la chercher, mentis-je avant de sortir de là à toute vitesse.

Le renvoi de Brad allait devoir attendre un jour de plus. Pour l'instant, je devais faire en sorte de ne pas être la suivante sur le billot. À choisir, je préférais garder ma tête plutôt que mon travail.

CHAPITRE 16

Heureusement, M. Fulton partit peu de temps après que je fasse venir le coursier : j'étais donc en sécurité pour le moment. J'allais cependant surveiller mes arrières avec appréhension jusqu'à ce qu'il se trouve derrière les barreaux.

Quand je parlai de l'appel que j'avais surpris à Octo-Chat, même lui dut admettre que M. Fulton devait être coupable du meurtre d'Ethel.

— Et s'il a déjà tué, ce sera plus facile pour lui de recommencer, ajouta-t-il.

Je frissonnai de peur.

— Tu as raison et je suis à peu près certaine qu'il sait que je suis au courant.

— D'après ce que tu me dis, tu as sans doute raison.

Octo-Chat frotta affectueusement sa tête contre mon bras, mais ça ne suffit pas à me rassurer. Soudain, chaque ombre persistante, chaque bruit inattendu se transformait en avertissement : mon patron venait me tuer parce que j'étais trop douée dans mon travail.

D'un autre côté, j'étais censée être en train de chercher des précédents juridiques, pas des indices concernant un meurtre mystérieux.

— Nous devons sortir d'ici, dis-je en sentant monter la panique.

Octo-Chat me regarda avec ses grands yeux ambrés et hocha la tête d'un air compréhensif.

— Pour aller où ? La maison d'Ethel ?

— Surtout pas ! criai-je presque. Nous allons chez Mamie.

Je rassemblai précipitamment ses Gourmets, son Évian et sa litière fraîchement nettoyée en me sentant bien trop exposée dans ma propre maison.

— N'oublie pas mon iPad, me rappela-t-il en grattant à la porte de la chambre.

Il semblait bien moins effrayé que moi. Était-ce parce qu'il avait neuf vies à utiliser ? Quoi qu'il en soit, il n'avait pas vu l'air livide de M. Fulton quand il m'avait surprise en train d'écouter son appel. Si les regards pouvaient tuer…

Non, si je me concentrais trop sur ma peur, je n'allais pas être capable d'agir. Pour l'instant, je devais simplement me focaliser sur le fait de sortir d'ici. Ensuite, nous pouvions réfléchir au meilleur moyen de présenter notre affaire à la police locale. Mamie aurait peut-être de bonnes idées pour enjoliver nos preuves de manière à exclure certains détails, comme le fait que notre informateur principal était un chat parlant.

Moins de quinze minutes plus tard, Octo-Chat et moi débarquâmes devant la porte de Mamie avec nos sacs pour la nuit. Les petites villes et leurs trajets courts étaient une bénédiction.

— Angie ?

Ma grand-mère écarquilla les yeux quand elle me vit puis qu'elle aperçut le chat tigré à côté de moi.

— Quelle bonne surprise ! s'exclama-t-elle en nous faisant signe d'entrer et en me serrant dans ses bras. Elle ne me posa même pas de questions sur le chat que j'avais soudain acquis depuis notre dernière rencontre. Je me sentis très coupable de ne pas rendre visite plus souvent à ma grand-mère.

Elle nous conduisit vers le canapé et Octo-Chat sauta immédiatement sur ses genoux en se mettant à ronronner.

— Elle me plaît, annonça-t-il. Elle me rappelle Ethel.

— Il t'apprécie, lui dis-je.

— Je l'aime aussi, s'extasia-t-elle. Est-il à toi ?

Aujourd'hui, elle portait un chemisier vert émeraude avec des pierres précieuses cousues à la main sur le col et cela lui allait parfaitement bien. Je regardai le jean et le tee-shirt que j'avais enfilés après le travail, me sentant soudain mal habillée pour notre visite. D'un autre côté, je n'étais jamais élégante si je me comparais à ma Mamie pleine de grâce et de talent.

Je secouai la tête et je fronçai les sourcils.

— *Non*. Enfin, peut-être. C'est une longue histoire.

— J'ai le temps. Raconte-moi ce qu'il se passe.

Elle continua à caresser Octo-Chat pendant qu'elle écoutait mon récit de terreur inattendue au travail.

Une fois que je commençai à parler, ce fut impossible de m'arrêter. C'était si agréable de tout raconter à quelqu'un qui faisait vraiment attention à ce que je disais, pour changer. Je la mis au courant de toutes les preuves contre M. Fulton et des accusations sans doute erronées contre Bethany. Maintenant que j'y réfléchissais, je lui devais vraiment des excuses. Des excuses sincères.

— On dirait quelque chose qui sort tout droit d'un script de Broadway, dit Mamie en résumant les choses de façon perspicace. Cependant, je ne comprends pas tout à fait comment tu as pensé à cette histoire de meurtre pour commencer.

Je jetai un coup d'œil à Octo-Chat.

— Tu ferais aussi bien de lui raconter, dit-il en quittant Mamie pour venir s'asseoir sur mes genoux. Tu peux me caresser, si ça t'aide, proposa-t-il généreusement.

— Merci, marmonnai-je.

— Merci pour quoi, ma chérie ? demanda Mamie avec un sourire.

Pourquoi hésitais-je ? Si je ne pouvais pas avoir confiance en ma grand-mère, la femme qui m'avait élevée, alors il ne me restait plus aucun espoir dans la vie. En outre, c'était certainement agréable de partager enfin mon secret avec quelqu'un d'autre qu'Octo-Chat.

J'inspirai profondément en enfonçant les doigts dans sa fourrure pendant que je me préparai à ma grande révélation.

— Tu te souviens que tu es venue me chercher à l'hôpital en début de semaine ?

Waouh, nous n'étions que jeudi alors qu'il s'était passé tant de choses au cours des derniers jours. Tout mon monde avait changé en un clin d'œil de chat.

Mamie hocha la tête.

— Tu as dit avoir subi un léger choc électrique. Y avait-il autre chose ? insista-t-elle en attrapant ses lunettes à double foyer afin d'examiner mon visage de plus près.

— C'était bien un choc électrique, cette partie est entièrement vraie. Ce que je ne t'ai pas dit, cependant…

Je me mordis la lèvre. Qu'allais-je faire si Mamie ne me croyait pas ?

— Vas-y, m'encouragea Octo-Chat. Elle pourra le supporter.

— Vas-y, dit également ma grand-mère.

Son front ridé se plissa d'inquiétude en attendant. Même si mon aveu me rendait nerveuse, je ne pouvais pas la laisser attendre ainsi.

— Je sais parler aux chats.

J'avais enfin lâché cette idée dans le monde.

Elle me regarda, puis Octo-Chat, et encore moi.

— Est-ce qu'il parle? demanda-t-elle en réfléchissant à ma grande révélation pendant quelques secondes.

— Oui, il parle, dis-je en hochant la tête avec enthousiasme.

Me croyait-elle?

— C'est lui qui m'a parlé du meurtre d'Ethel. Elle était sa propriétaire et il a tout vu, poursuivis-je.

— Je suis vraiment désolée que ta propriétaire ait été assassinée de cette façon, dit-elle à Octo-Chat en tapotant ses genoux pour l'inviter à revenir vers elle. Puis-je faire quoi que ce soit pour t'aider?

Et voilà une des nombreuses raisons pour lesquelles j'aimais tant ma grand-mère. Elle ne remettait pas en question mon affirmation insensée. Elle croyait automatiquement ce que je lui disais. Nous avons tous besoin de quelqu'un comme Mamie à nos côtés.

Je fus très soulagée en comprenant que j'avais fait le bon choix en lui confiant mon secret.

— L'as-tu comprise? demandai-je à Octo-Chat.

— Oui, m'informa-t-il, puis il regarda Mamie et dit : merci pour vos condoléances.

— Oh, s'écria Mamie. Il me parle! Que voulait dire cet adorable petit miaulement?

Octo-Chat rayonna de pure joie. Apparemment, Mamie avait le droit de l'adorer d'une façon qui ne m'était pas encore tout à fait permise.

— Il t'a remerciée pour tes condoléances, transmis-je.

— Quel petit gars bien élevé tu es, dit-elle en lui caressant le dos.

Octo-Chat semblait maintenant vivre au septième ciel et je ne voulais pas gâcher le moment pour eux en leur rappelant qu'en général, mon compagnon félin était extrêmement grossier.

— Je m'inquiète, Mamie, avouai-je. Je suis presque certaine que M. Fulton a empoisonné sa tante, mais la police ne croira sans doute pas l'histoire du chat informateur aussi facilement que toi.

— Tu n'as pas tort, dit-elle d'un air abattu.

— Que devons-nous faire, alors ? implorai-je. Je ne peux pas vraiment vivre le reste de ma vie en angoissant jusqu'à ce qu'il soit condamné, mais je ne peux pas non plus me rendre à la police avec ces informations. Même si je quittais mon travail et que je revenais vivre avec toi, cela ne garantirait toujours la sécurité de personne. Et ça ne vengerait pas non plus Ethel. De plus, que se passera-t-il si M. Fulton a l'intention de recommencer ?

Mamie et moi réfléchissions dans un silence relatif pendant qu'Octo-Chat ronronnait de contentement en recevant les attentions de ma grand-mère. Je méditai sur ma dernière question. Même si M. Fulton tuait à nouveau, étais-je la candidate la plus probable ? Il était bien plus logique que...

— Oh mon Dieu, Diane ! m'écriai-je soudain. Elle n'est pas au courant !

Bien sûr ! Si l'on additionnait le fait que M. Fulton avait dit vouloir cacher son sale petit secret jusqu'à la signature du divorce au fait même qu'il demandait le divorce, cela plaçait Diane Fulton dans la position de la victime la plus plausible.

Le divorce lui-même montrait déjà qu'il ne ressentait plus d'amour pour la future ex-madame Fulton. Et si elle le poussait dans ses retranchements pendant la procédure de divorce ? Et si elle était la suivante ? Elle ne savait pas du tout qu'elle était en danger...

Je sautai du canapé, souhaitant soudain désespérément rejoindre mon amie et m'assurer qu'elle allait bien.

— Attends un peu, jeune fille, dit Mamie en se levant et en posant une main sur mon épaule. Tu es venue ici parce que tu étais inquiète pour ta sécurité. Je ne vais pas te laisser partir tout droit vers la tanière du lion. Quelle que soit la source, tu as des preuves plutôt solides contre M. Fulton… et il semblerait bien qu'il le sache, en plus. Tu ne peux pas aller chez lui avec ces accusations.

Nous nous regardâmes dans les yeux. Son regard était suppliant pendant que le mien fixait un point sans cligner des paupières. Ceci était ma grand-mère, la personne qui m'aimait plus que tout au monde. Bien sûr, elle voulait seulement le mieux pour moi. Mais je ne pouvais pas attendre davantage en signant ainsi l'arrêt de mort de mon amie.

J'arrachai mon bras à Mamie.

— Je suis désolée, mais je n'ai pas le choix, criai-je, déjà en route vers la porte.

CHAPITRE 17

Je fus surprise quand Mamie n'essaya pas de m'arrêter. Bien moins surprenant était le fait qu'Octo-Chat semble penser qu'il allait m'accompagner. Une tache marron et floue fila le long de mes jambes pendant que je courais vers ma voiture.

— Allons-y, dit le chat avec un air déterminé que j'aurais trouvé comique dans un contexte moins sérieux.

— Tu ne viens pas, criai-je.

Je n'avais pas le temps. Et si j'arrivais trop tard pour prévenir Diane ?

— Maintenant, sors de mon chemin.

Il garda les yeux fermement rivés sur ma portière, attendant que je l'ouvre.

— Oh, je vois. Je n'ai le droit de venir que quand *tu* penses avoir besoin de moi.

— Exactement, grommelai-je. Et je n'ai pas besoin de toi pour ça. Rejoins Mamie et attends que je revienne.

Il agita vivement la queue d'avant en arrière en me regardant d'un air vexé.

— Tu es vraiment méchante, parfois. Le sais-tu ?

— Et tu es vraiment irritant tout le temps, rétorquai-je en le suppliant silencieusement d'abandonner la bataille.

Je ne voulais pas qu'il soit en danger, lui aussi. Malgré moi, j'avais fini par aimer cette petite plaie.

— Bref, dit-il avec un grognement en me regardant dans les yeux.

Quand je finis par ouvrir la portière, il bondit à l'intérieur malgré mes objections.

Je fis donc le pire que je pouvais imaginer. Je l'attrapai par la peau du cou et je le ramenai directement dans la maison.

— Lâche-moi, cria Octo-Chat en se balançant violemment, cherchant vainement à m'échapper. Ceci n'est pas acceptable !

Sans rien dire de plus, je le jetai dans la maison et je claquai la porte avant qu'il puisse reprendre ses esprits. Même si mon partenaire insolent allait me manquer, c'était mieux ainsi. De plus, si je le prenais avec moi, Diane pouvait suggérer que je le lui laisse. Je ne supportais pas l'idée de perdre mon nouvel ami… mais je savais aussi que je n'étais pas assez forte pour refuser si elle me le demandait.

Je ne savais toujours pas comment convaincre le côté non meurtrier de la famille Fulton de me laisser garder le chat, mais j'allais avoir le temps de le découvrir plus tard. Pour l'instant, il me fallait sauver Diane d'un sort similaire à celui d'Ethel.

Bien que nous n'allions sans doute plus beaucoup nous voir, étant donné le divorce et la probabilité que son ex finisse en prison, je me souciais quand même d'elle et je voulais qu'elle aille bien. En fin de compte, je ne souhaitais la mort de personne, pas même de

Brad et surtout pas de la pauvre Diane qui avait déjà traversé tant d'épreuves.

Je lui devais au moins cela en l'honneur de notre amitié récente basée sur la téléréalité.

Je ne m'étais rendue qu'une seule fois à la maison des Fulton pour un repas partagé pendant les fêtes, mais je me souvenais toujours du lieu exact de leur grosse villa. Après tout, Blueberry Bay n'était pas une très grande région et notre ville de Glendale était encore plus petite.

Je me garai devant la façade en vinyle blanc qui contrastait avec un immense jardin à l'avant, et je coupai le moteur. J'aurais peut-être dû annoncer mon arrivée en lui passant un coup de fil, mais je ne voulais pas prendre le risque d'alerter M. Fulton de ma venue avant d'avoir prévenu Diane au sujet des dangers qui rôdaient dans sa propre maison brisée.

J'avançai tout droit vers la porte d'entrée avec bien plus d'assurance que je n'en avais et j'essayai de tourner la poignée avant d'appuyer sur la sonnette pour m'annoncer. Bien sûr, comme nous étions dans une petite ville du Maine, la porte n'était pas verrouillée. J'entrai en espérant ne pas arriver trop tard.

À l'intérieur, la maison était sombre, car le crépuscule s'installait.

— Bonjour? Diane? criai-je en tâtonnant à la recherche d'un interrupteur que je ne trouvai pas.

J'avançai vers le salon, mais je me retournai brutalement quand j'entendis le plancher craquer à quelques pas derrière moi. Là, dans la lumière pâle d'une grande fenêtre se tenait une longue silhouette sombre avec les bras tendus au-dessus de la tête.

— Diane? demandai-je en plissant les paupières et en priant pour qu'il s'agisse de mon amie et non de son mari.

Je n'eus pas le temps de découvrir ce qu'il en était, car…

CRAC!

Une terrible douleur irradia depuis mon front et avant que je comprenne ce qu'il se passait, je m'effondrai sur le sol, ayant une fois de plus perdu connaissance.

Quand je revins à moi, chaque centimètre de mon corps hurlait de douleur. Je regardai à ma gauche et je vis un énorme feu dans l'âtre à moins de trente centimètres de moi. C'était trop près. Ma peau avait déjà commencé à rougir à cause de la chaleur excessive. En luttant pour m'éloigner, je constatai que mes pieds et mes mains avaient été attachés ensemble devant moi.

— Tu penses pouvoir t'introduire dans la maison de n'importe qui ? dit mon ravisseur d'une voix rauque en avançant dans la lumière.

Je m'attendais à voir M. Fulton devant moi, mais non. Ce n'était pas lui du tout.

C'était Diane, mon amie. *Mon assaillante ? Quoi ?*

— Diane, dis-je en respirant péniblement. C'est moi, Angie. Il nous faut sortir d'ici.

— Je sais qui tu es. Ce que je ne sais pas, c'est pourquoi il fallait que tu t'en mêles.

Le mépris dans ses yeux pendant qu'elle m'observait était si évident que j'arrivais à peine à reconnaître la femme aimable que j'étais venue à considérer comme une amie.

J'avais des pulsations de douleur dans la tête qui m'empêchaient de réfléchir correctement. Pourquoi agissait-elle ainsi ?

M. Fulton lui avait-il menti sur tout? Pensait-elle que j'étais responsable?

Je ne comprenais pas.

— Ethel a été assassinée! lui hurlai-je.

Ma gorge était douloureuse comme tout le reste, mais je m'en moquais.

— Nous devons le dire à quelqu'un.

Diane gémit et parcourut la pièce à la recherche de quelque chose.

— Ne fais pas de bruit, avertit-elle.

Il était possible qu'elle joue un rôle. Peut-être avait-elle peur également et essayait-elle de convaincre M. Fulton qu'elle était de son côté afin qu'il ne lui fasse pas de mal?

— Laisse-moi partir, la suppliai-je. Ce n'est pas trop tard. Nous pouvons aller au commissariat et…

Elle revint à toute vitesse vers moi et se pencha pour me regarder dans les yeux.

— Personne n'ira voir la police, dit-elle avec un chuchotement étrange avant de me gifler.

Quand cette nouvelle douleur me brûla la joue, je finis par voir la vérité sous mes yeux. M. Fulton n'avait jamais été coupable… ni du meurtre ni de ceci.

— C'était toi depuis le début, crachai-je.

Elle sourit d'un air diabolique et leva les yeux au ciel.

— *Évidemment.* Ne fais pas comme si tu n'étais pas au courant. Je m'étais dit que c'était le comble de la malchance quand tu t'es réveillée à la lecture du testament en parlant de meurtre. J'avais déjà entendu parler de médiums, mais je ne savais pas que tu en étais une.

— Tu penses que je suis médium? soufflai-je.

J'avais mal partout, mais surtout au cœur. J'avais été si naïve d'avoir aveuglément fait confiance à Diane parce que nous aimions les mêmes programmes télé. Maintenant, cette erreur pouvait très bien me coûter la vie.

— Autrement, comment expliquer ton inexplicable connaissance du meurtre d'Ethel ? Au début, j'ai cru que tu faisais peut-être une espèce de plaisanterie et que tu avais accidentellement révélé une vérité sans même le savoir, mais ensuite tu n'as pas arrêté d'apparaître partout.

Je secouai la tête et je cherchai vainement à me débarrasser de mes liens. Je comprenais pourquoi Diane avait pensé que j'avais un pouvoir de médium. D'une certaine façon, c'était vrai, mais pas comme elle le supposait.

— La veillée, la maison d'Ethel… poursuivit Diane en me donnant un coup de pied quand elle vit que j'essayais de détacher mes chevilles.

— Oh, ne prends pas un air si surpris. Anne est évidemment venue me le dire. La seule chose que je n'arrivais pas à comprendre, c'est pourquoi tu n'es pas allée me dénoncer à la police. Mais quand tu as essayé d'entrer dans ma maison, j'ai compris que tu avais en fait l'intention de m'attraper toi-même. Alors, bien joué, tu as réussi.

Elle partit d'un rire malveillant qui semblait complètement en décalage avec la femme au foyer qui portait des twin-sets et tripotait nerveusement son collier de perles.

— Mais *pourquoi* ? Pourquoi as-tu tué Ethel ? parvins-je à dire d'une voix étranglée.

J'avais très envie d'entendre la réponse, mais j'avais surtout besoin qu'elle continue à parler jusqu'à ce que je trouve un moyen de m'échapper. Il était possible qu'elle ait l'intention de me tuer après notre petite conversation. Manifestement, cette folle était capable de n'importe quoi.

Diane grogna comme un animal sauvage, montra ses dents et envoya un autre frisson droit dans mon estomac.

— Ne l'as-tu pas compris quand tu as aidé mon nigaud de mari infidèle à m'envoyer une requête de divorce aujourd'hui ?

Je retins mon souffle, réaction qu'elle apprécia.

— Alors, il couchait bien avec Bethany ! dis-je en exagérant mon jeu pour la pousser à parler aussi longtemps que possible.

J'avais eu tort au sujet de notre tueur, mais raison au sujet de la liaison. Que le soutien-gorge appartienne ou pas à Bethany, elle était quand même coupable.

— Qu'il couche avec elle ?

Diane fronça le nez de dégoût et se repoussa du sol pour se lever.

Mon téléphone vibra dans ma poche arrière, ce qui me donna une idée. Si je pouvais trouver un moyen d'appeler Octo-Chat par FaceTime, il pouvait aller chercher Mamie et elle pouvait ensuite aller voir la police. Il me fallait distraire Diane suffisamment pour qu'elle ne me voie pas mettre la main dans ma poche. C'était difficile d'être discrète avec les mains attachées, mais il fallait au moins que j'essaie.

— Ce n'était donc pas ce qu'il faisait ? demandai-je avec curiosité.

— J'espère bien que non, étant donné qu'elle est sa fille. D'un autre côté, la fille illégitime de Richard est bien le dernier de mes problèmes en ce moment.

Elle bougea vite en se murmurant des choses de temps en temps.

Comment avait-elle caché une si grande partie de sa véritable nature ? Comment était-il possible que je n'aie pas vu plus loin que son rôle de gentille femme au foyer ? M. Fulton était-il au courant ? Était-ce pour cela qu'il la quittait ? J'avais envie d'en apprendre tellement plus, mais d'abord il me fallait fuir cette meurtrière folle qui faisait maintenant les cent pas devant moi.

— Et tu voulais tout l'argent d'Ethel pour toi-même, dis-je en espérant que cela l'encourage à partir dans un autre monologue expliquant ses motivations.

— Qui ne voudrait pas l'argent ? Ce n'est pas comme si la vieille dame en avait pour longtemps à vivre, de toute façon. Je lui ai donné une mort facile qui, si tu me le demandes, était bien plus que ce qu'elle méritait.

Pendant qu'elle parlait, j'approchai tout doucement les mains de ma poche. Heureusement, mon téléphone était du côté opposé au feu, ce qui me donnait de l'ombre pour dissimuler mes mouvements.

— Tu es déjà riche, murmurai-je, heureuse qu'elle ne me regarde plus.

Diane s'était remise à fouiller fébrilement la pièce. Je priai pour qu'elle ne cherche pas à trouver un pistolet. J'étais capable de réfléchir assez vite, mais je ne pensais pas pouvoir agir assez rapidement pour éviter une balle qui me visait, particulièrement après ma blessure à la tête.

Elle partit d'un rire amer.

— Déjà riche en étant madame Fulton. Mais que penses-tu qu'il m'arrivera après le divorce ?

Heureusement, ceci était une question rhétorique et elle continua à parler sans attendre mon avis.

— Je pensais avoir plus de temps. Richard était censé tout hériter de la part de sa tante, puis j'aurais obtenu la moitié si je pouvais tout simplement le garder content pendant assez longtemps pour que le testament soit appliqué. J'en ai eu assez d'attendre que la vieille dame passe l'arme à gauche, alors je l'ai aidée un peu. J'ai eu du mal à croire ma malchance quand nous avons découvert qu'elle avait changé son testament pour léguer presque tout ce qu'elle avait à ce stupide chat !

Je gardai les yeux rivés sur Diane en glissant le bout de mes doigts dans ma poche pour en retirer le téléphone. Elle continua sa diatribe sur sa pauvre vie injuste, mais je n'entendis que des bribes suffisantes à lui faire des réponses courtes. À la place, toute mon attention était maintenant sur mon téléphone.

J'appuyai pour le déverrouiller — ravie d'avoir désactivé le mot de passe — et je cliquai sur l'icône de l'application FaceTime afin de passer un appel à Octo-Chat sur mon iPad.

Je croisai les doigts qu'il ne soit pas trop fâché pour me sauver la vie.

CHAPITRE 18

L'appel fonctionna et Octo-Chat répondit après quelques sonneries seulement. Je n'avais jamais été plus heureuse d'entendre la voix de quelqu'un de toute ma vie.

— Laisse-moi deviner, dit-il d'un ton plein d'ennui. Tu es en danger et tu as besoin que le chat vienne te sauver.

Oui! eus-je envie de crier, mais il ne fallait pas que Diane se rende compte de l'appel si je ne voulais pas risquer de sérieux problèmes. À la place, il me fallait trouver un moyen pour la faire parler jusqu'à ce que mon chat puisse me sauver. Sérieusement, de toutes les choses dont pouvaient dépendre ma vie, je me retrouvais avec un chat parlant qui avait mauvais caractère... un chat que j'avais récemment mis très, très en colère contre moi.

Il fallait trouver une façon de poursuivre la conversation, mais Diane ne faisait pas attention à moi pendant qu'elle ouvrait des tiroirs et des boîtes à la recherche de ce dont elle avait besoin. Quelques minutes plus tard, elle trouva ce qu'elle cherchait depuis le début et s'approcha à grands pas pour me le montrer. Oh, comme je priai pour qu'Octo-Chat n'ait pas raccroché !

Je poussai le téléphone derrière mon dos en exagérant ma façon de lutter contre mes liens, parvenant juste à temps à le mettre hors de sa vue.

— J'arrêterais ça, si j'étais toi, m'avertit Diane en tenant le nouvel objet pour que je puisse le voir clairement.

Un vieux revolver réfléchit la lumière du feu sur son corps en métal lisse, et il avait beau me terrifier, je n'arrivais pas à en arracher le regard.

— C'est ça, dit mon assaillante avec un sourire en coin. Tu vas mourir.

Sous le choc, je repensai à Octo-Chat. Je n'entendais plus sa voix. Il était possible que nous ayons perdu la connexion ou qu'il en ait eu assez d'attendre. Malgré tout, il fallait que je continue avec mon plan en espérant qu'il soit là et qu'il écoute avec Mamie.

— Je peux garder le secret, suppliai-je. Je ne suis pas obligée de dire que tu as assassiné Ethel. Tu peux prendre l'argent et partir. Ou je peux partir. S'il te plaît, laisse-moi partir.

— Oh, Angie, dit-elle avec une fausse pitié. Tu oublies que je te connais. Tu es même incapable de garder le secret des résultats d'une compétition de chant à la télévision. Qu'est-ce qui te fait croire que je te ferais confiance avec un secret comme celui-ci ?

— Vas-tu m'abattre ? demandai-je d'une voix tremblante.

J'aurais aimé dire que j'en rajoutais, mais ç'aurait été un mensonge. Je ne savais pas du tout si mon plan d'évasion fonctionnait et si j'allais survivre à cette expérience horrible pour vivre un jour de plus. Si c'était le cas, j'allais tenir bien moins de choses pour acquises.

Comme la culpabilité ou l'innocence des gens, par exemple.

Diane me donna un coup de pied dans la jambe et baissa le pistolet de ma tête vers mon buste.

— C'est le plan B, révéla-t-elle froidement.

— Quel est le plan? chuchotai-je alors que mon cœur galopait dans ma poitrine.

— Tu aimes nager. N'est-ce pas, Angie? demanda-t-elle en me donnant un autre coup de pied. Je me suis dit que nous pouvions prendre un petit bain de nuit au Quai de Deadman. Qu'en dis-tu?

— Le quai de Deadman? répétai-je d'une voix forte. Mais le contre-courant là-bas... je ne pourrais pas... je...

Je pleurais ouvertement, désormais.

— Oh, je sais.

Le visage de Diane s'illumina d'une joie ignoble pendant qu'elle détachait les liens autour de mes chevilles.

— Maintenant, lève-toi.

— Je ne veux pas aller au quai de Deadman, pleurnichai-je.

S'il te plaît, Octo-Chat. S'il te plaît, sois en train d'écouter. S'il te plaît, comprends ce que j'essaie de te dire.

— Maintenant, tout tourne autour de ce que *je* veux.

Elle me donna un troisième coup de pied.

— Lève-toi.

D'une façon ou d'une autre, il me fallait trouver un moyen de me lever sans qu'elle voie le téléphone sur le sol derrière moi. Je fis semblant de me remettre difficilement debout puis je trébuchai en avant, renversant Diane par la même occasion.

— Oh, tu vas regretter ça, grogna-t-elle avant de rire de façon très inquiétante. Heureusement, ça ne durera pas très longtemps.

Elle nous releva toutes les deux, appuya le pistolet entre mes côtes et me guida vers l'extérieur. J'avais l'impression que nous étions en route vers le quai de Deadman.

J'espérais que nous ne soyons pas les seules.

* * *

Malgré le grand SUV de luxe de Diane, le trajet fut cahoteux et douloureux. En tout cas, je n'allais pas me porter volontaire pour être allongée et attachée sur le plancher d'une voiture une autre fois… si je parvenais à survivre jusqu'au lendemain.

Elle avait fermement réattaché mes chevilles après m'avoir forcée à m'allonger dans sa voiture, puis elle me surveilla dans le rétroviseur pendant tout le parcours. Même si j'avais eu la force de préparer ma fuite, il m'aurait été impossible de le faire sous son regard vigilant.

Quand nous arrivâmes au quai Deadman, j'avais déjà perdu la sensation de mes pieds. Enfin, sauf les fourmis que je sentais partout et qui donnaient l'impression que je ne pouvais plus me mettre debout sans risquer de tomber.

Diane se gara près de l'un des bâtiments sombres parsemant les quais et elle fouilla rapidement les lieux avant de me forcer à sortir de la voiture.

Le vent frappait violemment les vagues alors que Diane enfonçait les ongles dans mon poignet et me tirait jusqu'à la jetée la plus proche. Mes chevilles étaient toujours attachées trop fermement pour que je puisse la suivre à petits pas. Il me fallait sautiller à la place, ce qui était particulièrement difficile étant donné que mes pieds s'étaient endormis et que mon cerveau était devenu fou de terreur.

— Je t'appréciais avant, marmonna Diane quand nous arrivâmes vers le milieu de la jetée. Ce sera bien plus difficile de te tuer que ça l'a été pour Ethel.

Waouh, merci. Elle allait quand même me tuer, mais au moins elle allait se sentir un peu coupable.

— Tu n'es pas obligée de faire ça, dis-je avec beaucoup de difficultés avant de tomber face contre terre sur les vieilles planches usées quand un de mes bonds n'atterrit pas bien.

— Arrête d'être aussi théâtrale, siffla Diane à mon oreille en plaçant les bras sous mes aisselles et en me remettant debout avec une série de grognements insultants. Je te dirais bien d'essayer un régime, mais…

Elle fit un geste désinvolte en riant.

— Tu te moques de mon poids, vraiment ? dis-je en serrant les dents.

Mes jambes brûlaient. Les nouvelles blessures sur mon visage piquaient à l'endroit où ma joue avait frappé la jetée.

— Je suis certaine que tu te sentiras beaucoup moins coupable de me tuer, maintenant.

Diane ne dit rien, mais elle accéléra notre marche vers la fin de la jetée.

Je jetai un coup d'œil par-dessus mon épaule pour voir si Octo-Chat et Mamie avaient reçu mon message pour venir m'aider. Peut-être qu'un pêcheur de homards solitaire était dehors en train de vérifier ses pièges ? Ou une voiture qui passait par hasard…

Ou alors, personne n'allait venir.

Peut-être allais-je vraiment mourir.

Nous étions maintenant à moins de trois mètres du bout de la jetée. La marée était haute et les vagues s'écrasaient si violemment qu'elles léchaient les planches et faisaient trembler le bois. J'étais bonne nageuse, ayant été élevée près de l'océan, mais pas assez douée pour échapper à ce genre de vagues alors que mes pieds et mes mains étaient liés.

J'avais une dernière chance de m'en sortir en vie et il était temps que je la prenne. En inspirant longuement et difficilement avant mon saut suivant, je m'orientai de façon à atterrir partiellement sur le pied de Diane, nous renversant toutes deux sur le côté.

— Oh, tu vas me payer ça ! chuchota-t-elle avec force en tenant sa mâchoire qui avait frappé le bois dur des planches.

J'avais compté sur le fait qu'elle hurle et qu'elle jure à pleins poumons, mais ça n'arriva pas. Et nous n'étions pas non plus tombées dans l'eau.

Je regardai fébrilement autour de moi, cherchant quelqu'un qui puisse me sauver. *Octo-Chat*, suppliai-je dans ma tête. *S'il te plaît, s'il te plaît aide-moi !*

Puis je compris que j'allais de toute façon mourir d'une façon ou d'une autre, alors je commençai à crier de toutes mes forces, priant pour que quelqu'un m'entende, que quelqu'un m'atteigne à temps.

— À l'aide ! Elle va me tuer !

Cela ne servit qu'à mettre Diane encore plus en colère et à la rendre plus déterminée à me tuer rapidement. Elle se remit debout.

— Merci de rendre les choses si faciles, Angie, grogna-t-elle avec une colère animale dans les yeux.

Nous n'avions pas atteint le bout de la jetée, mais apparemment nous étions assez proches. Elle me donna plusieurs coups dans les côtes en me forçant à m'approcher du bord.

— Non, arrête, s'il te plaît ! hurlai-je dans la nuit.

À ma grande surprise, Diane marqua une pause et me regarda d'en haut sans la moindre pitié dans les yeux.

— Tu avais l'occasion d'arrêter tout, mais tu as continué à

fouiller dans des affaires qui ne te regardaient pas. Ceci n'est pas de ma faute. C'est la tienne.

Et là-dessus, elle se baissa et me poussa des deux mains. Cela suffit à me faire rouler de la jetée dans l'océan impitoyable au-dessous.

J'inspirai profondément juste avant de frapper l'eau, juste avant que l'obscurité des vagues agitées me pousse vers le fond.

Bon, la question était réglée. Maintenant je le savais…

J'allais mourir.

CHAPITRE 19

Deux expériences de mort imminente en une semaine, ça devait être une sorte de record. D'un autre côté, je ne savais pas combien de temps je pouvais tenir. Non, je n'allais sans doute pas survivre en étant aspirée par le contre-courant du quai de Deadman. Le nom Deadman — l'homme mort — n'avait pas été choisi au hasard, après tout.

Et s'ils parvenaient un jour à trouver mon corps, ça ne serait pas le premier à être repêché de cette étendue de mer périlleuse.

Diane aurait disparu depuis longtemps.

J'agitai les bras et les jambes, mais je coulai plus profondément sous les vagues. Le sel de l'océan brûlait sur toutes mes blessures fraîches, m'aveuglant de douleur. Je retins ma respiration au-delà de ce qui était confortable, pendant que la panique me submergeait complètement. Je savais que la première inspiration d'eau salée pouvait finir par me tuer.

Mais je savais aussi que je ne voulais pas mourir.

Même si tout semblait contre moi, je devais me battre pour

survivre. Je continuai donc à me débattre et à espérer tandis que les profondeurs obscures m'attiraient de plus en plus profondément dans leurs bras.

Plus mon cerveau manquait d'oxygène, plus la douleur commençait à s'estomper. Mon corps se sentit plus léger, plus chaud, presque comme si j'étais en train de remonter vers la surface. Il était plus probable que je sois morte sans remarquer le moment exact de mon trépas, et Dieu me faisait maintenant monter au paradis. Je voyais même briller une lumière.

Et elle m'aveuglait douloureusement.

Ce qui signifiait…

Étais-je en sécurité maintenant ?

Je finis par prendre une grande respiration, incapable de tenir une seconde de plus. Une véritable agonie déferla encore en moi. La capacité humaine à ressentir de la douleur était véritablement incroyable. Je continuais à trouver de nouvelles façons d'avoir mal, même au cours des derniers instants avant ma mort.

Je toussai et je crachai, expulsant l'eau inhalée par erreur. Tout mon corps fut pris d'un frisson froid alors que quelques secondes auparavant, je m'étais sentie réchauffée et paisible. Même si j'avais l'impression que mes paupières étaient lestées par de gros blocs de pierre, j'ouvris les yeux juste assez longtemps pour remarquer que je n'étais plus sous l'eau.

Une personne me hissa sur la jetée et quelqu'un d'autre grimpa juste après. Était-ce celui qui m'avait ramené jusqu'à la surface ?

Je n'eus pas le temps de découvrir leurs identités, car tout redevint sombre quand je perdis connaissance.

Oui, *encore*.

Oui, cela faisait déjà trois fois cette semaine.

Cette fois était de loin la pire.

* * *

J'avais la gorge en feu et je vomis de la lave sur le sol à côté de moi. En tout cas, c'était mon impression.

La voix de Mamie fut la première que je parvins à distinguer dans le brouhaha qui m'entourait.

— C'est bien, ma chérie. Crache tout ça.

Je suivis son conseil et je toussai et toussai jusqu'à ce que ce soit moins douloureux. Quand j'ouvris les yeux pour voir qui m'avait sauvé, je me trouvai nez à nez avec une paire d'yeux ambrés qui scintillaient dans l'obscurité en me regardant avec pitié.

Non, pas avec pitié. C'était de la *peur*.

Tout le corps d'Octo-Chat tremblait et ce n'était pas à cause de l'humidité de sa fourrure ou de la fraîcheur de la nuit.

— Je pensais t'avoir perdue, toi aussi, souffla-t-il entre deux respirations félines paniquées.

— Je vais bien, dis-je en tendant la main pour le caresser.

Il était trempé et je me demandai s'il avait sauté dans l'eau pour me suivre malgré sa haine de tout liquide ne sortant pas d'une bouteille d'Évian.

Sa respiration difficile devint plus calme et finit par être noyée par le beau bruit de son ronronnement satisfait.

— Diane Fulton, grognai-je en crachotant encore. S'est-elle échappée ?

Une paire de bras forts et familiers me redressa en position assise et enveloppa une couverture de survie brillante autour de mes épaules.

— Nous l'avons attrapée, dit le policier avec un sourire rassurant.

Comme il était tout aussi trempé que moi, je supposai que c'était l'homme courageux qui avait sauté dans l'eau pour me sauver avant que le quai de Deadman ne me réclame à jamais.

Mamie apparut à côté de moi et elle s'installa sur la jetée en croisant les jambes comme si nous étions à une soirée pyjama et pas en mission de sauvetage.

— C'était une très bonne idée d'appeler ton iPad, me dit-elle en ne faisant aucune référence directe à Octo-Chat. Nous avons pu enregistrer de notre côté et nous l'avons donné à la police pour preuve. Ainsi que son intention de te tuer, révéla Mamie en frottant mon épaule sous la couverture isolée. C'était vraiment terrible à entendre, particulièrement quand l'appel a été coupé.

J'eus le cœur serré en imaginant les événements de la soirée du point de vue de ma pauvre grand-mère. Heureusement, c'était une vraie dure et j'avais l'air d'aller bien, maintenant.

— Bien sûr, tu vas devoir m'acheter un nouvel iPad, ajouta Octo-Chat en venant s'installer sous la couverture avec moi. Et vu tout ce que tu m'as fait traverser ce soir, il faudra peut-être que tu en achètes deux.

— Vous avez fait ce qu'il fallait, dit le policier à Mamie. Grâce à votre présence d'esprit, vous avez sauvé la vie de votre fille.

— Oh, de ma petite-fille, en réalité.

Mamie gloussa et enroula une mèche de cheveux autour de son doigt d'un air coquet en dévisageant le policier de la tête aux pieds. Un policier beaucoup, beaucoup trop jeune pour qu'elle flirte avec lui.

— Comment vous appelez-vous, déjà ?

Certaines choses ne changeaient jamais, et j'en étais ravie.

— Officier Damon Bouchard, madame.

Il lui sourit gentiment, mais je sentis Mamie se raidir à côté de moi à cause du mot « madame ». Son béguin s'était terminé aussi vite qu'il avait commencé. C'était une bonne chose, car nous avions déjà assez de problèmes.

— Êtes-vous prête à monter dans l'ambulance ? demanda l'autre policier — une femme — qui s'approcha de nous depuis la jetée.

— Mon chat peut-il venir également ?

L'officier Bouchard haussa les épaules et jeta un coup d'œil vers sa partenaire.

— Je suppose qu'il peut nous accompagner, mais malheureusement, il ne pourra pas entrer dans l'hôpital avec nous.

— Mais… hésitai-je.

Après tout ce que nous venions de traverser, je ne voulais pas le quitter, surtout pas si vite.

— Tout va bien, ma chérie, dit Mamie en reportant à nouveau toute son attention sur moi. Je vais m'occuper de lui jusqu'à ce que tu ailles assez bien pour rentrer à la maison.

— Puis-je juste avoir un moment seule avec lui ? demandai-je en sachant que cette requête donnait l'impression que j'étais folle.

— Euh, d'accord, acquiesça l'officier Bouchard.

— Nous serons juste là, dit la policière en indiquant un endroit vers la droite, mais ça ne m'intéressait pas.

— Tu peux rester, Mamie, dis-je lorsqu'elle commença à se relever difficilement.

Elle s'assit à nouveau et passa les bras autour de moi, puis nous attendîmes d'être sûres d'avoir l'intimité nécessaire.

— Merci de m'avoir sauvé la vie, chuchotai-je en direction de mon buste, où Octo-Chat était toujours collé contre moi. Je suis désolée de t'avoir porté par la peau du cou, et je suis désolée pour toutes les fois où j'ai été grossière ou que je ne t'ai pas compris. Au cours de cette dernière semaine, tu es devenu mon meilleur ami…

enfin, en dehors de Mamie, je veux dire… et je suis ravie que tu fasses partie de ma vie. Peux-tu me pardonner ?

Il y eut un instant de silence tendu avant qu'Octo-Chat finisse par s'extraire de la chaleur de la couverture et vienne se placer devant moi, sur la jetée.

— Tu es ma meilleure amie également, dit-il en frottant la tête contre ma main et en ronronnant sincèrement. Mais si tu me portes encore par la peau du coup, je te tuerai et je mangerai les preuves.

J'éclatai de rire et Mamie se joignit à moi sans vraiment savoir pourquoi.

— Merci d'avoir vengé Ethel, dit-il quand nos éclats de rire diminuèrent. Tu lui aurais plu, tu sais.

Mes yeux se mirent à larmoyer en entendant ce compliment. *Ouille*, il ne me fallait pas plus d'eau salée. Son chat était si merveilleux que j'étais certaine qu'elle m'aurait plu également.

CHAPITRE 20

Je me sentais en forme — tout bien considéré — mais l'hôpital insista pour me garder au moins vingt-quatre heures, parce que je courais encore le risque de succomber à ma quasi-noyade.

Je grognai quand un visage familier entra dans ma chambre.

— Alors… dit le docteur Artie Lewis, le même urgentiste qui m'avait traitée plus tôt dans la semaine avec un grand sourire irritant. Vous avez décidé de placer la barre plus haut, cette fois, hein ? Vous savez, la vie réelle n'est pas un film d'action. Vous ne pouvez pas continuer à mettre votre vie en danger et vous attendre à survivre.

Oui, c'était le même type qui m'avait donné l'impression d'être une idiote quand j'étais venue après avoir reçu un choc électrique à cause de la cafetière du travail. C'était contrariant de voir que ses manières ne s'étaient pas améliorées depuis la dernière fois que je l'avais vu.

Le médecin hocha la tête en ignorant le fait que je n'avais répondu ni à son salut ni à ses conseils.

— La noyade est certainement une façon plus impressionnante de perdre connaissance. Bien joué.

Venait-il vraiment de complimenter ma façon de me faire du mal ? Comme si je le faisais exprès. Je me demandai brièvement si ce pas-si-bon docteur n'était pas un peu casse-cou dans sa vie en dehors de l'hôpital. Il semblait presque enthousiaste en parlant des détails de ma quasi-noyade.

— Laissez-moi tranquille, suppliai-je en brisant enfin mon silence.

N'avais-je pas déjà traversé assez d'épreuves pour une journée ?

J'étais presque morte, bon sang !

Il me jeta un regard assassin avant de glousser pour lui-même et de dire :

— Impossible. Cette fois, vous avez besoin de bien plus qu'un peu de paracétamol. Vous savez, un sourire ne ferait pas de mal non plus.

Si j'avais encore eu des forces, j'aurais sauté du lit pour lui donner un coup de poing. J'avais pourtant vu assez de violence pour une journée, même si j'avais l'impression que ce médecin était du même acabit que mon collègue que j'aimais le moins, Brad.

Il était peut-être temps de commencer à explorer les thérapies de médecine alternative… ou d'arrêter de perdre connaissance un jour sur deux. Les deux faisaient l'affaire.

— Je reviens plus tard, annonça le docteur Lewis après avoir jeté un bref coup d'œil à mes signes vitaux. Au fait, vous avez des visiteurs dans la salle d'attente. Voulez-vous que je vous les envoie ?

— Oui, s'il vous plaît.

Je hochai la tête avec enthousiasme en me demandant si Mamie avait trouvé un moyen de faire entrer Octo-Chat en douce dans ma chambre. Elle en était capable.

Cependant, ce n'était pas Mamie qui venait me voir.

Quelques minutes plus tard, M. Fulton et Bethany entrèrent à pas feutrés dans ma chambre. M. Fulton portait un ours en peluche rose géant sur lequel il était écrit *C'est une fille*, ce qui me fit rire.

Ouille. Rire me faisait mal à la poitrine.

— Comment vas-tu ? demanda Bethany en faisant courir les doigts sur le bord de mon lit.

Je ne l'avais encore jamais vue porter des vêtements qui n'étaient pas pour le travail et je fus surprise de découvrir que son style personnel était assez sympa. Elle portait un pantalon rouge à pois blancs avec un chemisier blanc, tenue qui aurait très bien pu se trouver dans la garde-robe de Mamie ou la mienne.

— Assez bien, à vrai dire.

Je lui souris pour lui montrer que ça allait et qu'il n'y avait aucune rancune entre nous.

— Je suis désolé que ma femme ait failli te tuer, intervint M. Fulton en me prenant par surprise.

Ça ne faisait que quelques heures que j'étais à l'hôpital. Il me semblait étrange que Bethany et lui sachent déjà ce qui était arrivé.

— Comment l'avez-vous découvert ?

Je voulais savoir ce qu'il avait appris sur ce qui s'était passé entre Diane et moi, et s'il était au courant qu'elle avait également tué sa chère tante.

Il se dépêcha de tout expliquer :

— Je suis revenu en avance de mon voyage et j'ai vu ta voiture devant ma maison et la porte qui était grande ouverte. Peu de temps après, des policiers sont arrivés et ils m'ont conduit au poste pour interrogatoire. Disons qu'ils m'ont mis au courant des activités choquantes de ma femme.

— Et toi ? dis-je à Bethany.

Je me souvenais maintenant qu'au milieu de son monologue hystérique, Diane avait affirmé que Bethany était la fille de M. Fulton. J'avais encore beaucoup de questions à ce sujet, mais j'espérais qu'ils me renseignent sans avoir besoin de les encourager. Après tout, ça ne me regardait pas vraiment.

Bethany jeta un regard nerveux vers M. Fulton.

— Il m'a appelée en venant ici.

— C'est bon, l'encourageai-je, apparemment incapable de faire comme si de rien n'était. Diane m'a dit la vérité. Du moins, c'est ce que je pense.

Je me tournai vers M. Fulton.

— Est-elle vraiment votre fille ?

— Oui, répondirent-ils en chœur en me regardant avec des expressions de visages similaires.

— Comment se fait-il que tu ne me l'aies pas simplement dit ? demandai-je à Bethany en me souvenant du sale quart d'heure que je lui avais fait passer à l'enterrement.

Bien sûr, je me sentais très mal, maintenant.

— Je ne voulais pas que ça s'ébruite, expliqua M. Fulton. Diane était déjà très contrariée.

Je jetai un coup d'œil à Bethany.

— Étais-tu au courant depuis tout ce temps ?

— Pas depuis le début. Je m'étais dit qu'il pouvait être mon mystérieux père disparu quand j'ai accepté le poste au cabinet, mais nous venons seulement de le faire vérifier par un test ADN. En fait, c'est pour cela que j'avais décidé de postuler au départ.

M. Fulton semblait sur le point d'être malade en expliquant :

— J'ai trompé Diane quand nous sortions ensemble. Juste une fois, mais...

— Ma mère est tombée enceinte, poursuivit Bethany. J'ai eu quelques étranges... problèmes de santé ces dernières années et j'ai essayé d'en savoir plus sur les choix que j'avais. Ma mère a finalement cédé et elle m'a un peu plus parlé de mon père.

— Oh, dis-je simplement.

C'était nul pour Diane que son mari l'ait trompée. D'accord, ils n'étaient pas encore mariés à l'époque, mais ils étaient quand même engagés l'un envers l'autre. Nous supposions toujours que notre partenaire était fidèle... mais d'un autre côté, nous supposions aussi qu'il n'allait pas essayer d'assassiner une personne qui nous est chère.

— Nous avons pensé que puisque tu faisais déjà partie du drame familial à cause de Diane, tu méritais au moins de connaître toute l'histoire, dit-elle en reniflant.

— Je suis vraiment désolée, Bethany. Je t'ai affreusement mal traitée.

Tout me frappa alors : elle avait grandi sans père. Elle avait subi des problèmes de santé qu'elle ne se sentait pas de partager, et elle avait récemment perdu une tante qu'elle n'avait même pas eu l'occasion de connaître.

— Oui, c'est vrai, dit Bethany avec un froncement de sourcils qui se transforma vite en sourire. Mais je t'ai traitée si mal par de nombreuses autres occasions que nous sommes peut-être tout juste quittes maintenant. Arrêtons de nous faire tomber l'une l'autre et essayons de nous élever à la place, d'accord ?

— Nous les filles, nous devons nous soutenir, acquiesçai-je. Au fait, j'aime vraiment ta tenue.

Elle sourit et balança les hanches d'un air enjoué en entendant ce compliment.

— Encore une fois, je suis vraiment désolé que ma femme ait essayé de te tuer, dit M. Fulton. Ce que je ne comprends pas, c'est pourquoi. Le sais-tu ?

Bethany et lui m'étudièrent avec des yeux curieux.

J'inspirai profondément avant de leur révéler :

— Elle pensait que j'étais médium et que j'avais tout compris. Elle a avoué avoir tué Ethel pour obtenir plus d'argent de votre divorce.

M. Fulton soupira et secoua la tête.

— L'es-tu ? demanda Bethany qui retint légèrement sa respiration en attendant ma réponse.

Je pris un air perplexe.

— Suis-je quoi ?

— Médium.

— Quoi ?

Je gloussai nerveusement. Personne en dehors de Mamie ne devait connaître la vérité au sujet d'Octo-Chat et moi.

— Non, bien sûr que non. Ne dis pas n'importe quoi.

Bethany rit également.

— Je voulais juste voir si tu avais encore toute ta tête après cette grosse perte d'oxygène dans ton cerveau.

M. Fulton posa une main sur l'épaule de sa fille.

— Bethany, peux-tu nous laisser un instant ?

— Bien sûr. Je t'attends dehors, répondit-elle.

Elle me sourit une dernière fois avant de quitter la chambre et de fermer la porte derrière elle.

Fulton attrapa une chaise et la plaça à côté de mon lit.

— Je pense qu'il est évident que je démissionne du cabinet.

Je hochai la tête, ne sachant pas trop ce qu'il voulait que je fasse, maintenant.

— Je vais utiliser cela comme une occasion de prendre ma retraite, d'apprendre à connaître ma fille et de profiter de la vie en dehors du travail, pour changer.

— C'est super, dis-je, heureuse pour lui, mais ayant du mal à maintenir mon enthousiasme.

Mon cerveau était alourdi par le poids de toutes les nouvelles connaissances que j'avais acquises ce jour-là et j'avais besoin de me reposer.

— Je ne savais pas du tout ce que fabriquait Diane. Je suis vraiment désolé qu'elle t'ait fait du mal.

Il passa la main dans son veston et en sortit un chéquier.

— Je sais que je ne pourrais jamais tout réparer, mais laisse-moi t'aider un peu. Penses-tu que cent mille suffit à... ? Eh bien, à me pardonner ?

J'avançai ma main vers la sienne, mais je ne l'atteignis pas.

— Inutile de me payer. Je vous pardonne.

— S'il te plaît, laisse-moi faire quelque chose. Cet argent allait revenir à Diane lors du divorce, et maintenant qu'elle va sans doute passer le reste de sa vie en prison, j'en ai soudain bien plus que nécessaire.

Il semblait si triste, souhaitant à tout prix me donner une petite fortune en compensation. Mais il n'avait jamais rien fait de mal. Enfin, pas au cours des trente dernières années, du moins.

— Je n'ai besoin de rien, dis-je en remarquant au moment où je prononçais les mots que ce n'était pas entièrement vrai.

M. Fulton dut apercevoir mon hésitation, car il dit :

— Je vois bien que si. Que dirais-tu de cent cinquante ? Deux cents ? S'il te plaît, dis-moi simplement de quoi tu as besoin.

Pendant un court instant, je me permis d'imaginer ce que serait ma vie avec ce genre de somme. Je pouvais arrêter de travailler, faire un apport considérable à une maison qui m'appartenait vraiment, ou même prendre quelques années de congé pour voyager.

Je pouvais faire tout ce que je souhaitais.

Mais franchement, ma vie me plaisait, même si elle semblait terne aux yeux de quelqu'un de l'extérieur. Bien sûr, je voulais être riche un jour — *qui n'en avait pas envie ?* — mais je voulais également créer ma propre fortune, à ma façon.

Il y avait cependant une chose que je voulais maintenant désespérément et que seul M. Fulton pouvait m'offrir.

— J'ai bien une requête, si ça ne vous gêne pas, soufflai-je après m'être léché les lèvres craquelées et sèches.

Il se redressa et plaça son stylo au-dessus de son chéquier.

— Comme tu veux. Dis ton prix.

— Ça vous ennuierait que je garde le chat ? demandai-je, ayant presque peur de respirer tant qu'il ne m'avait pas donné sa réponse.

Il ferma le chéquier et me regarda sans comprendre.

— Le chat ? dit-il pour clarifier.

— Oui, Octavius Maxwell… je m'interrompis en riant. Vous savez, le chat d'Ethel dont je me suis occupée cette semaine.

— *Le chat !*

La compréhension illumina enfin ses yeux.

— Je l'avais oublié avec tout ce qu'il s'est passé ces derniers jours.

Je souris et j'attendis sa réponse.

Il me la donna avec un clin d'œil que je ne compris pas tout à fait.

— Bien sûr, tu peux avoir le chat. Je t'enverrai ses affaires dans quelques jours, quand tu seras à nouveau installée chez toi.

Mon cœur débordait de joie de pouvoir garder l'animal que

j'avais jusqu'à très récemment considéré comme le fléau de mon existence. Désormais, je ne l'aurais échangé pour rien au monde, même pas pour deux cent mille dollars.

— Merci beaucoup, dis-je, absolument aux anges, en voyant partir M. Fulton.

Il me tardait de rentrer et de raconter la bonne nouvelle à Octo-Chat.

* * *

On me donna deux semaines de congés pour me remettre de mon épreuve et je les passai roulée en boule sur le canapé avec Octo-Chat, à rattraper toutes nos séries télé humaines préférées. Nous avions même trouvé une émission sur un entraîneur pour chats que nous trouvions hilarante. Chaque fois que « l'expert » interprétait ce que ressentait le chat, Octo-Chat corrigeait ce qu'il disait et nous éclations de rire.

Au bout de quelques jours de vacances forcées — oui, il avait tellement fallu me forcer la main —, un colis arriva par coursier.

— De quoi s'agit-il ? demandai-je après avoir signé mon nom sur les pointillés.

Il haussa les épaules et partit en me laissant seule avec la lettre mystérieuse. C'était une lettre très épaisse, d'au moins une vingtaine de pages.

— Qu'as-tu là ? demanda Octo-Chat en venant s'asseoir à côté de moi pendant que je continuais à m'interroger sur l'enveloppe en papier Craft posée sur la table.

— Je n'en ai sincèrement aucune idée, répondis-je en tripotant le fermoir.

— Eh bien, ouvre-la ! Je meurs de curiosité, moi.

Je décidai de ne pas lui faire de reproche, car j'étais moi-même assez curieuse.

Après avoir sorti le tas de feuilles, je parcourus rapidement la première, puis je feuilletai le reste en cherchant les titres de chaque section du document juridique devant moi.

— Dis-moi, Octo-Chat, murmurai-je sans pouvoir arracher mon regard au document. Quel est ton nom complet, déjà ?

— Octavius Maxwell Ricardo Edmund Frederick Fulton Russo, dit-il en faisant rouler sans effort chaque syllabe sur sa langue râpeuse.

— Ooh, tu as ajouté mon nom de famille.

— Évidemment. Tu es mon humaine, dit-il avec un tressaillement attendrissant de ses moustaches.

— Euh, pour des raisons légales, il te faudra laisser tomber Russo, cependant.

— Pourquoi ?

Je poussai les papiers vers lui, même s'il ne lisait pas encore très bien.

— Qu'est-ce que ça dit ?

Il agita la queue, impatient.

— Ce sont les papiers pour le fonds fiduciaire qu'Ethel a créé pour toi. Maintenant que tu vis avec moi, je suis officiellement ta tutrice et donc en charge de tes affaires.

Il bâilla.

— Ce qui veut dire ?

— Deux choses, expliquai-je avec un immense sourire. Premièrement, tu m'appartiens légalement, maintenant. Et deuxièmement, nous allons recevoir un salaire de cinq mille dollars par mois pour contribuer à tes soins et te fournir le style de vie auquel tu es habitué.

Octo-Chat écarquilla les yeux.

— Enfin ! s'écria-t-il. Je savais qu'Ethel n'allait pas m'oublier. Maintenant, parlons un peu de cette habitation…

TRANSGRESSIONS DU TERRIER

Je commence enfin à accepter le fait que je peux parler aux animaux, même si le seul qui me répond est un chat tigré grincheux que j'ai pris l'habitude de nommer Octo-Chat. Ce que je n'ai pas tout à fait résolu, c'est comment cacher mon secret…

Maintenant, un des partenaires de mon cabinet d'avocats a découvert mon nouveau talent étrange et il insiste pour que je l'utilise afin de défendre son client contre une accusation de double meurtre. Pour ne rien arranger, Octo-Chat n'a aucune intention de nous aider.

Notre seul espoir repose sur un York crétin nommé Yo-Yo qui n'a pas tout à fait compris que son propriétaire est mort. Trouverons-nous un moyen de pousser Yo-Yo à nous aider sans briser son pauvre petit cœur canin ?

1

Salut, je m'appelle Angie Russo et mon animal domestique est un chat qui parle. Enfin, il ne parle qu'à moi, mais bon. Quelques mois se sont écoulés depuis qu'il est venu vivre avec moi après le meurtre de sa propriétaire, une gentille vieille dame empoisonnée par une personne de sa propre famille cherchant à accaparer l'héritage.

Depuis, Octo-Chat et moi nous sommes habitués à vivre en colocation et il est assez souvent agréable avec moi, tant que je lui donne son petit-déjeuner à temps et que je ne l'appelle absolument jamais « minou ». Il a même appris à utiliser son iPad pour m'appeler sur FaceTime afin que nous restions en contact quand je suis au travail.

Oui, *son* iPad.

Ai-je déjà mentionné qu'il était terriblement gâté ?

Non seulement il possède sa propre tablette, et un fonds fiduciaire également, mais il insiste pour ne boire que de l'Évian fraîche et ne manger que certaines saveurs de Gourmet servies sur des plats spécifiques et selon son planning rigoureusement suivi bien que totalement inutile.

Je dois avouer que j'ai fini par l'aimer, ce que je n'aurais jamais cru possible. Ces temps-ci, j'apprécie même à peu près mon travail d'assistante juridique chez Fulton, Thompson et Associés. Tout est assez intéressant depuis que les Fulton ont brutalement quitté la ville et que notre cabinet a perdu son plus ancien associé.

Une compétition acharnée s'en est suivie pour savoir qui allait prendre sa place. Jusqu'à ce que M. Thompson décide qui il souhaite promouvoir, nous sommes simplement Thompson et Associés. De nombreux candidats — à la fois de notre cabinet et de l'extérieur — sont passés par nos bureaux dans l'espoir d'obtenir le poste convoité dans le cabinet d'avocats le plus respecté de Blueberry Bay, mais Thompson a des difficultés à choisir.

Je le comprends. Je ne voudrais certainement pas être à sa place.

Notre cabinet est maintenant tristement célèbre après le meurtre surprenant impliquant un des associés et sa famille. Tout le monde veut un scoop, mais M. Thompson a été très clair : nous ne devons pas parler de ce qui est arrivé.

En attendant, il a engagé un nouvel associé pour faire face à la charge de travail. Charles Longfellow III est arrivé avec de très bonnes recommandations, un superbe CV et une beauté encore plus impressionnante que le reste.

Cela fait un moment que je n'ai pas eu de béguin, mais bon sang, j'en pince pour Charlie. Il a d'épais cheveux ondulés qui tombent parfaitement en une vague sombre sur son front. Il est grand, du genre *peut-être a-t-il joué au basket au lycée, mais sans doute pas à l'université*, on pourrait facilement se perdre dans ses yeux vert foncé. Je le sais, parce que ça m'est déjà arrivé plusieurs fois.

Oui, bien que je préfère généralement les livres aux garçons, je suis souvent très perturbée quand Charles est à proximité. C'est sans doute la raison pour laquelle j'ai fait une erreur aussi colossale…

Maintenant, on me fait du chantage concernant mon plus grand secret : le fait que je sache parler aux animaux.

Et le pire dans tout ça ? Ça ne me déplaît pas.

Je devrais sans doute commencer par le début, hein ?

Bon, c'est parti…

* * *

Octo-Chat m'a appelée sur FaceTime juste avant midi. J'étais au bureau, bien sûr, mais comme il savait qu'il ne devait pas me contacter, sauf en cas d'urgence, je décidai d'interrompre mes recherches et de répondre. De plus, presque tout le monde avait quitté le cabinet pour une réunion à déjeuner, me laissant plus ou moins seule dans le bâtiment.

— De quoi as-tu besoin ? demandai-je après avoir scruté les locaux.

Normalement, je prenais les appels d'Octo-Chat dans les toilettes, mais un des associés adjoints y était resté pendant au moins une demi-heure avant de partir… et je voulais éviter le désastre qu'il avait laissé derrière lui.

— Il y a une mouche dans mon Évian, se plaignit mon chat avec un miaulement aigu.

Je vis que son visage était complètement scandalisé lorsqu'il se pencha près de la caméra.

— Oh, pauvre de toi, dis-je gentiment en levant les yeux au ciel juste en dehors de sa vue.

Octo-Chat était véritablement trop gâté pour son propre bien, mais d'un autre côté, je recevais un salaire mensuel de cinq mille dollars pour m'occuper de lui, alors je ne pouvais pas trop me plaindre.

— C'est exactement ce que je pensais, répondit-il avec une grimace et un soupir. J'ai besoin que tu rentres immédiatement à la maison pour rectifier la situation.

— Je ne peux pas. Je suis au travail, lui rappelai-je avec mon propre soupir harassé tout en cliquant nonchalamment sur les emails de ma messagerie trop pleine.

Octo-Chat grogna quand il remarqua qu'il n'avait pas toute mon attention.

— Je pensais que tu n'étais censée travailler qu'à mi-temps, maintenant ?

Pourquoi devais-je constamment expliquer mes choix de vie à un chat ? De toute façon, il se souvenait rarement de ce que je lui disais. Nous avions eu cette même conversation sur mon travail au moins trois fois, déjà. La répéter maintenant me semblait être un exercice de la plus pure futilité.

Malgré tout, il était plus facile de lui expliquer une fois de plus que de gérer un de ses caprices.

— Oui, techniquement je suis à mi-temps, expliquai-je patiemment. Mais je dois donner un coup de main jusqu'à ce que Thompson engage enfin un nouvel associé. Il y a beaucoup de travail ici et malheureusement, je n'ai pas le temps de passer à la maison et de te servir un nouveau bol d'eau. Je suis désolée.

Il fronça les sourcils, prêt à se battre pour une chose aussi simple.

— Mais n'as-tu pas un salaire mensuel généreux pour faire en sorte que je reçoive les soins auxquels je suis habitué ? Je ne suis absolument pas habitué à avoir une mouche qui agite toutes ses pattes en nageant dans mon Évian.

Encore une fois, il était plus facile de céder que d'argumenter pendant des heures ou des jours.

— *Argh*, très bien. Je vais demander à Mamie de passer te servir de l'eau. Ça te va?

Il bâilla, ce qui m'irrita encore plus.

— Pas exactement. Il me faudra des jours pour me remettre de cet événement horrible. Peux-tu faire savoir à Mamie qu'il faut jeter le bol contaminé?

— Tu es un chat, dis-je en serrant les dents. Tu es censé être un chasseur redoutable, pas un bébé pourri gâté. Tu sais, les autres chats…

— Angie? dit une belle voix profonde au milieu de notre conversation.

Oh, non, non, non. Tout le monde devait être parti!

Je me tournai sur ma chaise et je découvris Charles Longfellow III en personne derrière moi, fixant bouche bée l'image d'Octo-Chat sur l'écran de mon téléphone qu'il voyait par-dessus mon épaule.

— Euh, salut, Charles.

Je gloussai nerveusement en appuyant sur le bouton pour mettre fin à notre appel, mais c'était trop tard. Il avait déjà vu et entendu plus qu'assez pour découvrir mon secret. Le mieux que je pouvais espérer maintenant, c'était qu'il pense que l'un de nous était devenu fou. Ou les deux.

Il me regardait comme si je venais de me faire pousser une deuxième tête, ce qui était bon signe. C'était peut-être moins étrange que ce qu'il venait de surprendre.

— Est-ce que tout va bien? demanda-t-il en levant un épais sourcil dans ma direction.

L'air me sembla soudain devenir rare, comme si le bureau venait d'être transporté au sommet de la montagne la plus proche.

Je hochai la tête, souhaitant désespérément que Charles s'en aille et qu'il arrête de m'interroger.

— Parfaitement bien, merci, mentis-je en regrettant de ne pas avoir hérité des légendaires talents d'actrice de Mamie.

En l'occurrence, je voyais que mon collègue n'était pas berné par mes tentatives pour minimiser la situation.

Effectivement, sa voix dégoulina de sarcasme lorsqu'il dit :

— Vraiment ? Parce qu'on aurait dit que ton chat avait besoin d'aide avec son…

Un sourire délicieux s'étala sur son visage, s'étirant d'une pommette haute jusqu'à l'autre.

— Évian ? C'est bien ça ?

Ma mâchoire tomba, mais aucun mot n'en sortit pour expliquer l'étrange spectacle dont mon béguin venait d'être témoin.

— Alors ? insista-t-il en écarquillant les yeux. Étais-tu en pleine conversation avec ton chat, ou pas ?

Je fis passer une mèche de cheveux derrière mes oreilles et je déglutis avant de bafouiller ma réponse.

— Euh, je l'appelle parfois quand je ne suis pas à la maison. Il souffre d'angoisse de la séparation, alors…

Je lui fis mon sourire le plus mielleux, mais il ne sembla pas fonctionner. J'étais gravement surpassée par le sien.

— Mais on aurait dit qu'il te répondait, insista Charles. Comme si vous aviez une véritable conversation l'un avec l'autre.

Je clignai des paupières en bafouillant :

— Quoi ? Non, ne dis pas n'importe quoi. Je ne peux évidemment pas parler aux animaux. Je veux dire, qui le peut ?

— Toi, apparemment, dit Charles en plissant les yeux.

Manifestement, il n'allait pas me lâcher tant que je ne révélais pas l'unique chose que je voulais le plus cacher.

J'avalai l'énorme boule qui s'était maintenant coincée dans ma gorge, puis je partis d'un rire hystérique.

— *Je t'ai eu !* Je n'arrive pas à croire que tu aies cru à ma petite plaisanterie de bureau !

Charles fourra les deux mains dans ses poches et se balança d'avant en arrière sur ses talons, tout en ne disant rien.

Oh, non. Pourquoi ne disait-il rien ?

Mon cœur galopait comme un étalon sauvage alors que mon rire nerveux s'estompait.

— Tu viens avec moi, dit-il.

— Quoi ?

Je croisai les bras d'un air de défi.

— Non. J'ai trop de travail à rattraper ici.

Il posa les mains sur mon bureau et se pencha de sorte que nos visages ne se trouvent qu'à quelques centimètres l'un de l'autre. Dans presque n'importe quelle autre circonstance, j'aurais apprécié voir son beau visage si près du mien.

Mais là ? J'étais absolument terrifiée.

— Tu m'accompagnes, répéta-t-il avec un sourire diabolique. Sauf si tu veux que je raconte ce que j'ai vu à tout le monde.

Je déglutis.

— Tout le monde ?

— *Tout le monde*, confirma-t-il avant de se redresser et de remettre sa cravate d'aplomb.

Complètement stupéfaite et incapable de voir une alternative, je me levai pour rejoindre Charles.

— Excellent, dit-il en me conduisant jusqu'à la porte et en me faisant signe de passer.

Je me retournai pour l'examiner.

— Où allons-nous ?

— Chez moi, répondit-il froidement pendant que nous traversions le parking jusqu'à sa voiture.

Charles ne m'avait encore jamais invitée nulle part, surtout pas chez lui. Malheureusement, quelque chose me disait que je n'allais pas du tout aimer ce qui m'attendait là-bas.

2

Environ cinq minutes après avoir quitté le cabinet, Charles gara la voiture près d'un immeuble de Cliffside. Je fus surprise de découvrir qu'il vivait dans un de ces appartements bon marché au lieu des plus jolis de l'autre côté de la ville. Normalement, Cliffside abritait les étudiants nouvellement diplômés ou les gens de passage.

En tant qu'avocat, Charles pouvait facilement se permettre un endroit plus agréable… et plus sûr. Les crimes étaient rares à Glendale, mais quand il y en avait, neuf fois sur dix, ils se produisaient là. En tant qu'avocat dans les affaires pénales, il voulait sans doute être plus proche de sa clientèle. Malgré tout, notre cabinet s'occupait surtout des crimes financiers. Avec ses moquettes tâchées et la peinture qui s'effritait, Cliffside était bien loin de la finance.

Puisque Charles vivait ici, n'avait-il pas l'intention de rester définitivement à Blueberry Bay ? Ne faisait-il que passer comme tant d'autres dans cet amas d'immeubles délabrés ?

Même s'il me faisait plus ou moins du chantage, j'espérais qu'il reste de façon plus permanente. Je l'appréciais encore et je préférais sa compagnie à celle des autres collègues du cabinet. Dernièrement, Bethany et moi avions forgé une sorte d'amitié hésitante, mais nous avions souvent des difficultés à nous comprendre. Nous venions simplement de deux mondes très différents.

Malgré son nom très chic, Charles et moi n'étions peut-être pas si différents, finalement. Non, je n'avais pas grandi dans la pauvreté, mais Mamie m'avait éduquée pour que je reste modeste alors que d'autres me couvraient de compliments. Son mantra avait toujours été que la scène était pour les stars et que la vie réelle était pour les gens réels.

Charles avait peut-être grandi selon les mêmes préceptes, même si Cliffside était un peu plus ancré dans la « vie réelle » que je l'aurais voulu.

Il avait gardé la bouche fermée pendant tout le trajet et resta silencieux en me guidant dans les escaliers jusqu'au troisième étage.

— C'est ici, dit-il en faisant tourner sa clé dans la porte.

Je haussai les épaules et je le suivis à l'intérieur.

Nous fûmes immédiatement accueillis par un chien surexcité qui aboyait et qui fut si enthousiaste de nous voir qu'il fit pipi sur le sol à nos pieds.

— Pardon pour ça ! cria Charles en attrapant un rouleau d'essuie-tout sur un comptoir à côté de là. Il est un peu trop excité, parfois.

— Tu m'en diras tant.

Je tapotai poliment le petit chien sur la tête, mais je résistai à l'envie de le soulever, car je n'étais pas d'humeur à ce qu'on me fasse pipi dessus aujourd'hui.

Quelque chose me paraissait bizarre. Charles était en ville depuis plus d'un mois, mais un rapide coup d'œil dans son appartement révéla plus de cartons fermés que de meubles ou d'objets de décoration. Alors, comment pouvait-il déjà avoir un chien ? Et que faisait celui-ci toute la journée pendant que Charles travaillait les longues heures que Thompson exigeait de tous ses associés ?

Charles termina de nettoyer le bazar, se lava les mains et me fit signe de m'installer sur le futon posé contre le mur du salon.

— Où sont toutes tes affaires ? demandai-je sur le ton de la conversation, me sentant un peu angoissée quand il s'assit à côté de moi sur le matelas bien trop court.

Le terrier sauta pour s'installer à côté de nous quand Charles tapota le futon.

Il se contenta de hausser les épaules, ne semblant pas du tout embarrassé par ma question.

— J'ai tout vendu avant de déménager à l'est et je n'ai pas eu le temps de récupérer beaucoup de choses depuis mon arrivée.

C'était logique. Il était venu dans le Maine depuis la Californie et d'après ce que je savais, il n'avait pas de famille dans le coin. Je ne comprendrais jamais pourquoi il avait voulu quitter la météo ensoleillée pour venir s'enterrer dans une petite ville du Maine, mais j'étais heureuse de l'avoir ici, à Blueberry Bay.

Le petit chien fit de joyeux petits cercles en courant des genoux de Charles jusqu'aux miens, puis dans l'autre sens et ainsi de suite. Le pauvre chien était apparemment privé de l'attention régulière dont il avait besoin.

— Si tu es si occupé, pourquoi as-tu un chien ? Ce n'est pas vraiment juste pour lui.

Je ne voulais pas sembler l'accuser, mais grâce à Octo-Chat je savais très bien que les animaux détestaient être laissés seuls toute la journée pendant que leurs propriétaires menaient leur vie à l'extérieur de la maison. Ce n'était pas étonnant que le petit gars ait fait pipi sur le sol dès que Charles avait passé la porte.

— Non, je ne l'ai que depuis peu, dit-il en fronçant les sourcils. Et avant que tu puisses dire autre chose, je sais que je n'ai pas le temps pour un chien, mais... eh bien, c'est une longue histoire, et c'est pour cela que je t'ai demandé de venir.

Maintenant, il avait piqué ma curiosité, mais je devais d'abord clarifier une chose.

— Tu ne m'as pas demandé de venir, rectifiai-je avec un regard appuyé. Tu m'y as forcé.

Son visage se renfrogna.

— Je suis désolé. Vraiment, je le suis. C'est juste... je ne savais pas comment te faire venir autrement et je suis assez désespéré.

Il avait au moins la décence de paraître gêné, désormais.

Je hochai la tête, même si je ne comprenais pas vraiment de quoi il parlait pour l'instant. Il était évident qu'il ne savait pas que j'aurais volontiers accepté de le suivre n'importe où si seulement il me l'avait demandé gentiment.

Charles caressa le chien brun et gris au pelage soyeux et se lança dans son histoire.

— Voici Yo-Yo. Il n'est pas à moi. Je l'ai trouvé, à vrai dire.

Je passai immédiatement en mode de résolution de problèmes.

— Depuis combien de temps ? As-tu appelé le refuge ? Je suis certaine qu'il manque vraiment à quelqu'un qui doit espérer son retour.

Charles secoua la tête et s'éclaircit la gorge en me jetant un coup d'œil avant de regarder Yo-yo et de dire :

— Non. Ses propriétaires sont morts.

Je m'écartai un peu plus de lui sur le futon.

— Quoi ? Comment peux-tu le savoir si c'est un chien que tu as trouvé ?

— Grâce à l'adresse inscrite ici.

Il montra la plaque accrochée au collier du yorkie.

— Et je sais que ses propriétaires sont morts parce que je défends la personne accusée de leur meurtre.

Bon, j'en avais entendu plus qu'assez, maintenant. En sautant du futon, je criai :

— Wow, wow, wow. Je n'ai peut-être pas juré d'avoir un comportement éthique, mais ça ne me semble vraiment, vraiment pas bien. Qu'espères-tu obtenir en gardant ce pauvre chien en otage ?

Charles se leva également en serrant Yo-yo contre son torse avec un bras et en tendant l'autre vers moi. Je m'écartai avant qu'il puisse me toucher. Je n'avais surtout pas besoin que mes hormones complètement folles interviennent.

— Mon client n'a pas tué les propriétaires de Yo-yo, dit-il avec des yeux qui me suppliaient de le comprendre. Il est innocent.

— Oui, tout le monde clame son innocence, mais tu sais quoi ? En général, les gens sont coupables.

J'envisageai brièvement d'attraper Yo-yo et de partir en courant. Ce pauvre petit chien. D'abord ses propriétaires avaient été assassinés, puis d'une façon ou d'une autre, il avait atterri chez l'homme qui défendait leur tueur.

— Non, ce n'est pas ça, insista Charles. Je sais qu'il ne l'a pas fait, mais les preuves semblent le désigner. Comme je l'ai dit, je suis désespéré. Alors, quand je t'ai vue parler à ton chat, je me suis dit que peut-être, juste peut-être, tu pouvais être la réponse à mes prières. Tu pouvais sauver un homme innocent de la prison et m'aider à obtenir la justice pour les propriétaires de Yo-yo.

J'hésitai à nier mes capacités, à expliquer que ce qu'il me demandait était impossible, mais Charles semblait si malheureux... et Yo-yo choisit aussi précisément ce moment pour gémir et me regarder avec ses petits yeux brillants...

— *Argh*, d'accord ! criai-je en me laissant retomber sur le futon. Je vais voir ce que je peux faire.

Je vis le soulagement sur le visage de Charles quand il s'installa à côté de moi.

— Merci. Tu me sauves la vie !

— Oui, eh bien, je n'ai encore rien fait pour le moment, grommelai-je.

Cette situation me déplaisait au plus haut point.

— Le fait que tu acceptes d'essayer est déjà énorme, dit Charles.

Pendant un instant fugace, quelque chose passa de l'un à l'autre.

De l'amour ?

Du désir ?

Ce lien spécial entre un maître chanteur et sa victime ?

Vraiment, je ne savais pas quoi.

Il se releva, puis il posa Yo-yo sur le matelas à côté de moi. Le chien sauta sur mes genoux où il commença immédiatement à me lécher le visage, agitant la queue à chaque coup de langue.

— Hé, Yo-yo, dis-je en me sentant vraiment peu sûre de moi.

Le seul animal avec lequel j'avais véritablement eu une conversation, c'était Octo-Chat et il m'avait parlé le premier. Cette situation avec Yo-yo me semblait insensée, pas naturelle et très gênante en comparaison. Malgré tout, je devais essayer pour le bien de Charles et de son client. Et pour Yo-yo également.

— J'ai appris que tu avais perdu tes propriétaires, dis-je lentement et calmement. Peux-tu me dire ce qui est arrivé ?

Le yorkie continua à me lécher le visage sans ralentir. Je le soulevai donc et je le posai sur le sol pour voir s'il allait mieux se concentrer.

— Qu'est-il arrivé à tes propriétaires ? demandai-je encore. Ont-ils été assassinés par quelqu'un ?

Yo-yo aboya joyeusement et sauta à nouveau à côté de moi sur le futon. Il décida que c'était le bon moment pour couvrir ma main de bave.

— Qu'a-t-il dit? demanda Charles avec empressement.

Ça rendait toute la situation encore plus frustrante. J'avais toujours détesté décevoir les gens. Oui, même ceux qui me faisaient du chantage, je suppose.

— Il a aboyé, dis-je simplement.

— Oui, mais qu'est-ce que ça signifiait?

— Je ne sais pas, avouai-je franchement.

Il se décomposa.

— Mais je pensais que tu savais parler aux animaux?

— Je parle à mon chat, mais c'est tout.

— Alors pourquoi ne veux-tu pas parler à Yo-yo?

C'était la question à cent mille dollars. J'avais arrêté de remettre en question ma santé mentale quant à ma capacité à parler à Octo-Chat, mais je ne savais toujours pas pourquoi je pouvais parler avec lui ou jusqu'où s'étendaient mes pouvoirs.

Je levai les mains en haussant les épaules.

— Je ne sais pas, mais j'essaie.

— Eh bien, essaie mieux, insista-t-il. C'est vraiment, vraiment important.

— C'est ce que je fais, maugréai-je en serrant les dents avant de me retourner vers Yo-yo avec mon expression de visage la plus agréable. Salut, petit gars. Si tu pouvais me parler, cela nous aiderait beaucoup. Tu pourrais commencer par me dire ce que tu penses vraiment du type avec lequel tu vis maintenant?

Je montrai Charles du pouce et je fis une grimace. Yo-yo attrapa alors mon pull et tira fermement dessus.

— Hé, arrête! criai-je, mais il tira encore plus fort.

Quand je parvins enfin à éloigner mon pull de ses dents, il avait été étiré au-delà de toute réparation. Je me levai afin qu'il ne puisse pas détruire d'autres parties de moi avant que nous ayons terminé ici.

— Qu'a-t-il dit? demanda Charles avec des yeux sombres pleins d'espoir.

— Il dit que tu as demandé à la mauvaise personne, répondis-je. Et qu'il aimait mon pull, mais qu'il pensait quand même que celui-ci méritait une mort horrible et soudaine.

D'un ton impassible, Charles ajouta :

— Exactement comme ses propriétaires, hein?

D'accord, maintenant je me sentais mal, mais ça ne changeait rien à mon incapacité à parler avec Yo-yo. J'avais essayé. Ça n'avait pas fonctionné. Il était temps de passer à autre chose.

— Je ne sais pas ce qu'il a dit ni même s'il a dit quelque chose, expliquai-je en espérant que Charles me croie enfin. Je suppose que je ne sais pas parler aux chiens.

— Mais tu sais parler aux chats?

Je haussai les épaules d'un air évasif, mais il sembla l'interpréter comme un assentiment.

— Super, dit-il en fouillant dans un tiroir en bazar avant d'en sortir une longue laisse noire. Allez viens, Yo-yo. Nous allons nous promener, cria-t-il d'une voix légèrement plus aiguë qui me fit oublier mon irritation pour l'instant... mais seulement pendant un court instant. Veux-tu venir faire une balade?

— Et je vais retourner au travail, dis-je en avançant lentement vers la porte. Tu pourras me déposer en chemin.

— Désolé, je ne peux pas, répondit Charles pendant que le yorkie tournait en rond dans l'appartement en aboyant pour exprimer son enthousiasme. Nous avons besoin que tu nous accompagnes.

Je croisai les bras et je les dévisageai avec méfiance.

— Pourquoi ?

— Parce que nous allons chez toi pour parler à ton chat, expliqua Charles en attrapant Yo-yo et en lui accrochant la laisse.

Chez moi ?

Crotte. Octo-Chat n'allait pas du tout apprécier.

3

Moins de trois kilomètres s'étiraient entre l'immeuble de Charles et ma maison de location, alors il ne fallut pas longtemps pour passer d'un endroit à l'autre.

J'ouvris la porte et je découvris Octo-Chat qui m'attendait avec un air euphorique.

— Enfin ! cria-t-il. J'ai eu tellement soif.

Son euphorie se transforma vite en indignation quand Yo-yo se fraya un chemin dans la maison et fit un gros baiser baveux sur le nez d'Octo-Chat.

Charles tira sur la laisse, puis souleva le chien.

Octo-Chat tremblait de fureur pendant qu'une goutte de bave coulait le long de sa tête jusqu'au tapis au-dessous.

— Pourquoi m'infliges-tu cela ? N'ai-je pas déjà traversé assez d'épreuves aujourd'hui ? D'abord la mouche et maintenant un-un-un *chien* ?

Il cracha ce dernier mot comme si c'était la pire injure qu'il pouvait imaginer.

— Que dit-il ? demanda Charles, captivé.

— Il est fâché contre moi, avouai-je. Et il n'est pas non plus ravi par la présence de Yo-yo.

Octo-Chat fit le dos rond et siffla.

— Je ne te le fais pas dire, maugréa-t-il avant de sauter sur la table de la cuisine.

— Donne-moi juste une minute, chuchotai-je à Charles avant de rejoindre mon chat furieux dans la cuisine.

Octo-Chat fit un énorme bond depuis la table jusqu'au plan de travail, puis il s'assit en agitant violemment la queue.

— Incroyable, grogna-t-il sans même me regarder.

Je savais que ce n'était pas bien, mais je devais obéir au souhait de Charles. Si quelqu'un d'autre découvrait ma capacité spéciale à communiquer avec les chats, j'allais perdre mon travail, être ridiculisée et potentiellement devoir quitter l'endroit où j'avais toujours vécu pour recommencer ma vie avec une réputation irréprochable.

Avec un peu de chance, Octo-Chat allait finir par comprendre que je n'avais pas le choix après quelques explications supplémentaires. Cependant, je devais d'abord trouver un moyen de donner ce qu'il voulait à Charles. Ensuite, une fois la menace au-dessus de ma tête éradiquée, Octo-Chat pouvait recommencer à m'en vouloir pour les raisons habituelles.

J'attrapai une nouvelle bouteille d'Évian et une tasse en porcelaine propre dans le placard. La tasse venait d'un service que nous avions hérité de feu sa propriétaire Ethel. Elle était utilisée dans l'unique but d'offrir ses libations quotidiennes à Octo-Chat. Après lui avoir présenté l'eau fraîche, je me dépêchai de me débarrasser de la mouche morte.

Il lapa le liquide une fois, puis il trottina vers ma chambre sans même un remerciement.

— Avec plaisir ! criai-je en lui jetant un regard noir.

Bon sang, j'avais l'impression que personne ne m'appréciait aujourd'hui.

— Et maintenant ? demanda Charles en se penchant pour détacher la laisse de Yo-Yo.

— Non, attends, criai-je, mais c'était malheureusement trop tard.

Le yorkie fila immédiatement vers ma chambre en aboyant hystériquement tout le long. Un mélange terrible de sifflements - grognements - miaulements résonna dans toute la maison et une seconde plus tard, Octo-Chat apparut avec la queue si ébouriffée qu'elle ressemblait à celle d'un raton laveur.

— Attrape-le ! hurlai-je à Charles, qui bondit vers l'animal agité et le rata.

— Hé, Yo-Yo ! appelai-je en fonçant vers la cuisine. Tu veux une friandise ?

Le yorkie se retourna immédiatement et trottina derrière moi en lâchant une joyeuse série d'aboiements aigus. J'ouvris le frigo et j'attrapai une tranche de jambon à lui offrir juste au moment où Charles parvint à rattacher la laisse sur son collier.

— Eh bien, quelle expérience, dit-il avec un petit rire las.

— Si j'étais toi, ça ne me ferait pas rire ; il va me falloir une éternité pour que mon chat me pardonne maintenant.

Charles me fixa, perplexe.

— S'il ne veut pas me pardonner, il ne t'aidera pas non plus. Ignores-tu donc tout des chats ? grommelai-je, alors que quelques mois auparavant, je ne les connaissais pas vraiment non plus.

Il me sembla adéquatement puni lorsqu'il laissa tomber sa tête et poussa un énorme soupir.

— Pardon. Que pouvons-nous faire ?

— Nous n'allons rien faire pour l'instant. Toi, tu vas emmener

Yo-yo à l'extérieur et je suppose que je vais aller proposer mon premier-né dans une ultime tentative pour qu'Octo-Chat m'adresse la parole.

Charles commença à sourire, mais il s'arrêta vite en voyant mon visage extrêmement sérieux.

— Euh, d'accord. Allez viens, Yo-yo, dit-il en tirant le petit chien vers la porte.

— Ne rentrez pas tant que je n'ai pas dit que c'est bon, criai-je dans leur dos.

— Ça ne sera jamais bon, siffla Octo-Chat en émergeant de l'endroit où il s'était apparemment caché. Pourquoi m'as-tu infligé ça ?

Je m'empresse de lui expliquer :

— Je suis désolée. Je ne le voulais pas. Il m'a obligée.

Octo-Chat agita la queue, qui avait plus ou moins retrouvé une taille normale.

— Tu m'as donc vendu pour un beau visage, cria-t-il. Je pensais que nous étions amis ! Je pensais que nous étions une famille !

Mon cœur se serra. Normalement, son côté théâtral ne me touchait pas, mais ce reproche me blessa profondément. Voilà ce que j'obtenais en avouant mon béguin du travail à mon chat. Heureusement, il était de plus en plus doué pour différencier les humains et il devinait correctement leur sexe quatre fois sur cinq, désormais. Bien sûr, quand j'avais besoin qu'il identifie un meurtrier, il était complètement inutile, mais pour voir qui était mon béguin, là, ça ne lui posait aucun problème.

— Je ne voulais pas, répétai-je. Il nous a surpris pendant notre appel en visio et il m'a forcée à l'aider.

Octo-Chat eut un rire dédaigneux.

— Alors comme ça, il t'a surpris. Dans ce cas, tu n'avais qu'à mentir ! Sérieusement, Angela, ce n'est pas si difficile.

Il utilisait rarement mon prénom et encore plus rarement la forme complète. Oh oui, j'avais de sérieux problèmes maintenant. Demain, quelqu'un allait certainement se réveiller pour découvrir du vomi dans ses chaussures… et malheureusement, cette personne, c'était moi.

— Écoute, dis-je en essayant de le raisonner. Même si tu avais géré les choses différemment, voici où nous en sommes. Charles veut que nous parlions à ce chien pour apprendre comment ses propriétaires sont morts. Cela lui permettra de mieux défendre son client qui est faussement accusé de leur meurtre.

Octo-Chat hocha la tête tout en maintenant un regard froid et sévère. Dernièrement, il avait regardé beaucoup de rediffusions de *New York : Unité Spéciale* afin de mieux comprendre mon travail, et j'étais ravie de voir qu'il avait appris suffisamment de choses pour comprendre le jargon légal qui expliquait la situation.

— D'accord, très bien, dit-il après avoir réfléchi un instant. Mais pourquoi n'as-tu pas simplement parlé au chien toi-même ? Pourquoi avais-tu besoin de m'entraîner au milieu de ce cirque ?

— Parce que… je gémis en regrettant qu'il ne me prenne pas au mot au moins une fois dans nos vies. Je ne comprends pas Yo-yo et je ne pense pas qu'il me comprenne, lui non plus.

— Encore une fois, pourquoi ne pouvais-tu pas mentir ? Bon sang, Angie, invente une excuse afin que nous puissions tous passer à autre chose.

Bien, c'était bon de savoir que mon chat n'avait aucun problème pour mentir afin de sortir d'une situation délicate. Cependant, ma moralité était moins douteuse. De plus, j'avais déjà essayé de mentir à Charles et ça n'avait pas fonctionné.

Je commençais sérieusement à m'inquiéter des ramifications de ma pause déjeuner. Combien de temps s'était écoulé ? Thompson et les autres partenaires étaient-ils retournés au bureau et avaient-ils déjà remarqué mon absence ?

— Je ne vais pas lui mentir, dis-je en choisissant le droit chemin. Surtout pas pour une affaire. Et si son client était vraiment innocent ? S'il devait passer le reste de sa vie en prison parce que mon mensonge avait mis le dossier en péril ? Ouais, non merci.

Octo-Chat gémit et leva les yeux au ciel, un nouveau comportement humain qu'il avait copié sur moi.

— Alors quoi ? Tu as besoin que je traduise parce que tu ne sais pas parler le chien ?

— Oui, s'il te plaît.

Je serrai les mains devant moi. Je n'avais pas peur de me rabaisser à le supplier et Octo-Chat adorait me voir ramper.

Il afficha un air suffisant en me regardant de haut. Cela le fit loucher et je dus me forcer à ne pas rire.

— Tu sais que les chiens ont un langage bien plus simple que les chats. Cela correspond à leurs esprits simples. Si tu me comprends, alors tu devrais tout à fait être capable de discuter avec l'imbécile là-bas.

— Tu m'aideras donc ? demandai-je en priant qu'il voie comme j'avais besoin de lui.

— Très bien, je vais t'aider, grogna-t-il. Mais tu m'en dois une. *Vraiment.*

Je filai jusqu'à la porte pour faire entrer Charles et Yo-yo avant que mon chat puisse changer d'avis.

— Garde-le en laisse, cette fois, conseillai-je lorsqu'ils repassèrent le seuil de ma maison. Ou mieux encore, sur tes genoux.

Charles s'installa sur le canapé de mon salon avec le chien perché sur ses genoux.

— Et maintenant ? demanda-t-il lorsque je m'installai dans mon fauteuil.

— Tout d'abord, promets-moi que tu ne parleras de ceci à personne.

Il hocha la tête en acquiesçant avec enthousiasme.

— Oui, je le promets.

— Bien. Maintenant, souviens-toi que je ne sais même pas si cela va fonctionner, mais donne-moi quelques minutes et nous pourrons le découvrir.

Charles resta silencieux et continua à me fixer. Apparemment, Octo-Chat lui faisait un peu peur, et cela m'allait très bien.

Je me tournai vers mon compagnon tigré :

— Peux-tu s'il te plaît demander à Yo-yo ce qui est arrivé à ses propriétaires ?

Octo-Chat sauta sur la table basse et se tourna vers le chien perché sur les genoux de Charles avant de répéter la question.

Yo-yo fit un petit aboiement joyeux et il se mit à haleter, ce que mon chat traduit par :

— Il dit que ses propriétaires sont les meilleures personnes du monde entier et que le type chez qui il loge en ce moment est gentil, mais que sa famille lui manque et qu'il veut rentrer chez lui.

— Il a dit tout cela ?

Il fallait au moins dix fois plus de temps à Octo-Chat pour traduire cela qu'il n'en avait fallu à Yo-yo pour le dire.

— Je te l'ai dit, répéta Octo-Chat avant de faire une pause pour se lécher la patte. La langue des chiens est incroyablement simple. Ce qu'il a vraiment dit se traduit par « meilleurs, manque », mais quand on communique avec les chiens, il faut ajouter un degré d'enthousiasme ridicule pour les comprendre. C'est épuisant, vraiment.

— Que disent-ils ? demanda Charles.

— *Chut*, sifflai-je en même temps qu'Octo-Chat.

Charles s'affala à nouveau sur le canapé et il nous regarda avec un mélange de fascination et de crainte.

En me retournant vers mon chat, je fis une autre requête :

— Peux-tu s'il te plaît lui demander s'il était présent quand ses propriétaires ont été assassinés ?

Quand Octo-Chat transmit ma question, Yo-yo laissa échapper une longue série de hurlements et il griffa les genoux de Charles en essayant de s'échapper, complètement paniqué.

— Oh non, qu'est-il arrivé ? criai-je en même temps que Charles demandait :

— Que se passe-t-il ?

Je regardai Octo-Chat en attendant une explication.

Le chat écarquilla les yeux en révélant :

— Il dit que ses propriétaires ne sont pas morts et que prétendre le contraire est une plaisanterie méchante et horrible.

Planifier une défense pour le client de Charles en utilisant Yo-yo ne fut plus qu'un lointain souvenir. On aurait dit que le petit chien se faisait assassiner lui-même simplement en lui posant une question sur leur mort. Comment pouvions-nous obtenir des informations utiles de sa part s'il ne savait même pas qu'ils étaient morts ?

Une chose était certaine : je n'avais pas l'intention de briser le cœur de ce pauvre petit chien adorable.

4

J'observais, impuissante, alors que Charles se passait les mains dans les cheveux avec angoisse.

— Je ne sais vraiment plus quoi faire, avoua-t-il avec un grognement guttural. Quand j'ai vu ce dont tu étais capable, je me suis dit que c'était le destin, que tu étais là pour m'aider à défendre cette affaire.

Je me penchai en avant dans mon fauteuil et je posai une main consolatrice sur son genou. C'était la seule part de lui que je pouvais atteindre et malgré tout, ce léger contact envoya un petit frisson depuis le bout de mes doigts jusqu'à ma poitrine.

— Je peux éventuellement trouver un autre moyen de t'aider. Cependant, il y a encore une chose qui ne me semble pas vraiment logique.

Il leva la tête pour me regarder. Plusieurs rides apparurent sur son front pendant qu'il attendait ce que j'avais à dire.

Je m'éclaircis la gorge avant de demander :

— Si tu es tellement certain de l'innocence de ton client,

comment se fait-il que tu n'aies aucune défense pour lui... en dehors de parler au chien des victimes ?

Il se laissa retomber contre le dossier du canapé et passa encore la main dans les cheveux, embaumant l'air de l'odeur de savon et de pin.

— Parce que tout le monde a déjà décidé qu'il était coupable.

— Sauf toi.

Charles soupira.

— Apparemment.

— D'accord, alors aide-moi à comprendre. Peux-tu m'en dire plus sur ce qui est arrivé et pourquoi tout le monde est si convaincu par la culpabilité de ton client ? En outre, j'aimerais beaucoup savoir comment tu as fini avec ce chien.

Octo-Chat s'installa sur le fauteuil à côté de moi.

— À vrai dire, j'aimerais beaucoup le savoir aussi.

Nous attendîmes tous les deux pendant que Charles reprenait ses esprits afin de nous raconter l'histoire.

— S'il commence par « c'était une nuit sombre et orageuse », je vais vomir, fit remarquer Octo-Chat en poussant un bâillement exagéré.

— Tais-toi, dis-je au chat impatient à côté de moi avant de jeter un regard d'excuses à Charles. Pardon. Continue.

Il pencha la tête et nous examina tous les deux.

— Qu'a-t-il dit ?

— Tu ne veux pas le savoir, marmonnai-je en caressant Octo-Chat avec plus de force que ce qu'il aimait normalement, ce qui était ma façon de lui lancer un avertissement silencieux.

Charles laissa traîner son regard sur Octo-Chat en se lançant dans la description du meurtre.

— C'est arrivé le matin. Les victimes – qui s'appelaient Bill et

Ruth Hayes – venaient juste de mettre leur maison sur le marché. Apparemment, l'offre avait déjà été acceptée sur une nouvelle maison et ils avaient besoin de vendre vite l'ancienne, alors ce jour-là une opération porte ouverte était prévue. Je suppose qu'il y a rarement des propriétés en vente dans leur quartier, alors il y avait beaucoup de personnes intéressées. Une douzaine de couples au moins sont arrivés pour visiter l'endroit et l'un d'entre eux a découvert les corps des victimes cachées dans le placard de la chambre à coucher principale.

Je digérai tout cela avant de demander :

— D'accord, beaucoup de gens, cela signifie beaucoup de suspects potentiels. Pourquoi a-t-on accusé ton client ?

— Les experts de la scène de crime affirment qu'ils étaient morts depuis environ dix heures quand ils ont été découverts le lendemain matin, et c'est le marteau de mon client qui a été utilisé comme arme du crime. En dehors de sa sœur, il était une des seules personnes à avoir accès à leur maison et à connaître le code pour désactiver le système de sécurité.

Le visage de Charles était très sombre pendant qu'il racontait les détails. Plus j'en apprenais, plus les événements commençaient à me paraître familiers. On ne m'avait pas demandé de faire des recherches dans ce dossier pour le cabinet, mais j'avais entendu tous ces détails auparavant par une autre source…

— Attends, est-ce l'affaire Brock Calhoun ? Je l'ai vue partout dans les journaux.

J'ignorais si Charles savait que ma mère était la présentatrice du journal télévisé local et qu'elle était en partie la raison pour laquelle tout le monde supposait la culpabilité de son client. Je décidai de ne pas mentionner cela. Sinon, il n'allait jamais me laisser l'aider et il avait clairement besoin d'autant d'aide que possible.

Charles hocha la tête.

— Lui et sa sœur Breanne étaient chargés de la vente de la maison. Quelqu'un a utilisé le marteau de Brock pour tuer les deux propriétaires.

— Ouille. Oui. Ce n'est pas bon signe pour ton client.

Je respirai en serrant les dents et je jetai un coup d'œil à Yo-yo qui somnolait maintenant sur le plancher à côté des pieds de Charles. Heureusement qu'il ne comprenait pas ce que nous disions en ce moment. Personne n'a envie d'imaginer ses proches subissant une mort aussi violente, et ce yorkie en particulier ne semblait pas bien équipé pour gérer une image mentale aussi dure.

Charles observa également Yo-yo avant de me regarder dans les yeux.

— Comme je l'ai dit, tout le monde a déjà décidé qu'il était coupable et maintenant la communauté insiste pour qu'il y ait un procès rapide et une sentence exemplaire.

J'essayai de garder un visage neutre en demandant :

— Qu'est-ce qui te fait croire qu'il est innocent ?

— En partie, c'est le fait que les preuves sont essentiellement indirectes. Une autre raison, c'est que les gens semblent avoir décidé qu'il était coupable parce qu'il n'était pas la personne la plus agréable au lycée, et puis…

Il sembla hésiter à m'avouer la suite.

— Tu peux me le dire, tentai-je de le rassurer avec un sourire.

Il haussa les épaules.

— Eh bien, c'est juste le sentiment que j'ai quand je lui parle. Je sais qu'il me dit la vérité quand il affirme être innocent.

Je tapotai à nouveau son genou et je fis une grimace comique.

— Les bases de l'intuition, c'est quelque chose qu'ils apprennent en école de droit, maintenant ?

Ma plaisanterie ne le fit même pas sourire.

Octo-Chat soupira et dit :

— Était-ce censé être drôle? Il faut vraiment t'acheter un livre sur les blagues.

Charles baissa la tête et continua à froncer les sourcils.

— Je sais que je suis nouveau en ville, mais ça me semble ridicule que le comportement d'un adolescent idiot d'il y a presque dix ans risque de tout coûter à ce type. Il a harcelé quelques camarades de classe? Et alors? Je veux dire, ce n'est pas génial, mais ce n'est pas non plus un meurtre.

Je hochai la tête. Brock avait un an de plus que moi à l'école et oui, il avait été un vrai crétin, mais tout comme Charles, j'avais des difficultés à l'imaginer en meurtrier.

— Tu as dit que les Hayes ont été frappés à mort avec un marteau, n'est-ce pas? Cela ressemble beaucoup à un crime passionnel, à mon avis. Quelle raison pourrait avoir Brock de les tuer, particulièrement de façon si brutale et personnelle?

Charles sembla soudain un peu moins maussade.

— Jusqu'ici, c'est le cœur de ma défense : qu'il n'avait aucun mobile, même s'il avait les moyens et l'opportunité.

— Et la police n'aide pas?

Je repensai à ma rencontre avec l'officier Bouchard et sa partenaire quelques mois auparavant. Ils m'avaient sauvé la vie sans même hésiter un instant. La même force de police tournait-elle le dos à Brock alors qu'il avait besoin d'aide?

Charles rit amèrement.

— Si seulement. Après l'arrestation, ils ont plus ou moins arrêté de chercher. C'est vraiment le pire dans tout cela. Comment le système judiciaire peut-il faire son travail correctement si la police ne fait pas le sien?

— Oui, oui, oui, se plaignit Octo-Chat en agitant la queue avec emphase. Il ne révèle toujours pas le plus important. Comment cette petite menace canine a-t-elle fini chez lui ?

— Quelle est la place de Yo-yo dans toute cette histoire ? traduisis-je pour Charles en posant une main sur le chat.

— C'est le plus étrange. Il avait disparu le matin de la journée porte ouverte. Tout le monde a supposé qu'il s'était enfui, mais alors que je roulais dans le quartier des Hayes la semaine dernière, cherchant désespérément un indice ou une piste, je l'ai trouvé sur la terrasse : il attendait qu'on le laisse entrer.

D'accord, c'était bizarre, mais ça n'expliquait toujours pas pourquoi Charles l'avait gardé tout ce temps.

— Et tu as décidé que la meilleure chose à faire était de le voler ?

Il s'empressa de se défendre, mais je ne le crus pas.

— Non, non, bien sûr que non.

— Alors, pourquoi est-il toujours avec toi ?

— C'était déjà assez tard le soir, alors j'avais l'intention de le porter à la SPA le lendemain matin. Seulement, Thompson m'a fait venir tôt pour reprendre le dossier et j'avais vraiment besoin de son avis. J'ai donc décidé d'y conduire Yo-yo après le travail.

Je ne pouvais pas le contredire. Après tout, Thompson était aussi mon patron et je savais comme il pouvait être exigeant.

— Laisse-moi deviner, c'était encore une fois trop tard ?

Charles hocha la tête avec insistance.

— Exactement, et plus je le regardais, plus ce petit gars commençait à me plaire. Et puis c'était également plus dur de l'abandonner à la SPA, ou d'avouer que c'était moi qui l'avais depuis tout ce temps.

— En fait, pas tout ce temps, fis-je remarquer.

Charles avait gardé Yo-yo moins d'une semaine, où était-il donc auparavant ? Comment a-t-il fait pour disparaître et puis revenir comme si le temps s'était arrêté ?

— C'est une raison terrible de garder un chien, dit Octo-Chat avec mépris. Je suppose que ton béguin pour ce type doit être anéanti maintenant. Tu ne peux pas finir avec une personne aimant les chiens, Angela. Ça n'ira pas.

Mes joues brûlèrent de honte avant que je me souvienne que Charles ne comprenait pas Octo-Chat... et franchement, il valait mieux !

— Tout va bien ? demanda Charles en regardant tour à tour mon chat et moi.

Ce fut le moment précis que Yo-yo choisit pour se réveiller de sa sieste. En apercevant le chat assis tout près de lui, il reprit son enchaînement d'aboiements comme s'il n'avait jamais arrêté.

— N'est-ce pas agréable ? grogna Octo-Chat en sautant sur le dossier de mon fauteuil et en se cachant derrière moi, m'utilisant comme un bouclier humain.

— Je n'aime pas ce chien et je n'aime pas ton petit ami.

— Ce n'est pas mon petit ami, rectifiai-je sans réfléchir.

Maintenant, c'était Charles qui rougissait. Super.

— Peux-tu arrêter de me faire honte devant Charles ? chuchotai-je vivement.

Octo-Chat éclata de rire, mais refusa de changer d'avis ou même de s'excuser.

— Quoi qu'il en soit, dit Charles en soulevant le terrier bruyant. Penses-tu pouvoir m'aider avec... ?

Il continua à parler, mais il m'était impossible de l'entendre à cause d'Octo-Chat, qui avait décidé que c'était le moment parfait pour une de ses diatribes irritantes.

— Charles est un prénom bien trop classe pour ce nigaud. On dirait le nom de quelqu'un qui aime les chats et une personne aimant les chats ne m'aurait jamais tourmentée avec Crétin comme l'a fait ce type.

— Garde tes commentaires pour toi, s'il te plaît, le suppliai-je en essayant de me concentrer sur Charles.

— Je vais lui donner un nouveau nom, un nom qui lui ira mieux.

— Fabuleux, tu m'en parleras plus tard, marmonnai-je au chat. Charles, je suis désolée. Est-ce que ça t'ennuie de recommencer ?

— Bien sûr, j'espérais que tu puisses m'aider avec...

— Quels surnoms iraient bien pour Charles ? Charlie, Chuck... *Ha*. C'est plutôt Upchuck[1], parce que quand lui et son chien sont présents, j'ai envie de vomir mon petit-déjeuner.

J'avais presque réussi à ne plus écouter la voix d'Octo-Chat quand il cria de toutes ses forces :

— Oui, Upchuck ! C'est le nom parfait pour lui. Upchuck, Upchuck, Upchuck, chantonna-t-il joyeusement et aussi fort que ses petits poumons de chat le lui permettaient.

Il ne s'arrêta pas après l'avoir dit plusieurs fois. Il avait déjà répété ce nom cruel au moins cinquante fois quand Charles demanda :

— Que signifient tous ces miaulements ? Je n'ai encore jamais entendu un chat parler autant de toute ma vie.

— *Euh*, il se demande juste si tu as un surnom que nous pouvons utiliser pour toi, dis-je en contournant la question.

Quoi ? Mon explication était essentiellement honnête. Même si je n'aimais pas trop déformer la vérité, j'aimais encore moins blesser les autres pour aucune raison valable.

Charles sourit enfin.

— Oui, dit-il en laissant son regard s'attarder sur moi. Mon grand-père s'appelait Charles. Mon père était Charlie… Et puisque je suis le troisième, ils m'appellent Chuck. Tu le peux aussi quand nous ne sommes pas au bureau. Enfin, si tu préfères.

Évidemment, son surnom était Chuck. *Évidemment.*

Octo-Chat faillit mourir de rire.

5

Malgré de nombreux arrêts en route, Charles – je suis désolée, je n'arrive pas à l'appeler « Chuck » – et moi arrivâmes au bureau avant que les autres reviennent de leur long déjeuner de travail.

Charles s'enferma dans son bureau pendant le reste de la journée pendant que je faisais des recherches sur des affaires précédentes servant à défendre Brock Calhoun de la double accusation de meurtre qui pendait au-dessus de sa tête. Charles avait déjà consulté toutes les affaires possibles, car il était si désespéré qu'il s'était maintenant tourné vers mes nouvelles capacités de chuchoteuse d'animaux domestiques pour obtenir des pistes. Malgré tout, c'était bon de savoir que je faisais quelque chose pour l'aider.

Vers la fin de la journée, le facteur me porta une épaisse liasse de factures, de flyers et de correspondance pour le cabinet. Après avoir jeté les publicités et les circulaires dans la poubelle de recyclage, je fis un tour pour livrer les lettres en personne.

Charles gémit quand j'apportai la sienne dans le bureau qu'il partageait avec Derek. Précédemment, un autre associé qui s'appelait Brad avait été assis à son bureau, mais il avait été viré quelques mois plus tôt pour faute professionnelle - ce qui était une façon gentille de dire que ce type était le plus grand crétin sexiste que l'on pouvait imaginer.

— Encore une lettre d'insultes, je suppose, dit Charles en examinant le cachet de la poste avec un soupir. Super. Ça vient même de Misty Harbor, maintenant.

— Des lettres d'insultes ? Tu plaisantes !

Je m'installai sur le bureau vide de Derek. Il devait être parti tôt chez lui après la grande réunion à déjeuner. Quoi qu'il en soit, j'étais contente d'avoir un peu de temps seule avec Charles. Oui, je lui avais déjà pardonné de m'avoir fait du chantage ce matin-là. Je devais peut-être refaire le tri dans mes choix de vie, ou alors il m'était impossible de rester fâchée contre un type qui semblait déjà si abattu.

— J'aimerais bien, dit-il en déchirant le haut de l'enveloppe avec le pouce et en sortant la feuille de papier pliée à l'intérieur.

Il parcourut vite la page du regard, puis il me tendit la lettre.

— Ceci est devenu la routine, dernièrement.

La courte lettre était tapée en une grosse police de caractère avec empattements et n'était pas signée par l'envoyeur. *Vous devriez avoir honte* était l'idée générale, mais il y avait aussi des menaces de piquets de grève au procès et d'appels à la barre pour faire révoquer le droit de Charles d'exercer le métier d'avocat.

— Sans rire ? dis-je en secouant la tête et en lui rendant la lettre. Les gens sont ridicules.

— S'ils m'envoient autant de courrier, je n'ose pas imaginer combien Brock en reçoit.

Charles roula le papier en boule et le jeta à la poubelle.

Ce n'était pas étonnant qu'il veuille si désespérément défendre son client. Je n'avais jamais vu les habitants de ma ville – et même des villes voisines ! – aussi énervés depuis qu'un joueur de foot populaire avait été suspendu pour avoir vendu de la drogue à des étudiants de première année.

Il avait perdu les offres de places à l'université, de bourse, et il s'était même vu retirer rétroactivement son titre de Roi du bal de fin d'année.

Et il ne s'agissait alors que de drogues.

Maintenant, nous étions confrontés à des meurtres et ça ne présageait rien de bon pour Brock. Les petites villes n'oublient jamais, ce qui signifiait que même s'il était disculpé, sa réputation était entachée pour toujours et il allait sans doute devoir déménager pour reprendre une vie normale ailleurs.

Pauvre type.

— Il y a pire, dit Charles avec la bouche pincée. Je viens de découvrir que la chaîne de télévision locale dévoue toute son émission de ce soir à un programme spécial qu'ils appellent *Brock Calhoun : Un Meurtrier Parmi Nous.*

Argh, on pouvait compter sur ma mère pour se donner à fond dans le sensationnel.

— Je pourrais sans doute aider dans ce domaine, dis-je en grimaçant avec un sourire d'excuse.

Il se tourna vers moi avec des yeux brillants d'enthousiasme.

— Bien sûr ! Pourquoi n'ai-je pas fait le rapprochement plus tôt ? Le type du sport, Roman Russo, vous êtes de la même famille, hein ?

— Oui, avouai-je en serrant les dents. C'est mon père. Et Laura Lee est ma mère.

Son visage se teinta immédiatement d'amertume. En général, ma mère était appréciée à Glendale et dans la région de Blueberry Bay.

Cependant, les gens se trouvaient rarement du mauvais côté de sa passion pour le journalisme d'investigation.

En général, personne ne remarquait que notre journaliste localement célèbre était en fait ma mère, car elle avait décidé de garder son nom de jeune fille au cas où les restes du réseau de Mamie dans le showbiz puissent faire avancer sa propre carrière.

Cette stratégie avait bien fonctionné et ma mère avait pu se vanter d'une carrière très réussie depuis que je portais encore des couches. Cependant, dernièrement elle semblait s'être lassée de tous les reportages complaisants et les faits divers qui dominaient les nouvelles de Glendale. Cela faisait quelques semaines que je ne lui avais pas parlé, mais je pouvais presque garantir qu'elle voyait en l'affaire de Brock Calhoun un moyen d'obtenir l'attention nationale… et potentiellement une meilleure offre d'emploi pour elle et pour mon père.

— Laisse-moi lui parler, dis-je en soupirant. J'espère faire en sorte qu'elle relâche un peu la pression.

— Qu'elle la relâche beaucoup, dit Charles en grognant.

Je hochai la tête.

— Oui, d'accord. Je ne suis pas certaine de pouvoir la joindre avant la diffusion de l'histoire de ce soir, mais je te promets de faire de mon mieux.

— Merci.

Charles fronça les sourcils et déplaça quelques papiers sur son bureau, ce que je compris comme un moyen de me congédier.

Il m'arrêta cependant quand je fus à mi-chemin de la porte.

— Angie ?

— Mmm ?

Je me retournai, agréablement surprise par le sourire qu'il m'offrait.

— Merci, dit-il sincèrement. Je sais que je t'ai un peu entraînée dans cette affaire contre ta volonté, mais le fait que tu acceptes de m'aider compte beaucoup.

— Aucun problème, dis-je avec un grand sourire.

Oui, je l'avais complètement pardonné pour son chantage, maintenant.

Charles se retourna vers les papiers sur son bureau et je sortis de la pièce pour revenir à ma place de travail près de l'entrée du cabinet. Dès que j'atteignis mon bureau, j'envoyai un rapide texto à ma mère :

SOS. Je dois te parler ASAP. Bises

En général, je préférais envoyer des textos avec des phrases complètes et la ponctuation correcte, mais il était bien connu que plus j'utilisais d'acronymes, plus il était probable que ma mère réponde vite. Effectivement, je reçus presque immédiatement un message.

Qu'est-ce qui ne va pas ? Elle avait inclus un emoji d'une tête qui explose et un autre qui ressemblait à un extraterrestre, ce que je ne comprenais pas tout à fait étant donné le contexte. C'était un peu vexant que ma mère d'âge mûr soit plus au courant du jargon moderne que moi.

J'inspirai profondément avant de composer mon message suivant. J'avais attiré son attention, mais ça n'allait pas être facile de faire en sorte qu'elle accepte. *Besoin que tu annules l'émission spéciale sur Brock Calhoun que tu prévois ce soir.*

Moins d'une minute plus tard, mon téléphone vibra pour annoncer un appel.

La voix de ma mère semblait paniquée, ce qui me mit un peu sur la défensive.

— Pourquoi as-tu besoin que j'annule mon reportage? C'est un des meilleurs que j'ai faits.

Je me pinçai l'arête du nez en parlant, espérant éloigner la pression de la migraine que je sentais monter dans ma tête.

— J'en suis sûre, maman, mais il n'a pas encore été jugé. Ce n'est pas juste de tourner toute la région contre lui avant qu'il puisse se défendre.

Comprends-le, s'il te plaît. S'il te plaît. S'il te plaît.

Il m'était difficile de prédire la réaction de ma mère. Pendant mon enfance, nous n'avions pas été très proches, alors que cela arrive souvent entre les mères et les filles. Elle travaillait dur et ne m'avait jamais privé de quoi que ce soit, mais c'était Mamie qui avait investi tout le travail émotionnel pour m'éduquer. Mamie avait toujours été celle à qui je révélais mes secrets, mes rêves, mes peurs. Ma mère soutenait tout ce que je faisais, mais elle était aussi très occupée à vivre sa vie et être une mère lui paraissait parfois peu intéressant en comparaison.

Je pense que c'était une des raisons pour lesquelles je ne m'étais pas encore casée – pas seulement en créant une famille, mais aussi en ne m'engageant pas sur une seule voie de carrière. J'aimais avoir beaucoup de possibilités et n'être responsable que de moi-même... enfin, et de mon chat aussi. Je ne pouvais pas imaginer la pression que ressentait ma mère quand sa vie domestique et sa vie professionnelle entraient en collision, et particulièrement quand elles s'écrasaient l'une contre l'autre comme c'était le cas avec ma requête d'aujourd'hui.

— Nous savons tous qu'il l'a fait, dit ma mère en chuchotant tout bas. De plus, j'ai appris que mon reportage pouvait être diffusé partout dans l'État et peut-être même sur le bord de mer à l'est.

J'inspirai brusquement avant de révéler :

— Maman, mon cabinet le défend et maintenant j'aide également dans cette affaire.

Il lui fallut un moment pour répondre. Quand elle le fit, elle ne semblait pas être à l'aise avec les mots qu'elle prononçait.

— Peux-tu te récuser? Nous savons tous que l'assistance juridique n'est pas ta réelle passion, mais partager des histoires importantes avec le public, c'est la mienne. S'il te plaît, Angie. Je ne veux pas te causer du tort, mais ne vois-tu pas que ceci est ma grande chance pour enfin sortir des journaux locaux?

— Je sais, et je ne te le demanderais pas si ce n'était pas vraiment important.

— En plus, nous avons déjà fait la publicité et tout, dit-elle d'une voix qui devenait plus faible à chaque syllabe.

— C'est ce que j'ai entendu.

Je me creusai les méninges à la recherche d'une solution qui pouvait nous satisfaire toutes les deux et je finis par tomber sur quelque chose qui pouvait fonctionner.

— Écoute. Penses-tu pouvoir retarder le reportage jusqu'à vendredi? Cela nous donnera du temps pour travailler sur l'affaire sans qu'il y ait tout un nuage de préjugés.

Les mots de ma mère devinrent un peu moins hésitants.

— D'accord, mais que se passera-t-il vendredi?

Je proposai la première option avec autant d'enthousiasme que possible. Après tout, c'était la meilleure option pour nous deux, et je pensais qu'en la disant à voix haute, il y avait plus de chances qu'elle se réalise.

— Soit nous prouvons sans l'ombre d'un doute que Brock Calhoun n'est pas coupable et nous te donnons les droits exclusifs de l'histoire.

— Ou bien?

Quelque chose bruissa à l'autre bout du fil et j'imaginai ma mère s'agitant nerveusement sur sa chaise en attendant que je finisse ma proposition.

— Tu fais passer le reportage tel qu'il est et je n'essaierai pas de t'arrêter.

La ligne devint silencieuse pendant un temps effroyablement long.

Finalement, ma mère revint d'une voix douce et apaisante.

— Ma chérie, en es-tu certaine? Tout ceci semble vraiment te bouleverser.

Je ravalai mon angoisse. Le temps était compté et les minutes tournaient déjà.

— J'en suis sûre. Merci, maman. Si quelqu'un de la chaîne se fâche contre toi, tu peux me l'envoyer.

Elle rit et je sentis tout le stress que nous avions retenu toutes les deux partir comme des bulles et flotter jusqu'au ciel.

— Il faudra peut-être que je le fasse, dit-elle en soupirant. Je t'aime, Angie. Bonne chance pour ton affaire, ajouta-t-elle avant de mettre fin à l'appel.

Oui, de la chance… Charles et moi en avions vraiment besoin. Nous avions aussi besoin qu'une certaine paire d'animaux parlants dépasse leurs différends pour nous aider à trouver de nouvelles pistes. Autrement, nous pouvions signer tout de suite la peine de prison de Brock, car nous n'avions pas d'autres possibilités raisonnables pour sa défense.

J'allais peut-être passer au supermarché et récupérer des crevettes fraîches pour soudoyer Octo-Chat afin qu'il passe plus de temps avec Yo-yo. J'espérais que mon ami félin aimait plus les crevettes qu'il ne détestait les chiens.

6

Je me réveillai le lendemain matin avec un sentiment d'appréhension grandissant logé entre mes poumons. Le poids de la liberté de Brock qui reposait maintenant sur mes épaules m'empêchait de reprendre mon souffle.

Je ne pouvais pas le décevoir, et Charles non plus. Je voulais également trouver le véritable coupable et faire justice au pauvre Yo-yo, qui ne savait toujours pas que ses propriétaires étaient décédés.

Malgré ma promesse de ne jamais arriver au bureau avant neuf heures du matin, je pris sur moi et je me rendis au cabinet presque dès l'instant où je parvins à enchaîner deux pensées cohérentes.

Comme prévu, Bethany était la seule à être là avant moi. Je ne comprenais pas pourquoi elle insistait pour arriver si tôt chaque jour, mais au moins elle semblait heureuse de me voir quand je frappai à sa porte pour dire bonjour.

L'odeur lourde et écœurante des agrumes s'associait au café fraîchement préparé pour créer un arôme nauséabond quand j'entrai dans son bureau. Bethany était peut-être devenue plus douce et plus aimable dernièrement, mais ce qui ne changeait pas, c'était son obsession pour les huiles essentielles. Hé, chacun avait ses propres petites habitudes étranges. Je n'étais certainement pas en mesure de la juger.

De plus, Bethany était ma propre héroïne personnelle, désormais.

Quand je m'étais électrocutée avec la vieille cafetière du bureau, elle avait apporté une Keurig qu'elle gardait dans son espace privé plutôt que dans la zone commune. Franchement, j'étais toujours terrifiée par cet horrible appareil sous toutes ses formes, mais – à ma grande surprise et à mon grand soulagement – Bethany avait gentiment pris l'habitude de me préparer une tasse tous les matins. Je n'avais plus besoin de demander ou de rassembler mon courage pour appuyer sur le bouton de mise en marche par moi-même.

Ainsi, elle était devenue une de mes personnes préférées.

— Bonjour, dit-elle avec un sourire alerte sur le visage.

D'après moi, elle avait déjà bu deux ou trois tasses avant même que j'arrive.

— Tu es là tôt.

— Oui, dis-je en la saluant de la main. Je venais voir si je pouvais aider Charles avec l'affaire Brock Calhoun.

Bethany se leva pour s'approcher de la cafetière et cela me rendit si heureuse que je faillis la serrer dans mes bras. Bethany et moi devenions lentement amies, mais tout contact physique aurait sans doute été au détriment de notre relation. En général, elle évitait autant que possible les embrassades, les poignées de main et tout le reste. C'était peut-être parce qu'elle était la seule femme avocate de notre cabinet, ou bien c'était sa personnalité. Quoi qu'il en soit, je n'avais pas l'intention de juger la femme qui me donnait ma dose de caféine cinq jours sur sept.

— Tu sais, dit-elle en plaçant une capsule de sélection du matin dans la machine. J'ai été vraiment surprise que Thompson attribue une affaire aussi médiatique à notre avocat le plus récent. Franchement, il aurait dû s'en charger lui-même.

Je haussai les épaules.

— Les autres étaient peut-être trop occupés pour ajouter le dossier à leur charge de travail. Nous avons eu beaucoup de clients depuis... tu sais.

Elle fit quelques pas vers moi et baissa la voix.

— Je sais, mais – et ça reste entre toi et moi, s'il te plaît – j'avais le temps d'aider et je suis à peu près certaine que Derek et certains autres auraient pu le faire également.

— Qu'essaies-tu de me dire ?

Bethany baissa encore la voix.

— Je pense que Thompson a volontairement donné ce dossier à Charles en sachant qu'il allait sûrement perdre.

— Et ?

J'avais peut-être été assez éveillée pour me traîner jusqu'au bureau, mais mes véritables capacités de réflexion ne débarquaient pas avant ma première tasse de café.

— Eh bien, réfléchis. Charles est nouveau au cabinet. Quand il perdra ce qui est plus ou moins une affaire impossible, ce sera facile pour Thompson de le virer et de faire disparaître la disgrâce du cabinet.

— Comme un agneau sacrificiel ?

Même en posant la question, je savais que Bethany avait raison. Notre associé principal n'avait pas peur de s'abaisser à ce genre de tactiques mesquines.

Ses yeux brillèrent d'une teinte surnaturelle quand elle hocha la tête.

— Exactement. De cette façon, Thompson peut continuer à profiter de notre récente série de réussites sans s'inquiéter qu'un procès célèbre le refasse chuter.

Tout cela était parfaitement logique, mais comment Thompson pouvait-il être certain que Charles perde le procès ? Il donnait tout ce qu'il avait et même plus pour réussir. Il pouvait encore gagner à la fin. Je levai un sourcil et je demandai :

— Et si Charles gagne ?

— C'est encore mieux, répondit Bethany en attrapant ma tasse de café dans la machine et en la plaçant directement dans mes mains tendues. Il pourra alors se vanter que son cabinet a gagné un procès ingagnable, dire qu'il a trouvé Charles presque dès sa sortie de l'école de droit et qu'il a reconnu son talent immédiatement. Nous deviendrons encore plus populaires et Thompson pourra gonfler un peu son compte de retraite.

— Eh bien, c'est sympa, maugréai-je avant de boire une gorgée avec gratitude.

— N'est-ce pas ? dit Bethany en hochant la tête pendant qu'elle traversait la pièce pour retourner à son bureau. Je trouve que c'est gentil de ta part d'aider Charles. Il aura besoin de toute l'aide disponible.

Bethany et moi bavardâmes encore quelques minutes, mais je restai focalisée sur ce que j'avais appris au sujet de Charles. Savait-il lui aussi que son emploi était menacé ? Était-ce pour cela qu'il voulait tant gagner, ou bien était-ce parce qu'il croyait en l'innocence de Brock ?

Quoi qu'il en soit, c'était injuste de la part de Thompson de lui faire traverser le pays pour le sacrifier à la première occasion venue. Il fallait que je l'aide à gagner cette affaire, et pas seulement parce que le cabinet allait paraître triste et vide sans lui…

Mais aussi parce que c'était ce qu'il convenait de faire.

* * *

À neuf heures, les autres collègues nous avaient rejoints au travail. Je me faufilai dans le bureau de monsieur Thompson après lui avoir donné quelques minutes pour s'installer.

— Bonjour, monsieur, dis-je en serrant mes mains devant moi et en lui faisant mon sourire le plus mielleux. J'aurais une requête si vous n'êtes pas trop occupé.

Notre associé solitaire leva les yeux de l'écran de son ordinateur et me dévisagea brièvement avant de reporter son attention sur ce qui était affiché devant lui.

— Allez-y, dit-il d'un ton suggérant qu'il préférait ne pas avoir à faire à moi à ce moment-là. Malgré tout, il fallait que j'obtienne son accord avant de mettre en œuvre mon plan, qu'il soit ou non de bonne humeur ce jour-là.

— J'aimerais consacrer ma semaine à aider Longfellow dans l'affaire Calhoun, l'informai-je courageusement.

Alors que notre ancien associé, monsieur Fulton, avait appelé tout le monde par leur prénom, monsieur Thompson utilisait seulement les noms de famille. C'était froid et impersonnel et en partie ce qui le rendait si effrayant.

Il laissa tomber ses mains du clavier et leva son regard jusqu'au mien, m'accordant enfin toute son attention.

— Pourquoi ?

Heureusement, j'avais passé la demi-heure précédente à préparer cette conversation et ma réponse était prête.

— Longfellow travaille très bien, mais les médias lui causent du tort. Plus spécifiquement, ma mère. En m'ajoutant à l'affaire, cela la poussera à relâcher un peu la pression pendant que nous travaillons sur notre défense. Dans ce dossier, cela pourrait faire la différence entre perdre ou gagner pour Thompson et Associés.

Mon patron m'examina un moment avant d'acquiescer rapidement.

— Bien pensé, Russo.

— Merci, monsieur, dis-je, prête à filer pour annoncer la bonne nouvelle à Charles.

— Cependant, la semaine prochaine vous reprenez la routine habituelle, cria Thompson dans mon dos.

Oui, ça ne me posait aucun problème, puisque nous n'avions que jusqu'au vendredi pour trouver notre défense, de toute façon.

Je croisai Charles juste au moment où il quittait le bureau qu'il partageait avec Derek.

— Tu pars déjà ? demandai-je, incapable de cacher mon enthousiasme d'être officiellement assignée au dossier.

— Oui. Je vois un client à dix heures, m'informa-t-il pendant que nous marchions ensemble vers la porte.

— S'il s'agit de Brock Calhoun, je t'accompagne.

Il s'arrêta pour m'examiner et les mêmes rides d'inquiétude que l'autre jour s'étalèrent sur son front.

— Thompson m'a demandé de travailler sur l'affaire pour la semaine, expliquai-je d'un geste nonchalant de la main. Allons-y.

Charles haussa les épaules, mais il n'émit pas d'objection quand je le suivis jusqu'à sa voiture et que je grimpai du côté passager.

— Puisque je suppose que tu es sur l'affaire maintenant, me dit-il en conduisant jusqu'à la prison d'État dans laquelle Brock était placé en détention préventive, je partagerai les documents de l'accusation avec toi quand nous retournerons au cabinet.

Il se mordit la lèvre en hésitant. Apparemment, il avait raté un rasage ou deux et j'espérais que mon aide n'était pas trop tardive pour éviter qu'il craque.

— Quoi ? demandai-je, impatiente de savoir ce qui le perturbait tant.

Charles me jeta un rapide coup d'œil avant de fixer la route devant lui.

— C'est assez dur à voir. Les photos de la scène de crime, je veux dire. Est-ce que ça ira pour toi ?

— Aucun problème, dis-je sans certitude.

Je n'avais jamais eu du mal avec le sang auparavant. J'avais même obtenu un certificat pour accomplir des phlébotomies au début de mes études. Mais après avoir été ligotée en tant qu'otage et presque tuée par une meurtrière folle quelques mois auparavant, j'étais devenue un peu plus sensible.

Il fallait toutefois que je prenne sur moi pour Charles, pour Brock et pour Yo-yo. Ils comptaient tous sur moi.

— Un regard neuf pourrait nous aider, suggérai-je en imaginant secrètement le pire.

Bon, il était temps de changer de sujet avant que je fasse une mini crise de panique.

— À quel sujet rencontrons-nous Brock aujourd'hui ? demandai-je en faisant semblant d'être calme.

— La routine entre un avocat et son client, répondit Charles sans m'être d'aucune aide. Je peux vous présenter et lui faire savoir que tu as aidé à retarder le reportage au journal, mais je n'ai pas grand-chose d'autre à lui dire pour l'instant.

— Alors pourquoi y vas-tu ? Pourquoi pas un rapide coup de fil avec les dernières nouvelles ?

Charles soupira et serra le volant avec plus de force.

— J'espère qu'il aura quelque chose de nouveau à me dire, quelque chose qui aide à le défendre.

Je soupirai également. Même si j'étais heureuse d'avoir l'occasion de rencontrer Brock et de décider moi-même si je le croyais coupable, je ne pensais pas qu'il se souvienne soudain de l'unique détail qui puisse le sauver après avoir croupi plusieurs semaines en prison. Charles n'avait cependant pas besoin d'entendre mes doutes. J'étais sûre qu'il avait déjà les siens.

Apparemment, j'étais devenue l'optimiste non officielle de l'affaire. Si je commençais à paraître abattue maintenant, nous n'avions aucune chance de le faire acquitter.

En arrivant devant la prison d'État, je fus surprise par son extérieur petit et sans prétention. Je m'attendais peut-être à un complexe géant avec des tourelles de surveillance et des snipers, et puis des grillages en fils de fer barbelés hauts comme deux étages, mais ce n'était absolument pas le cas. L'immeuble dont la façade était couverte de béton ressemblait à ce que l'on pouvait voir dans un centre commercial... pas à un centre de détention sécurisé pour presque un millier de détenus accusés de choses diverses depuis la possession de drogues jusqu'au meurtre.

— Ça ira? me demanda Charles en se garant sur le parking des visiteurs.

— Aucun souci.

Je détachai ma ceinture de sécurité avec les mains tremblantes tout en gardant le regard fixé droit devant moi.

— Finissons-en.

L'intérieur de la prison ressemblait bien plus à ce à quoi je m'attendais : les gardes, les détecteurs à métaux, les cellules. Franchement, tout l'endroit me faisait froid dans le dos. Je suivis Charles en silence pendant que nous étions guidés vers une des salles privées réservées aux avocats et à leurs clients. Une fois là-dedans, il nous fallut attendre quelques minutes avant que Brock soit conduit jusqu'à nous.

Là, notre client resta debout avec les menottes à ses pieds et à ses mains et un uniforme beige qui ne lui allait pas et qui ne mettait pas en valeur son teint pâle. Ses cheveux sombres semblaient trop longs et mal lavés. Ses yeux gris étaient enfoncés dans son crâne, avec des cernes sombres au-dessous.

Quand il nous vit en train de l'attendre, il sourit et baissa poliment la tête. Même s'il faisait facilement un mètre quatre-vingt-treize et qu'il avait de solides muscles pour compléter son physique, il semblait minuscule, debout devant nous. Et je ressentis alors cette même intuition dont je m'étais moquée la veille quand Charles l'avait évoquée. C'était comme un éclair de compréhension qui me foudroya.

Boum !

Et voilà comment je sus que Brock Calhoun n'était pas à sa place dans cet endroit horrible et qu'il ne pouvait pas avoir assassiné ces gens.

Brock se tourna légèrement vers moi, attendant peut-être des présentations. Il sourit d'un air hésitant, poliment, pas du tout comme un tueur.

— Bonjour, Brock, dis-je après m'être raclé la gorge. Je m'appelle Angie et je vais vous aider à gagner votre procès.

7

Comme je le craignais, Brock n'avait rien de nouveau à nous dire. Charles, les animaux domestiques et moi avions donc la responsabilité de trouver une nouvelle direction pour sa défense… et pour cela, il nous fallait découvrir le véritable assassin.

Avais-je peur ? Oh, oui.

La dernière fois que j'avais affronté une tueuse, j'avais failli mourir moi-même. Pour l'instant, j'allais faire de mon mieux pour ne pas y penser. Plus tard, je pouvais toujours réserver quelques séances de thérapie.

De retour au cabinet, Charles me tendit un épais dossier rempli à craquer des documents de l'accusation, tous les faits et les fichiers qui selon eux prouvaient la culpabilité de Brock dans les meurtres des Hayes.

— Waouh, dis-je avant de siffler pendant que je parcourais les très, très nombreuses pages qu'il contenait. Ils en ont vraiment beaucoup.

Charles poussa un grognement et s'affala sur la chaise à côté de moi.

— Oui, vraiment.

Je ne regardai les photos de la scène de crime que pendant quelques secondes avant de les mettre de côté. Ces photos terribles montraient que les pauvres Bill et Ruth n'avaient pas eu une mort douce. Les flaques de sang rouge sombre autour de leurs têtes me retournèrent l'estomac.

Qui pouvait faire une chose aussi horrible ? Et peut-être surtout : *pourquoi ?*

Charles repartit vers son bureau pendant un moment. Quand il revint dans notre espace de travail partagé, il posa un dossier bien plus mince sur la table devant moi.

— Ce sont nos documents pour la défense, dit-il.

— Ah.

Il avait quelques précédents et des témoins de moralité pour Brock, mais pas grand-chose de plus. Ça ne se présentait pas bien.

— Qui a fait ces déclarations ? demandai-je en lui montrant les témoignages de moralité.

Charles attrapa le tas de papier et détailla chacun en le reposant devant moi.

— Sa sœur, quelques anciens clients de son entreprise d'homme à tout faire, une ancienne petite amie.

— As-tu parlé à quelqu'un qui connaissait les victimes ?

Il secoua la tête.

— Seulement Brock et sa sœur.

— Et qu'en est-il des témoins pour l'accusation ? demandai-je en revenant vers l'épais dossier dont je sortis plusieurs pages de témoignages.

Charles ne prit même pas la peine de tendre la main. À la place, il haussa les épaules et expliqua :

— Ils préfèrent ne pas nous parler avant le procès.

— Comme c'est pratique, grommelai-je en poussant un gros soupir qui fit trembler ma frange.

Personne n'était fair-play dans cette affaire… personne en dehors de Charles. Et c'était un vrai désavantage pour nous.

Charles pouvait bien suivre le droit chemin s'il le voulait. Je savais parfaitement que parfois, les chemins de traverse étaient le seul moyen d'atteindre sa destination, et je ne m'opposais pas à l'idée de les emprunter.

— D'accord, alors écoute-moi… Et s'ils ne savaient pas qu'ils nous parlent ? suggérai-je avec un sourire rusé.

Il croisa les bras et secoua la tête.

— Tout le monde sait que je suis l'avocat dans l'affaire de Brock. Même si je voulais faire les choses en douce, ce serait possible. Et non, je ne veux pas travailler ainsi. Je veux gagner ce procès et laver la réputation de Brock sans tricher.

— Oh, bien sûr. Je comprends, acquiesçai-je rapidement. Oublie ce que j'ai dit.

Charles et moi passâmes les heures suivantes à relire les documents des deux parties et à prévoir notre contre-interrogatoire des témoins. Il n'était pas obligé de savoir que j'avais secrètement fait une liste de gens à rencontrer en dehors des heures de bureau. Personne n'allait me reconnaître comme faisant partie de ce dossier.

Après tout, peu de gens faisaient attention aux assistantes juridiques.

Je pouvais utiliser cela à mon avantage pour en apprendre plus au sujet des victimes et découvrir qui aurait pu vouloir leur mort.

Inutile de révéler tout cela à la cour, sauf si je trouvais notre preuve accablante, ou dans ce cas particulier : notre marteau ensanglanté.

— Es-tu prête, Mamie? demandai-je en venant la chercher pour notre petite enquête privée après les heures de travail.

Comme j'étais arrivée en avance au travail ce matin, j'avais pu sortir un peu plus tôt. Cela nous donnait juste un peu de temps pour passer à l'ancien lieu de travail de Bill Hayes afin de voir quelles nouvelles informations nous pouvions apprendre sur lui ou sur de potentiels auteurs des meurtres errant dans les bureaux.

— Oh oui, dit Mamie avec un vague accent du sud. Allons-y.

Ai-je déjà mentionné que ma grand-mère était autrefois une grande star à Broadway? De nos jours, elle jouait parfois dans les pièces de théâtre locales, mais elle sautait toujours sur n'importe quelle occasion de rafraîchir ses talents sous-utilisés. C'était pour cette raison que je l'avais invitée à me suivre ce soir-là.

Feu monsieur Hayes avait travaillé dans un endroit qui s'appelait L'Imprimerie Bayside. Leur travail consistait en grande partie à imprimer des publicités pour les nombreuses entreprises de Blueberry Bay, mais une rapide recherche sur leur site Internet m'informa qu'ils aidaient aussi les auteurs indépendants et les microéditeurs à publier leurs livres. Cela nous fournissait l'excuse parfaite pour passer les voir.

Voyez-vous, pendant des années, Mamie a raconté à tous ceux qui voulaient bien l'écouter qu'elle avait un livre en elle… et plus précisément, une autobiographie. Elle avait même décidé d'un titre alors qu'il lui restait encore à écrire la moindre petite page.

— Cela s'appelle *De Broadway à Blueberry Bay : La Vie de Dorothy Loretta Lee* et je garantis que c'est la plus belle production qui passera sur votre bureau, dit-elle à l'imprimeur en terminant par de grands gestes de la main.

J'observai l'homme d'âge mûr et sans prétention assis en face de nous. Il s'appelait monsieur Weber et avec sa calvitie naissante et sa chemise bien repassée soigneusement rentrée dans son pantalon, il ne ressemblait pas du tout à un meurtrier. Il sourit à Mamie avec un intérêt sincère pendant qu'elle le régalait de toutes les histoires de sa fausse enfance dans le Sud.

— Cela me paraît absolument fascinant, dit-il en imitant son accent.

Il me fallut lutter pour ne pas me moquer d'eux pendant qu'ils bavardaient ensemble avec leurs faux accents.

— Laissez-moi faire quelques calculs afin de nous décider pour un devis, dit-il en tirant son clavier vers lui de façon exagérée.

— Merveilleux, dit Mamie en posant les mains sur ses genoux.

Le sourire de monsieur Weber ne quitta pas son visage pendant qu'il cliquait sur une série de cases à l'écran de son ordinateur, marquant de temps en temps une pause pour demander à Mamie combien de pages comptait son livre, de quelle taille de livre elle avait besoin, si elle voulait du papier crème ou blanc, avec une couverture reliée ou en livre de poche.

Mamie n'hésita absolument pas en donnant facilement une réponse après l'autre, satisfaisant apparemment monsieur Weber. Je me demandai si elle était vraiment sérieuse au sujet de cette autobiographie, alors qu'elle n'avait pas encore commencé à l'écrire.

Eh bien, j'allais devoir prendre le temps de découvrir comment mieux soutenir son rêve plus tard. Pour l'instant, l'enquête avait besoin de toute mon attention.

— *Alors*... dis-je en faisant traîner le mot jusqu'à ce que monsieur Weber fasse attention à moi. N'est-ce pas ici que travaillait le pauvre Bill Hayes avant d'être tragiquement assassiné ?

À la simple mention du nom de la victime, monsieur Weber devint tout rouge et de la sueur commença à perler sur son front

— Oui, dit-il avec une rage mal dissimulée. Personne ne mérite d'être tué ainsi, mais surtout pas Bill.

— C'est vraiment une chose terrible, dit Mamie en lui tapotant la main et en hochant la tête d'un air compatissant.

Après ce geste de Mamie, monsieur Weber sembla se calmer.

— Bill était le meilleur employé que j'avais et il était même sur le point de prendre ma place quand je prendrai ma retraite, l'année prochaine, expliqua-t-il en fronçant les sourcils. Je suppose que ça n'arrivera pas, maintenant.

— C'est vraiment triste, dit Mamie pendant que je remerciais silencieusement ma bonne étoile d'avoir décidé de la prendre avec moi. Je vois que vous travaillez très dur. Vous méritez de faire une pause après tant d'années de dévouement à l'entreprise.

Il secoua tristement la tête.

— Bill était exactement pareil. Tout le monde l'aimait au bureau. Les clients également. Il arrivait très souvent qu'un client vienne nous voir avec une date limite insensée et Bill n'hésitait pas à proposer de rester tard et de faire des heures supplémentaires pour terminer la commande.

— On dirait qu'il était un véritable atout pour L'Imprimerie Bayside, ajoutai-je en hochant la tête d'un air rassurant, ne souhaitant pas être complètement surpassée par Mamie.

Monsieur Weber garda cependant les yeux rivés sur Mamie et il soupira avant de dire :

— Je n'arrive toujours pas à m'y faire. Qu'est-ce que cet homme à tout faire avait-il contre Bill ? Et pour qu'il tue sa femme également ? J'espère qu'ils l'enfermeront très, très longtemps.

Je m'agitai sur ma chaise, mal à l'aise, pendant que monsieur Weber se forçait à sourire en tournant l'écran de son ordinateur vers nous.

— Quoi qu'il en soit, dit-il après s'être raclé la gorge deux fois. Comme vous le voyez, les frais se situeront entre 2 500 $ et 6 700 $, en fonction du nombre d'exemplaires que vous aimeriez publier pour votre première édition.

Mamie hocha la tête.

— Que pensez-vous… ?

Soudain, elle fut prise d'une terrible quinte de toux, incapable de dire un mot de plus en serrant sa poitrine d'un air dramatique.

— Excusez-moi, dit-elle d'une voix rauque quand la toux se fut calmée. Monsieur Weber, serait-il possible d'avoir un peu d'eau ?

Il sauta de sa chaise plus vite que je ne l'aurais attendu de la part d'un homme avec sa corpulence.

— Bien sûr, aucun problème. Excusez-moi. Je reviens tout de suite.

Dès qu'il se fut précipité hors du bureau, Mamie se mit à fouiller dans les papiers sur le bureau et elle prit des séries de photos avec son téléphone.

— Que fais-tu ? chuchotai-je.

Mamie ne s'arrêta pas en grognant sa réponse.

— Je regarde si nous pouvons trouver quelque chose qu'il nous cache. Quand il reviendra avec mon eau, excuse-toi pour aller aux toilettes et regarde si tu peux trouver quelque chose dans le bureau principal.

Waouh, ma grand-mère était une excellente détective privée : il me fallait peut-être l'inclure plus souvent dans mes affaires. D'un autre côté, ceci n'était que ma seconde affaire et elle avait déjà prouvé qu'elle était indispensable dans les deux. J'acceptais toute l'aide que l'on m'offrait, d'où qu'elle vienne, tant que rien ne mettait ma grand-mère en danger.

Quand des pas lourds se firent entendre dans le couloir, Mamie replaça son téléphone dans son sac juste à temps pour accueillir monsieur Weber avec un sourire gracieux.

— Mon héros, roucoula-t-elle lorsqu'il lui tendit le gobelet d'eau.

— Si vous voulez bien m'excuser, dis en me levant. Il faut juste que j'aille aux toilettes.

— Tournez à gauche, puis la deuxième porte sur la droite, murmura monsieur Weber sans lever les yeux.

Il était tombé sous le charme de Mamie, comme cela arrivait très souvent, et je ne pouvais pas lui en vouloir pour cela... d'autant plus que cela facilitait mon enquête.

— Merci, soufflai-je avant de refermer la porte derrière moi. Même si Mamie était clairement une pro, pour moi toutes ces indiscrétions étaient assez nouvelles et je ne savais pas vraiment par où je devais commencer. Je me doutais que l'Imprimerie Bayside n'allait pas laisser traîner son bilan financier ou ses enregistrements de vidéosurveillance en pleine vue. À bien y réfléchir, un endroit comme Bayside n'avait sans doute pas de vidéosurveillance, même si cela m'aurait grandement facilité la tâche.

Bon sang, j'aurais aimé qu'Octo-Chat soit ici avec moi. Alors que j'étais maladroite et sans talent, mon chat était un expert pour fourrer son nez dans les affaires des autres. Les indiscrétions étaient sa spécialité et *fouineur* aurait pu être son deuxième prénom. Il avait une si longue liste de prénoms, que celui-ci était peut-être caché au milieu sans que je le sache. Il était même meilleur que Mamie grâce à ses immenses capacités d'espion et l'absence totale de remords qu'il avait à les utiliser. Je pouvais peut-être canaliser cela maintenant…

Bon, si j'étais Octo-Chat où chercherais-je en premier ?

Je n'eus pas le temps de le découvrir, car un peu plus tard, je constatai que je n'étais plus seule dans le bureau principal. La grande femme qui était assise en silence dans la zone réservée aux clients s'anima en me remarquant.

— Puis-je vous aider ? demandai-je en hésitant.

Je trouvai impoli de l'ignorer, mais je ne savais pas du tout comment j'allais pouvoir l'aider avec quoi que ce soit.

— Monsieur Weber est-il là ? demanda-t-elle en faisant passer une boucle rousse derrière son oreille et en me faisant un sourire amical. J'espérais pouvoir récupérer ma commande avant qu'il ferme ce soir.

— Euh oui, bien sûr. Je vais aller lui dire que vous êtes là.

Je retournai vers l'autre bureau, abattue.

J'espérais que Mamie avait plus de chance avec monsieur Weber que moi. Ou qu'elle avait pris des clichés intéressants pendant sa petite séance de détective.

Sinon, l'Imprimerie Bayside représentait seulement une grosse fausse piste. Tout ce que nous avions réussi à faire, c'était perdre un temps précieux.

C'était bientôt mercredi et nous n'avions pas avancé dans notre découverte du véritable tueur des Hayes. Demain serait-il notre jour de chance ?

Oh, je l'espérais vraiment.

8

Le lendemain matin, je parlai à Charles de la mission de reconnaissance tentée par Mamie et moi à l'Imprimerie Bayside la veille au soir.

— Je savais que tu préparais quelque chose, dit-il avant d'écarquiller les yeux et de demander : avez-vous trouvé un élément qui puisse nous aider ?

Je lui révélai les petites choses que nous avions apprises, comme le fait que Bill était très apprécié à son travail et qu'il allait recevoir une promotion l'année suivante. Nous n'avions rien trouvé de plus. La majorité des photos de Mamie étaient floues et les rares images correctes ne nous montraient rien d'utile.

Je tapotai le bureau avec mon stylo et je mordillai ma lèvre inférieure.

— Es-tu certain qu'aucun des témoins de l'accusation n'accepte de nous parler avant le procès ?

— J'en suis sûr, répondit Charles en poussant un soupir de lassitude : ils ont tous dit *non*. Enfin, sauf une, mais je n'ai pas pu la joindre alors que j'ai essayé de l'appeler de nombreuses fois.

Il haussa les épaules et but une gorgée de café avant d'ajouter :

— Je ne suis pas certain qu'elle témoignera à la barre, de toute façon.

— Ah bon ? Qui est-ce ?

Je me penchai plus près, impatiente d'en apprendre davantage. Charles disposait-il de cette piste depuis longtemps ? J'aurais aimé qu'il m'en parle plus tôt.

Il sembla croire que ce n'était pas important en répondant nonchalamment :

— Michelle Hayes, la fille.

Mon cœur se mit à battre plus vite. Michelle pouvait-elle être la clé manquante pour déverrouiller une défense parfaite ?

— Ne t'enthousiasme pas trop, avertit Charles. Je te le dis, elle est totalement impossible à joindre.

— Tout comme cette affaire est impossible à défendre ? plaisanta-je en lui faisant un sourire en coin.

J'eus soudain une idée sombre.

— Crois-tu qu'elle ne répond pas à tes appels parce qu'elle est coupable ?

— Absolument impossible. Elle adorait ses parents. Ils lui payaient *mucho* dollars pour faire des études dans des écoles privées, et elle revenait à la maison presque chaque week-end pour rendre visite à ses parents, alors que l'école se trouve à bien trois heures de route d'ici.

— Je pensais que tu n'arrivais pas à la joindre ? dis-je d'un ton suspicieux.

Il me semblait très rapide à défendre Michelle. Était-il possible qu'il ne partage pas tout ce qu'il savait avec moi ? Et si oui, pourquoi ?

Charles ne sembla pas perturbé par ma question et il serra fermement le café entre ses mains en disant :

— C'était dans la déclaration qu'elle a faite à la police.

— Quel est son numéro ?

Je traversai la pièce pour décrocher le téléphone. Cette semaine, Derek avait gracieusement accepté d'échanger son espace de travail avec moi, afin que Charles et moi puissions nous parler facilement pendant que je l'aidais dans l'affaire de Brock. C'était bien plus simple ainsi.

Jusqu'à ce que Charles m'arrache le téléphone des mains.

— C'est bien trop tôt le matin pour appeler une étudiante de dix-neuf ans. Tu penses qu'elle voudra nous parler si tu la tires d'un sommeil de mort ?

Je grimaçai à cause de son choix de mots, mais je finis par acquiescer.

— Plus tard, alors.

— Penses-tu que nous pourrons essayer une fois de plus avec les animaux, aujourd'hui ? demanda Charles avec un air de chiot battu qui ressemblait à celui de Yo-yo quand je l'avais rencontré pour la première fois.

— Oui. Pourquoi pas ?

Il nous fallait bien faire quelque chose. J'espérais aussi passer un coup de fil à Michelle dès qu'il avait le dos tourné.

— D'accord, dit Charles avant de laisser échapper un soupir de soulagement. Allons-y.

— Pas si vite, dis-je dans son dos.

Il avait déjà attrapé ses affaires et il était à mi-chemin de la porte. Il était très impatient. Charles se retourna vers moi, bien refroidi.

— Qu'est-ce qui ne va pas ?

— Il nous faut d'abord un plan.

Je revins à ma place et je tournai une nouvelle page de mon bloc-notes jaune vif.

Charles se rassit également, mais il agita les jambes d'un air nerveux.

Quand je fus certaine d'avoir son attention, je poursuivis :

— Nous devons traiter les animaux comme nous le ferions avec n'importe quel autre témoin, et il nous faut aborder Yo-yo comme un témoin vulnérable. Tu as vu le traumatisme qu'il a eu à la simple suggestion que ses propriétaires pouvaient être blessés. Nous ne pouvons pas le bouleverser à nouveau, sinon il pourrait se fermer complètement. De plus, si nous insistons trop, je m'inquiète de l'impact négatif durable sur sa santé mentale.

Charles réfléchit un instant à cela. Lorsqu'il reprit la parole, il avait cessé d'agiter les jambes.

— Penses-tu que Yo-yo a vu le meurtre ?

— Il pourrait très bien y avoir assisté, dis-je en hochant la tête.

Une lueur de compréhension étincela dans ses yeux couleur de pin.

— Il l'a vu, puis il a refoulé le souvenir pour se protéger.

— C'est ce que je pense.

Je portai le stylo à ma bouche, mais je m'arrêtai avant de commencer à ronger le bouchon. C'était une habitude que j'avais quand j'angoissais – une habitude dégoûtante – et je ne voulais surtout pas l'afficher devant Charles.

Heureusement, il ne sembla pas le remarquer.

— Comment faisons-nous pour qu'il prenne conscience de ses souvenirs cachés à temps pour sauver Brock ?

— Nous ne le faisons pas, dis-je en rebouchant le stylo et en le posant sur le bureau. Je pense que Yo-yo peut nous aider même sans se souvenir de ce qui est arrivé et sans savoir que ses propriétaires ont été tués. Je veux dire, qui connaît mieux une personne que son chien ? Il a vu leur routine quotidienne pendant des années. Il saura si quelque chose a changé peu de temps avant leur mort.

— C'est malin, dit Charles en hochant la tête, pendant que mon cœur gonflait secrètement en entendant ce compliment. Veux-tu prendre les rênes pour l'interrogatoire ?

— Oui, je veux bien.

Pour une raison que j'ignorais, je savais parler aux animaux. Au début, j'avais cru qu'aider Octo-Chat à résoudre le meurtre d'Ethel avait été un coup de chance, mais j'avais de plus en plus l'impression que ceci était ma vocation : découvrir la vérité, une créature poilue après l'autre.

Quelques heures plus tard, nous avions préparé une liste exhaustive de questions et d'encouragements et nous avions même simulé une conversation avec Yo-yo. Il ne restait plus qu'une variable que nous n'avions pas correctement prise en compte : Octo-Chat.

Son humeur changeait si régulièrement qu'il nous aurait fallu bien trop longtemps pour imaginer les différents scénarios qui nous attendaient alors que nous essayions de nous assurer sa coopération. De plus, j'avais trop honte d'avouer à Charles que je laissais Octo-Chat me marcher dessus quotidiennement. Nous avions donc l'intention d'arriver chez moi et de dire à Octo-Chat ce que nous attendions de lui, purement et simplement.

Oh, il allait certainement trouver un moyen de me punir, mais je pouvais supporter un peu de vomi de chat ou un nouveau coup de griffe si cela sauvait un homme innocent d'une vie en prison et que cela protégeait l'innocence d'un adorable terrier.

Nous nous arrêtâmes aux appartements Cliffside pour récupérer Yo-yo, puis nous fîmes un rapide détour à l'animalerie afin d'acheter un harnais et une laisse pour Octo-Chat. Malheureusement, le seul ensemble qu'ils avaient à sa taille était vert fluo avec une série d'os fluorescents imprimés le long de la laisse.

Ça allait être encore plus dur de le convaincre de mettre ça, mais nous n'avions pas le temps de passer dans différents magasins pour satisfaire la vanité de mon chat.

Effectivement, Octo-Chat rechigna lorsque je lui présentai son attirail de promenade tout neuf.

— Je résume : non seulement tu veux que je passe plus de temps à parler à Crétin pendant que tu regardes Upchuck avec des yeux de merlan frit, mais en plus tu t'attends à ce que je porte cette monstruosité ? *Madame, je suis un chat*, pas une espèce de chien pourri et vulgaire.

Je m'installai par terre devant lui en croisant les jambes, arrangeant mon visage de façon à ressembler le plus possible à un chiot apeuré.

— *S'il te plaît*. Ce n'est pas pour longtemps et je ne te le demanderais pas si ce n'était pas très important.

Il agita la queue quelques fois avant de répondre :

— Tu me le demandes donc? Cela signifie que j'ai le choix. Je choisis *non*.

Je fis le signal dont nous avions convenu avec Charles, sachant d'avance qu'il allait sans doute être nécessaire. Derrière le chat, je le vis enfiler lentement une paire de gants de four et s'approcher d'Octo-Chat sur la pointe des pieds.

— Je veux juste que tu saches... dis-je à mon futur ennemi à fourrure. J'espérais ne pas en arriver là.

Octo-Chat écarquilla les yeux en comprenant ma trahison au moment où je criai :

— *Maintenant!*

Un cri de fureur résonna dans la maison lorsque Charles souleva mon chat dans ses bras, le serrant contre lui et surtout contre la volonté d'Octo-Chat.

— Bas les pattes, Upchuck! hurla-t-il en donnant des coups de griffe dans toutes les directions. On ne me manquera pas de respect de cette façon!

— *Chhh*, fis-je en essayant vainement de l'amadouer pour qu'il accepte un peu tard que je fasse passer ses pattes dans le harnais. Si tu fais ça pour moi, si tu nous aides à découvrir qui a tué les propriétaires de Yo-yo, je te devrais une faveur. Cela peut être n'importe quelle faveur. Je te le jure. Aide-nous, s'il te plaît. Nous avons besoin de toi. Et si tu te souviens bien, j'ai risqué ma vie pour t'aider à ce que justice soit faite pour Ethel, il n'y a pas si longtemps.

À ces mots, toute la fureur s'évapora de son petit corps poilu et Octo-Chat poussa un grand soupir.

— Très bien, grogna-t-il pendant que j'attachais le harnais sous son ventre.

Charles le reposa sur le sol et Octo-Chat fit quelques pas chancelants. Sa fourrure pointait dans différentes directions à cause de la lutte et il eut quelques spasmes en rasant le sol d'un air agressif.

— Tu me dois une grande faveur, cria-t-il dans ma direction. La plus grande que tu aies jamais accordée à qui que ce soit de toutes tes neuf vies!

Je hochai la tête, pressée de mettre fin à cette confrontation. Je m'étais préparée à une bien plus grande dispute, mais les choses pouvaient toujours dégénérer si je ne faisais pas attention.

— Tu l'auras, promis-je. Ce que tu veux.

Octo-Chat laissa échapper un gloussement hystérique et les petits cheveux de ma nuque se dressèrent.

— Quoi ? demandai-je d'une voix soudain tremblante et hésitante.

— Oh, tu verras. Vous le verrez tous !

Il désigna Charles de la patte, ce qui ne fit qu'augmenter mon inquiétude, mais les exigences insensées de mon chat devaient attendre. D'ailleurs, j'avais sans doute intérêt à activer le contrôle parental sur la télévision pour décourager ce type de comportement de méchant dérangé. Mais pour l'instant, nous devions passer à la phase suivante de notre plan, juste au cas où il change soudain d'avis et retire son offre de nous aider.

— Sortons d'ici tant que nous le pouvons encore, dis-je à Charles en me penchant pour attacher la laisse au nouveau harnais d'Octo-Chat.

— Ce n'est pas du tout nécessaire, grommela le chat. Qu'est-ce qui te fait croire que je vais m'enfuir ? Souviens-toi, je t'ai choisie malgré tes nombreux, *nombreux* défauts.

— C'est davantage pour ta sécurité que pour ton obéissance, expliquai-je.

Même si Octo-Chat avait pleinement l'intention de rester avec nous pendant ce trajet, il avait tendance à devenir un chat différent dès l'instant où il posait la patte dehors. Dans la maison, il était un intellectuel calme prodiguant des commentaires continus et non sollicités sur ma vie. Une fois qu'il sortait à l'air libre, il devenait inconstant, imprévisible et nerveux. Il était possible qu'il aperçoive un papillon et qu'il le suive pendant cinq kilomètres avant de se rendre compte que nous n'étions pas en train de le chasser avec lui.

Oui, il pouvait être assez irritant, mais j'aimais mon chat et je voulais le garder auprès de moi pendant encore de nombreuses années.

Malheureusement pour lui, cela impliquait qu'il doive porter un harnais.

J'espérais seulement que la faveur qu'il allait exiger de moi était quelque chose que je pouvais légalement et physiquement lui obtenir. On ne savait jamais, avec lui. C'était en partie la raison pour laquelle la vie était aussi excitante avec lui.

Et puis il y avait des jours comme celui-ci…

Je savais que le pire de son agitation restait à venir.

En attrapant une veste épaisse à manches longues dans le placard, j'inspirai profondément et je conduisis notre groupe hétéroclite jusqu'à la voiture de Charles.

Il était temps pour la phase deux.

9

Nous arrivâmes dans le vieux quartier des Hayes moins de dix minutes plus tard et Yo-yo reprit immédiatement du poil de la bête grâce aux odeurs et aux paysages familiers. Il aboya, hurla, gémit et pleurnicha avant même que nous puissions trouver un endroit pour garer la voiture.

— Que dit-il ? demandai-je à Octo-Chat, qui était scotché sur mes genoux côté passager.

Comme je ne conduisais pas cette fois, j'avais eu la fabuleuse idée d'apporter un coussin à placer entre ses griffes et moi. Je n'avais encore jamais profité d'un trajet en voiture aussi agréable avec mon chat agoraphobe.

Octo-Chat n'était évidemment pas ravi de se trouver dans un véhicule en mouvement. Il fallut quelques instants avant qu'il réponde.

— Il appelle sa mère et son père pour leur faire savoir qu'il est rentré à la maison, expliqua-t-il entre deux halètements nerveux.

— Oh, c'est vraiment triste, répondis-je après avoir fait une rapide traduction pour Charles.

Malgré le sérieux évident de la situation, notre façon de communiquer me fit penser au jeu du téléphone en cour de récréation. Jusqu'où les mots de Yo-yo étaient-ils transformés en parvenant enfin jusqu'à Charles ?

— C'est effectivement un témoin vulnérable, dit Charles en partageant mon analyse tout en s'approchant du trottoir pour garer la voiture. Le pauvre.

— Vous ne m'avez toujours pas dit le plan, râla Octo-Chat quand je l'aidai à sortir ses griffes du coussin et que je le posai doucement sur le trottoir.

Charles prit la laisse de Yo-yo et fit le tour de la voiture jusqu'à nous. Le terrier enthousiaste tira si fort sur sa laisse que sa respiration se mit à siffler.

— Oui. Crétin est vraiment un meilleur nom pour ce chien, dit Octo-Chat avec un sourire de satisfaction.

Il se sentait évidemment mieux maintenant qu'il était de retour sur la terre ferme.

— Et Upchuck correspond bien à l'humain, aussi.

— Oui, oui, tu es très doué pour les surnoms, dis-je pour l'amadouer en résistant à l'envie de lever les yeux au ciel maintenant qu'il savait ce que ça signifiait.

À la place, je choisis de répondre à sa question précédente.

— Le plan est de faire le tour du quartier et de voir ce que Yo-yo peut nous dire sur sa vie d'avant. Quelque chose pourrait nous donner un indice sur un meurtrier potentiel en dehors de Brock.

— Ne serait-ce pas plus facile si vous racontiez la vérité sur ce qui est arrivé à Crétin et que vous lui demandiez de l'aide ?

Octo-Chat semblait presque essayer de nous aider, mais je le soupçonnais d'avoir pour véritable objectif de mettre fin à son implication dans notre affaire dès que félinement possible.

— Non ! criai-je au moment où Yo-yo hurla et se mit à se tordre au bout de la laisse.

N'importe quel passant aurait cru que nous étions en train de torturer le pauvre yorkshire. Heureusement, la rue était déserte pour l'instant.

— Crétin dit qu'il veut connaître la vérité, expliqua Octo-Chat d'un air blasé et en bâillant.

— Grr, arrête de rendre les choses plus difficiles, le grondai-je. Et arrête d'être aussi élitiste. Il s'appelle Yo-yo, et tu le sais.

— Oui, c'est moi qui rends les choses plus difficiles ici, dit mon chat en écarquillant les yeux en direction de la laisse fluo qui nous liait tous les deux.

Il laissa échapper un soupir exaspéré et détourna le regard.

J'en avais par-dessus la tête de ses plaintes, d'autant que Yo-yo paniquait toujours... et bruyamment. Je m'accroupis et je fixai fermement le chat du regard.

— Si tu veux avoir ta faveur en retour, tu vas faire les choses comme je les veux, compris ?

Il grimaça.

— Tu peux le dire. Pas besoin de le cracher. Et tu n'es pas obligée de crier non plus.

Bon, cette fois c'était sûr. J'allais restreindre son accès à la télévision. C'était déjà assez terrible quand il regardait des dessins animés éducatifs à toute heure de la journée, mais maintenant il s'était transformé en adolescent sarcastique... et c'était trop quand c'était associé à son tempérament félin déjà sarcastique. De plus, il devait apprendre que ses actes avaient des conséquences.

Pff. J'avais encore la vingtaine et pourtant j'étais déjà une sorte de mère célibataire pour un adolescent geignard. Je devais d'énormes excuses à ma famille et mes parents pour toutes les choses irritantes que j'avais faites quand j'étais moi-même une sale gamine.

— Sommes-nous d'accord ? demandai-je d'un ton appuyé en me relevant pendant ce temps,

Charles se pencha pour prendre Yo-yo dans ses bras afin qu'il arrête de se faire mal.

— Très bien, cracha Octo-Chat. Que veux-tu que je lui dise ?

Je fis un énorme sourire pour montrer à Octo-Chat que j'étais ravie de sa coopération. Je savais qu'il valait mieux ne pas dire que c'était un gentil chat devant d'autres personnes, même s'il adorait l'entendre quand nous étions tous les deux à la maison.

— Dis-lui que son père et sa mère sont en voyage pour l'instant, mais que nous allons faire une promenade ensemble dans son quartier parce que nous aimerions connaître tous ses meilleurs souvenirs avec eux.

— Tu te rends compte que ça va être une torture pour moi, n'est-ce pas ?

— Tu vas survivre, rétorquai-je.

Octo-Chat transmit le message à Yo-yo qui arrêta brièvement de haleter et remit la langue dans sa bouche. Quelques secondes plus tard, son enthousiasme revint et il lutta une fois de plus pour échapper à l'emprise de Charles.

— Prêts ? demanda Charles.

Quand je hochai la tête, il posa le terrier sur le sol et nous commençâmes tous les quatre à nous promener dans le quartier pendant que Yo-yo ouvrait fièrement la marche.

— Dois-je traduire tout ce qu'il dit ? gémit Octo-Chat moins d'une minute après le début de notre retour.

— Oui, tout.

Charles resta étrangement silencieux pendant que les animaux et moi bavardions. Lors des rares moments où nous croisions un autre promeneur, il parlait également afin que je paraisse un peu moins folle. Après tout, je promenais toujours un chat visiblement très fâché en laisse.

— Attention, il mord, avertit Charles lorsque deux dames en jogging et aux cheveux bleus semblèrent vouloir caresser Octo-Chat.

Octo-Chat siffla et cambra le dos pour faire bonne mesure, puis il rit quand elles accélérèrent le pas pour nous dépasser en marche sportive.

— C'était assez amusant, dit-il en se secouant.

— Merveilleux, je suis ravie que tu t'amuses. Maintenant, que dit Yo-yo ?

J'étais contente qu'Octo-Chat ait trouvé un moyen de rendre l'expérience plus supportable, mais nous avions besoin qu'il reste concentré sur la raison de ce trajet.

Le chat soupira et agita les moustaches en remuant les oreilles d'avant en arrière.

— Laisse-moi juste allumer mes récepteurs à Crétin… *Voilà.*

— Ha ha, tu es hilarant. Maintenant, arrête de faire ton sketch et commence à traduire.

— *D'accoooooord*, répondit-il en étirant ce mot d'au moins sept syllabes avant de faire enfin ce que j'avais demandé.

Avec un soupir, il commença :

— Eh bien, ce rocher devant lequel nous sommes passés il y a quelques pas, c'est un de ses endroits préférés pour faire pipi. Un jour, il a vu un écureuil traverser la route ici et il courait si vite qu'il n'a pas réussi à le rattraper. Les oiseaux aiment se percher dans cet arbre là-bas. Il aime aussi faire pipi là-bas. En général, il y a un nid chaque printemps. Les enfants qui vivent dans cette maison devant nous aiment courir dans l'eau des arroseurs automatiques et ils l'invitent parfois à jouer...

Je commençais à comprendre son hésitation à traduire *tout* ce que disait Yo-yo. Tout défilait si vite que je ne pouvais pas le transmettre à Charles. Je lui fis un regard d'excuse avant de demander à Octo-Chat :

— Penses-tu pouvoir lui poser quelques questions pour moi ?

Il se contenta de continuer à marcher sans même me jeter un regard.

Je pris son silence pour un accord.

— Demande-lui s'il aime tous les gens qui vivent dans ce quartier.

— Il a dit : « oui, beaucoup », puis il m'a raconté la fois où il a vu deux voitures rouges à la suite dans ce pâté de maisons.

Il fallait que je continue à les encourager à parler, mais que j'empêche les hors sujet.

— Bill et Ruth étaient-ils particulièrement proches de quelqu'un par ici ?

— Apparemment, ils aimaient tout le monde et tout le monde les aimait, rapporta Octo-Chat.

Je commençais à me demander si notre petit terrier était un témoin très fiable. Il semblait voir le bon côté de tout le monde... et de toutes les situations également.

— Une piste ? demanda Charles.

Je secouai la tête et je donnai un coup de pied contre un caillou sur notre chemin.

— Non. Sauf si l'on compte les meilleurs endroits pour marquer son territoire dans le quartier.

Charles rit, mais je vis qu'il était au moins un peu – et sans doute *très* – déçu. J'étais sur le point de suggérer de repartir quand Yo-yo aboya sur un ton défensif. Il s'arrêta de marcher et devint tout raide, pointant le nez vers le jardin suivant.

— Qu'y a-t-il? demandai-je à mon chat en sentant l'excitation monter dans mes veines.

— Il dit que c'est la méchante dame. Il veut qu'elle s'en aille.

Je suivis le regard de Yo-yo jusqu'au panneau « à vendre » au bout du pâté de maisons. Il annonçait que la propriété était vendue par l'agence immobilière Calhoun et une photo de Brock souriant à côté de sa jumelle, Breanne, ornait le panneau.

— Une dame, hein? demandai-je prudemment. Pas un homme?

— Absolument une dame, confirma Octo-Chat. Il dit qu'elle le poussait toujours dans un placard quand des gens venaient visiter la maison et ça le rendait triste et effrayé.

— Tiens, je me demande s'il s'agit du même placard dans lequel les corps de Ruth et Bill ont été trouvés.

Octo-Chat inspira profondément et se tourna vers Yo-yo.

— *Ne traduis pas ça!* criai-je.

— Que sont-ils en train de dire?

Charles me donna un coup de coude tout en me regardant avec jubilation.

— Avons-nous une piste?

Je regardai le panneau, puis Yo-yo, et enfin Charles.

— Eh bien, le chien qui aime tout le monde a une impression très négative de Breanne Calhoun. Il semblerait que ça vaille le coup de lui rendre une petite visite.

* * *

Pendant que nous marchions jusqu'à la voiture, Charles passa un coup de fil à Breanne… du moins, il essaya.

— Je tombe directement sur le répondeur, dit-il avec un grognement frustré.

— Un texto ? suggérai-je.

Il envoya donc le message et il reçut presque immédiatement une réponse. Il me tendit le téléphone afin que je puisse le lire moi-même.

Je montre des maisons à un client. Tout va bien ?

Je rendis le téléphone à Charles qui composa sa réponse avec dextérité tout en disant chaque mot à haute voix pour me tenir au courant.

— Pouvons-nous nous voir au sujet de l'affaire ?

Une série rapide de messages suivirent et Charles transmit l'information :

— Elle ne peut pas ce soir, mais elle dit que nous pouvons passer demain quand nous voulons, après le déjeuner.

— Super, râlai-je.

Demain était jeudi et le reportage de ma mère devait être diffusé vendredi. Cela ne nous laissait pas beaucoup de temps, tout particulièrement si Breanne s'avérait être encore une autre fausse piste.

— Et maintenant ? demandai-je.

— J'ai un peu faim, répondit Charles. Connais-tu un endroit où nous pourrions manger un bon sandwich au homard ? J'en ai envie depuis que j'ai emménagé ici.

Je m'arrêtais net.

— Es-tu sérieux, Charles Longfellow le Troisième ?

— Quoi ? Qu'ai-je fait ?

— Depuis combien de temps es-tu dans le Maine sans goûter nos fameux *lobster rolls* ?

Il rit.

— Ai-je déjà dit que j'étais un peu obsédé par le travail ?

— Ça ne va pas du tout, Chuck, dis-je en me sentant enfin à l'aise avec son surnom. Puisque tu as attendu si longtemps, il ne te faut pas n'importe quel *lobster roll*. Il faut le meilleur.

— Ça me va tout à fait. Où peut-on trouver cela ?

— Allez viens, nous allons au Little Dog Diner. Je sais que tu vas adorer.

10

Notre détour pour dîner dans la ville de Misty Harbor était exactement ce dont Charles et moi avions besoin pour calmer nos nerfs. Bien sûr, nous nous étions arrêtés chez moi pour déposer Octo-Chat en chemin – ce pour quoi il nous était extrêmement reconnaissant – mais Yo-yo nous accompagna et nous mangeâmes à l'une de leurs tables extérieures donnant sur la baie. Même le chien eut un repas au poisson qu'il dévora avec aplomb. Je gardai une petite portion pour remercier Octo-Chat de nous avoir aidés et en espérant aussi qu'il ne soit pas trop dur avec moi au moment de révéler la faveur que je lui devais en retour.

Charles et moi bavardâmes en mangeant des sandwichs au homard jusqu'à ce que le ciel s'assombrisse et qu'une autre cliente du restaurant ait besoin de notre table. J'eus l'impression de reconnaître la dame aux cheveux roux pleins de volume qui nous approcha avec un sourire en demandant si elle pouvait prendre notre place, mais je n'arrivais pas tout à fait à la remettre. Quoi qu'il en soit, elle semblait occupée, car dès l'instant où nous rassemblâmes nos affaires pour partir, elle se laissa tomber sur une chaise et sortit un ordinateur portable de son sac. C'était avant même que le serveur ait pu retirer nos assiettes.

Je me sentis mal pour elle qui n'avait personne avec qui dîner par cette belle soirée du mercredi. En même temps, j'aurais été à la maison en pyjama à me disputer avec Octo-Chat s'il n'y avait pas eu cette sortie improvisée avec Charles.

— Tu as vu, dit-il en me donnant un coup d'épaule. Au moins, je sais qu'il ne faut pas mélanger le travail et les *lobster rolls.*

Le travail, argh. Oui, notre pause momentanée venait de prendre fin. Il ne restait plus beaucoup de temps maintenant.

— Pouvons-nous essayer d'appeler Michelle, maintenant ? suggérai-je pendant notre retour jusqu'au parking.

— Bien sûr, utilise mon téléphone. J'ai enregistré son numéro en cas de besoin.

Je tentai ma chance, mais je fus envoyée directement sur le répondeur où une voix robotique m'informa que la messagerie était pleine et ne pouvait donc pas accepter de nouveaux messages.

— C'est raté, dis-je avec un soupir abattu.

— Hé. Au moins, demain est un autre jour, me dit Charles avec un regard pensif.

Oui, un autre jour… et le dernier jour complet que nous avions pour prouver l'innocence de Brock et empêcher ma mère de diffuser son grand reportage. Même avec l'aide des animaux, ça ne s'avérait pas aussi facile que je l'avais espéré.

Pouvions-nous compter sur un nouveau jour pour renverser la situation ?

* * *

JEUDI

Charles et moi travaillâmes une matinée complète au cabinet avant de nous rendre à l'agence immobilière Calhoun autour de midi. Il avait plus ou moins insisté pour que nous prenions les animaux avec nous, mais je parvins heureusement à le convaincre qu'il nous fallait d'abord rencontrer Breanne avant d'impliquer Octo-Chat et Yo-yo… d'autant plus que nous ne savions pas comment le petit chien allait réagir en voyant Breanne en personne. Si elle était notre tueuse et que les souvenirs de Yo-yo revenaient d'un coup, cela pouvait dégénérer. Et, d'après sa réaction en voyant seulement sa photo la veille, c'était une véritable possibilité.

Il nous fallut attendre plus d'une demi-heure avant que Breanne nous fasse entrer dans son bureau. Même si j'étais certaine qu'elle était très occupée, cela me donna immédiatement une mauvaise impression. Une des choses qui m'irritaient le plus était les gens qui ne respectaient pas le temps des autres. Ne savait-elle pas que la liberté de son frère était en jeu ?

— Pardon pour ce retard, dit-elle quand elle nous fit enfin signe d'entrer dans son bureau privé.

Bien sûr, elle ne semblait pas du tout culpabiliser, malgré ses paroles affirmant le contraire.

Charles et moi nous installâmes sur les chaises assorties devant son bureau et nous attendîmes que Breanne s'installe à son tour. Elle semblait plutôt agacée par notre arrivée, alors qu'elle était au courant.

— Comment allez-vous ? demanda Charles avec le même visage fermé qu'il avait utilisé en parlant à Brock en prison.

— Pas très bien, avoua-t-elle en rassemblant ses cheveux châtains en un chignon désordonné dans son cou.

Avec ses cheveux tirés en arrière, je remarquai comme elle ressemblait à son frère. C'était pourtant logique, puisqu'ils étaient jumeaux, mais la similarité était néanmoins remarquable et un peu surprenante. Les seules différences semblaient être la courbe féminine du visage de Breanne et son autre couleur de cheveux.

Elle avait les traits tirés par le désarroi lorsqu'elle se lança dans une longue explication.

— La moitié des gens à qui je fais faire des visites ne veulent même pas de maison. Ils veulent seulement parler de mon frère. Ou pire, parfois ils veulent m'incendier à sa place. Malgré tout, je prends toutes les heures supplémentaires que je peux, parce que votre cabinet n'est pas donné. Et si Brock est condamné, je peux dire adieu à mon agence.

Breanne eut un rire sarcastique et soupira longuement.

— Alors oui, pas très bien.

— Je suis vraiment désolé de perturber votre emploi du temps surchargé, dit Charles.

Il n'avait pas l'air très désolé non plus.

— Mais nous devons explorer toutes les pistes possibles et votre frère a demandé que je vous tienne au courant de tous les nouveaux développements de cette affaire.

Je m'agitai sur ma chaise, mal à l'aise, en faisant de mon mieux pour ne pas la fixer avec hostilité. Si j'avais bien appris une chose au cours des derniers mois, c'était que la parole des animaux était plus digne de confiance que celle des humains. Il était possible que Breanne joue seulement le rôle de la sœur injustement lésée alors qu'elle faisait porter le chapeau du crime qu'elle avait commis à son pauvre frère.

Bien sûr, la preuve la plus convaincante de ma théorie était le fait que le joyeux yorkie aimant tout le monde perdait son assurance et se mettait sur la défensive quand on le confrontait simplement à une photo d'elle.

Que signifiait ce comportement ?

J'aurais aimé que Charles accepte l'idée que Mamie nous accompagne. Elle aurait pu enquêter comme une pro pendant que Charles et moi parlions directement avec Breanne. Je n'avais rencontré cette agente immobilière que depuis quelques minutes et je savais déjà que je n'avais pas intérêt à croire un seul mot qui sortait de sa bouche rouge de gloss.

— Y a-t-il eu une avancée ? demanda Breanne en croisant les jambes au-dessus du genou et en fixant Charles. Allez-y, dites-le-moi.

Charles me regarda et inspira profondément. Oh, j'espérai qu'il n'avait pas l'intention de lui parler des animaux bavards ou du fait que nous la soupçonnions maintenant à cause d'eux.

— Voici Angie Russo, dit-il en faisant un geste vers moi.

Je souris et j'agitai les doigts vers elle d'un air gêné.

— C'est la meilleure assistante juridique de Blueberry Bay et elle vient récemment de se joindre à moi pour m'aider à défendre votre frère.

— Tout ça est très bien, dit Breanne en secouant la tête d'un air déçu. Mais j'ai engagé un avocat, pas une assistante juridique. Avec tout ce que je vous paie, monsieur Thompson aurait vraiment dû défendre cette affaire lui-même. Dites-moi s'il vous plaît que vous n'avez pas demandé à me rencontrer juste pour me dire que vous avez une nouvelle assistante. Ce n'est pas le genre de nouvelle pour lesquelles je dois payer 275 $ de l'heure !

— Ne vous inquiétez pas. Cette visite ne sera pas facturée, dit Charles avec un sourire mielleux.

Cela sembla fonctionner.

— Ah bon? dit la jolie femme en s'asseyant un peu plus droite sur sa chaise. Dans ce cas, comment puis-je vous aider aujourd'hui?

— En revoyant les documents avec Angie, nous avons eu quelques nouvelles questions au sujet de la scène de crime. Serait-il possible d'y jeter un autre coup d'œil cet après-midi?

— Vous voulez revoir la maison, dit-elle d'un ton monotone. Je suppose qu'il n'y a pas de problème.

— Super, merci beaucoup.

Charles se leva et tendit la main au-dessus du bureau. Si vous voulez bien nous donner la clé, nous irons tout de suite.

— Pas si vite, dit Breanne. J'ai déjà le service des permis immobiliers sur le dos et ils me surveillent de près. Même si Brock est disculpé, le fait est que le tueur aurait pu obtenir l'accès à la maison des Hayes grâce à mon coffre de sécurité pour les clés. Quelques personnes ont même suggéré que je ne l'avais peut-être pas refermé correctement et que c'est pour cela que mes clients ont été assassinés. Vous arrivez à le croire, vous?

— Pas de chance, marmonnai-je.

Apparemment, ce n'était pas ce qu'il fallait dire.

Breanne plissa les yeux en me regardant et elle pinça les lèvres d'un air pensif avant de se retourner vers Charles.

— Quel est son nom déjà?

— Angie Russo, répondis-je en ne tendant volontairement pas la main pour cette nouvelle présentation. Maintenant, pouvons-nous s'il vous plaît aller visiter la maison?

Son regard se reporta à nouveau sur moi et cette fois, elle afficha un rictus de mépris. On s'observa quelques instants avant que Breanne finisse par céder et nous accompagne hors de son bureau.

— Nous vous rejoindrons à la maison dans un quart d'heure environ, dit Charles. Nous devons faire un arrêt d'abord.

— Très bien, mais s'il vous plaît, ne mettez pas plus longtemps que ça. J'ai beaucoup de paperasse à faire ce soir et je n'aimerais pas y passer la nuit.

Je ne dis rien jusqu'à être en sécurité dans la voiture de Charles.

— Eh bien, n'est-elle pas adorable ? ricanai-je.

Charles sembla pensif en regardant Breanne s'éloigner dans son grand SUV rouge cerise.

— Elle subit beaucoup de pression ces jours-ci. Peut-être même pire que son frère, expliqua-t-il.

Son regard devint presque tendre, ce qui me mit mal à l'aise.

— Mais ça ne veut pas dire qu'elle peut être impolie, rétorquai-je. Quel est ton plan par rapport à la maison, d'ailleurs ? Je pensais que le but de cette visite était de découvrir si Breanne faisait porter le chapeau à son frère pour les meurtres.

— Nous ne pouvons pas vraiment demander directement à une cliente si elle est coupable, d'autant qu'elle n'est pas celle que nous avons été engagés à défendre. Je me suis dit que nous pouvions passer chercher les animaux, prendre les dossiers, et examiner l'endroit. Après tout, tu n'as pas encore vu la scène de crime. Tu pourrais remarquer un détail que j'ai raté. Yo-yo pourrait se rappeler quelque chose en revenant à l'intérieur.

— Hier, Yo-yo semblait plutôt convaincu que Breanne était coupable. Il l'a même traitée de « méchante dame », rappelai-je.

Charles regarda droit devant lui, comme s'il rassemblait des pensées privées, des pensées qu'il n'était pas tout à fait prêt à partager avec moi.

— Oui, eh bien, je connais Breanne mieux que toi, et je ne pense toujours pas qu'elle a commis les meurtres.

— Et moi si, rétorquai-je en croisant les bras comme une enfant en colère.

Si je ne me sentais pas jalouse de Breanne auparavant, c'était le cas maintenant que Charles semblait faire de gros efforts pour la défendre malgré nos preuves contre elle. Apparemment, mon béguin avait redoublé de puissance.

Octo-Chat avait peut-être raison. Il me fallait trouver quelqu'un qui aimait les chats afin de me caser et d'oublier Chuck.

Mais il fit alors un grand sourire de toutes ses dents, attrapa ma main et la serra.

— Il n'y a qu'un seul moyen de le découvrir. Allons-y.

Je retins mon souffle. Oh, oui, j'étais prête à le suivre partout. Pas seulement parce qu'il était beau, mais aussi parce qu'il était intelligent, aimable et avec un fort sentiment de justice.

Et tout cela était une bonne chose, puisque nous nous rendions à l'endroit où deux personnes venaient récemment d'être assassinées.

11

Charles et moi arrivâmes à la maison des Hayes quelque vingt minutes plus tard et nous trouvâmes Breanne qui nous attendait dans son SUV dans l'allée. Quand on descendit chacun avec un compagnon animal, elle sortit à toute vitesse et claqua la portière avec une force dont je ne l'aurais pas crue capable.

Yo-yo grogna et montra ses petites incisives, mais il ne chercha pas à s'échapper des bras de Charles malgré son angoisse à l'idée de passer plus de temps avec la personne qu'il détestait et malgré sa joie débridée d'être enfin rentré chez lui.

— Que faites-vous avec ces animaux? demanda Breanne en s'avançant vers nous et en bloquant notre chemin jusqu'à la maison.

Octo-Chat et moi traversâmes la pelouse pour entrer dans l'habitation, laissant Charles charmer l'agente immobilière fâchée, puisque nous ne pouvions pas lui être d'une grande aide.

Dès le seuil, l'odeur vive des produits chimiques assaillit mon nez.

Octo-Chat le sentit aussi et il se mit immédiatement à frotter la patte sur son visage.

— Berk, berk, berk, se plaignit-il à chaque pas que nous faisions dans la maison. Vous autres les humains vous avez un don pour salir votre environnement. Je ne sais pas combien de temps je vais pouvoir supporter cette odeur.

— Moi non plus, dis-je en soulevant le col de mon tee-shirt que je posai sur mon nez afin de filtrer l'air de façon improvisée. Je suppose qu'ils ont dû nettoyer en profondeur après...

Octo-Chat prit le relais quand je me tus.

— Les meurtres brutaux ? Oui.

Ses mots étaient étouffés par sa patte.

Je le regardai en me demandant où nous devions nous rendre ensuite, mais le chat m'ignora. À la place, il leva la tête et inspira courageusement de l'air avant de se mettre à trottiner tout droit vers les escaliers, sans une seconde d'hésitation supplémentaire.

— Attends, criai-je en essayant vainement de le rattraper. Où vas-tu ?

Il ne répondit pas, mais après être moi-même montée d'un étage, je le trouvai assis dans une chambre au bout du couloir. La grande pièce était entièrement vidée de ses meubles, contrairement aux autres chambres devant lesquelles j'étais passée. Elle semblait également être la source de la forte odeur chimique, mais en dehors de cela, les murs et la moquette semblaient immaculés et intacts.

Je me sentis coupable de marcher dans la pièce, mais cette sensation me quitta lorsque je parvins à ouvrir les fenêtres et à faire entrer de l'air frais non toxique.

Octo-Chat sauta avec reconnaissance sur le rebord de la fenêtre

— Maintenant, je peux à nouveau respirer, dit-il avec un soupir de contentement. Pendant un moment, j'ai cru que moi aussi, j'allais mourir dans cette maison.

Je posai les mains sur mes hanches et je le fixai.

— Trop tôt, Octo. Trop tôt.

Il agita la queue.

— Ma punition est-elle de perdre encore une partie de mon nom ? Qu'est-il arrivé au *Chat* dans *Octo-Chat* ? Hein ?

— Je ne sais pas, répondis-je sincèrement malgré un sourire sournois qui s'étalait sur mon visage. Dernièrement, c'est toi qui donnes de nombreux surnoms à tout le monde, alors j'ai dû me dire que j'allais essayer. De plus, contrairement à toi, j'essaie de détendre un peu l'atmosphère, vu que je pense que c'est dans cette pièce que Bill et Ruth sont morts.

— C'est dans cette pièce qu'ils ont été *assassinés*, tu veux dire, rectifia Octo-Chat en prenant soin de bien prononcer ce terme terrible. Et n'oublie pas le *Chat* la prochaine fois. C'est la partie la plus importante de mon nom.

— Très bien, mais essayons de nous concentrer, maintenant. D'accord ? C'est ici que deux personnes ont été tuées.

Je baissai la voix jusqu'à chuchoter, au cas où Breanne pouvait nous entendre de l'extérieur. Je ne l'entendais pas et je ne savais pas où étaient Charles, Yo-yo et elle à ce moment-là, alors tout allait peut-être bien pour l'instant. Malgré tout, il était important de toujours faire très attention avant de révéler que j'étais bizarre.

— Il nous faut voir ce que nous pouvons découvrir pendant que nous sommes ici et que nous avons l'occasion de fouiller.

— Oui, patron, dit mon chat d'un ton sarcastique et avec un autre coup de queue énergique.

Un oiseau gazouilla dans l'arbre devant la fenêtre et attira immédiatement son attention. Octo-Chat se releva lentement sur ses pattes en gardant la tête parfaitement immobile, puis il agita le derrière et lâcha une imitation ridicule de chant d'oiseau.

Au lieu de me moquer de lui, je levai les yeux au ciel et je fis le tour de la pièce. Un de nous devait se mettre au travail avant que cette fabuleuse occasion d'enquêter nous échappe. Et apparemment, il fallait que ce soit moi.

Dans un petit coin, je trouvai la porte d'un dressing impressionnant. C'était ici que les corps avaient été retrouvés, bien que rien – en dehors de l'odeur chimique – n'indiquait plus cet événement ignoble et désagréablement récent. C'était simplement un espace vide ordinaire.

— C'est ici qu'ils ont été trouvés, dit Charles en s'approchant de moi par-derrière et en me faisant sursauter.

— Tu ne peux pas surprendre quelqu'un au milieu d'une scène de crime ! sifflai-je en me tournant vers lui afin qu'il puisse lire le mécontentement sur mon visage.

Il fronça les sourcils et sa bouche s'inversa. Bon, il semblait au moins le regretter.

— Pardon pour ça. Je ne voulais pas te faire peur, mais je m'inquiète aussi parce que nous n'avons pas beaucoup de temps. Breanne n'est pas du tout contente et elle a même menacé d'appeler Thompson pour se plaindre.

Je secouai la tête et je fis un pas en arrière quand je remarquai que Charles et moi étions encore bien trop proches l'un de l'autre. J'en pinçais pour ce type, d'accord, mais ça ne me semblait être ni le moment ni l'endroit.

— Tout ça parce que nous avons pris quelques animaux avec nous ? A-t-elle reconnu Yo-yo ?

En entendant son nom, le yorkshire entra en courant dans la

pièce, décrivant de grands cercles à une telle vitesse qu'il n'était plus qu'une tâche grise et marron très floue.

— Eh bien, quelqu'un est pris de folie, déclara Octo-Chat en sautant du rebord de la fenêtre et en rejoignant Charles et moi près du dressing. De plus, il a fait partir mon oiseau. Je l'avais presque.

Je décidai de ne pas mentionner qu'Octo-Chat était aussi pris de folie parfois et qu'il était absolument impossible qu'il attrape cet oiseau… pas seulement parce que son chant d'oiseau était extrêmement peu convaincant, mais aussi à cause de la moustiquaire entre eux. Si l'on ajoutait à cela son incapacité à voler, nous avions la définition même d'une situation impossible.

Nous regardâmes le chien qui courait joyeusement en rond jusqu'à se laisser tomber, épuisé et haletant au milieu de la chambre.

— Que se passe-t-il avec Breanne ? demandai-je à Charles pendant qu'Octo-Chat s'approchait consciencieusement du chien et démarrait une conversation avec lui.

— Elle dit que nous dépassons les bornes et elle remet en cause notre santé mentale.

Son visage resta indéchiffrable lorsqu'il annonça cette nouvelle désagréable, mais je devinais ce qu'il devait ressentir à ce moment.

Mon cœur se mit à galoper. C'était déjà assez terrible que Charles soit au courant de mon secret, mais maintenant il en parlait à d'autres aussi ?

— Tu ne lui as pas parlé de…

— Non, m'interrompit-il. Mais il fallait bien que je dise quelque chose, alors j'ai affirmé qu'il s'agissait d'animaux de soutien émotionnel.

Eh bien, pas étonnant qu'elle nous croie fous. Charles l'avait à peu près confirmé pour elle.

— Combien de temps avons-nous ? demandai-je, incapable de

résister à l'envie de ronger un bout de peau près de mon ongle. Il fallait vraiment que je me fasse plaisir avec une manucure à la fin de cette affaire.

— Une demi-heure, maxi, révéla-t-il avec un autre froncement de sourcils.

— Alors, nous ferions mieux de nous y mettre.

Je m'approchai lentement des animaux et je m'assis à côté d'eux, les jambes croisées. Avec un peu de chance, l'odeur chimique sur la moquette n'allait pas déteindre sur mes vêtements, et sinon, c'était un petit prix à payer pour une information qui pouvait sauver Brock.

— Qu'a-t-il dit ? demandai-je à Octo-Chat en jetant un coup d'œil vers notre témoin canin.

— Beaucoup de choses. Beaucoup trop de choses, dit Octo-Chat en se roulant sur le dos. Il semblait complètement épuisé alors qu'il ne pouvait pas avoir parlé à Yo-yo plus de deux minutes avant que je l'interrompe.

— Tu veux bien m'en dire une ou deux ? insistai-je en résistant à l'envie de caresser son ventre tout doux.

Quelque chose me disait qu'il cherchait déjà une raison de mordre pour évacuer son angoisse, et aucun de nous n'avait besoin d'hostilité supplémentaire sur le moment.

Il bâilla et l'odeur du petit-déjeuner au thon dans son haleine se mélangea aux produits chimiques de la moquette, faisant tourner la bile dans mon estomac.

— Quelque chose au sujet de ses propriétaires et que la maison lui manquait. Il était dans le placard. Ils étaient dans le placard. Bla-bla-bla.

— Quoi ? Pas de *bla-bla-bla*. Qu'a-t-il dit ? Ses paroles exactes, s'il te plaît.

Je le poussai jusqu'à le faire rouler sur le côté et je le forçai à me regarder.

Octo-Chat grogna, se leva et se décala de quelques dizaines de centimètres afin d'être hors de ma portée.

— Je t'ai dit tout ce dont je me souviens. Il parle vite. Et continuellement, d'ailleurs. Au bout d'un moment, tout se mélange.

Mmm, un peu comme Octo-Chat lui-même.

Je poussai un grognement et Yo-yo grimpa sur mes genoux pour me lécher fébrilement le visage.

— Je n'arrive pas à y croire, dis-je à mon vilain chat. Nous sommes venus ici spécifiquement pour enquêter sur un meurtre et tu ne veux même pas prendre la peine de faire attention pendant deux minutes ?

— Je ne suis pas obligé de rester ici et d'écouter ça, dit Octo-Chat en se levant, très agité, avant de trotter hors de la chambre.

Yo-yo se redressa sur mes genoux, puis il sauta à la poursuite du chat.

— Eh bien, je suppose que nous avons encore moins de temps maintenant, dis-je à Charles en me levant à mon tour. Où est Breanne, d'ailleurs ?

Il se tenait dans le dressing et il étudiait les murs comme s'il s'agissait de la chose la plus intéressante au monde.

— Dans son SUV, marmonna-t-il sans détourner le regard du mur. Elle a dit avoir quelques coups de fil à passer.

J'avalai l'énorme boule dans ma gorge. Nous savions tous les deux que l'un de ces appels était peut-être à notre patron. Nous devions profiter au maximum du temps que nous passions ici, mais je devais aussi faire attention en ce qui concernait mon patron. Monsieur Fulton avait toujours été aimable et positif sur mon travail, mais monsieur Thompson – le seul associé restant – montrait qu'il ne m'aimait pas à chaque occasion.

Si Bethany avait raison en affirmant qu'il voulait jeter Charles aux lions avec cette affaire impossible à gagner, j'étais certaine qu'il serait très heureux de se débarrasser aussi de moi.

Soupir. Pourquoi rien n'était jamais facile ?

— Devons-nous les suivre ? demandai-je en désignant du menton la porte par laquelle les animaux venaient de partir bruyamment.

Charles me regarda, puis la porte, puis encore moi avant de secouer la tête.

— Dans un moment. D'abord, il y a quelque chose dans cette scène de crime qui m'a toujours parue un peu étrange. Tu peux éventuellement m'aider à comprendre.

Il ouvrit son sac en bandoulière et en sortit l'énorme dossier des documents de l'accusation.

Comme je le craignais, il passa directement aux photos des corps ensanglantés et sans vie de Bill et Ruth. Je n'avais pas souhaité voir ces photos la première fois et je ne voulais certainement pas les voir maintenant.

Mais je ne voulais pas non plus qu'un homme innocent passe le reste de sa vie en prison, alors je sortis des antiacides de mon sac, j'en plaçai un sur ma langue et je me forçai à examiner les photos que Charles me tendait maintenant.

Je les examinai de près, cette fois. Attentivement. Comme Charles me l'avait demandé.

Et vous savez quoi ? Nous trouvâmes enfin quelque chose qui pouvait nous aider.

12

Je n'ai pas beaucoup d'expérience avec les scènes de crime ou de meurtre, mais quelque chose sur ces photos me sauta aux yeux.

— Pouvons-nous les poser dans le dressing ? demandai-je en les poussant vers Charles.

Il hocha la tête, se mit à quatre pattes, puis disposa les photos aux endroits correspondants de l'espace. Ensemble, nous passâmes quelques minutes à nous assurer que les angles étaient parfaitement représentés.

— D'accord, explique-moi ce qu'il s'est passé, dis-je en me frottant le menton avec le côté de l'index. Que savons-nous exactement d'après ces photos ?

Charles en indiqua une sur le côté gauche de ce que nous avions étalé.

— D'après l'angle des gouttes de sang, nous savons que le tueur s'est approché des victimes depuis la droite.

Nous étudiâmes tous deux le mur qui avait un jour été rouge de sang. Maintenant il était comme neuf et parfaitement blanc.

— D'accord, quoi d'autre ?

Je me rongeai un ongle maintenant que l'antiacide était entièrement dissous. J'avais besoin de quelque chose pour m'ancrer dans le présent afin que mes peurs ne finissent pas par prendre le dessus.

Charles balaya l'arc de photos du regard avant de se retourner vers moi.

— Eh bien, nous pensons que Bill a été tué le premier et que Ruth a été tuée quelques minutes après, quand elle est venue voir ce qu'il se passait.

Je n'avais pas encore entendu cela, mais je n'avais pas non plus demandé plus de détails au sujet de la scène de crime. Une chose était certaine : il fallait vraiment que je travaille à m'endurcir ou au moins à renforcer mon estomac dans ce domaine… d'autant plus qu'apparemment, enquêter sur des meurtres devenait en quelque sorte une habitude pour moi.

Je hochai la tête.

— D'accord. Qu'est-ce qui te fait dire ça ?

— Le sang de Bill était plus imprégné dans la moquette et étalé plus largement que celui de Ruth, mais il n'y a eu que quelques minutes entre les deux meurtres, alors c'est difficile à dire, expliqua Charles en gardant une voix calme.

Je me demandai si le fait de penser à ces deux assassinats brutaux le perturbait autant que moi. Si c'était le cas, il ne montrait pas du tout ce qu'il ressentait.

— Mmm, dis-je en réfléchissant autant à mon partenaire d'enquête qu'aux informations qu'il présentait.

Après un moment de silence tendu, je sortis un crayon de mon sac et je fis de mon mieux pour tracer la zone éclaboussée par le sang sur le mur. L'art était un de mes nombreux talents ratés, mais je ne m'en sortais pas si mal quand même.

Charles paniqua et essaya de m'arracher le crayon.

— Que fais-tu? demanda-t-il avec un regard horrifié sur son beau visage.

Je devais cependant admettre qu'il semblait moins beau aujourd'hui qu'il ne l'avait été au début de la semaine. Je commençais peut-être inconsciemment à lui associer le double meurtre des Hayes, ce qui ne donnait pas du tout envie de se pâmer d'admiration et de désir.

— J'essaie d'associer les preuves à la conclusion.

Je me sentis très Sherlock Holmes à ce moment-là. Enfin, si Holmes avait secrètement eu un béguin par intermittence pour Watson. D'accord, je n'avais encore rien trouvé de révolutionnaire, mais quelque chose me disait que si je continuais à suivre cette idée, nous allions trouver exactement ce dont nous avions besoin pour sauver Brock.

Malheureusement, mon Watson n'était pas très favorable à mes tactiques actuelles.

Il objecta :

— Mais Breanne…

— Elle est déjà fâchée, dis-je en serrant les dents. Ce n'est pas comme si j'allais empirer la situation.

Charles soupira, mais il s'écarta et me laissa terminer mon travail.

En ignorant les gouttelettes, je reproduisis soigneusement le contour de l'éclaboussure principale. Quelques minutes plus tard, je fis un pas en arrière, satisfaite par mon effort.

— Maintenant, dis-je en m'essuyant les mains sur mon pantalon alors que je ne les avais pas du tout salies. Nous devons finir de mettre la situation en scène. Tu es Bill et je serai le tueur. As-tu quelque chose qui pourrait fonctionner comme un marteau ?

— Euh...

Charles se balança d'un pied sur l'autre, mal à l'aise. Il semblait ne pas du tout comprendre de quoi je parlais, mais je ne voulais pas perdre de temps à lui expliquer, d'autant plus que Breanne pouvait débarquer et nous interrompre d'une minute à l'autre.

— Peu importe, ceci fera l'affaire.

J'attrapai la laisse fluo d'Octo-Chat et je la pliai plusieurs fois pour recréer approximativement la longueur d'un marteau standard, puis je l'attachai à chaque bout avec un élastique à cheveux.

— As-tu des post-its là-dedans ?

Charles fouilla dans son sac, puis il sortit un mini carnet de notes adhésives aux couleurs vives qu'il me tendit promptement.

— On ne sait jamais quand ça peut être pratique, dit-il en haussant les épaules. En fait, je ne sais toujours pas en quoi ils vont nous aider maintenant, mais je suis prête à le découvrir.

— Bien, dis-je en le dévisageant soigneusement pendant un moment.

Il sourit au lieu de grimacer, ce que je considérai comme un bon signe.

— Maintenant, va t'allonger à la façon dont Bill a été retrouvé et au même endroit.

Il s'allongea doucement sur le ventre et plaça les bras au-dessus de sa tête à des angles étranges. C'était bizarre de le voir étalé là comme la victime de nos photos... surtout que mon esprit ajoutait automatiquement les détails manquants comme le sang et les énormes hématomes.

Je secouai la tête pour effacer l'image ignoble de l'écran magique de mon esprit, puis je ramassai la photo du corps à plat ventre de Bill et je posai une série de pastilles sur le dos de Charles et sur sa tête aux endroits où le marteau avait blessé Bill. Il y en avait trois au total : un près de la base de sa nuque, un sur le côté de son visage, et le dernier en haut de son dos, près de son col.

— C'est bon. Maintenant, lève-toi, ordonnai-je en faisant un pas en arrière pour lui laisser la place.

Il obéit sans rien dire. Je voyais qu'il était intrigué et qu'il voulait comprendre où je voulais en venir.

— Quelle taille faisait Bill? demandai-je en faisant signe à mon collègue de se retourner pour que je puisse étudier son dos de derrière.

— Environ un mètre soixante-dix-huit, répondit-il après avoir réfléchi brièvement.

— Et quelle taille fais-tu ?

— Un mètre quatre-vingt-trois.

— Maintenant, quelle taille fait Brock ?

— Un mètre quatre-vingt-treize.

Je gardai tous les nombres dans ma tête, ajoutant ma taille d'un mètre soixante-dix au mélange en faisant semblant de frapper chaque post-it avec mon arme du crime improvisée. Je pris en photo chaque coup avec l'appareil de mon téléphone.

— Bien. Tu peux te retourner maintenant.

Je fouillai rapidement la plateforme de téléchargement et j'installai une application servant à mesurer pendant que j'expliquais les étapes suivantes à Charles.

— Brock fait quinze centimètres de plus que Bill. Nous allons donc me rendre quinze centimètres plus grande que toi. Peux-tu t'accroupir environ à cette hauteur ?

Je fis monter le téléphone depuis le sol jusqu'à la hauteur de mes épaules et je le gardai là pendant que Charles se mettait en position. Il trembla un peu pendant que je recommençais mes mesures et que je prenais systématiquement des photos.

— Maintenant, regarde ça avec moi, dis-je en l'aidant à se relever afin que nous puissions tous les deux examiner les six nouvelles photos sur mon téléphone. Les trois premières ont été prises quand nous faisions tous les deux notre taille normale, et les trois suivantes quand nous avons récréé la différence de taille entre Bill et Brock. Que remarques-tu ?

Charles me prit le téléphone avec enthousiasme et passa d'une photo à l'autre en les examinant plusieurs fois, puis nous plaçâmes mon téléphone sur le sol à côté des photos de la scène de crime de Bill. Il scruta les murs où j'avais tracé le chemin des gouttes de sang avant de revoir les photos.

— D'après l'angle des éclaboussures et le placement des blessures, les premières photos semblent bien plus correctes.

Je hochai la tête.

— Si Brock avait frappé Bill, il aurait dû tourner les poignets de façon bizarre comme ceci et faire des gestes amples comme pour jouer au golf. Cela aurait été bien plus naturel – et plus efficace – de le frapper d'en haut.

— Tu penses donc que quelqu'un de plus petit a commis le crime ?

— Je le pense, mais mettons en scène la mort de Ruth avant de décider.

Nous recommençames tous les mouvements, avec moi qui faisais la victime, cette fois. Ruth était tombée à cause d'un seul coup directement sur le haut de son crâne.

— Tu vois, dis-je à Charles en parcourant les photos suivantes.

Pourquoi le meurtrier aurait-il frappé Ruth sur le sommet du crâne et pas Bill ?

— Parce qu'il ne pouvait pas atteindre celui de Bill, répondit Charles d'un ton excité.

Je hochai la tête, heureuse de voir que mon compagnon comprenait et soutenait ma théorie.

— À vrai dire, je suis à peu près certaine que le coupable est une femme. Ou un homme très petit. Quoi qu'il en soit, ce n'est pas Brock.

— Alors, nous cherchons quelqu'un d'environ…

Son regard trouva le mien.

— Ma taille, oui, confirmai-je.

Charles attrapa le dossier des documents de l'accusation et le parcourut rapidement en marmonnant les noms de chaque témoin et individu potentiellement concerné.

— Ça ne pouvait pas être Brock. Ce n'était pas non plus le patron de Bill. Ils sont tous deux trop grands.

Je savais déjà exactement qui étais impliqué par ces nouvelles preuves, mais je voulais que Charles y arrive par lui-même.

— Presque tout le monde est soit trop grand, soit trop petit pour être considéré, murmura-t-il en rangeant le dossier dans son sac.

— Nous connaissons au moins une personne liée à cette affaire qui fait exactement ma taille, fis-je remarquer.

— Breanne, dit Charles en soupirant. C'est bien ce que je craignais.

Une série de pas lourds montèrent dans l'escalier et nous échangeâmes des regards horrifiés. Nous savions exactement qui venait nous trouver maintenant.

— OK, le temps est écoulé ! cria Breanne en faisant irruption dans la chambre et en devenant de plus en plus furieuse lorsqu'elle découvrit Charles et moi assis sur le sol du dressing avec les photos de la scène de crime et le même air coupable sur nos visages.

— Que faites-vous ? demanda-t-elle en posant les mains sur ses hanches. Et où sont vos animaux ?

Oh-oh. Ça n'annonçait rien de bon. Absolument rien de bon.

13

Je filai si vite hors de la pièce que Breanne n'aurait pas pu m'arrêter même si elle avait essayé. J'agissais peut-être de façon exagérée, mais je n'aimais pas me sentir piégée dans le même petit espace fermé qu'une tueuse potentielle. Son arrivée me rappela également que je n'avais pas entendu les animaux depuis un moment et je ne savais pas du tout s'ils avaient réussi à sortir de la maison.

Heureusement, je trouvai presque immédiatement Octo-Chat. Il était posté en haut du frigo avec les poils ébouriffés et un air furieux. Yo-yo gémissait et se levait sur les pattes arrière en griffant le frigo, cherchant désespérément à atteindre le chat.

— Pourquoi m'as-tu abandonné ? s'emporta Octo-Chat.

Je levai les mains en signe de capitulation.

— Hé, c'est toi qui es parti au milieu de notre enquête. Tu aurais pu revenir à n'importe quel moment.

— Pas avec Crétin qui me coinçait ici, grogna-t-il.

Je savais qu'il était irrité, mais moi aussi. Il était censé trouver un moyen de communiquer avec notre témoin et ce n'était clairement pas arrivé.

— Je suppose donc que tu n'as rien fait d'utile pendant tout ce temps ? demandai-je avec un soupir de frustration.

Ses yeux colériques se fixèrent sur moi sans cligner des paupières.

— J'ai défendu ma vie et ma dignité, et c'est ce qu'il y a de plus important.

Je secouai la tête et je me penchai pour ramasser Yo-yo.

— Nous devons partir, chuchotai-je à Octo-Chat. Et quand les autres humains descendront, il faudra que j'arrête de te parler.

— Pardon ? demanda Breanne en apparaissant soudain au pied des escaliers.

Sérieusement, qu'est-ce qu'ils avaient tous à me surprendre dans cette maison ? Ça me filait la frousse chaque fois.

— J'étais juste en train de leur dire qu'ils était temps de partir, répondis-je honnêtement.

Charles nous rejoignit quelques instants plus tard.

— J'ai rassemblé nos affaires, dit-il en me tendant la laisse nouée d'Octo-Chat. Et j'ai expliqué à Breanne que je serais heureux de peindre moi-même une nouvelle couche de peinture.

Mais bien sûr, pour cacher les *énormes* dégâts que j'avais causés avec mes légères traces de crayon.

— Je vous ai engagés pour me faciliter les choses. Pas le contraire, dit Breanne avec un regard noir.

— Pardon, m'excusai-je pour nous tous. C'était à cent pour cent de ma faute.

Breanne me regarda froidement.

— Oh, je sais. C'est pour cela que je ne veux plus de vous pour défendre mon frère.

Un puits de terreur se forma dans mon estomac. Ce n'était pas censé arriver. Charles et moi devions prendre notre nouvelle théorie au sujet de la taille du tueur et l'utiliser pour disculper Brock et le sauver juste à temps. Ça serait beaucoup, beaucoup plus difficile si Breanne se mettait en travers de notre chemin.

Comment pouvais-je expliquer tout ceci sans la mettre plus en colère ? Je ne le savais pas, mais il fallait au moins que j'essaie.

— Mais...

— Mais rien du tout. Tout ce que vous faites, c'est mettre le bazar dans la propriété que je vends et distraire mon avocat du travail qu'il est censé faire.

— L'avocat de Brock, rectifiai-je sans réfléchir.

Breanne fulmina, tapant du pied sur le carrelage de la cuisine pour ajouter un peu d'emphase.

— Oui. Je ne veux absolument plus vous revoir, vous ou vos animaux de thérapie. Et je vais aussi avoir une discussion avec monsieur Thompson pour lui signaler ma grande déception concernant la performance de son cabinet jusque-là.

Je déglutis et je me forçai à ne rien dire alors que mon instinct était soit de me défendre, soit de l'accuser. Yo-yo se raidit dans mes bras et grogna contre Breanne.

— Pourquoi tous ces petits chiens agressifs me détestent-ils ? demanda Breanne d'un ton désinvolte en poussant tout notre petit groupe vers la sortie. Les propriétaires en avaient un exactement comme celui-ci. Il était extrêmement irritant. Il me rappelait pourquoi j'aime les chats.

— A-t-elle dit qu'elle aimait les chats ? demanda Octo-Chat en accélérant le pas pour pouvoir se frotter contre les chevilles de l'agente immobilière.

Il flirtait au point d'en être gênant et je ne savais sérieusement pas à quoi s'attendait mon chat en agissant ainsi.

— Je crois qu'elle me plaît, celle-ci, ronronna-t-il.

Breanne se baissa pour caresser sa tête rayée, devenant un peu plus douce en caressant les poils soyeux.

— Oh, oui ! Elle me plaît beaucoup ! dit Octo-Chat en se laissant tomber sur le côté et en lui montrant son ventre.

Quel traître.

Elle soupira.

— Je suppose que je peux attendre un peu avant d'appeler Thompson, ne serait-ce que pour ce petit amour. Mais je ne veux quand même pas vous voir travailler sur mon dossier.

— C'est noté, répondis-je sèchement.

— Qu'est-ce qui t'a pris ? demandai-je une fois que Charles, les animaux et moi étions de retour dans sa voiture.

— Quoi ? dit Octo-Chat en haussant les épaules, toujours calme puisque la voiture n'avait pas encore commencé à bouger. Parfois, un type à simplement besoin d'un peu d'attention de la part d'une belle femme. Et puis, je t'ai vraiment sauvée là-dedans, alors je ne me plaindrais pas, si j'étais toi.

Je gémis en secouant la tête. Si je ne faisais pas attention, j'allais bientôt avoir une migraine carabinée.

— Qu'a-t-il dit ? s'enquit Charles en désignant Octo-Chat avec le menton.

— Laisse tomber, murmurai-je.

Charles n'insista pas, mais il demanda :

— Où allons-nous maintenant ? Je pense que nous avons besoin de temps pour discuter avec les animaux et je pense qu'ils ne seront pas les bienvenus au bureau.

— Non, acquiesçai-je en réfléchissant. Mais je connais un endroit encore plus pratique. Tourne à gauche en sortant d'ici.

* * *

Mamie ouvrit la porte, vêtue d'un kimono représentant des roses si long qu'il tombait à ses pieds. Ses cheveux entièrement blancs étaient coupés court au niveau de sa mâchoire et elle avait une frange épaisse qui tombait juste au-dessus de ses sourcils.

— Tu as l'air en forme, dis-je en entrant directement dans la maison.

Ceci avait été ma maison jusqu'à environ six mois plus tôt, quand Mamie m'avait forcée à trouver mon propre logement parce que cela devait se faire pour grandir. Malgré tout, je lui rendais encore visite au moins deux fois par semaine. Elle n'était pas seulement la femme qui m'avait élevée, mais elle était aussi ma meilleure amie et la personne en laquelle j'avais le plus confiance au monde.

C'était pour cette raison que j'avais ramené tout le monde ici maintenant.

Les deux animaux me suivirent à l'intérieur pendant que je montrais Charles derrière moi avec le pouce.

— Voici Charles. C'est l'avocat en charge du dossier avec lequel tu m'as aidé l'autre jour.

Waouh, notre sortie inutile à l'imprimerie datait-elle vraiment de deux jours seulement ? *Hallucinant.*

— Il est mignon, dit Mamie en clignant des paupières.

Charles se racla la gorge et fixa le sol, ce qui me donna le fou rire. Mamie avait toujours flirté sans honte, mais elle le faisait pour s'amuser, pas pour décrocher un rendez-vous. Papy était décédé depuis plus de dix ans et elle n'avait pas eu de petit ami depuis. Je ne pensais pas qu'elle allait faire une exception pour Charles, même si nous le trouvions très beau. En outre, elle allait sans aucun doute bientôt l'associer au double meurtre des Hayes comme c'était désormais mon cas.

En se retournant vers moi, Mamie demanda :

— Vous êtes là pour travailler sur l'affaire ?

— Oui. Es-tu partante pour nous aider ?

Je guidai notre groupe jusqu'à la salle à manger car elle possédait la meilleure zone de travail où nous pouvions tous nous asseoir.

— Oh, ma chérie, tu me connais, répondit-elle en faisant de l'œil à Charles. Je suis toujours partante pour tout.

Il rougit, ne sachant pas très bien comment réagir à cette drague gériatrique.

— En réalité, je ne sais pas si…

— Tu peux avoir confiance en Mamie, insistai-je.

— Je peux signer un accord de confidentialité, ajouta-t-elle.

Charles eut l'air piégé, mais il finit par acquiescer en haussant les épaules.

— Très bien, dit-il. Avez-vous une imprimante afin que je vous imprime le contrat ?

Mamie le conduisit dans le petit bureau qu'elle avait à l'étage, puis elle vint me rejoindre dans la salle à manger avec les animaux.

— Est-il au courant pour… ?

Elle écarquilla les yeux en regardant Octo-Chat.

— Enfin, tu sais…

— J'ai bien peur que oui, gémis-je.

C'était probablement une autre raison pour laquelle Charles et moi ne pouvions jamais être en couple.

Mamie inspira de l'air à travers ses dents et secoua la tête de déception.

— Tu ne devrais vraiment pas raconter ton secret à tout le monde, ma chérie. Ce n'est pas du tout une bonne idée.

— Crois-moi, ce n'est pas ce que j'ai fait.

Je pris un instant pour lui relater toute l'histoire du chantage.

Quand Charles revint avec son formulaire imprimé, Mamie le frappa sur le torse.

— Ouille, marmonna-t-il. Pourquoi faites-vous ça ?

— Tu as de la chance que ma petite-fille soit aussi indulgente. Cependant, si tu lui refais du chantage, il te faudra rendre des comptes à quelqu'un de moins clément. Moi.

Elle se hissa sur la pointe des pieds et le fixa d'un air menaçant malgré sa petite taille.

— Oui, m'dame, répondit-il tout de suite en serrant le formulaire contre son torse d'un air défensif.

Il semblait presque craindre de le donner à Mamie maintenant.

Je levai les yeux au ciel.

— Ça suffit, tous les deux. Nous avons beaucoup de travail et peu de temps.

Charles vida son sac en bandoulière et commença à poser les papiers sur la table, pendant que Mamie s'excusa pour préparer du café. Je profitai de l'occasion pour me rendre dans le petit bureau de Mamie afin d'imprimer les photos que j'avais prises à la maison des Hayes.

Quand je revins, Octo-Chat était assis au milieu de la table, perdant ses poils sur toutes nos affaires en agitant la queue.

— Il ne veut pas bouger, me dit Charles en fronçant les sourcils.

— Me mettre au centre de l'action est la meilleure façon de m'assurer que tu me protèges de Crétin, expliqua Octo-Chat. Je ne veux pas que tu sois prise par ton travail au point d'oublier le beau chat qui a rendu tout ça possible.

Grr, quel prétentieux. Et encore plus entêté.

— Que t'ai-je dit au sujet de l'appeler Crétin ? demandai-je d'un ton irrité.

Octo-Chat bâilla sans le moindre regret.

— Hé, je dis les choses comme elles sont.

— Eh bien, si tu ne veux pas coopérer avec nous, alors nous ne coopérons pas avec toi. Hé ho, Yo-yo ! criai-je en attrapant le chat et en le posant sur le sol afin que le chien puisse le couvrir de baisers baveux.

Octo-Chat siffla, fit gonfler sa queue et s'enfuit en direction de la cuisine en crachant des jurons félins tout le long.

Mamie apparut quelques minutes plus tard avec le chat dans ses bras. Elle le caressait gentiment.

— Qu'avez-vous fait à ce pauvre petit gars ? demanda-t-elle.

— Il ne faut pas croire un mot de ce qu'il dit, rétorquai-je. Ce n'est pas la victime pour laquelle il aime se faire passer.

— Oh, chut. C'est juste un petit chat innocent, me contredit Mamie en couvrant de baisers le félin très content de lui.

Même si elle ne savait pas parler aux animaux comme moi, j'avais parfois l'impression du contraire. Ceci était une de ces fois.

Charles ne put s'empêcher de glousser.

— Qu'est-ce que ça fait quand la situation est inversée, *hein* ?

Octo-Chat rit également, mais pas aimablement.

— Ta grand-mère m'aime plus que toi, me nargua-t-il, en allant jusqu'à avoir l'audace de me tirer la langue.

Mamie le posa sur la table, puis elle retourna à la cuisine pour aller chercher le café.

— Tu vois ? dit Octo-Chat. Si tu ne veux pas m'apprécier, je peux toujours trouver quelqu'un qui en est capable.

Je le soulevai encore et j'étais prête à le rendre à Yo-yo quand Mamie revint et me gronda.

— Laisse ce beau chat tranquille. Il est tellement mignon. N'est-ce pas ?

Octo-Chat rit encore et il s'avança immédiatement vers le côté de la table où se trouvait Mamie. Il se colla contre elle et ronronna avec un volume sonore ridicule.

— Au fait, voici ton formulaire, dit-elle en poussant l'accord de confidentialité vers Charles. Maintenant, mettez-moi au courant de l'affaire.

J'inspirai profondément, puis je lui expliquai tout.

— *Ha*, dit Mamie en s'appuyant contre le dossier de sa chaise d'un air pensif. Vous avez une affaire compliquée sur les bras, mais je pense avoir une idée.

Il me tardait d'entendre ce qu'elle avait à dire.

14

Tous les regards se focalisèrent sur Mamie, même celui de Yo-yo qui ne savait toujours pas sur quoi nous enquêtions. D'ailleurs, j'étais à peu près certaine qu'il ne comprenait pas non plus les humains.

— Eh bien, voilà ce que je pense… dit ma grand-mère excentrique en posant le yorkshire sur ses genoux, ce qui ennuya Octo-Chat.

Il glissa jusqu'à moi sur la table.

— Berk. Les microbes des chiens, dit-il en frissonnant de façon exagérée.

— Je pense, continua Mamie avec une voix de bébé adressée à Yo-yo, que personne n'a essayé de caresser ce petit gars dans le sens du poil. Vous n'arrêtez pas de le mettre dans toutes ces situations angoissantes et vous vous attendez à ce qu'il s'adapte. Pourquoi ne pas passer un peu de temps pour apprendre à le connaître, le mettre à l'aise, avant d'aborder le… ?

Elle hésita avant de décider de quel mot elle avait besoin pour finir sa phrase :

— Euh, la conversation, conclut Mamie avec un sourire gêné.

Charles et moi nous regardâmes en haussant les épaules.

— Je suppose que ça vaut le coup d'essayer, dis-je en hochant la tête.

J'avais espéré qu'elle reste avec Charles et moi pour étudier un peu plus les photos et les dossiers, mais une fois que Mamie avait une idée en tête, il était difficile de la pousser à se concentrer sur autre chose. À vrai dire, elle était un peu comme Yo-yo à cet égard.

— Parfait.

Mamie se leva, serrant toujours délicatement le terrier contre sa poitrine.

— Vous deux, remettez-vous au travail avec vos photos horribles pendant que je cherche à faire parler le témoin principal.

— Nous ne savons pas vraiment s'il a vu quelque chose. Il est possible que… rectifia Charles, mais il s'arrêta net quand je posai une main sur son poignet en secouant la tête.

— Laisse-la faire son truc, nous ferons le nôtre. Maintenant, aide-moi à sortir tous les témoignages de toutes les femmes impliquées dans l'affaire : les policières, les témoins, les amies, les voisines, les collègues, tout ce que nous avons.

Nous fouillâmes tous les papiers, ayant plus ou moins mémorisé l'ordre des déclarations et des preuves. Il ne fallut pas même cinq minutes pour sortir tous les documents dont nous avions besoin.

— Voyons, dis-je en analysant notre travail. Y a-t-il des hommes faisant ma taille ou moins ?

Charles réfléchit quelques instants avant de me tendre deux autres dossiers.

— Celui-ci est un collègue de Bill à l'Imprimerie Bayside, et celui-là est un des potentiels acheteurs de la journée porte ouverte.

J'étalai tout devant nous en essayant de regrouper les personnes similaires. Nous avions un groupe de collègues, un autre avec les gens de la journée porte ouverte, un avec les amis et la famille, et un dernier de diverses personnes ayant été impliquées dans l'affaire, telles que les policiers et les gens qui avaient nettoyé la scène de crime. La plupart des documents n'étaient pas des témoignages officiels du tout, mais plutôt des biographies que Charles avait lui-même préparées avant que je le rejoigne sur ce dossier.

— Parcourons-les un par un, suggéra Charles en tendant la main vers la pile des collègues.

Nous passâmes l'heure suivante à parler de chaque personne et à prendre des notes sur celles qui avaient les moyens, le mobile ou l'occasion. Pour ceux qui avaient plus d'un des trois éléments, nous ajoutions une étoile à leur fiche et la placions dans une nouvelle pile.

Après tout ce travail, nous fixâmes les fiches de nos deux suspects les plus probables : la fille et l'agente immobilière, Michelle Hayes et Breanne Calhoun.

Je soupirai en m'affalant sur ma chaise.

— Je continue à espérer que les faits s'alignent différemment, mais on dirait vraiment que la coupable est une de ces deux femmes.

Charles croisa les bras et secoua la tête en me regardant directement dans les yeux pour défendre notre – ou du moins, ma – suspecte principale.

— Impossible. Je sais que Breanne peut être un peu brusque, mais elle ne l'a pas fait.

— Peut-être, dis-je alors que j'étais très loin de vouloir disculper l'agente immobilière impolie.

J'aime penser avoir appris ma leçon après mon enquête sur la mort d'Ethel Fulton. J'avais été si convaincue par l'identité du tueur que je ne voulais pas considérer quelqu'un d'autre… et que j'ai fini par me placer dans une situation très dangereuse.

Malgré tout, d'après ce que j'avais vu et entendu jusque-là, Breanne paraissait logique. Peut-être qu'en le faisant comprendre plus progressivement à Charles, il allait mettre de côté son hésitation et enfin voir les choses à ma façon.

— D'accord, alors discutons de la fille. Comment expliques-tu le fait que Michelle a plus ou moins disparu ?

— Elle n'a pas disparu, me contredit encore Charles.

Continuer à ne jamais être d'accord revenait à donner tout de suite sa sentence à Brock.

— C'est juste qu'elle ne répond pas à nos appels, dit-il en tapotant la table avec le stylo, ce qui m'énerva.

— D'accord, où est-elle ? demandai-je un saisissant le stylo et en le mettant hors de sa portée.

Charles soupira et croisa les mains devant lui.

— À son université, dans le nord de l'État.

— Eh bien, puisque nous n'avons pas d'autre piste à suivre, je pense savoir où nous devons nous rendre.

— Ce sera une perte de temps, insista-t-il en soupirant encore fortement.

— Charles, dis-je doucement. S'il te plaît. Nous n'avons rien d'autre pour le moment. Nous devons au moins essayer. Pour Brock.

— Très bien. Pour Brock, répondit-il, accablé.

— Bien, dis-je même si son manque d'enthousiasme retirait le sel de ma victoire. Je vais aller voir Mamie et Yo-yo. Allez viens, Octo-Chat.

Je réveillai mon chat de sa sieste et je lui fis signe de me suivre.

— Avons-nous enfin avancé dans cette affaire? demanda mon chat après avoir fait un énorme baillement.

— Bientôt, j'espère, dis-je avec diplomatie.

Charles grogna et posa le front sur la table pendant que nous nous éloignions.

— Oh, salut mes chéris! cria Mamie quand Octo-Chat et moi arrivâmes dans le salon.

— Yo-yo et moi, nous passons un très bon moment en faisant connaissance. N'est-ce pas, mon garçon?

Le terrier aboya et Mamie le couvrit de compliments.

— Eh bien, elle a perdu au moins dix points de popularité chez moi, dit Octo-Chat de façon comique. C'est toujours dommage quand un bon humain tombe du côté des chiens. Je dois dire que je ne m'attendais pas à ce type de trahison de la part de Mamie. Toi, peut-être, mais certainement pas elle.

— Elle n'est pas en train de changer d'allégeance, dis-je alors qu'il sautait au fond du canapé et s'y installait. Elle fait seulement ce qu'elle peut pour nous aider.

— C'est ce que tu dis, se plaignit-il en secouant la tête, écœuré.

— Est-ce que tout va bien? demanda Mamie avec un rapide coup d'œil vers le chat perturbé.

— Ça va. Enfin, ça ira. Hé, Octo-Chat, dis-je pour récupérer son attention.

— Quoi? gémit-il en se léchant la patte.

— Tu peux prendre un bain plus tard, le grondai-je. L'intérêt de venir ici était de voir si Yo-yo avait quelque chose de nouveau à dire. Peux-tu s'il te plaît lui demander s'il se souvient d'un nouvel élément?

— Non, pas comme ça, intervint Mamie en continuant à caresser le yorkshire avec enthousiasme. Dis-lui que sa nouvelle amie Mamie aimerait savoir s'il se souvient de quelqu'un ayant fait du mal à sa famille et s'il peut nous en parler.

— Berk, répondit Octo-Chat avant de crier : « Hé, Crétin ! »

La tête du terrier se tourna brusquement vers lui. Le pire était que Yo-yo avait commencé à réagir au surnom cruel que lui avait donné le chat.

Octo-Chat posa sa question exactement comme Mamie l'avait formulée, ce qui poussa le chien à gémir et à enfouir la tête entre les genoux de ma grand-mère. Le fait qu'il n'aboyait pas de terreur était un vrai progrès.

Mon chat – qui semblait s'ennuyer – hocha la tête en écoutant le petit chien, qui avait maintenant relevé la truffe pour regarder Octo-Chat dans les yeux en faisant de petits bruits de chiot triste.

Quand Yo-yo se tut à nouveau, Octo-Chat prit la parole :

— Waouh. À vrai dire, je suis vraiment surpris que ça ait fonctionné.

Je me redressai, très excitée.

— Qu'a-t-il dit ?

— Il a dit qu'il faisait vraiment sombre cette nuit-là et qu'il n'y voyait pas très bien, mais la personne qui a fait du mal à son père et sa mère avait les cheveux roux. Il veut aussi savoir quand il pourra retourner auprès de sa famille.

Le pauvre chien ne savait toujours pas qu'il ne reverrait pas ses parents, mais il nous avait enfin donné assez d'éléments pour finir de rassembler toutes les pièces. Les cheveux roux ne signifiaient qu'une seule chose…

— C'était donc Breanne ! criai-je d'un ton triomphal. Je le savais ! Gentil minou, ajoutai-je pour Octo-Chat en allant rejoindre Charles à la salle à manger.

— Ne m'appelle pas minou, grogna Octo-Chat, mais le ton

joyeux de sa voix indiquait que c'était seulement pour rester cohérent.

Il essayait simplement de m'éduquer à ne plus adopter certains comportements qu'il n'appréciait pas.

— Tu as entendu ça? dis-je en posant une paume de main de chaque côté de la table et en me penchant vers Charles qui semblait toujours complètement abattu.

— Tu penses que c'était Breanne, répondit-il.

Quand il leva la tête, un de nos documents resta collé à sa joue.

— Pourquoi?

— Yo-yo ne sait pas qu'ils sont morts, mais il se souvient qu'on leur a fait du mal. Il a dit que c'était tard le soir, ce qui correspond à ce que nous savons du crime.

Charles sembla enfin aussi enthousiaste que moi.

— Et?

— Il a dit qu'il faisait sombre et qu'il n'y voyait pas bien, mais que la personne qui leur a fait du mal avait les cheveux roux. Ça ne peut être que Breanne.

— Détrompe-toi, dit Charles en sortant son téléphone et en parcourant ses mails.

Quand il me le tendit, l'écran affichait une jeune femme avec des mèches très rousses. Elle me semblait vaguement familière, même si je n'étais pas sûre de l'avoir déjà vue auparavant.

— Qui est-ce?

— C'est Michelle Hayes.

Oh oh.

Nous nous fixâmes un instant avant que je finisse par trouver un argument.

— Mais Yo-yo ne reconnaîtrait-il pas sa propre sœur? bafouillai-je.

Charles fronça les sourcils.

— Pas nécessairement. Surtout s'il faisait trop sombre pour distinguer les choses clairement.

— Alors quoi, maintenant? demandai-je en rongeant un de mes rares ongles intacts, soudain submergée par ma nervosité.

— Il faut faire une virée! cria Mamie depuis l'autre pièce.

Charles hocha la tête.

— C'est notre dernière chance pour résoudre l'affaire à temps et empêcher le reportage de ta mère.

Mince, il avait raison. Même si quelques minutes auparavant, j'avais insisté pour que nous rendions visite à Michelle, je me sentais bien plus angoissée en sachant qu'elle était potentiellement la tueuse.

15

Le lendemain matin, je me réveillai avant Octo-Chat ce qui était sans doute une des premières fois depuis le début de notre étrange relation. Le réveil sur mon téléphone sonna à cinq heures trente et je dus le secouer pour le réveiller afin que nous puissions tous les deux nous préparer à la longue journée qui nous attendait.

A posteriori, je regrettais vraiment de ne pas m'être couchée plus tôt la veille au soir, mais quand ma mère nous avait rejoints chez Mamie, nous avions tous voulu connaître son opinion sur les progrès que nous avions faits jusqu'ici.

— Je dois admettre, nous avait-elle dit en secouant la tête, que Brock semble bien être innocent.

Maman proposa de retarder un peu plus le reportage, mais j'avais insisté en disant que ce n'était pas nécessaire. Nous allions résoudre ce mystère avant le journal de dix-huit heures, et nous allions également lui donner l'exclusivité.

Charles ne partageait pas mon optimisme, mais il était d'accord pour se réveiller avant l'aube. Nous allions faire ensemble le long trajet jusqu'à l'université de Michelle où nous allions l'interroger en direct et en personne pour enfin découvrir les réponses importantes qui nous manquaient depuis le début.

Comme l'on pouvait s'y attendre, Yo-yo était très excité par notre virée en voiture, même si nous ne lui avions pas dit que nous allions voir sa sœur humaine.

J'avais proposé à Octo-Chat de rester à la maison, mais il refusa de rater toute l'action. Ceci m'inquiéta, car il n'avait fait aucun progrès pour gérer sa phobie de la voiture et nous avions un très long trajet à faire ce jour-là. Comme je savais qu'il était impossible de le faire changer d'avis, je décidai de l'aider. Avec sa permission, je glissai un peu de médicaments écrasés dans son repas du matin. C'était juste l'antihistaminique pour chats que le vétérinaire avait prescrit en cas d'urgence, mais cela le fit somnoler pendant une grande partie de notre voyage… et tout le monde était très reconnaissant pour cela.

On aurait vraiment dit un ange quand il n'était pas en train de m'insulter, ou de me griffer, ou de remettre en question mes choix de vie en général. Et je le soupçonnais de commencer à apprécier nos enquêtes criminelles, même si pour l'instant, cela impliquait la présence d'un chien.

Mamie nous rejoignit également pour le voyage. Oui, maintenant qu'elle avait été mise au courant, elle avait insisté pour nous accompagner.

— Au cas où Yo-yo aurait besoin d'un ami, dit-elle.

Je me demandais pourquoi j'avais obtenu la capacité de parler aux animaux alors qu'elle semblait bien mieux les comprendre.

Je fis des efforts pour m'en empêcher, mais je somnolai pendant la plus grande partie du trajet, exactement comme Octo-Chat. Après tout, je n’avais pas Bethany pour me préparer du café. J’avais déjà jeté ma cafetière de peur de subir une autre expérience de mort imminente ou pire : d’obtenir de nouveaux super pouvoirs étranges. Heureusement, Mamie était très heureuse de tenir compagnie à Charles pendant qu’Octo-Chat et moi faisions un petit somme réparateur.

— Debout tout le monde ! cria Mamie derrière moi, me forçant à me réveiller encore une fois.

Effectivement, le soleil qui avait été absent la première fois brillait maintenant très haut dans le ciel.

— Nous sommes arrivés, annonça Charles en manœuvrant sa voiture dans le parking des invités de la petite université de sciences sociales de notre suspecte.

— Alors, quel est le plan ? demanda Mamie impatiemment en se penchant en avant, les mains posées sur le bord de nos sièges.

— N’avez-vous pas prévu le plan pendant le trajet ? demandai-je, irritée.

Si j’avais su qu’ils allaient simplement bavarder, je ne me serais jamais permis de dormir alors qu’il restait encore du travail.

— La Route Une est magnifique à cette époque de l’année, répondit Mamie d’un ton joyeux. Nous étions trop occupés à admirer le paysage pour nous inquiéter de ce qu’il fallait faire en arrivant ici. De plus, tu sembles être la plus inquiète de notre groupe. Alors, pourquoi ne te charges-tu pas du plan ?

Je me frappai le front avec la paume de la main.

— Je suppose que c’est ma punition pour avoir dormi au lieu de travailler.

Octo-Chat se réveilla et bâilla devant ma figure, envoyant une grosse bouffée d’haleine au thon dans mes narines. Eh bien, je peux vous dire que c'était plus efficace qu'un double expresso pour me réveiller d'un seul coup.

— C'est une petite fac, alors j'imagine qu'il suffit de demander à des passants, dis-je avec un soupir, détestant que ce soit maintenant notre plan.

Je compris soudain que nous avions un avantage auquel nous n'avions pas encore pensé.

— Il est peut-être temps de faire savoir à Yo-yo qui nous venons voir ici. Il pourrait la trouver grâce à son odorat.

Avant que Charles ait le temps d'acquiescer ou de me contredire, Octo-Chat transmit le message au terrier qui réagit immédiatement avec beaucoup d'enthousiasme.

— Il est prêt, dit Octo-Chat en étirant les pattes et la colonne pour finir de se réveiller.

Miraculeusement, il ne siffla qu'une seule fois quand je lui mis le harnais.

Mamie eut plus de difficultés à préparer Yo-yo, qui se jetait continuellement contre la portière de la voiture tant il était pressé de revoir Michelle.

Une fois que les deux animaux furent attachés avec soin, nous commençâmes notre balade. En parcourant le campus du bord de mer, je me dis que nous étions sans doute un des plus étranges groupes de cinq personnes à fouler ses sentiers. Il n'était encore que neuf heures du matin, ce qui signifiait que le campus était plutôt vide, mais ça n'empêchait pas les rares personnes que nous croisions de nous jeter des regards appuyés.

Je souris à tous les passants, mais lorsque la troisième ou quatrième personne grimaça dans notre direction sans même dire bonjour correctement, j'en eus assez.

— Et alors, qu'est-ce que ça vous fait que je promène mon chat en laisse ? criai-je en levant le menton.

Ils ne pouvaient certainement pas me juger plus durement que moi-même.

— Lui aussi, il aime prendre l'air. Et pourquoi les chiens se réserveraient-ils tout ce qui est agréable ?

— Oui ! m'encouragea Octo-Chat en sautillant à côté de moi. Maintenant, tu comprends. Tu comprends enfin !

Yo-yo s'arrêta brutalement et devint tout raide, prenant la même pose que lorsqu'il avait vu le panneau de l'agence immobilière Calhoun. Cette fois, son regard était fixé sur un bâtiment de trois étages situé au bout d'une pelouse très bien entretenue.

Il aboya une fois, deux fois, puis s'arrêta.

— Il dit que sa sœur se trouve dans ce bâtiment, traduisit Octo-Chat.

— Est-ce une résidence universitaire ? demandai-je à mes compagnons humains.

Charles trottina jusqu'à l'avant du bâtiment et il lut le panneau.

— Oui, c'est ça, dit-il en revenant, même pas légèrement essoufflé après ce petit exercice physique.

— Il veut voir sa sœur, dit Octo-Chat lorsque le yorkshire se mit à gémir et à gratter le sol avec impatience.

— J'y vais, dit Mamie en avançant d'un air confiant.

— Attendez. Pourquoi vous ? demanda Charles.

— Nous ne sommes pas les membres de sa famille, mais je parie que les agents de sécurité de cet endroit risquent moins de mettre en doute la parole d'une gentille vieille dame.

Mamie marqua une pause. Quand personne ne la contredit, elle se redressa et demanda :

— Le nom de notre pigeon est Michelle Hayes, n'est-ce pas ?

Le pigeon? Quoi? Mamie avait-elle encore regardé ces films d'aventure sur les escrocs? Elle se prenait vraiment trop au jeu.

Maintenant que j'étais assez réveillée pour remarquer les détails, je constatai qu'elle avait soigneusement assemblé un costume de vieille grand-mère, avec un châle en tricot et une jupe à taille haute. L'ensemble lui ressemblait tellement peu qu'il était forcément volontaire. Elle avait eu ce plan depuis le début, mais elle ne me l'avait pas dit parce qu'elle savait que j'allais l'empêcher de prendre des risques.

Eh bien, elle avait raison.

— Je t'accompagne, dis-je en tendant la laisse d'Octo-Chat à Charles avant de la suivre.

Charles m'attrapa par l'épaule en me forçant à m'arrêter.

— Elle a raison. Nous allons attendre ici jusqu'à ce que vous reveniez ou que vous nous envoyiez un message.

Mamie hocha la tête.

Charles hocha la tête.

Je poussai un grognement et je fis signe à Mamie de continuer son chemin.

— Vont-ils accepter que Yo-yo entre dans la résidence? lui criai-je.

— Il n'y a qu'un moyen de le découvrir, répondit Charles pendant que nous regardions Mamie passer le coin du bâtiment.

— Je n'aime pas ça, dis-je en boudant. Et je ne pense pas que Michelle est coupable.

— Oui, nous avons bien compris ce que tu penses, geignit mon compagnon.

— Ce n'est pas seulement que je pense que Breanne cache quelque chose, expliquai-je. Mais je veux dire, pourquoi Michelle aurait-elle tué ses propres parents? Et Yo-yo ne l'aurait-il pas reconnue comme sa propre sœur?

— Je ne sais pas, répondit Charles froidement. Mais c'est toi qui as insisté pour que nous venions ici. Tu t'en souviens ?

— Seulement pour pouvoir éliminer Michelle en tant que suspecte et voir si elle a des preuves indiquant directement Breanne, lui rappelai-je.

Oui, je m'étais promis de ne pas tirer de conclusions hâtives après mes fausses suppositions qui avaient failli me faire tuer dans ma dernière affaire, mais celle-ci était différente. Yo-yo avait déjà plus ou moins identifié Breanne, et elle était toujours la seule personne au monde qu'il semblait ne pas aimer. Ce devait être plus qu'une simple coïncidence.

Charles semblait bien moins convaincu que moi.

— Eh bien, je suppose que nous verrons, dit-il en haussant les épaules.

— Oui, je suppose.

On ne dit plus rien en attendant le retour de Mamie, mais je fis une petite prière silencieuse pour qu'elle nous trouve une alliée qui accepte de nous aider à terminer notre enquête une bonne fois pour toutes.

Le temps passait très vite.

16

Mamie réapparut environ quinze minutes plus tard. À côté d'elle se tenait une jeune femme aux cheveux roux et au visage couvert de taches de rousseur. Elle portait un pantalon de pyjama couvert de dessins de tacos souriants.

— Bonjour, mes chéris, chantonna fièrement Mamie. Voici Mitch Hayes.

— Oui. Personne ne m'appelle Michelle depuis l'école primaire, expliqua l'étudiante avant de déposer un baiser sur la tête poilue de Yo-yo.

Le petit chien avait l'air de flotter sur un nuage pendant que Mitch lui faisait des câlins et le dorlotait.

— Merci d'être venue nous parler, dit Charles.

Il se leva et tendit la main vers Mitch qui eut du mal à ajuster la position du chien dans ses bras pour accepter la poignée de main. Leur présentation fut un peu maladroite.

— Pourquoi n'as-tu pas répondu à mes appels ? demandai-je.

J'étais peut-être légèrement impolie, mais nous n'avions pas de temps à perdre si nous voulions innocenter Brock avant la date limite fixée par ma mère.

Elle haussa les épaules.

— J'ai laissé tomber mon téléphone dans les toilettes il y a quelques semaines et je n'ai pas ressenti le besoin de le remplacer. Je suis plus ou moins tout le temps sur mon ordinateur ou ma tablette, de toute façon.

— Mais pourquoi ne pas avoir répondu aux nombreux, très nombreux appels de gens qui essayaient de vous contacter ? demanda Charles en levant les sourcils.

— J'en avais assez des gens qui appelaient pour se sentir mieux en m'offrant leurs condoléances, pendant que moi je me sentais plus mal à cause de ces rappels constants de la mort de mes parents.

Elle enfouit le visage dans la fourrure du yorkshire et marmonna :

— Je n'ai pas envie de parler du fait que mes parents ont été tués de sang-froid.

Mamie posa un bras autour de Mitch et la serra contre elle.

— Vous deux, vous pouvez arrêter l'interrogatoire, maintenant. Mitch n'est pas obligée de nous aider, mais elle a gentiment accepté de le faire quand même.

— Merci, Mitch, dis-je en lui souriant plus gentiment. Nous apprécions vraiment.

Elle donna un coup de pied dans l'herbe et garda les yeux rivés sur le sol.

— Vous pensez vraiment que ce type, Brock, est innocent ?

Je posai doucement une main sur son épaule et j'attendis qu'elle me regarde.

— Nous le savons.

Je la sentis frissonner sous ma main et son visage devint encore plus pâle.

— Cela signifie que la personne qui a tué mes parents court toujours.

Je lâchai son épaule et je serrai la mienne à la place.

— Oui.

— Dites-moi ce que je dois faire pour vous aider.

La bouche de Mitch prit un air déterminé, les sourcils froncés de colère.

Charles s'éclaircit la gorge et fit signe à tout le monde de s'asseoir sur un mur de soutènement.

— Par ici. Nous avons besoin que tu nous dises tout ce qui pourrait nous aider à identifier le véritable tueur.

La pauvre Mitch semblait un peu perdue.

— Mais vous avez ma déclaration, n'est-ce pas ? J'ai déjà raconté tout ce dont je me souviens aux policiers.

— Nous l'avons, mais puis-je poser quelques questions supplémentaires à la lumière de choses que nous avons apprises récemment ? demanda Charles en plongeant dans son sac.

J'espérais sérieusement qu'il n'avait pas l'intention de sortir les photos de la scène de crime. Mitch ne devait pas avoir à les regarder.

Avant même que Charles trouve ce qu'il cherchait, des larmes tombèrent soudain des yeux bleu vif de la jeune femme.

— Oh, vous deux alors, vraiment. Ralentissez un peu. Vous ne voyez pas que c'est dur pour elle ? grommela Mamie en appuyant la tête de la jeune femme contre son épaule. Tu peux pleurer toutes les larmes que tu veux. C'est ça. Mamie est là pour toi maintenant.

Yo-yo gémit et lécha le visage de sa sœur, agitant la queue d'un air hésitant.

Pendant que je les observais en essayant de trouver une nouvelle façon d'aborder l'interrogatoire de Mitch, Octo-Chat posa la patte sur mon épaule.

— Pardon, dit-il en me surprenant avec cette politesse soudaine. Crét... je veux dire, *le chien*, dit qu'il se souvient maintenant de la personne qui a fait du mal à ses propriétaires. De plus, il pense que ses humains pourraient même être morts.

— Il s'en souvient? demandai-je sans me soucier du fait que Mitch lève la tête pour nous étudier avec curiosité. Je pensais qu'il faisait trop sombre.

— Oui, mais son odorat fonctionnait très bien et apparemment il se rappelle qui c'était maintenant, expliqua lentement Octo-Chat.

Yo-yo me regarda dans les yeux et aboya d'un air empressé.

— Alors, bon, dit Octo-Chat en baissant la voix et en se penchant vers moi. Puis-je enfin lui dire?

— Lui dire quoi? Oh...

Que ses propriétaires sont morts. Yo-yo n'en était toujours pas certain. Je hochai la tête.

— Oui, je pense qu'il est temps.

Octo-Chat s'adressa calmement à Yo-yo et avec beaucoup plus de gentillesse qu'auparavant. Quand il eut fini de parler, j'attendis les hurlements aigus inévitables et les tentatives de fuite insensées de la part de Yo-yo, mais il se contenta de laisser échapper un petit gémissement et il se colla plus près de Mitch.

— Pourquoi n'est-il pas en train de paniquer? demandai-je à mon chat.

Octo-Chat avait le visage empreint de quelque chose qui ressemblait à du respect. Je ne pouvais pas en être certaine, car je ne l'avais encore jamais vu avec cette expression-là. Il était d'ailleurs improbable que je la revoie un jour.

— Il veut être fort pour son humaine, me dit-il.

Je posai la main sur ma poitrine en disant :

— Oooh, c'est trop mignon.

Octo-Chat haussa ses petites épaules de félin.

— Oui, les chiens ne sont peut-être pas les plus malins, mais ils sont loyaux. Je suppose que c'est la qualité qui les rattrape.

Yo-yo lécha Mitch quelques fois de plus, puis il s'extirpa de ses bras et vint s'asseoir juste à côté de moi. Il aboya alors quatre ou cinq fois, en gardant les yeux rivés sur moi.

— Il n'a pas vu grand-chose, mais il se souvient de l'odeur qu'elle avait, maintenant, dit Octo-Chat.

Il leva une patte vers sa bouche, mais il se ravisa en se disant sans doute qu'une nouvelle séance de nettoyage n'était pas requise à ce moment clé de l'enquête et il reposa sa patte sur le sol.

— « Elle », d'accord.

Jusqu'ici, tout s'accordait avec ce que Charles et moi savions déjà - ou en tout cas avec ce que nous avions supposé - et les choses ne s'annonçaient pas bien pour notre amie agente immobilière.

— Qui était-ce ?

Effectivement, Octo-Chat confirma alors mes soupçons :

— Il dit que c'était la femme qui vendait la maison.

— Breanne, je le savais ! criai-je avant de me tourner vers Charles. Donne-moi la photo de Breanne sur son flyer, s'il te plaît.

Il me fixa en silence pendant un moment avant de finir par sortir la photo demandée de son sac.

— Est-ce elle ? demandai-je en montrant l'image à Yo-yo.

Il lâcha un aboiement qui se transforma rapidement en grognement.

— Tu vois ! dis-je en rendant le papier à Charles. Tu as laissé ton béguin pour Breanne t'aveugler. C'était elle depuis le début.

Octo-Chat tapota encore mon épaule. Cette fois avec un peu plus de griffes.

— Aïe ! criai-je. Qu'est-ce qu'il y a, maintenant ?

— Ce n'est pas ce qu'il a déclaré, me dit-il avec un sourire satisfait.

Ce n'était pas Breanne ? Comment était-ce possible ? Nous savions déjà que ce n'était pas Mitch. Glendale n'était pas une très grande ville. Combien de tueuses rousses d'un mètre soixante-dix pouvait-il y avoir chez nous ?

J'écarquillai les yeux en attendant sa réponse.

— Il dit que ce n'était pas la femme sur le papier, expliqua Octo-Chat perdant clairement patience à chaque mot. C'était l'autre.

— Quoi ? m'exclamai-je, l'estomac dans les talons. On a fait tout ça pour découvrir que c'était Brock depuis le début ?

Octo-Chat se tourna vers le chien et ils échangèrent pendant quelques minutes, puis il se retourna vers moi.

— Pas l'homme, dit-il. L'autre femme.

— Charles, dis-je en tendant la main. Donne-moi une photo de Brock pour que je la montre à Yo-yo.

Mitch, qui était restée silencieuse pendant tout l'échange jusqu'à maintenant, intervint.

— Êtes-vous vraiment en train de parler avec ce chat ?

— Ça devient moins bizarre quand on s'y habitue, expliqua Mamie avec un petit rire aimable.

— On dirait qu'elle appelle un chat un chat, ajouta Charles avec un rire bien trop généreux pour sa blague pourrie.

Je n'avais pas le temps de m'inquiéter du fait qu'une étudiante apprenne mon secret. J'étais si près de découvrir la vérité, et juste à temps, en plus. Nous n'avions plus que dix heures avant la diffusion de l'histoire de ma mère. Peut-être – vraiment peut-être – était-ce suffisant.

Charles montra une photo de Brock et Yo-yo émit un petit aboiement aigu.

— Pas lui, traduisit Octo-Chat.

— Alors de qui parle-t-il en disant l'autre ? me plaignis-je.

Quelque chose ne collait pas. Yo-yo n'était peut-être pas la clé de cette affaire, finalement.

— Brock *est* l'autre, insistai-je en parlant à Octo-Chat tout en gardant le regard sur Yo-yo. Qui d'autre y aurait-il ?

— J'appelle Breanne, annonça Charles qui avait déjà commencé à composer le numéro.

— Donne-moi ça, dis-je en lui arrachant le téléphone des mains.

— Allô ? répondit Breanne avec une énergie et une amabilité que je n'avais encore jamais entendues de sa part.

Je regardai tous mes compagnons dans les yeux et je posai un doigt sur mes lèvres.

— Bonjour, Breanne. C'est moi, Angie Russo, l'assistante juridique qui travaille sur le dossier de votre frère.

— Je pense vous avoir dit que je ne voulais plus de vous dans ce dossier, grogna-t-elle, toute son amabilité s'étant évaporée en une fraction de seconde.

— Je quitte le dossier après aujourd'hui, expliquai-je vite. Mais Charles m'a demandé de me rendre à l'université de Michelle Hayes et de voir si je pouvais la trouver. Elle n'avait que quelques minutes avant le début de ses cours, mais elle m'a dit que l'agente immobilière était coupable.

Oui, je n'avais pas l'intention d'avouer mes capacités étranges à quelqu'un qui me détestait déjà.

— Impossible, cracha Breanne. Je ne l'ai pas fait et mon frère non plus. C'est très drôle qu'elle me fasse porter le chapeau maintenant, alors qu'elle a juré ne pas avoir la moindre piste dans sa déclaration à la police.

Je serrai le poing avant de détendre mes doigts, me préparant à ce qui allait suivre.

— Si ce n'est pas vous, alors qui ? Qui d'autre aurait-elle pu désigner ?

Breanne fit une série de petits bruits indignés qui commencèrent par un soupir et se terminèrent par un cri.

— Cette fois, ça y est ! Je vais appeler monsieur Thompson pour déposer une plainte officielle.

— S'il vous plaît, répondez simplement à la question, insistai-je en priant pour qu'elle ne raccroche pas avant de me donner quelque chose d'intéressant.

— L'agente immobilière, cria Breanne. Ça peut être absolument n'importe qui. Savez-vous qu'il y a plus de trois mille agents immobiliers rien que dans l'État du Maine ? Cela aurait pu être n'importe lequel de ceux qui sont venus à la journée porte ouverte ou qui ont fait une visite auparavant, ou même la personne qui les aidait à acheter leur nouvelle maison. N'importe qui peut avoir eu accès au boîtier à clés. N'importe qui peut les avoir tués.

— Une seconde, dis-je.

J'eus le souffle coupé et je tremblais à cause de ce que je venais de comprendre.

— Revenez un peu en arrière.

— N'importe qui pouvait avoir accès à la maison. Le fait que vous insistiez pour me faire porter le chapeau alors que c'est moi qui paie…

Même si je savais qu'elle aimait crier contre moi, il fallait que j'interrompe Breanne pour qu'elle reste concentrée.

— Pas ça. Avant, suppliai-je.

— Même si vous aimez me faire porter le chapeau, Michelle aurait pu parler de n'importe quel autre agent immobilier. Si elle avait des informations, pourquoi ne les a-t-elle pas partagées plus tôt ?

— Oubliez ça maintenant, dis-je. Vous avez mentionné un autre agent immobilier. Ce n'est pas vous qui les aidiez à acheter leur nouvelle maison ?

Breanne inspira brusquement. Elle commençait peut-être enfin à comprendre, maintenant.

— Non. Je veux dire, je le voulais, mais ils avaient déjà choisi quelqu'un avant de venir mettre leur maison en vente chez moi.

— Savez-vous qui était cet autre agent immobilier ? demandai-je avant de retenir ma respiration.

Sa réponse allait déterminer toute la suite.

17

Tous les regards étaient braqués sur moi pendant que j'attendais la réponse de Breanne à l'autre bout de la ligne. Même mon cœur semblait battre plus doucement de peur de rater un seul mot.

— Je ne comprends pas pourquoi c'est important, grommela l'agente immobilière, nous décevant tous.

Charles me prit le téléphone de mes mains et cria presque dans le haut-parleur.

— Breanne, c'est Charles. Nous pensons que l'autre agent immobilier est crucial pour disculper ton frère. Peux-tu nous dire de qui il s'agit ?

En prenant soin d'être assez proche pour entendre les deux côtés de la conversation, je suivis Charles qui faisait les cent pas sur un petit sentier.

Étonnamment, Breanne semblait tout aussi irritée par Charles qu'elle l'avait été par moi.

— Vraiment ? rétorqua-t-elle d'un ton sarcastique. Parce qu'il y a deux secondes, ton assistante m'a accusée d'avoir tué les Hayes.

Charles me jeta un regard assassin, mais il garda une voix calme pour Breanne.

— Je promets que ce n'est pas ce qu'elle faisait. C'est juste qu'elle a… des difficultés à s'exprimer clairement, parfois.

— Je veux qu'elle soit retirée de mon dossier, lui rappela Breanne avec un profond soupir. Et tu devrais envisager de trouver une nouvelle assistante, de toute façon.

Charles parla alors d'une petite voix :

— S'il te plaît, pourrais-tu juste...

— Oh, pour l'amour du ciel ! cria Mamie en arrachant le téléphone des mains de Charles pour le donner à Mitch, qui fixa l'objet d'un air perplexe.

— Vas-y, ma chérie, l'encouragea Mamie. Dis-lui qui tu es et ce que tu veux.

— Bonjour, je suis Michelle Hayes, bafouilla la jeune femme au téléphone.

Tout le monde redevint silencieux en observant ce qui allait se passer ensuite.

— Pouvez-vous s'il vous plaît me donner le nom de l'agent immobilier qui aidait mes parents à acheter leur nouvelle maison ? demanda Mitch d'une voix tremblante.

Je ne savais pas si les larmes que l'on entendait à nouveau dans sa voix étaient authentiques ou si elles servaient à augmenter l'effet dramatique, mais j'espérais que cela fonctionne sur la femme grossière à l'autre bout du fil.

Bien sûr, le téléphone était parti trop loin pour que je puisse distinguer la réponse de Breanne, mais Mitch hocha la tête pendant que l'autre femme parlait.

— S'il vous plaît, dit ensuite la jeune fille dont la voix se brisa. Je veux seulement découvrir qui a tué mes parents et m'assurer qu'ils seront punis pour cela. Pouvez-vous m'aider ?

Elle écouta un peu plus, acquiesça plusieurs fois, puis elle se tourna vers nous et leva le pouce avant de dire :

— Super. Merci beaucoup pour votre aide... oui, nous ferons ça. Au revoir.

— Alors ? demanda Mamie en criant presque, prête à exploser d'excitation.

Mitch sembla très contente d'elle-même lorsqu'elle rendit le téléphone à Charles.

— Elle dit ne pas le savoir de tête, mais que c'est dans la base de données des agents immobiliers. Elle cherche maintenant et enverra l'info à Charles par texto. Elle a dit, euh, qu'elle préfère ne plus avoir affaire à l'assistante.

Évidemment. Je commençais à penser que le problème de Breanne avec moi était plus important que mes quelques petits dessins sur les murs, mais franchement, ça n'avait pas vraiment d'importance. Pas alors que nous avions toujours un double meurtre à résoudre.

Charles me jeta un regard compatissant. Au même moment, un nouveau texto s'afficha à l'écran.

— Sandra Lynn d'Immobilier et Courtage du Phare. Quelqu'un reconnaît ce nom ? demanda-t-il en nous regardant tour à tour.

Tout le monde secoua la tête et attendit que Charles reporte son attention sur son téléphone.

— Une seconde, dit-il en scrutant l'écran.

Les nuages venaient de s'écarter, envoyant un rayon lumineux directement sur le campus. C'était presque comme si Dieu lui-même voulait souligner l'importance de ce moment.

— Breanne vient d'envoyer un lien, expliqua Charles en faisant défiler des choses sur son téléphone.

Je m'approchai de lui et j'examinai son navigateur Internet qui chargeait lentement. Quand le site finit par apparaître, je reconnus presque immédiatement la femme représentée sur la page d'accueil. Elle se tenait devant un phare noir et blanc, ses cheveux roux ondulés doucement agités par la brise et elle souriait en tenant un énorme panneau *VENDU*.

— Est-ce la femme que nous avons croisée au Little Dog Diner ? demanda Charles. Celle qui voulait notre table ?

Je fermai les yeux puis je regardai à nouveau. Oui, c'était toujours elle. Cependant, ce n'était pas au petit restaurant que je l'avais vue pour la première fois.

— Elle était à l'imprimerie quand Mamie et moi y sommes allées pour enquêter. Elle a dit qu'elle espérait récupérer une commande avant leur fermeture du soir. C'est à cause d'elle que je n'ai pas pu fouiller.

Une lueur de compréhension apparut dans les yeux de Charles.

— Cela veut donc dire qu'elle connaissait déjà au moins Bill, et peut-être Ruth également, supposa-t-il.

J'avais toujours été locataire, mais quelque chose ne me paraissait pas logique là-dedans.

— Mais s'ils étaient assez proches pour acheter leur nouvelle maison par son intermédiaire, pourquoi ne lui ont-ils pas également demandé de vendre l'autre ?

Charles haussa les épaules.

— Les gens n'utilisent pas toujours la même agence immobilière pour les deux transactions, mais je trouve étrange qu'elle n'ait pas été mentionnée dans l'enquête.

— Il est écrit ici qu'elle est basée près de Misty Harbor, ce qui expliquerait pourquoi nous l'avons vue au restaurant, fis-je remarquer. C'était à Misty Harbor également.

Charles se mordilla la lèvre avant de demander :

— Devons-nous l'appeler ?

— Et lui faire savoir que nous arrivons ? Surtout pas ! intervint Mamie avant de voler une nouvelle fois le téléphone de Charles.

— Donne-moi ça, dit-elle en soufflant, puis elle s'avança vers Yo-yo et plaça l'appareil devant sa tête.

Le chien se mit immédiatement à grogner et il chercha à mordre.

Mamie dut sauter en arrière pour éviter ses dents.

Octo-Chat trottina jusqu'à moi.

— Il dit...

— Oui, je crois que nous n'avons pas besoin de cette traduction, dis-je avec un sourire immense.

Nous avions réussi. Vraiment réussi. Et juste à temps, en plus.

— Allons chercher notre coupable, dit Mamie qui marchait déjà vers le parking.

Elle s'arrêta un instant pour crier par-dessus son épaule :

— Tu viens, Mitch ?

La jeune femme sauta du muret.

— Allons-y !

Et voilà comment on se mit tous à courir vers la voiture – Charles, Mamie, Mitch, Octo-Chat, Yo-yo et moi – que nous atteignîmes en un temps record pour un groupe aussi hétéroclite.

— Tout correspond, dis-je entre deux respirations pendant que je cherchais fébrilement à fermer ma ceinture de sécurité. Sandra ressemble suffisamment à Breanne pour que Yo-yo se trompe. Ce sont toutes deux des agentes immobilières qui travaillaient avec les Hayes, ce qui a dû rajouter à la confusion.

— De plus, tous les humains se ressemblent, fit remarquer Octo-Chat.

— Il y a ça aussi, répondis-je avec un rire libérateur.

Waouh, nous avions réussi.

— Maintenant il nous suffit de le prouver d'une façon qui tienne devant un tribunal et Brock sera un homme libre.

— Vous pouvez me laisser faire, dit Mamie en faisant craquer les doigts comme si elle se préparait à la guerre.

— Pas question ! répondit Charles à ma place. Vous en avez déjà fait bien assez.

— Attendez un peu, dis-je calmement en faisant de mon mieux pour être la voix de la raison. Nous avons un long trajet devant nous. Nous pouvons réexaminer tous les faits que nous connaissons déjà à la lumière de cette nouvelle information et essayer de découvrir quel mobile Sandra Lynn peut avoir pour…

Je m'interrompis en me souvenant que Mitch était avec nous maintenant.

— Enfin, vous savez.

— Bien sûr, répondit Charles en me faisant un sourire rusé. Tant que tout le monde reste éveillé, cette fois.

— *Ha, ha, morte de rire*, rétorquai-je. Ce n'est pas le moment de faire des blagues. C'est le moment de trouver des réponses.

— Nous allons te mettre au courant de tout, Mitch, marmonna Mamie depuis le fond de la voiture avant de poser une main de chaque côté du siège de Charles et moi.

— Où est votre mallette ?

— Je l'ai ici, dis-je en me baissant pour l'attraper à mes pieds. Laisse-moi une minute pour faire un peu de… euh, de tri, et je te la laisse.

J'attrapai toutes les photos et les rapports écrits décrivant la scène de crime et je les fourrai dans la boîte à gants, puis je tendis le sac de Charles à Mamie.

Mamie commença à expliquer ce que nous savions déjà à son public fasciné d'une seule personne.

— Alors, nous avons fini maintenant? demanda Octo-Chat depuis le coussin sur mes genoux. L'affaire est close?

— Nous y sommes presque, le rassurai-je en le caressant doucement sur la tête.

— Comment passons-nous de presque à complètement? demanda-t-il en grognant.

J'essayai de ne pas le prendre pour moi, car je savais combien il détestait les trajets en voiture et j'avais oublié de lui prendre du Benadryl pour notre trajet de retour.

— Il me faut rentrer à la maison et dormir pendant au moins six ou sept jours, m'informa-t-il avec un soupir éreinté.

— D'après ce que Yo-yo nous a dit, nous avons de bons arguments contre Sandra Lynn, expliquai-je. Le seul problème est que ça ne suffira pas pour les autres humains.

— Parce que c'est un chien? demanda Octo-Chat.

Je levai les yeux au ciel.

— Je pense que tu sais pourquoi. Ne fais pas le malin.

— Alors que faut-il faire, maintenant? insista-t-il.

— Nous devons trouver des preuves qu'ils accepteront sans remettre en question notre santé mentale. Nous avons déjà la réponse. Maintenant il nous faut travailler à l'envers pour trouver des indices confirmant cette réponse. Tu comprends?

— Oui, mais j'ai l'impression que ça fait beaucoup de travail.

Octo-Chat adopta une posture plus raide quand Charles tourna brusquement dans un virage.

— Tu sais que tu as une autre possibilité, n'est-ce pas?

— Ah bon, vraiment, et laquelle ? le défiai-je en posant une main sur son dos pour l'aider à rester en place.

Il agita la queue d'un grand geste avant de révéler :

— Obtenir une confession. *Évidemment.*

Les heures qu'il avait passées à regarder la télévision étaient enfin payantes. J'étais ravie qu'il soit passé de *Dora l'exploratrice* à *New York Police Judiciaire*, ce qui était sans aucun doute la source de son inspiration du moment.

Charles se retourna pour m'examiner brièvement avant de se concentrer à nouveau sur la route.

— Qu'a-t-il dit ?

Bon, j'avais un petit dilemme. Même si je ne voulais pas mentir à Charles, je savais également qu'il n'allait pas être fan du projet de confession forcée.

Dans ma dernière affaire, je m'étais jetée dans les problèmes et j'avais tout juste réussi à en réchapper. Cette fois, je n'avais pas l'intention de commettre la même erreur.

Non.

Cette fois, j'allais être accompagnée par le chat en me rendant au travail de Sandra Lynn pour exiger une explication.

18

Quand nous arrivâmes à Glendale, le soleil de midi était déjà très haut dans le ciel. Mamie invita tout le monde chez elle pour déjeuner pendant que nous faisions un nouvel inventaire des preuves, essayant cette fois de démontrer ce que Yo-yo nous avait révélé ce matin-là.

Je pris congé de la petite fiesta en fournissant l'excuse tout à fait valable selon laquelle je devais ramener Octo-Chat à la maison pour qu'il utilise sa litière. Ils n'avaient pas besoin de savoir ce que j'avais prévu après ce rapide arrêt.

— Bon, que faisons-nous maintenant? demanda Octo-Chat après être allé sur sa litière et s'être essuyé les pattes sur le nouveau paillasson que j'avais acheté spécialement pour lui.

— Que veux-tu dire? dis-je en fouillant le frigo à la recherche de nourriture que je pouvais avaler rapidement afin de calmer mon estomac qui gargouillait.

Il me considéra d'un air plein de pitié.

— Que veux-tu dire par «que veux-tu dire?» Je veux dire que

nous allons chercher cet aveu, non? J'ai supposé que nous n'en avions pas parlé dans la voiture parce que tu ne voulais pas qu'Upchuck connaisse le plan, pas parce que tu avais déjà abandonné l'idée.

Pendant qu'il me sermonnait, je trouvai un paquet – vieux, mais pas encore périmé – de fromage effiloché au fond de mon tiroir à légumes et je pris quelques morceaux pour tenir le coup. Après avoir ouvert le premier sachet avec beaucoup d'aplomb, je déchirai un gros morceau et je le fourrai dans ma bouche.

Puis je tentai de répondre aux inquiétudes de mon chat :

— Bien sûr que nous allons chercher cet aveu. Je me suis dit que nous pouvions commencer en faisant semblant que j'étais une cliente intéressée, pendant que tu te caches dans ton sac en osier.

Octo-Chat fronça le nez.

— Je déteste ce sac.

— As-tu d'autres idées? le défiai-je en plaçant un autre gros morceau de fromage dans ma bouche.

Il fit des aller-retour sur la table, frustré, tout en parlant :

— J'ai bien des idées, mais aucune qui ne met pas au moins une de mes vies en danger. Je veux bien faire ce sacrifice pour l'équipe, mais quelque chose me dit que ce n'est pas ton cas.

— Je n'ai qu'une seule vie, tu te souviens?

J'aurais sans doute dû être vexée qu'il oubliât systématiquement – ou en tout cas qu'il choisissait d'ignorer complètement – ce fait très important, mais j'étais trop fébrile pour m'en soucier.

— Ahh, oui.

Octo-Chat se laissa tomber sur son derrière et secoua la tête.

— Tellement fragile.

J'avalai le dernier fil de ma première part de fromage et j'ouvris le second paquet en levant les yeux au ciel.

— D'accord, je suis fragile, mais je pense quand même que te placer dans ce sac pendant une demi-heure est préférable à ma mort potentielle. Pas toi ?

Octo-Chat réagit en levant une patte arrière au-dessus de sa tête et en léchant ses parties intimes.

J'eus soudain beaucoup moins d'appétit.

— Euh, pardon ? Je suis en train de te parler !

— Quoi ? Je réfléchis encore. Donne-moi une minute, marmonna-t-il pendant qu'il continuait à se laver.

C'était si agréable de voir que ma vie avait une importance comparable au fait d'éviter un sac en osier à l'odeur parfaitement normale. Son sens supérieur de l'odorat était une excuse et je le savais. Ce snobinard de chat affirmait qu'il sentait mauvais parce qu'il détestait le fait que c'était un sac d'occasion récupéré dans une boutique solidaire.

— Très bien, finit-il par dire en laissant retomber sa patte au sol. Je vais monter dans le sac, mais tu m'en dois une.

— Je t'en dois déjà une pour le harnais, fis-je remarquer en regrettant instantanément ma grande bouche.

J'y fourrai un autre morceau de fromage effiloché en espérant que cela m'empêche de dire autre chose que je risquais de regretter.

Ce qui pouvait seulement être décrit comme un sourire diabolique apparut sur son visage poilu.

— Oui, répondit-il avec un rire malicieux. Et la taille de cette faveur vient de grandir. Continue, ma chérie. Papa a besoin d'un nouveau… eh bien, tout.

Berk. Je ne savais pas si je devais être plus effrayée par la menace ou dégoûtée par la manière qu'il avait de la formuler. Je ravalai mon angoisse ainsi qu'un trop gros morceau de fromage non maché. Il ne me fallut qu'une fraction de seconde pour comprendre que j'étais en train de m'étouffer.

Octo-Chat m'observa tranquillement pendant que je faisais des signes désespérés en indiquant ma gorge. Il ne bougea pas une patte pendant que je toussais et que je me frappais la poitrine, délogeant enfin le morceau mal placé.

— Qu'aurais-tu fait si j'étais morte ? demandai-je d'une voix rauque. J'étais en train de m'étouffer et tu n'as même pas essayé de m'aider !

Il bâilla.

— Oh, c'était donc *ça* que tu faisais ? Je croyais que tu essayais de gagner du temps. Tu sais, si nous ne nous dépêchons pas, Upchuck et la bande viendront nous chercher. Est-ce ce que tu veux ?

Grr. Je détestais qu'il ait raison encore plus que je détestais son manque total de compassion.

— Très bien, allons-y, dis-je après avoir rempli ma bouteille d'eau à l'évier.

Octo-Chat me suivit d'un pas hésitant.

— Pas de harnais, cette fois ?

— Non.

J'attrapai mon excellent accessoire dans le placard des manteaux et je lui montrai.

Il me tardait de le voir souffrir un petit peu. C'était dans la nature de notre relation.

— Ce sera le sac, à la place.

Il leva la patte avec un geste que je n'avais pas vu chez lui auparavant. Il avait dû l'apprendre dans une des nombreuses émissions pour enfants.

— Euh, j'ai une question.

Je levai les sourcils et je lui fis signe de continuer.

— Quel est mon rôle dans tout ceci ?

— Si les choses tournent mal, utilise ton iPad pour appeler à l'aide. Et si ça se passe vraiment très mal, utilise tes griffes et attaque. Peux-tu faire ça pour moi ?

Il hocha la tête.

— Tant que tu n'oublies pas de prendre mon iPad.

Je poussai un grognement et je retournai à la chambre pour récupérer son jouet préféré.

— C'est bon ? demandai-je en le rangeant dans une poche arrière du sac.

C'était une façon très étrange de me préparer à ce qui pouvait être une situation risquée, mais c'était assez représentatif de ma vie actuelle.

— Une dernière chose, lui dis-je pendant que nous marchions jusqu'à la voiture. Je vais appeler ma mère.

— Pourquoi ? Ne suis-je pas suffisant ?

— Crois-moi, dis-je en riant, tu es plus que suffisant en général, mais j'ai promis un scoop à ma mère. Et je vais faire en sorte de le lui obtenir.

Il semblait toujours perplexe.

— Ne va-t-elle pas essayer de t'arrêter ? N'est-ce pas pour cette raison que tu n'as rien dit à Charles et Mamie ?

— Oui, c'est pour cela que je ne leur ai pas dit, mais maman ne s'inquiète pas comme eux. Elle comprend le besoin de faire ce qu'il faut pour une histoire intéressante.

Octo-Chat grimpa sur mes genoux et enfonça les griffes dans ma cuisse lorsque je démarrai le moteur.

— C'est ta vie, dit-il.

Quelle belle attitude pour un acolyte. Si le moment de me sauver la vie arrivait vraiment, j'espérais qu'il fasse le nécessaire. Cependant, j'en étais beaucoup moins sûre après le bref incident de mon étranglement.

Je ne pouvais pas me concentrer là-dessus maintenant. Il fallait que je sauve un homme innocent d'une peine de prison à vie. La dernière fois, j'avais été attrapée parce que je n'avais pas compris que je m'aventurais dans une situation dangereuse. Cette fois je le savais, et j'étais prête.

Après avoir bouclé ma ceinture, je connectai l'iPad d'Octo-Chat au Bluetooth de la voiture et je passai un appel Face-Time sans la vidéo à ma mère.

Elle décrocha si vite que je n'entendis même pas la sonnerie.

— Salut, Angie. Ça a marché aujourd'hui ?

— Justement, annonçai-je en parlant d'une voix forte pour être sûre qu'elle m'entende par-dessus le bruit du moteur de la voiture. Je suis en route pour Misty Harbor en ce moment même. Penses-tu pouvoir me rejoindre avec une équipe de tournage ?

— Il me faudra peut-être un peu de temps pour rassembler tout le monde. Nous n'avons pas l'habitude des flashs spéciaux à Glendale. Mais je serai là aussi vite que possible. Un endroit en particulier ?

— Immobilier et Courtage du Phare, lui dis-je en énonçant l'adresse.

— Je suis impressionnée. Comment as-tu découvert qui est vraiment coupable ? demanda-t-elle.

Pleine de fierté filiale, j'hésitai néanmoins. Elle ne connaissait pas encore la vérité sur mes capacités et ceci ne semblait pas être le bon moment ni la bonne façon de le lui dire.

— C'est une longue histoire. Filmons-la, dis-je en sachant très bien que je n'allais jamais au grand jamais révéler mes pouvoirs bizarres dans le journal local. C'était déjà assez difficile de le dire à ma mère, mais je savais que j'allais m'en charger avant la fin de cette journée.

— Ça, c'est ma fille intelligente. Ce BTS en communication valait vraiment le coup. Je pense néanmoins que tu devrais y retourner pour le journalisme. Nous ferions une équipe fabuleuse, toi et moi.

— Je vais y réfléchir, maman.

Je savais néanmoins que la salle de rédaction ne m'attirait pas du tout. J'aurais détesté être en compétition directe avec ma mère ambitieuse, et j'aurais encore plus détesté d'avoir à travailler à ses côtés tous les jours. Nous nous aimions certainement, mais surtout à petites doses.

Elle rit avec bonhomie.

— Je sais ce que ça signifie, mais tu as raison. Concentrons-nous sur l'histoire en cours pour le moment.

Il me restait encore une chose à dire, et c'était la plus difficile.

— Maman ?

— Oui ?

— Si tu reçois un appel de ma part pendant l'heure qui suit, même si – tout particulièrement si – je ne parle pas à l'autre bout du fil, appelle la police. D'accord ?

Je l'entendis inspirer en serrant les dents avant qu'elle demande :

— Fais-tu quelque chose de dangereux ?

J'espérais bien que non.

— Non. C'est juste une précaution, mentis-je.

Bien sûr, je savais que Sandra avait déjà tué – deux fois ! – et qu'il n'y avait aucune garantie pour qu'elle ne se retourne pas contre moi en découvrant que j'avais compris ses crimes et que j'avais l'intention de les révéler.

— Je suppose que c'est toujours bien d'avoir un plan B, dit ma mère d'un air résigné. J'arrive bientôt.

— D'accord, répondis-je. Appelle-moi quand tu arrives. Mon téléphone sera peut-être éteint, mais je te rappellerai dès que possible. Et maman ?

— Oui ?

— Je t'aime.

— Je t'aime aussi.

J'inspirai profondément et je me tournai vers Octo-Chat.

— Voilà, dis-je. Maintenant, le numéro de portable de ma mère est le dernier dans ton historique d'appels. Appelle-la s'il y a un problème, d'accord ?

Son visage était très sombre. Je ne savais pas s'il commençait à voir le danger que représentait la situation pour moi ou s'il était simplement contrarié par le trajet en voiture.

La seule chose dont j'étais certaine, c'était que nous allions attraper une tueuse aujourd'hui. *Quoi qu'il arrive.*

19

— C'est l'heure, marmonnai-je depuis le siège de ma voiture qui était maintenant garée sur un petit parking devant Immobilier et Courtage du Phare. Mes mains tremblaient lorsque j'attrapai mon sac en osier rayé sur le plancher du côté passager et que je l'ouvris afin qu'Octo-Chat puisse grimper dedans.

Il grogna, mais il obéit sans trop se plaindre.

— Souviens-toi, ton iPad est rangé dans la poche arrière, l'informai-je. Je vais garder ton sac sur mes genoux. S'il y a une urgence, saute du sac et fais-le tomber de mes genoux. Cela devrait faire tomber l'iPad sur le sol pour que tu puisses t'en servir.

— Compris, dit-il. Mais que faire s'il finit à l'envers ?

— Espérons que non, dis-je en regrettant de ne pas avoir vu le défaut de mon plan plus tôt.

Mais nous étions arrivés maintenant et il fallait agir.

— Place-le simplement dans le sac à côté de moi, dit-il en sortant la tête pour m'étudier.

— Mais tu n'aimes pas que les objets te touchent, fis-je remarquer.

— C'est désagréable, oui. Mais ce serait bien plus gênant si tu mourais et que je devais éduquer un autre humain à comprendre mes préférences.

— Ooh, alors, tu m'aimes bien, finalement ! m'extasiai-je en sortant l'iPad de la poche arrière et en le glissant dans le compartiment principal du sac.

— Assez de sentiments. Vas-y et attrape la méchante, dit-il en baissant la tête pour se remettre en position.

Bon. J'inspirai encore une fois bien profondément et je descendis de la voiture, ajustant soigneusement le sac sur mes épaules pendant que je m'approchais de la porte d'entrée. J'espérais que Sandra était présente. Je n'avais pas appelé en avance, préférant improviser. Oui, ce n'était pas un plan bien ficelé, mais je comptais sur l'utilité des gènes d'art dramatique de la famille.

Quand je poussai la porte en verre, une clochette annonça mon arrivée. Le bureau avait une odeur agréable de vanille chaude et l'accueil était encadré par deux canapés moelleux et une collection tentante de magazines. Il y avait même un petit frigo avec de l'eau en bouteille, plusieurs sortes de sodas, et des cafés glacés.

En voyant que personne n'attendait au bureau d'accueil, j'en profitai pour piquer un des cafés… J'allais peut-être m'en acheter pour la maison. J'ouvris la canette et je bus une gorgée avec plaisir, avant de tout avaler en trois coups de gosier.

Le café allait-il me donner du courage ?

Je l'espérais vraiment.

— Bonjour et bienvenue à l'Immobilier et Courtage du Phare, me salua une voix de femme de l'autre côté de la pièce. Comment puis-je vous aider ?

Je tournai la tête et je reconnus immédiatement Sandra Lynn avec ses cheveux roux frisés caractéristiques et cet énorme sourire dont je savais maintenant qu'il cachait de sombres secrets. Je serrai les lanières de mon sac, car j'avais besoin du lien avec Octo-Chat pour garder toute ma tête et rester focalisé.

— Bonjour, dis-je avec ce que j'espérais être un sourire agréable. Je suis ici parce que j'aimerais acheter une maison.

Sandra rit et le bruit fut étonnamment aigu. Je me demandai si son rire m'aurait autant dérangé si je ne connaissais pas ses activités criminelles en dehors des heures de travail.

— Eh bien, je peux certainement vous aider dans ce domaine. Si nous nous installions dans mon bureau ?

Elle commença à avancer d'un pas assuré le long du couloir et je la suivis.

— Vous avez de la chance, bavarda-t-elle par-dessus son épaule pendant que nous marchions. En général, les gens sans rendez-vous ont affaire à un de nos assistants, mais il se trouve que j'ai eu une annulation cet après-midi. En tant que propriétaire de cette agence et ayant le plus d'expérience, je ferai en sorte que vous trouviez la maison de vos rêves en très peu de temps.

Elle minauda en s'arrêtant et en attendant que j'entre dans le petit bureau sombre devant elle.

— C'est effectivement une chance, dis-je avec un sourire poli.

— Comment vous appelez-vous, ma chère ? Et est-ce votre premier achat de maison ?

Sandra s'installa derrière son bureau et se pencha légèrement en avant pendant que nous parlions.

— Je m'appelle Angela, dis-je en tendant le bras pour lui serrer la main.

Ce n'était pas tout à fait un mensonge, mais ce n'était pas non plus toute la vérité. Personne ne m'appelait Angela en dehors d'Octo-Chat et même lui ne le faisait que de temps en temps.

— Oui, c'est ma première fois, terminé-je.

— Eh bien, laissez-moi vous faire un petit résumé des éléments de base, dit Sandra en se lançant dans un long monologue qui me donna le temps de scruter la pièce.

Je ne remarquai rien de particulièrement incriminant, mais je ne m'attendais pas non plus à trouver un marteau ensanglanté posé sur son bureau.

Sandra finit son discours et attendit que je dise quelque chose, mais je n'avais pas fait suffisamment attention pour savoir quoi.

— Que cherchez-vous, ma chère ? répéta-t-elle.

Son sourire faiblit légèrement pendant qu'elle attendait que je veuille bien prendre part à notre échange.

— Euh…

Je repensai à toute la gymnastique mentale effectuée par Charles, Mamie, Mitch et moi lors du trajet de retour à Glendale. Tout était focalisé autour de la question : *Quelle raison une agente immobilière peut-elle avoir de tuer ses clients ?* L'argent semblait être le plus logique. Je ne comprenais pas ce que cela impliquait, mais je décidai d'aborder délicatement le sujet.

— J'aimerais vraiment un joli T3, mais j'ai peur de ne pas avoir assez d'argent pour que la maison de mes rêves devienne une réalité.

Elle fronça brièvement les sourcils avant de secouer la tête et de sourire à nouveau.

— Ce n'est pas grave. Nous pouvons travailler en fonction. Comment est votre crédit à la banque ?

— Assez mauvais.

Malheureusement, cette partie-là n'était pas un mensonge.

Elle pinça ses lèvres couleur corail.

— Mmm.

— Pouvez-vous faire quelque chose pour m'aider ? demandai-je en jouant mon meilleur rôle de future propriétaire désespérée.

Sandra se raidit et elle mit un moment avant de répondre.

— Il existe des programmes gouvernementaux qui pourraient vous aider à acquérir une maison. Votre taux d'intérêt ne sera sans doute pas très bon, mais c'est le cas pour beaucoup d'acheteurs dont c'est la première fois.

— D'accord, dis-je, impuissante.

— Pourquoi avez-vous décidé d'acheter maintenant, si le budget vous fait défaut ? demanda-t-elle.

Il me fallut réfléchir vite pour éviter les soupçons, alors je dis la première chose qui me passait par la tête.

— Eh bien, l'endroit que je loue en ce moment me donne l'impression que mon chat et moi vivons l'un sur l'autre. Nous avons besoin de plus d'espace. Oh, et j'ai un chien aussi. Un yorkshire.

Elle pâlit soudain et déglutit avant de laisser entendre une nouvelle fois son rire strident.

— On dirait bien que vous n'avez pas une minute à vous.

Je ne savais pas si je l'avais imaginé, mais elle avait semblé vaciller un peu quand je mentionnai « mon » yorkshire. Si je pouvais insister un peu plus sur ce sujet, j'allais peut-être suffisamment la déstabiliser pour la piéger afin qu'elle avoue.

— Aimez-vous les chiens ? demandai-je en serrant mon sac pour rassurer Octo-Chat, qui détestait sans aucun doute ne pas pouvoir se joindre à cette conversation en particulier. Après tout, un de ses passe-temps favoris depuis qu'il avait rencontré Yo-yo était de faire remarquer comme les chats étaient supérieurs aux chiens.

— J'ai gardé un chien pour des amis, une fois, répondit Sandra en se détournant de moi pour organiser quelques feuilles de papier.

Je ne suis pas certaine d'être faite pour avoir un compagnon canin, mais puisque vous l'êtes, nous allons vous trouver un endroit avec un jardin clôturé.

Elle me tendit l'annonce d'une maison en vente d'un air triomphant.

Je songeai à ces paroles tout en faisant semblant de lire la liste. Elle avait gardé un chien pour des amis ? Parlait-elle de Yo-yo ? Était-ce pour cette raison qu'il avait disparu pendant quelques semaines avant de réapparaître devant la porte des Hayes où Charles l'avait trouvé ? Et si oui, pourquoi Yo-yo ne nous l'avait-il pas dit ?

Je pensais que sa perte de mémoire traumatique avait été résolue depuis qu'il avait revu Mitch, mais il avait peut-être choisi d'oublier une partie des détails n'étant pas directement liés à la personne coupable.

— Je ne suis pas certaine que celle-ci me convienne, dis-je en poussant le papier vers elle. Mais, merci.

— Avez-vous regardé un peu en ligne ? Les annonces ne sont pas toujours les plus à jour, mais si vous avez une idée de ce que vous aimez, cela pourrait m'aider à mieux définir la recherche.

Elle était très douée pour rester dans le vif du sujet et pour me pousser un peu plus à acheter à chaque commentaire. Il allait me falloir quelque chose d'énorme pour la perturber. Heureusement, j'avais encore une carte à jouer.

— À vrai dire… dis-je en essayant de calmer mes mains tremblantes en serrant le sac en osier contre moi. Il y a cet endroit qui me plaît à Glendale. C'est au-dessus de mon budget, mais j'espère faire une bonne affaire.

— Je peux négocier avec le propriétaire, dit Sandra avec un sourire mielleux. Est-ce la maison que vous voulez ? Êtes-vous prête à préparer une offre ?

— Eh bien, c'est vraiment une belle maison. Je suppose que nous pourrions essayer, dis-je en faisant semblant d'hésiter.

Elle hocha la tête d'un air enthousiaste. Je suis certaine que ce doit être agréable de prendre une grosse commission en ne faisant presque pas de travail. Elle me voyait sans doute comme un énorme et brillant symbole du dollar.

— Fabuleux. Avez-vous l'adresse ?

Je sortis mon téléphone et je fis semblant de chercher l'information avant d'énoncer l'adresse des Hayes, que je connaissais déjà par cœur.

Sandra ne dit rien… elle se contenta de me fixer, alors j'ajoutai :

— Comme je l'ai dit, j'espère que nous pourrons faire une affaire, parce que deux personnes ont été assassinées là-bas.

— Je ne pense pas que cette maison vous convienne, ma chère, cracha-t-elle enfin.

— Pourquoi pas ? C'est dans un très bel endroit et il y a beaucoup de place pour mes animaux et moi. Ne pouvons-nous pas au moins faire une offre et attendre de voir ?

— Je vous encourage vraiment à envisager une propriété avec un passé moins sordide, dit-elle en se retournant vers ses dossiers et en sortant une autre annonce, apparemment au hasard. Ceci a l'air très bien. Qu'en pensez-vous ?

Je ne regardai même pas son papier. En gardant les yeux rivés sur elle, j'humectai mes lèvres et je dis :

— Vous avez affirmé que nous pouvions faire une offre, et c'est ce que je veux faire. Pouvons-nous commencer, s'il vous plaît ?

Elle secoua la tête.

— Je ne devrais sans doute pas le dire, parce que ça donne l'impression que je suis un peu, enfin, tombée sur la tête…

Sandra s'arrêta pour rire, mais je gardai le visage impassible en attendant.

— Mais cet endroit que vous avez mentionné ? poursuivit-elle. Il est très, très hanté.

— Ah bon ? Excusez-moi un instant.

Je posai mon sac sur le sol juste devant son gros bureau afin qu'elle ne puisse pas voir ce que je faisais sauf si elle choisissait de se lever. J'attrapai l'iPad et je fis signe à Octo-Chat de sortir. Quand les deux furent posés sur le sol et que je vis le chat passer un coup de fil à ma mère, je me redressai sur ma chaise et je me focalisai à nouveau sur Sandra, qui semblait de plus en plus nerveuse.

— C'est hanté, hein ? demandai-je en secouant la tête. Eh bien, ça alors.

Elle hocha la tête avec empressement, le visage très soulagé.

— Je sais que certaines personnes ne croient pas du tout aux fantômes, mais ils sont là et ils sont très en colère. Il vaut mieux ne pas être impliquée dans tout ce bazar.

— Waouh. Mmm, dis-je en faisant semblant de réfléchir soigneusement, mais seulement pour gagner un peu plus de temps.

Si Octo-Chat réussissait à joindre ma mère avant que je révèle ma main, elle allait pouvoir entendre la suite. J'entendis un petit murmure venant du sol. Ça devait être elle.

— Qu'était-ce ? demanda Sandra en scrutant la pièce pour trouver la source du bruit.

— Attendez. J'ai une question, lâchai-je afin d'attirer son attention sur moi. Vous dites que les fantômes sont en colère. Est-ce parce que vous les avez assassinés ?

20

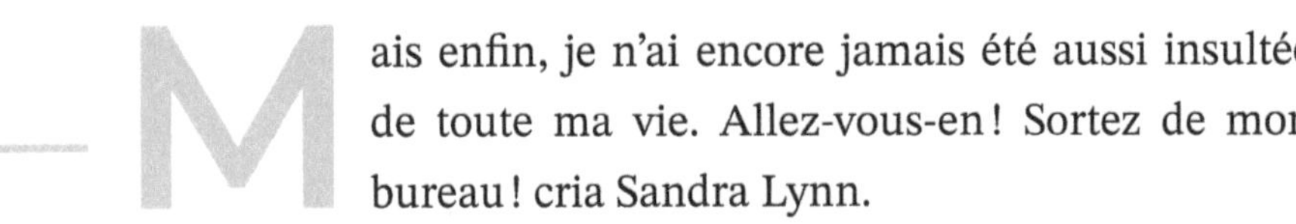

— Mais enfin, je n’ai encore jamais été aussi insultée de toute ma vie. Allez-vous-en ! Sortez de mon bureau ! cria Sandra Lynn.

Son sourire avait complètement disparu de son visage, qui était maintenant contracté par la rage. Elle se leva si vite que je me recroquevillai instantanément de peur.

En essayant maladroitement de me lever, je marchai sur la queue d’Octo-Chat.

Il laissa échapper un miaulement terrible et sauta sur le bureau entre nous en sifflant comme un ouragan.

— Quoi ? D’où sort-il, celui-là ? demanda Sandra en devenant de plus en plus rouge à mesure que le temps passait.

— Pourquoi ne pas répondre d’abord à ma question ? criai-je. Je sais que vous avez tué les Hayes et je peux le prouver !

— Vous ne pouvez rien prouver du tout, cracha-t-elle. Maintenant, sortez d’ici !

Je croisai les bras et je la fixai droit dans les yeux en espérant qu'elle ne voie pas comme j'avais peur à ce moment précis.

— Je n'irai nulle part tant que vous n'admettrez pas ce que vous avez fait.

— Je n'ai rien fait, dit-elle en prenant soin de prononcer chaque mot.

Je n'étais pas convaincue.

— Vous avez tué les Hayes de sang-froid. Vous leur avez cassé le crâne avec un marteau et vous avez fait porter le chapeau à l'homme à tout faire. Hé, si j'accepte de travailler avec vous, allez-vous me tuer également ?

Sandra souffla et se jeta sur moi, mais je fus trop rapide pour elle.

Je courus hors de son bureau et je retournai à l'accueil.

— Au secours !

— Il n'y a personne d'autre ici, me dit Sandra en s'approchant lentement et posément.

Je vis une occasion et je la saisis. Je me frayai un chemin entre elle et le mur du couloir, et je filai dans son bureau avant de verrouiller la porte derrière moi.

— Tu vas regretter ça ! cria-t-elle un tapant furieusement des poings sur la porte.

Je ne l'écoutai pas et je commençai à ouvrir les tiroirs et les meubles de classement.

— Aide-moi à trouver des preuves ! lançai-je à Octo-Chat qui était en train de lécher sa queue endolorie.

On se mit tous les deux à courir dans le bureau.

Il devait sûrement y avoir quelque chose ici.

— J'ai appelé ta mère, comme tu me l'avais demandé, m'informa mon chat.

— J'appelle la police ! cria Sandra depuis le couloir.

— Bien, ce sera plus facile de vous arrêter ! hurlai-je à mon tour en la mettant au défi tout en faisant un sourire reconnaissant au chat.

— Merci pour ton aide, lui dis-je. Tu as bien fait.

Nous cherchâmes fébrilement pendant encore quelques instants, mon désespoir augmentant à chaque seconde qui passait.

— Qu'est-ce que c'est ? Les mots me semblent familiers, dit Octo-Chat en poussant une pile de courriers posés en haut d'une armoire de classement jusqu'à ce qu'elle tombe et s'éparpille sur le sol.

Il ne savait toujours pas lire, mais il commençait à reconnaître les schémas familiers de nombres et de lettres.

Effectivement, je parcourus la pile et je trouvai une enveloppe scellée adressée à Charles, au cabinet.

— Oh ! Vous pensiez pouvoir faire chanter mon collègue, hein ? criai-je à Sandra en agitant la lettre alors qu'elle ne pouvait pas la voir. Mais pourquoi le menacer si vous saviez que Brock Calhoun n'a pas tué Bill et Ruth Hayes ?

Elle ne me fit pas de réponse fâchée. En fait, Sandra ne dit rien du tout et l'agence devint entièrement silencieuse. Le seul bruit dans mes oreilles était celui de mon sang qui coulait très vite dans mes veines. Mon cœur se mit à battre follement pendant que je priais pour que Sandra n'ait pas mis les mains sur un pistolet ou une autre arme pour m'attaquer à travers la porte fermée.

Un instant plus tard, la porte d'entrée s'ouvrit violemment, faisant bruyamment tinter la cloche.

— Laura Lee, pour le journal de Channel 7. Pouvez-vous raconter aux téléspectateurs ce qu'il se passe ici ? dit ma mère d'une voix forte et claire, et je l'imaginais avec le microphone inquisiteur qu'elle agitait comme une épée quand elle était vraiment sur le sentier de la guerre. Je me dis que ce devait être ce genre de moment.

Maintenant que j'avais des renforts, je n'eus pas peur de sortir et je retournai dans la pièce principale juste à temps pour voir Sandra Lynn partir en courant.

— Maman ! Arrête-la ! criai-je en commençant à poursuivre la fugitive.

Je ne savais pas du tout ce que j'allais faire si je l'attrapais, mais il fallait au moins que j'essaie.

— Attends ici, dit ma mère en laissant tomber son micro et en me prenant dans ses bras.

Son caméraman lui courut après, mais il était gêné par l'équipement énorme sur son épaule.

À travers la porte vitrée, je vis une voiture de police s'arrêter en faisant crisser les pneus et deux policiers armés intervenir.

— Je l'ai ! cria Charles depuis un endroit que je ne voyais pas.

Ma mère me lâcha et je filai dehors pour mieux voir. Effectivement, Charles tenait la meurtrière très affolée dans ses bras.

— Vous n'avez pas de preuves ! cria-t-elle.

— En réalité, j'ai ceci, dis-je en agitant l'enveloppe. C'était dans son courrier à envoyer, expliquai-je en la donnant au policier le plus proche.

— Des lettres de menaces, hein ? dit-il avec un sourire en coin après avoir scruté la lettre.

Il la glissa dans sa poche avant de me remercier :

— Je vous suis reconnaissant pour ça, mais la conspiration de masse et le double homicide devraient suffire à l'enfermer pour un bon moment.

— J'ai des droits ! cria pathétiquement Sandra.

— C'est vrai, dit l'autre policier. Je vais vous les lire tout de suite. Vous avez le droit de garder le silence…

Charles s'avança tranquillement vers moi en boitant un peu et je supposai que Sandra avait dû se débattre quand il l'avait attrapée.

— Est-ce que ça va ? demanda-t-il en m'examinant.

— Je vais bien.

Quand il comprit que c'était vrai, ses beaux traits se tordirent en un masque de colère.

— Pourquoi es-tu venue ici toute seule ?

— Il me fallait trouver un moyen de prouver l'innocence de Brock et ceci me semblait le moyen le plus infaillible.

— Eh bien, c'était le moyen le plus ridicule. Et le plus dangereux également.

Je secouai la tête en repensant à ce qu'avait dit le policier.

— As-tu trouvé un autre moyen de prouver sa culpabilité ?

Il passa une main dans ses cheveux et soupira.

— Oui, et si tu étais revenue à la maison, j'aurais pu te le dire en personne.

— Comment ? insistai-je. Je ne comprenais toujours pas pourquoi l'agente immobilière s'était retournée contre ses clients, et cela me rendait dingue.

— Mitch, dit simplement Charles. Elle a tout mis en route en envoyant des textos à quelques personnes cruciales pendant notre trajet.

— Mais elle a dit que son téléphone…

— Elle a utilisé celui de Mamie, m'interrompit-il. Quoi qu'il en soit, tu étais sur la bonne voie avec l'imprimerie de Bayside, mais tu n'avais pas le bon accès. L'ancien employeur de Bill, monsieur Weber, a pu faire une restauration du système pour retrouver des fichiers anciennement effacés. Quand il a su quels travaux et dossiers d'Immobilier et Courtage du Phare il devait examiner, il a trouvé exactement ce qu'il cherchait.

J'étais très heureuse que nous ayons trouvé la réponse, mais ça ne me semblait toujours pas logique.

— Ce qui était ?

— Le mobile, dit Charles avec un sourire charmeur. C'était petit et facile à rater, mais lors de son dernier travail d'impression, Sandra a fourni une page en trop.

— Ce qui signifie ? demandai-je en lui faisant signe de se dépêcher et de répondre à la question qui me rongeait depuis une semaine.

— Ce qui signifie qu'elle a donné un document financier à Bill montrant des activités illégales avec de la fausse documentation et des comptes offshore, expliqua-t-il.

— Et elle a donc tué à cause de ça ? Parce qu'elle avait peur qu'il la dénonce ?

— Il m'a fait du chantage ! cria Sandra. Il a dit que puisque je savais déjà comment contourner les règles, ça ne serait pas très difficile pour moi de lui trouver une nouvelle maison gratuitement, cet enfoiré égoïste ! Je n'avais pas un demi-million à jeter par les fenêtres. Que fallait-il que je fasse ?

— Ne pas voler pour commencer, dit l'un des policiers en baissant la tête de Sandra et en la poussant à l'arrière de la voiture de patrouille.

— Oui, et vous n'auriez certainement pas dû le tuer ni personne d'autre, dit le deuxième.

— Eh bien voilà la réponse, annonça ma mère en venant se placer entre Charles et moi. Brock Calhoun est innocent et le véritable meurtrier a maintenant été arrêté. Et vous avez vu tout cela en direct, en exclusivité sur Channel 7.

Pendant que ma mère commençait à interviewer Charles, je m'écartai discrètement et je partis récupérer mon chat et son iPad à l'intérieur de l'agence.

Je trouvai Octo-Chat roulé en boule sur la chaise de bureau de Sandra. D'une façon ou d'une autre, il avait réussi à s'endormir malgré toute l'agitation.

— Hé, dis-je en le réveillant doucement. Nous avons réussi.

Il cligna des paupières pour me regarder, bâilla, puis dit :

— Super. Et maintenant ?

— Que dirais-tu d'un sandwich au homard au restau de Little Dog ?

* * *

Charles nous rejoignit pour le repas et il paya même pour tout le monde, y compris Mitch, Mamie et Yo-yo qui nous rejoignirent peu après l'arrestation de Sandra. Je le laissai raconter tous les détails croustillants pendant que je me concentrais sur le délicieux repas devant moi.

Vers la fin de son explication, Mamie me frappa à l'arrière de la tête et je faillis m'étouffer à nouveau.

— Quoi ? criai-je, la bouche encore pleine de nourriture.

— Si tu fais encore quelque chose d'aussi stupide, je vais te tuer, dit-elle en me fixant avec un regard noir.

— Pardon, marmonnai-je. Brock est-il au courant ? m'enquis-je en essayant de changer de sujet pour une issue plus plaisante.

Charles lécha un peu de mayonnaise sur son pouce.

— Ils sont en train de le libérer en ce moment même. Il sera libre à la tombée de la nuit.

Cette nouvelle me rendit si heureuse que je ne pus m'empêcher de sourire en dévorant un deuxième sandwich.

Mitch fut la première à finir de manger et elle souleva Yo-yo qu'elle posa sur ses genoux. Cela me rappela quelque chose qui me dérangeait un peu.

— Quand je parlais avec Sandra, dis-je en attendant un instant pour m'assurer que tout le monde écoutait, elle a mentionné avoir un jour gardé le chien de ses amis. Pensez-vous qu'elle parlait de Yo-yo ?

— Penses-tu vraiment qu'elle l'a volé et l'a gardé en otage pendant quelques semaines avant de le laisser partir ? Cela me semble assez improbable, dit Charles. Pourquoi aurait-elle fait ça ?

— Demandons-le au chien, dit Octo-Chat avant de mettre un énorme morceau de crevette dans sa bouche.

— Tu veux bien ? dis-je en ajoutant « s'il te plaît » quand il ne s'exécuta pas tout de suite.

— Qu'est-ce que… ? commença Charles, mais je le fis taire pendant que j'attendais la fin de l'échange entre les animaux.

— Affirmatif, dit Octo-Chat un instant plus tard. Elle l'a enlevé cette nuit-là quand il n'a pas arrêté d'aboyer, mais il s'est échappé et il est revenu à la maison. Il lui a fallu un moment pour revenir de Misty Harbor, mais il était bien décidé à rentrer chez lui, quoi qu'il arrive.

Je transmis vite cette information au reste du groupe.

— Alors, pourquoi ne l'a-t-elle pas tué également ? demanda Charles en affirmant une évidence.

— Je suppose que même la méchanceté a ses limites, dit Mamie en hochant la tête.

— Il dit qu'il s'excuse de ne pas s'être souvenu de tout cela plus tôt, m'informa Octo-Chat. Et il dit merci d'avoir aidé sa famille.

— Que va-t-il arriver à Yo-yo maintenant? demandai-je aux autres.

— Charles m'aide à faire une requête à l'école afin de le garder sur le campus avec moi en tant qu'animal de soutien émotionnel, répondit Mitch avec un sourire triste. Je ne peux pas m'imaginer le perdre encore. Il est maintenant la seule famille qu'il me reste.

— Et jusque-là, il restera avec moi, dit Charles. Mais nous ne devrions pas avoir de soucis pour faire approuver notre requête, puisque…

Il se tut, mais Mitch finit la phrase pour lui.

— Mes parents ont récemment été assassinés.

— Quelle journée, dit Mamie avec un énorme soupir. Faisons une pause avant d'enquêter sur notre prochaine grosse affaire, si tu veux bien, dit-elle en se tournant vers moi.

— Qu'est-ce qui te fait croire qu'il y aura une autre affaire? demandai-je, surprise.

— Parce que ma chérie, tu ne fais peut-être pas les choses de la façon la plus prudente, mais je pense que tu as enfin trouvé ta vocation.

— Qui est?

— D'être la meilleure détective privée du Maine, dit-elle avec un sourire plein de fierté.

— Je trinque à cette idée, dit Charles en levant son verre de soda.

— Moi aussi, dit Mitch.

C'est alors que ma mère apparut soudain dans le restaurant pour nous rejoindre.

— Je suis là! cria-t-elle. Qu'ai-je manqué?

— Rien, dit Mamie en me faisant un clin d'œil. Rien du tout.

Eh bien, je me dis que je pouvais toujours le révéler plus tard à ma mère. J'avais déjà eu assez d'excitation pour une soirée.

Octo-Chat me tapota avec sa patte.

— Maintenant que c'est terminé, je suis prêt à demander ma faveur.

Ma mère était occupée à passer commande à la serveuse, alors je me penchai et je chuchotai :

— Quelle est-elle ?

— Je veux que tu m'achètes une maison, dit-il avec le sourire du chat du Cheshire.

— Une maison ! explosai-je.

Il hocha la tête avec enthousiasme.

— Et pas n'importe quelle maison. *Ma* maison. Je veux rentrer chez moi.

Je restai la bouche ouverte en cherchant la réaction appropriée. Rien ne me vint, cependant.

— Ne t'inquiète pas, tu viendras aussi, ajouta Octo-Chat en essayant vainement de contrer mes objections.

Il avait appris beaucoup de choses sur la société humaine récemment - je voulais bien lui accorder cela - mais il y en avait encore qui lui échappaient complètement, l'argent étant un des meilleurs exemples.

— Tu veux simplement que j'achète la maison d'Ethel ? sifflai-je encore. Je ne peux absolument pas payer cet endroit énorme.

— Nous fignolerons les détails plus tard, m'assura-t-il avant de reporter son attention sur son repas.

Quand je regardai à nouveau mes compagnons humains, je vis que ma mère me fixait d'un air que je reconnus immédiatement.

Elle avait compris.

CHATS CHAUVES ET CHAFOUINS

Je commence enfin à accepter le fait que je peux parler aux animaux, même si le seul qui me répond est un chat tigré grincheux que j'ai pris l'habitude de nommer Octo-Chat. Ce que je n'ai pas tout à fait résolu, c'est comment cacher mon secret...

Maintenant, un des partenaires de mon cabinet d'avocats a découvert mon nouveau talent étrange et il insiste pour que je l'utilise afin de défendre son client contre une accusation de double meurtre. Pour ne rien arranger, Octo-Chat n'a aucune intention de nous aider.

Notre seul espoir repose sur un York crétin nommé Yo-Yo qui n'a pas tout à fait compris que son propriétaire est mort. Trouverons-nous un moyen de pousser Yo-Yo à nous aider sans briser son pauvre petit cœur canin ?

1

Bonjour, je m'appelle Angie Russo et mon chat n'arrête jamais de parler. Pas seulement en miaulant, mais en prononçant de véritables mots que je peux comprendre. Jusqu'ici, je suis la seule qui semble avoir cette capacité, et je n'ai toujours pas la moindre idée de la cause.

Tout a commencé quand j'ai été électrocutée par la cafetière défectueuse au cabinet d'avocats dans lequel je travaille en tant qu'assistante juridique. Depuis, Octo-Chat et moi avons utilisé notre lien privilégié pour résoudre deux enquêtes de meurtre ensemble. Oui, même moi je dois admettre que nous formons une assez bonne équipe.

Quelques semaines se sont écoulées seulement depuis que notre super travail de détective a fait sortir de prison Brock Calhoun, un homme à tout faire local. Mon acolyte félin me supplie déjà de commencer une autre affaire. Apparemment, faire la sieste et se plaindre toute la journée n'est plus assez excitant pour lui, désormais.

Toute ma vie, j'ai cherché un talent unique qui pouvait me rendre différente et me donner un but. Ma grand-mère était à Broadway dans sa jeunesse et mes parents travaillent tous deux pour le journal télévisé local et ils adorent ce qu'ils font.

Ils étaient tous certains de leur talent assez tôt dans la vie, mais j'ai vraiment ramé pour préciser le mien. Je n'ai même pas réussi à comprendre suffisamment ma passion pour obtenir une licence, collectionnant sept BTS à la place.

Ce qui est certain, c'est que je ne m'attendais pas à trouver ma véritable vocation en tant qu'assistante juridique, surtout si l'on considère à quel point j'ai toujours détesté les avocats. Mais maintenant que j'ai Octo-Chat et ma capacité spéciale, je trouve que travailler dans les bureaux de Thompson, Longfellow et Associés fournit le moyen parfait d'utiliser mes nouveaux talents pour faire le bien… d'autant plus que l'associé le plus récent est au courant de ma capacité à parler aux animaux.

Ah oui ! Charles n'a pas été renvoyé. À la place, il a été promu. J'étais si fière de lui que j'ai même suggéré que nous retournions au restaurant Little Dog à Misty Harbor pour fêter ça avec les meilleurs sandwiches au homard du monde. Il m'a dit qu'il fallait le faire à un autre moment, cependant, parce qu'il avait déjà des plans avec sa nouvelle petite amie, Breanne Calhoun.

Oui, ça non plus, je n'ai pas compris.

La nouvelle qu'il avait commencé à fréquenter l'agente immobilière froide et agaçante que nous avions très récemment soupçonnée de meurtre suffit à mettre fin à mon béguin pour Charles une bonne fois pour toutes. J'ai aussi décidé de ne pas reprendre Octo-Chat la prochaine fois qu'il parlera de lui en le nommant « Upchuck ». Son véritable surnom est Chuck, mais Octo-Chat préfère la référence au vomi.

L'idée de Breanne et lui ensemble me rend malade, moi aussi.

Je suppose que c'est pour le mieux, toutefois. Je dois vraiment me concentrer sur la compréhension de mes nouvelles capacités à chuchoter aux oreilles des animaux domestiques, et Octo-Chat et moi devons nous améliorer pour enquêter sur les affaires sans éveiller les soupçons de la communauté. Cela signifie que je n'ai plus de temps pour l'amour ou l'engouement ou quoi que ce soit que j'ai pu ressentir un jour pour Charles.

Bref, qui a besoin d'un petit ami quand on a un chat qui parle ?

Pas moi. Enfin, pas pour l'instant.

Dernièrement, j'ai passé beaucoup plus de temps avec ma mère. Depuis qu'elle nous a aidés à attraper le véritable assassin de notre dernière affaire, sa carrière a fait un bond. Elle a obtenu le scoop exclusif et elle a même réussi à filmer notre confrontation avec la meurtrière en direct. La nouvelle a été reprise dans tout le pays, et mon père et elle ont reçu des offres d'emploi de partout.

La dernière venait de San Antonio, je crois.

Cependant, elle n'accepte aucune d'elles. En tout cas, pas tant que je n'accepte pas de déménager avec eux. Mais je ne quitterai jamais Mamie et Mamie ne quittera jamais Blueberry Bay.

Nous restons donc exactement là où nous sommes.

Bien sûr, si suffisamment de gens apprennent mon secret, il me faudra sans doute finir par partir. Pour l'instant, un total de cinq personnes est au courant : Mamie et mes parents, à qui je l'ai volontairement révélé, ainsi que Charles Longfellow le troisième, et une étudiante qui s'appelle Mitch, tous deux l'ayant découvert par accident. Avec un peu de chance, je peux empêcher ce nombre d'augmenter, mais il semblerait que plusieurs personnes sont déjà sur le point de tout comprendre.

Et cela m'inquiète vraiment.

D’autant plus que ma mère vient de m’inviter à l’aider dans sa nouvelle mission de journalisme d’investigation…

* * *

J’étais enfin passée à un mi-temps au cabinet, et aujourd’hui était un de mes jours de congé. Et par cela, je veux dire que je pouvais rester à la maison et faire les cartons de ma petite maison de location sous la supervision d’un chat tigré très exigeant.

Non seulement je devais me débarrasser d’un certain nombre de biens qu’il trouvait inappropriés, mais il était aussi la raison pour laquelle je devais déménager. D’accord, c’était moi qui lui avais dit que je lui devais une énorme faveur s’il me permettait de lui faire porter un harnais pour le promener dehors. Je n’avais pas compté sur le fait que cette faveur fasse plus de cinq cent cinquante mètres carrés.

Il voulait en effet que j’achète le vieux manoir dans lequel il avait vécu avec Ethel Fulton avant qu’elle soit assassinée et qu’il vienne vivre avec moi après une série d’événements véritablement incroyables. Maintenant, un harnais à douze dollars me coûtait une grande partie de ma pension mensuelle de cinq mille dollars, et j’avais appris à faire plus attention en promettant des faveurs non définies à mon compagnon félin.

Oui, mon ancien patron, Richard Fulton, m’avait proposé une réduction généreuse du prix. En outre, il y eut peu d’acheteurs intéressés une fois que la population avait découvert que l’ancienne propriétaire avait été assassinée, mais quand même — *quand même !* — posséder le manoir Fulton requérait une jolie somme de ma part, pas seulement pour le crédit, mais aussi pour effectuer les nombreuses réparations qui semblaient plus ou moins essentielles pour des raisons de sécurité.

En tout cas, c'était ce qu'avait dit l'expert.

Très peu de temps s'est écoulé, pourtant la vente est définitive et la maison est prête à accueillir Octo-Chat et moi. C'est amusant comme la bureaucratie peut soit ralentir les choses, soit les accélérer, selon le côté par lequel on aborde la paperasse. Autour de Blueberry Bay, les Fulton possédaient en quelque sorte la machine à imprimer cette paperasse, ce qui voulait dire que j'ai pu acheter un manoir en faisant très peu d'efforts.

Mamie, qui m'adore autant qu'elle aime mon chat, a décidé de m'aider également. Même si elle possédait sa petite maison de style Cape Cod depuis plus de trente-cinq ans, elle avait décidé qu'il était temps de vendre et d'emménager avec moi dans ma nouvelle villa en bord de mer.

— La différence étant, expliqua-t-elle, que cette fois je vivrais avec toi et pas l'inverse.

C'était sa justification quand elle m'avait virée de sa maison moins d'un an auparavant, pour finir par emménager avec moi maintenant.

Franchement, je suis plutôt ravie d'avoir un intermédiaire supplémentaire en ce qui concerne Octo-Chat. Je l'aime plus que tout, mais il m'énerve aussi très régulièrement, trouvant constamment de nouveaux moyens pour enfreindre les barrières maladroitement érigées par moi.

Ainsi, nous emménageons tous ce week-end, même si Mamie n'a pas encore eu d'offre sur sa maison. Breanne prétend que ce sera plus facile à vendre sans habitant. Oui, moi non plus, je n'arrivais pas à croire que Mamie ait engagé l'Agence Immobilière Calhoun pour mettre sa maison en vente. Elle et moi devions avoir une discussion sérieuse au sujet de la loyauté familiale.

Mais d'abord, nous devions survivre à notre gros déménagement.

— Quelque vient de se garer dehors, m'informa Octo-Chat en sautant sur le lit où j'avais étalé une grande partie de ma garde-robe pour l'évaluer. Faire les cartons était une bonne occasion de faire du tri, même si mon espace de vie allait augmenter de presque dix fois.

Un peu plus tard, j'entendis frapper urgemment à la porte d'entrée et la voix de ma mère cria :

— Angie ? Angie, es-tu là ?

— J'arrive ! dis-je en laissant tomber le carton à moitié plein que j'avais dans les bras.

Je tournai le verrou et ma mère entra immédiatement.

— Tu ne devineras jamais ce qui est arrivé ! me dit-elle en ouvrant mon placard et en attrapant une de mes vestes qu'elle me jeta d'un air excité.

— Quoi ? demandai-je, toujours un peu endormie et pas tout à fait prête pour ce niveau d'enthousiasme.

Elle me suivit dans la cuisine où j'attrapai une canette de Mountain Dew sans sucre que j'ouvris. C'était ma dernière tentative pour trouver une bonne alternative au café, et jusqu'ici, ça fonctionnait.

— Lou Harlow a été assassinée ! dit-elle en poussant un cri de joie.

— Euh, Maman. Que dirais-tu de manifester un peu moins de joie à la mort de quelqu'un, s'il te plaît ?

Lou Harlow n'était pas simplement une habitante au hasard. En étant l'un des deux sénateurs nommés pour représenter le grand état du Maine, elle était une des personnes les plus célèbres qui résidaient dans notre petit coin de Blueberry Bay.

Et maintenant, elle était morte. Et pour une raison que j'ignorais, cela enthousiasmait beaucoup ma mère.

— Je suis désolée. Je sais que c'est triste qu'elle soit morte et tout, mais devine à qui on a demandé de faire un reportage ?

Elle se mordit la lèvre inférieure et pointa les deux pouces vers sa poitrine en écarquillant les yeux de façon comique.

— Félicitations, murmurai-je, toujours mal à l'aise à cause de sa réaction.

— Merci, dit-elle avec un sourire superficiel. Il s'avère que j'ai si bien travaillé pour le meurtre des Hayes que la chaîne voudrait que je fasse un autre reportage d'investigation.

— Je suis vraiment heureuse pour toi, maman.

Et c'était le cas. Elle avait travaillé dur pour en arriver là, et elle avait enfin des résultats… des corps à la morgue, je suppose.

— Bien, parce que j'ai besoin que tu le fasses avec moi.

— Quoi ? Non, non, non, non.

Oui, j'avais été sur le terrain pour trouver le véritable tueur des Hayes et disculper Brock Calhoun, mais ça ne voulait pas dire que j'avais envie de me lancer tout de suite dans une autre enquête de meurtre, particulièrement une qui soit aussi ambiguë que celle-ci.

— Angie, je crois que tu n'as pas vraiment le choix.

Je poussai un grognement en secouant la tête.

— Ah oui, c'est vraiment la bonne façon de me convaincre…

— La sénatrice a été tuée chez elle, révéla-t-elle. Sais-tu où se trouve cette maison ?

— Quelque part à Glendale ? devinai-je en soupirant.

— Pas seulement quelque part, rectifia ma mère avec une nouvelle lueur dans ses yeux noisette. Juste à côté de ta nouvelle maison.

2

Eh bien, ceci était exactement ce dont je n'avais *pas* besoin le jour de mon déménagement. Ma nouvelle maison avait déjà été entachée par un meurtre, et maintenant la maison voisine était également devenue une scène de crime en cours.

Ma mère me fixa avec de grands yeux étincelants.

— Eh bien ?

Elle me donna un coup de coude, comme si nous étions en train de nous échanger des ragots sur la téléréalité. Nous n'étions pas à la télévision, cependant. C'était la vraie vie. *Ma vie.*

— Je connais ce regard, proclama Octo-Chat qui était assis à côté de moi. C'est le même que tu as juste avant de décider de faire quelque chose de stupide.

— Eh bien, bonne chance pour ton enquête, marmonnai-je en espérant les faire taire tous les deux afin que je puisse continuer mes cartons.

Ça ne fonctionna pas.

Ma mère me saisit par les deux poignets et essaya de me tirer de ma chaise.

— Viens avec moi. J'ai besoin de toi, gémit-elle en étirant théâtralement chaque mot.

Pas étonnant qu'elle soit devenue la nouvelle égérie du journal de Blueberry Bay. Même moi, j'avais envie de savoir ce qui allait se passer ensuite, tout en le redoutant.

Je retirai brusquement mes bras et je les croisai, sur la défensive.

— Au cas où tu l'aurais oublié, c'est le jour de mon déménagement et j'ai encore beaucoup de choses à faire avant que les déménageurs arrivent ici dans quelques heures.

Ma mère refusa cette excuse en se plaçant derrière ma chaise et en posant une main sur chacune de mes épaules, ce qui me fit grimacer.

— Quelques heures ? Eh bien, c'est largement suffisant pour aller jeter un rapide coup d'œil. De plus, n'es-tu pas curieuse ?

Je me mordis la lèvre et je fis de gros efforts pour ne rien dire. En vérité, j'avais commencé à apprécier l'excitation des enquêtes. En dépit de mon bon sens et de mes priorités plus grandes, j'étais intriguée par ce nouveau meurtre en ville qui avait eu lieu juste à côté de ma nouvelle maison.

Un cadavre tout frais juste à côté. Quel beau cadeau pour emménager !

En voyant qu'elle m'avait appâtée, ma mère commença à me ramener comme un poisson. Elle plaça son visage à côté du mien et inclina ma chaise en arrière.

— Voilà ce que je te propose. Que dirais-tu de venir avec moi maintenant, et après un rapide coup d'œil, je reviendrai t'aider à finir les cartons. Marché conclu ?

Je poussai un gémissement en posant le front sur la table. Les pieds avant de la chaise atterrirent sur le sol avec un bruit désagréable.

— Marché conclu, murmurai-je contre le bois froid.

— De retour en plein milieu de l'action. Pourquoi ne suis-je pas surpris ? commenta Octo-Chat d'un ton narquois avant de s'éloigner sans me jeter un seul regard.

— Youpi !

Ma mère frappa plusieurs fois dans ses mains et recommença à tirer sur mon bras. Parfois, j'avais l'impression d'être la personne la plus adulte de toute ma famille, ce qui n'était pas rien, vu que ma mère avait la cinquantaine et Mamie avait allègrement dépassé les soixante-dix ans.

— Allons-y, dit ma mère en tirant une fois de plus sur mon bras. Cette fois, je me levai et je la suivis.

— Je te dirai ce que je sais pendant le trajet.

Comme promis, dès l'instant où les portières de la voiture se refermèrent derrière nous, ma mère enfonça la clé dans le contact et commença à parler.

— Je sais que tu n'as jamais été très intéressée par la politique, mais c'était le quatrième mandat de sénatrice de Lou Harlow. Elle a gagné chaque mandat avec beaucoup d'avance sur ses adversaires et elle allait sans doute être réélue la prochaine fois également. Tout le monde l'aimait beaucoup par ici, ce qui rend sa mort encore plus choquante.

Je me rongeai l'ongle du pouce pendant qu'elle parlait, une mauvaise habitude que j'arrivais de moins en moins à contrôler, dernièrement.

Ma mère arracha mes doigts de ma bouche avec une de ses mains parfaitement manucurées.

— Arrête ça. C'est dégoûtant !

— Pardon, marmonnai-je en faisant passer l'index sur l'ongle abîmé de mon pouce et en me concentrant sur l'affaire en cours.

— Alors, un rival politique voulait sa place et c'était plus facile de l'assassiner plutôt que d'essayer de gagner honnêtement ?

— Peut-être, dit ma mère en ramenant les deux mains sur le volant, maintenant qu'elle avait décidé qu'il était inutile de me frapper une deuxième fois. Nous allons en tout cas travailler sur cette idée et voir ce que nous trouvons.

Je percevais un *mais*. Comme ma mère ne le fournit pas, je décidai de l'encourager.

— Mais ?

— Pourquoi la tuer chez elle alors qu'elle passe la majorité de son temps à Washington ? me demanda-t-elle, comme si je risquais d'avoir la réponse.

Je haussai les épaules.

— C'était peut-être plus pratique.

Elle fronça les sourcils en réfléchissant.

— C'est trop évident, cependant. Tu ne crois pas ?

— Eh bien, peut-être que notre tueur n'est pas très malin. Comment est morte la sénatrice, d'ailleurs ?

Dans mon expérience, les tueurs étaient en général assez malins, en fait. Malins, mais arrogants. Si l'on combine ces caractéristiques avec leur absence de sens moral, cela causait souvent des problèmes… à la fois pour leurs victimes et pour moi, la jeune détective fougueuse faisant de mon mieux pour les faire condamner.

Enfin, dernièrement, en tout cas.

Allais-je éternellement continuer à pourchasser les tueurs à Blueberry Bay ?

L'avenir allait le dire, mais j'avais comme l'impression que la réponse était un gros « *Oh oui, carrément !* »

Ma mère s'arrêta à un stop et mit son clignotant, puis elle se tourna pour me regarder. Une fois de plus, son visage était rempli de joie en révélant :

— Quelqu'un l'a poussée en bas des escaliers !

Oh, pour l'amour de...

— Dans ce cas, comment savent-ils qu'il ne s'agissait pas d'un simple accident bête ?

J'avais l'impression que nous nous étions un peu emballées toutes les deux et voilà que je me considérais comme la détective du siècle... en tout cas pour Glendale, dans le Maine.

Ma mère sembla troublée.

— *Ils ?* Qui ça, ils ? Nous sommes celles qui enquêtent là-dessus, et nous n'en sommes pas encore certaines, mais nous soupçonnons un acte criminel.

Je me mordis la langue pour ne pas faire remarquer que les officiers de police étaient toujours les véritables enquêteurs et que j'étais trop nouvelle dans l'affaire pour faire partie de son *nous*. Apparemment, je devais aussi apprendre cette leçon moi-même.

En chassant ma déception, je tournai la tête pour regarder filer le paysage de l'autre côté de la vitre. La verdure s'étirait aussi loin que portait le regard : des arbres, des fleurs, de l'herbe, de la vie partout. Enfin, sauf dans le manoir de Lou Harlow.

Des mouettes flottaient sur la brise, me rappelant que la magnifique baie de Blueberry se trouvait juste derrière l'horizon. Nous vivions si près de l'océan que l'air avait toujours un léger goût salé. Ma nouvelle maison était en fait si proche de la rive que je pouvais m'y rendre à pied en dix minutes.

— J'aimerais vraiment que les gens puissent arrêter de mourir par ici, dis-je à ma mère avec un soupir.

Nous étions dans une petite ville. Si les meurtres continuaient au même rythme, nous allions perdre la moitié de la population avant la fin de l'année suivante.

— Ne penses-tu pas que c'est un peu excitant ? demanda ma mère en nous conduisant sur l'allée privée qui desservait les maisons les plus en vue de Glendale… y compris maintenant, assez inexplicablement, la *mienne*.

Je comprenais cependant ce que voulait dire ma mère. Pendant des années, elle avait gaspillé ses talents journalistiques avec des articles complaisants et des faits divers. Cette nouvelle tournure des événements dans notre petite ville faisait la une et rendait son travail bien plus intéressant.

Malgré tout, des gens mouraient, et c'était un problème.

Je n'eus pas besoin de répondre à sa question grâce à l'apparition de lumières clignotantes rouges et bleues en haut de la colline. Ma mère passa devant ma nouvelle maison et s'engagea sur l'allée conduisant à la propriété de feu Lou Harlow. Il y avait des policiers partout, certainement plus qu'il n'y en avait dans notre petite ville tranquille. On aurait dit que tout le comté était arrivé. Restait à voir si c'était pour aider l'enquête ou simplement pour regarder ce qu'il se passait.

Quelques officiers se tenaient près de l'entrée et bavardaient en tenant des cafés à emporter. D'autres se pavanaient sur la propriété en parlant dans leur radio et en essayant de prendre des airs importants. Quelqu'un d'autre travaillait à étirer autour de la terrasse le ruban de scène de crime jaune qui détonnait dans le paysage.

Je détestais ça. Je le détestais tant. La bonne sénatrice méritait mieux que ça. Comme nous tous.

Ma mère se gara juste derrière la voiture de police la plus proche et coupa le moteur.

— Prête ? demanda-t-elle avec un bref coup d'œil dans ma direction avant de charger hors de la voiture jusqu'au groupe de policiers qui s'étaient rassemblés près de la maison.

— Vous avez une scène de crime impressionnante ici, dit-elle jovialement pendant que je luttais pour la rattraper.

Même si j'étais plus grande que ma mère et que j'aurais dû avancer plus vite, elle filait toujours comme un colibri, bougeant parfois si vite que l'on pouvait à peine suivre ses mouvements.

— Oui, et elle est privée, nous informa une policière du comté en nous chassant de la main.

— Laura Lee, Journal de Channel 7, répondit fièrement ma mère en avançant la main pour la saluer.

La policière eut un rictus de mépris et refusa de lui serrer la main.

— Oh, alors nous ne voulons absolument pas de votre présence ici.

Un de nos policiers locaux nous aperçut depuis l'autre côté du jardin et cria :

— Ça va. Elle est avec nous.

L'officier Bouchard accourut.

— Elle a les autorisations nécessaires, annonça-t-il aux autres.

— Merci, dit ma mère en minaudant devant la policière du comté qui avait essayé de nous refuser l'accès. Maintenant, soyez gentille et renseignez-nous, s'il vous plaît.

Je soupirai et je me dis que *Comment se faire des amis et influencer les gens* allait être le cadeau parfait pour ma mère lors des prochaines fêtes.

— Officier Raines ? lut ma mère sur le badge de la policière en colère. Je veux juste vous aider.

— Mon œil, cracha l'autre.

J'essayai de ne pas écouter leurs chamailleries en examinant la grande façade en pierre devant nous. Comme ma nouvelle maison — le manoir Fulton — celle-ci faisait au moins quatre cent soixante mètres carrés et elle était sans doute aussi vieille que l'état du Maine. De magnifiques fenêtres en saillie émergeaient à des intervalles irréguliers au deuxième étage dans ce qui semblait être une rénovation récente. Je me demandai si l'on pouvait voir l'océan d'en haut. Quoi qu'il en soit, cela donnait l'impression d'être un agréable petit coin pour traîner avec un bon livre. Je pouvais peut-être ajouter une banquette de fenêtre dans ma propre rénovation.

Je m'étais presque entièrement immergée dans mon fantasme de lectrice quand un mouvement attira mon regard. Je plissai les yeux pour essayer de distinguer ce qu'il y avait là-haut, mais je ne vis que les rideaux s'agiter. Ce qui observait la scène chaotique au-dessous avait maintenant disparu.

Je laissai ma mère continuer sa querelle avec l'officier Raines et je m'approchai lentement de l'entrée. Sa méthode de prédilection était peut-être de parler, mais j'avais toujours préféré sauter des deux pieds dans la scène de crime et voir ce que je pouvais découvrir.

Au moins, si des problèmes m'attendaient à l'intérieur, je savais qu'il y avait une bonne dizaine de policiers tout près. N'importe lequel pouvait m'aider si nécessaire.

Vous voyez ?

Je n'avais pas à m'inquiéter en me faufilant jusqu'au milieu de cette scène de crime toute fraîche.

3

Malgré l'effervescence à l'extérieur, l'intérieur du manoir était vide... étrangement vide. Dès que j'entrai, je me retrouvai nez à nez avec un grand escalier. Il avait été bouclé et la zone était déjà nettoyée, mais le dérangement récent était évident.

Une des marches du bas s'était enfoncée, remettant en question la solidité de toute la structure. À quelques mètres du palier, la position du corps avait été marquée par un contour blanc. *La pauvre sénatrice.* Vivante, elle avait été une force de la nature, mais le tracé délimitant sa mort semblait incroyablement petit.

Même si ma mère supposait que je ne connaissais rien de la scène politique ou des événements actuels en général, j'avais en réalité voté pour la sénatrice lors de ses deux récentes élections. Elle s'était battue pour protéger la beauté naturelle de notre pays et les citoyens qui y habitaient. Même si j'aimais me considérer comme impartiale, j'étais assez souvent d'accord avec les points de vue de la sénatrice Lou Harlow.

En outre, d'après les quelques interviews télévisées ou articles de journaux en ligne que j'avais aperçus, elle me plaisait. Elle me faisait penser à Mamie, mais en tailleur-pantalon sur-mesure au lieu d'un kimono en soie.

Elle avait fait tant de travail infatigable pour les autres, et maintenant un de ces autres l'avait tuée. Je penchai la tête et je dis une rapide prière en espérant que sa mort soit arrivée vite et sans douleur, et que le tueur soit bientôt conduit devant la justice.

J'avais souvent été confrontée à des meurtres dernièrement, mais celui-ci me semblait plus personnel. Lou Harlow n'était pas une inconnue. C'était quelqu'un que j'avais vu à la télé, sur Internet et même parfois dans les journaux qui arrivaient encore jusqu'au cabinet d'avocats dans lequel je travaillais.

— Ah, te voilà, cria ma mère en dérangeant la sacralité du moment lorsqu'elle arriva en trombe par la porte d'entrée.

Je gardai les yeux rivés droit devant moi. Y avait-il un indice important que j'avais raté parce que les émotions venaient perturber mon bon sens ?

— Quel dommage, dit ma mère en montrant enfin un peu de remords.

Nous restâmes côte à côte à examiner la scène. Une lueur de jaune vert en haut des escaliers attira mon regard et je m'avançai pour mieux la voir.

— Qu'est-ce ? Que vois-tu ? demanda ma mère en chuchotant avec excitation.

Je n'avais toujours pas compris ce qu'il y avait là-haut, mais je le montrai du doigt.

Nous étirâmes le cou et nous nous déplaçâmes jusqu'à voir un visage effrayant ressemblant à celui d'une momie nous observant d'en haut.

— C'est une sorte d'animal, je crois.

Mais il ne ressemblait à aucun animal que j'avais déjà croisé. Peut-être dans un zoo, mais dans la campagne des côtes du Maine ? Je ne crois pas.

— La sénatrice avait deux chats domestiques, fit remarquer ma mère un continuant à s'agiter pour parvenir à discerner l'animal, elle aussi.

— Quoi qu'il y ait là-haut, je ne suis pas certaine qu'il s'agisse d'un chat.

Je fis un autre pas en avant en étirant le cou en arrière pour avoir un meilleur point de vue. J'eus seulement mal au cou et rien de plus.

— *Pff.* Si seulement il ne faisait pas si sombre ici, gémis-je.

Ma mère leva son téléphone très haut, puis elle prit une photo de la zone en utilisant son flash. L'éclat de lumière suffit largement à illuminer le même petit animal qui avait attiré mon regard au départ. Un deuxième plus grand et de la même espèce était assis en arrière de la rampe. Ils ressemblaient toujours à quelque chose sortant tout droit d'un film d'horreur, mais maintenant, je pouvais au moins voir clairement qu'il s'agissait de chats.

Des chats chauves avec beaucoup de rides. *Beurk.*

Je frissonnai en imaginant Octo-Chat rasé de la même façon, et cette image mentale était encore plus effrayante que les deux sphinx étranges assis devant moi.

Maman me montra la photo qu'elle avait réussi à prendre sur son téléphone.

— Ce sont des chats sans poils, dit-elle d'un ton pragmatique.

Je frissonnai encore.

— Pourquoi voudrait-on un chat sans poils ?

— Les allergies ? L'attention ? hasarda ma mère en haussant les épaules. Ç'aurait pu être l'un comme l'autre, avec la sénatrice.

Un grognement se fit entendre d'en haut, et j'aurais pu jurer que les petits cheveux de ma nuque s'étaient dressés d'un seul coup. J'étais nouvellement étiquetée comme aimant les chats, alors pourquoi ces deux-là me faisaient-ils si peur ? Était-ce parce qu'ils étaient chauves ou parce qu'ils étaient planqués dans une scène de crime ? Les deux ?

Après un autre grognement appuyé, le plus grand des deux chats apparut en haut des escaliers, nous regardant comme un grand patron insatisfait. Ou un gardien de prison. Ou un tueur.

— Salut, dis-je alors que je savais qu'il ne pouvait pas me comprendre sans qu'Octo-Chat soit ici pour traduire.

Il ouvrit la bouche en grand, puis il laissa échapper un sifflement terrible avant de se retourner et de partir, suivi par le chat plus petit.

— Je suis officiellement terrifiée par ces choses-là, dis-je.

Ma mère rangea son téléphone dans son sac et se tourna vers moi avec le même air excité qu'elle avait affiché la plus grande partie de la matinée.

— Sais-tu à quoi je pense ?

— Je ne suis pas certaine de vouloir le savoir, avouai-je.

J'aurais dû être à la maison en train d'emballer les derniers cartons pour le grand déménagement, pas en train de trembler dans mes tongs à la vue de ces deux félins bizarres. Il n'y avait absolument aucune raison pour laquelle cette petite enquête ne pouvait pas avoir attendu.

Maman me prit la main et la serra. Il était évident que nous ne pensions pas la même chose.

— Je me dis, révéla-t-elle avec un petit cri de joie, que ça ressemble à un travail pour la Chuchoteuse, Détective Privée.

— La Chuchoteuse, Détective Privée ?

Je secouai la tête et je fis de mon mieux pour ne pas lever les yeux au ciel. Bien sûr, elle m'avait donné un surnom adapté aux titres des journaux. Elle avait sans doute déjà écrit et réécrit mon histoire dans sa tête.

— C'est ton nouveau nom, dit-elle en me serrant encore la main. Ça te plaît ?

— Euh, j'aime m'appeler simplement Angie.

Surtout, ne pas encourager ça. Je voulais que ma capacité spéciale reste secrète, pas qu'elle fasse la une des journaux.

— Pas pour toi, dit ma mère en soupirant. Pour ton entreprise.

— Je n'ai pas d'entreprise, fis-je remarquer.

Je n'aimais toujours pas la tournure que prenait cette conversation.

— Encore faux, chantonna-t-elle. Tu fais déjà le travail. Tu ferais aussi bien d'accrocher une enseigne et de te faire payer.

— C'est une idée intéressante, mais je ne veux pas que les gens sachent que je peux parler aux animaux, lui rappelai-je.

De plus, j'avais toujours mon salaire à mi-temps du cabinet d'avocats et le dédommagement mensuel parce que j'étais la responsable officielle d'Octo-Chat et la gestionnaire de son fonds fiduciaire.

— Tout le monde pensera que c'est une astuce, rétorqua ma mère en faisant un clin d'œil. Nous serons les seuls à connaître la vérité. De plus, ça te donnera une excuse pour prendre ton chat en enquêtant, ce dont tu as besoin, non ? Je veux dire, s'il avait été ici ce matin, nous aurions déjà bien avancé dans l'enquête. Ces chats savent ce qui est arrivé. J'en suis certaine.

— Pourquoi dois-tu être aussi enthousiaste ? demandai-je, résignée d'être apparemment à la tête d'une entreprise maintenant… et pire encore, que mon chat était mon nouvel associé.

— C'est le marketing, bébé, répondit maman en jetant les cheveux par-dessus ses épaules avec glamour.

Oh merde. Ou plutôt… oh, mère.

Je fis quelques pas en arrière, prenant soin de ne pas perturber la scène de crime en m'éloignant de la folle qui s'avérait être ma mère. En me tournant vers la porte, je dis :

— D'accord, très bien. Je vais juste aller m'assurer que la police est au courant qu'il y a des chats là-haut. Étant donné que les escaliers sont condamnés, ça ne sera peut-être pas facile de les faire descendre.

Ma mère me suivit lorsque je retournai dans la lumière du monde extérieur. Je plissai les yeux à cause du soleil qui m'assaillit soudain et je scrutai les lieux à la recherche de l'unique policier que je connaissais suffisamment pour m'en approcher. Quand mes yeux se furent réhabitués à la lumière, j'aperçus l'officier Bouchard au bord de la propriété. Il examinait un bosquet de conifères au bord d'une forêt bien plus grande d'arbres à feuilles caduques séparant la propriété d'Harlow de la mienne.

Je courus vers lui en sachant que ma mère n'aurait aucun problème à me suivre si elle le souhaitait.

— Saviez-vous qu'il y avait des chats à l'intérieur ? lui demandai-je, gênée par le fait que ma respiration était haletante après ce court exercice physique.

— Il doit s'agir de Jacques et Jillianne, dit-il en gloussant. Ces petites choses sont laides, n'est-ce pas ?

— Elles sont… mignonnes. Euh, d'une façon un peu différente, insistai-je.

D'une façon *très* différente. Malgré tout, même si je venais de penser la même chose que lui, je me sentis soudain défensive à leur égard.

Ma mère nous rejoignit alors, ayant choisi de traverser élégamment le champ plutôt que de courir comme moi. Je supposai que cela faisait maintenant partie de son personnage. *Les actualités n'attendent pour aucun homme*, m'avait-elle souvent dit, *mais pour une femme, peut-être.*

L'Officier Bouchard sourit gentiment à ma mère.

— Oui. La sénatrice les a récupérés chez un éleveur français, d'où les noms très chics. Ce sont de petites saletés impossibles à attraper. J'ai essayé toute la matinée, mais sans y parvenir. Je suppose qu'avec le parent proche qui arrive, les chats seront son problème.

— Le parent proche ?

Ma mère s'immisça entre lui et moi. Elle avait déjà sorti son téléphone et lancé l'application d'enregistrement, tendant le téléphone vers lui comme un micro.

— Et de qui peut-il bien s'agir ?

L'officier Bouchard fixa le téléphone, puis il s'éclaircit la gorge et répondit d'une voix claire :

— Son fils, Matthew Harlow. Il vit à Chicago. Il devrait arriver ici à la tombée de la nuit.

— Et qui a tué Lou Harlow, selon vous ? demanda ma mère en approchant encore plus le téléphone de son visage.

Il soupira et poussa sa main sur le côté.

— Je pense que c'est trop tôt pour le dire. Nous n'avons même pas encore éliminé la possibilité qu'il s'agisse d'un accident.

Jusqu'à aujourd'hui, je n'avais vu qu'une seule scène de crime auparavant : celle de Bill et Ruth Hayes, assassinés dans leur propre maison. Je l'avais vue longtemps après les faits, mais j'avais eu la même sensation qu'aujourd'hui.

On pouvait appeler ça l'instinct.

Ou l'intuition.

Peut-être même un coup de chance.

Quoiqu'il en soit, je savais que ce n'était pas un accident qui avait tué Lou Harlow. Quelqu'un avait voulu sa mort et avait décidé de prendre les choses en main.

Maintenant, il nous suffisait de découvrir qui.

La Chuchoteuse, Détective Privée était officiellement sur le coup.

4

Comme promis, ma mère resta pour m'aider à finir mes cartons. Cela me faisait de la peine de l'admettre, mais je le regrettais presque. Pour commencer, elle avait une opinion sur *tout*.

Et je n'exagère pas. *Tout*.

Pendant qu'elle attrapait mes biens un par un, elle fronçait les sourcils et les retournait dans ses mains. Apparemment, elle pensait que si elle étudiait mes objets sous tous leurs angles, ils allaient soudain se transformer en quelque chose qui corresponde à ses attentes.

Petite, je m'étais souvent demandé si elle ressentait la même chose à mon sujet, mais je savais maintenant que ce n'était pas le cas. Ma mère était une femme bien et je sais qu'elle m'aimait autant qu'elle le pouvait, mais elle n'avait certainement pas l'étoffe d'une mère divine.

— As-tu vraiment besoin de prendre ça chez toi ? me demandait-elle maintenant. Je peux t'en obtenir un plus récent. Et meilleur.

Après environ une heure de la même conversation, elle m'avait plus ou moins promis de m'acheter une nouvelle vie pour mon cadeau de crémaillère. Je sais que nos goûts n'étaient pas assortis : ma mère était bien plus sophistiquée que je ne le serais jamais, mais quand même, elle aurait pu arrêter un peu.

L'autre problème que j'avais à ce moment-là était que je voulais désespérément parler de la scène de crime et de ces étranges chats sphinx avec Octo-Chat. Oui, même si ma mère savait que je pouvais lui parler, je trouvais quand même étrange de tenir une telle conversation juste devant elle.

Nos goûts n'étaient pas nos seules différences. Ma mère aimait les faits et les preuves tangibles et sans fioritures. Elle aurait posé un million de questions auxquelles je ne savais pas comment répondre. Par exemple, *comment se fait-il que vous puissiez vous parler ?*

Je ne savais toujours pas pourquoi Octo-Chat et moi avions créé ce lien, ni même vraiment comment il fonctionnait. J'aimerais beaucoup découvrir cela un jour, mais j'étais trop occupée par mon déménagement pour pouvoir rester assise à réfléchir à toutes ces possibilités avec ma mère.

— Tu sais, dit-elle en examinant les assiettes et les bols empilés dans l'un de mes placards de cuisine. Tu vas vivre dans un manoir, maintenant. Beaucoup de tes affaires ne correspondent pas à cette esthétique. Ce sera peut-être dérangeant pour les visiteurs.

— Ça va, maman, dis-je en la poussant de la hanche et en rangeant moi-même le service qu'elle trouvait repoussant.

— Je n'ai pas l'intention d'avoir beaucoup de visites, et je ne suis pas du genre prétentieux. Tu le sais.

Elle fit un pas de côté et ouvrit un autre placard.

— Il y a peut-être un terrain d'entente ici, insista-t-elle. Mamie possède un joli service. Tu pourrais jeter le tien et utiliser le sien à la place. Oh! Ou tu pourrais donner le tien. Tu aimes beaucoup les boutiques solidaires, n'est-ce pas?

— Peut-être, cédai-je pour passer à autre chose.

J'aimais effectivement les magasins de charité, mais je préférais y acheter des choses plutôt que donner mes propres affaires.

Ma mère fronça les sourcils et je serrai une de mes joyeuses assiettes rouges contre ma poitrine. J'aimais mes assiettes et j'aimais ma vie également. Pourquoi ma mère ne pouvait-elle pas simplement accepter qu'elle et moi ne soyons jamais d'accord dans certains domaines? En quoi était-ce un problème que la plupart des affaires dans ma cuisine viennent d'une boutique où tout était à un dollar? Tout fonctionnait aussi bien que ce que ma mère achetait pour cent fois le prix dans ses boutiques élégantes.

— Oh, ça j'aime bien, dit-elle en jetant un coup d'œil dans le placard suivant et en attrapant une tasse en porcelaine Lenox à motif floral qu'elle examina avec de grands yeux.

— Je ne veux pas qu'elle touche à mes affaires, m'informa Octo-Chat en sautant sur le comptoir.

Il fit ainsi sursauter ma mère à tel point qu'elle laissa tomber la tasse qu'elle admirait.

Nous regardâmes tous les trois ce qui suivit au ralenti, mais c'était déjà regrettablement trop tard. La tasse délicate explosa en morceaux et Octo-Chat poussa un cri perçant.

— Mon récipient à Évian!

Ma mère fit un pas en arrière.

— Je suis vraiment désolée, me dit-elle, et je vis qu'elle était sincère.

Peut-être trouvait-elle toujours quelque chose à redire sur moi simplement parce qu'elle ne savait pas de quoi me parler, et non pas pour être désagréable. C'était sans doute pour cette raison qu'elle était aussi enthousiaste de partager l'enquête du meurtre de Lou Harlow avec moi.

— Je vais t'en acheter un nouveau jeu, promis, dit-elle en retenant ses larmes.

Je me sentis soudain comme la pire fille au monde. Pourquoi avais-je tant de difficultés à passer plus de quelques minutes consécutives en compagnie de ma mère ? Il fallait que je fasse plus d'efforts.

Bien sûr, je n'avais pas le cœur de lui expliquer que ce service à thé en particulier était irremplaçable. Il avait appartenu à l'ancienne propriétaire d'Octo-Chat, feu Ethel Fulton, et il s'agissait de l'une des rares choses qui lui restaient d'elle. D'accord, nous allions bientôt emménager dans son manoir encore meublé, mais tout de même. Ce service avait été spécial pour Octo-Chat. C'était le seul moyen pour qu'il accepte sa nourriture et son eau. Maintenant qu'il lui manquait une tasse, j'allais devoir augmenter le rythme du lave-vaisselle.

— Écoute, dis-je en essayant d'être aussi douce que possible. Je pense pouvoir gérer le reste, maintenant. Pourquoi n'irais-tu pas voir ce que tu peux découvrir de plus sur le meurtre Harlow ?

Elle se tordit les mains d'angoisse.

— Tu en es sûre ?

Malgré son hésitation, je voyais qu'elle était tout aussi impatiente de partir que j'étais de la voir partir.

Me sentais-je coupable ? *Oui.* Je n'avais sans doute jamais arrêté de me sentir coupable en ce qui concernait ma relation compliquée avec elle et mon père.

Malgré tout, ma mère et moi nous nous étions toujours mieux entendues sur de courtes périodes. J'aimais beaucoup le fait que nous nous soyons rapprochées au cours des dernières semaines, mais nous avions besoin de plus de temps pour mettre en place notre nouvelle relation… et ceci n'était pas la meilleure journée pour le faire, même si cette pensée me paraissait assez dure.

Ça ne pouvait simplement pas être une priorité avec toutes les autres choses que je devais faire.

Je contournai la tasse cassée et je serrai ma mère dans mes bras.

— J'en suis sûre. Je vois que tu as très envie de continuer l'enquête. Tout ira bien ici.

Ma mère poussa un soupir de bonheur.

— *Mmm*, tu me connais si bien, dit-elle avant de vite rassembler ses affaires et de se précipiter vers la porte. Je te tiens au courant par texto. Au revoir !

Et voilà, elle était repartie.

Octo-Chat recommença ses miaulements d'agonie. Même si nous pouvions nous comprendre, il revenait parfois aux bruits de chat classiques — en général dans des moments d'émotion intense — comme maintenant.

— Je suis désolée, lui dis-je en lui caressant prudemment la tête.

J'espérais que cela le réconforte et que ce geste aimable n'ait pas pour conséquence de me faire mordre, mais on ne savait jamais avec Octo-Chat.

— C'est comme si Ethel était morte encore une fois, me dit-il.

Il agita les oreilles avant de les faire retomber à plat contre sa tête. Sa queue se balançait d'avant en arrière comme un métronome. Ses yeux s'élargirent et devinrent si sombres que j'étais certaine qu'il aurait pleuré si c'était physiologiquement possible.

— Je suis vraiment désolée, répétai-je en ne sachant pas trop ce que je pouvais faire d'autre.

Il fixa les petits fragments de porcelaine éparpillés sur le sol de la cuisine. Du blanc, du rose, des bordures dorées, plus que des morceaux brisés de la vie qu'il avait connue autrefois. Super. Maintenant, moi aussi j'avais les larmes qui montaient.

— Je vais chercher le balai, marmonnai-je, ne voulant pas qu'il voie comme j'étais émue pour lui.

Avant que je puisse partir, Octo-Chat sauta devant moi et hurla :

— Non !

Mon pouls monta d'un cran, mon cœur battant follement en me demandant quelle chose insensée mon chat allait faire ensuite.

— Waouh, que se passe-t-il ?

— C'est juste que je ne suis pas encore prêt, m'informa-t-il. J'ai besoin de temps avec ça.

— Avec la tasse cassée ? demandai-je doucement.

Il était devenu plus doué pour détecter le sarcasme et il me punissait quand il l'entendait dans ma voix ou le percevait sur mon visage. Bien sûr, lui pouvait me parler comme il en avait envie, mais moi, je devais lui témoigner le plus grand respect en permanence.

Même dans des moments comme celui-ci.

Octo-Chat renifla et leva le nez comme il le faisait quand il voulait prendre un air supérieur.

— Oui, répondit-il simplement.

— Malheureusement, nous n'avons pas vraiment le temps.

Je gardai un visage serein et compréhensif.

— Les déménageurs seront là dans une heure environ. Et nous ne pouvons pas continuer à contourner ce bazar. C'est dangereux. L'un de nous pourrait se couper sur les éclats pointus.

Il poussa un miaulement éploré avant de se détourner.

— Fais ce que tu dois faire.

Je repris le chemin vers la pelle et le balai, ayant l'impression d'être la pire propriétaire de chat au monde. Ça faisait de moi la pire fille et la pire maîtresse en l'espace d'environ dix minutes. Ma cote n'allait pas monter dans l'immédiat.

Quand je revins, Octo-Chat était toujours figé dans sa posture dramatique. Normalement, son côté théâtral m'ennuyait, mais à ce moment-là, j'étais véritablement désolée pour lui et ce qu'il avait perdu.

— Est-ce que ça t'aiderait si nous disions quelques mots ? suggérai-je.

Le chat malheureux tourna légèrement la tête et me scruta du coin des yeux.

— Comme pour des funérailles ?

— Oui, dis-je en haussant les épaules. Comme pour des funérailles.

Il quitta sa pose et me fit face. Il semblait déjà aller mieux, comme si son cœur avait commencé à se réparer.

— Où allons-nous l'enterrer ? voulut-il savoir.

— Oh. *Euh.*

Je n'avais pas le temps pour ça, mais il semblait sincère et avoir besoin de faire son deuil, alors je suggérai quelque chose qui convenait à tous les deux, espérai-je.

— Nous devrions l'enterrer ce soir, chez Ethel.

Cela me laissait le temps de finir les cartons et avec un peu de chance, tout cet épisode lui pèserait un peu moins.

— Bonne idée, Angela, dit Octo-Chat avec un de ses rares sourires.

Je rayonnai à la lumière de son compliment rare et merveilleux. Il était une diva, c'était certain, mais c'était agréable de le rendre heureux, d'autant plus que la plupart du temps, toutes les petites choses que je faisais le décevaient grandement.

— *Ce soir*, cria-t-il joyeusement. Ça me laisse aussi le temps de travailler sur ce que je vais dire.

Il partit alors en trottinant, me laissant nettoyer le bazar et le préparer pour l'enterrement.

Argh. Même si j'étais contente qu'il se sente mieux, j'avais prévu de lui parler du meurtre de Lou Harlow et des chats étranges qu'elle laissait derrière elle.

Eh bien, ça devait attendre.

Pourquoi ma liste de choses à faire ne faisait-elle que s'allonger à mesure que je travaillais, aujourd'hui ?

5

Tout le malheur précédent d'Octo-Chat s'évapora dès que nous nous garâmes dans la longue allée sinueuse du manoir Fulton.

— La maison ! cria-t-il en étant même assez courageux pour détacher ses griffes de ma cuisse afin de se redresser et de regarder par la vitre. Oh, c'est si bon d'être rentré à la maison !

Je me garai, j'ouvris ma portière et il sauta immédiatement pour sortir.

— Ma maison ! continua-t-il à crier en se roulant dans l'herbe comme un chat fou.

J'étais sur le point de lui demander de se calmer quand il fila en haut des marches et à travers sa chatière spéciale, qui s'ouvrit au signal de son collier. Depuis tout ce temps, je n'avais jamais remplacé son collier et il ne me l'avait jamais demandé. Il savait sans doute depuis le début que nous allions finir ici un jour. Après tout, c'était lui qui avait tout organisé.

Octo-Chat avait manifestement trouvé un moyen de s'occuper.

Pendant ce temps, les déménageurs emballaient toujours des affaires dans ma vieille maison de location, ce qui m'octroyait un peu de temps seule dans ma nouvelle villa.

Une villa ! Et elle m'appartenait !

Ridicule.

D'accord, c'était aussi très cool.

Mon regard monta le long des trois étages jusqu'à la tourelle qui s'élevait à l'extrémité du toit. J'avais déjà décidé de faire ma chambre tout en haut de la tour, comme une étrange princesse contemporaine. Mamie avait réclamé la chambre principale ayant appartenu à Ethel avant sa mort. C'était aussi l'endroit où elle était décédée, et si je n'étais pas à l'aise dans la même maison, je l'étais encore moins dans la même chambre.

Mamie avait simplement ri en disant :

— Oh, ma chérie. La mort fait partie de la vie.

Je supposai qu'à son âge avancé, ça ne la contrariait pas autant que moi. Personnellement, j'espérais ne jamais atteindre un point dans ma vie où j'étais à l'aise en dormant là où un cadavre avait été allongé seulement quelques mois auparavant.

C'était déjà assez bizarre d'emménager dans une maison ayant servi de scène de crime. En fait, je travaillais encore à m'en remettre. J'étais à peu près certaine que ma première facture d'électricité allait me coûter plusieurs centaines de dollars, car j'avais l'intention de dormir avec toutes les lampes allumées jusqu'à ne plus avoir peur de ma propre maison.

Si j'avais eu le choix, je n'aurais jamais pris une demeure aussi grandiose. Mais Octo-Chat avait insisté. Monsieur Fulton — mon ancien patron — semblait heureux de se débarrasser vite de la maison, malgré une perte certaine pour lui et les autres héritiers.

Pendant que je regardais Octo-Chat faire des allers-retours en courant par sa chatière, gémissant de bonheur chaque fois, je dus me rendre à l'évidence que l'endroit lui correspondait. Peu importe qu'il soit un chat de gouttière commun. L'apparence pouvait être trompeuse et son cœur était résolument bourgeois.

Je le laissai s'amuser et j'attrapai un des cartons les plus légers dans le coffre de ma voiture. À l'intérieur, une fine couche de poussière s'accrochait à presque toutes les surfaces. J'aurais sans doute dû tout nettoyer avant d'emménager, mais je n'avais pas vraiment les moyens d'engager quelqu'un. En outre, le déménagement avait eu lieu si soudainement que j'avais à peine eu le temps de faire mes cartons, et encore moins autre chose.

Nous y viendrions. Un jour.

Il me suffisait de l'ajouter au fond de ma liste interminable de choses à faire. Ou peut-être quelque part au milieu.

Mon objectif était au moins de rendre l'endroit vivable avant que Mamie nous rejoigne à la fin du mois. Elle avait besoin de plus de temps pour emballer toute la vie qu'elle avait vécue à Blueberry Bay ainsi que ses souvenirs de son époque à Broadway.

Je comprenais cela, alors je ne lui dis pas à quel point l'idée de dormir dans cet endroit géant toute seule me faisait peur. J'avais Octo-Chat, qui pouvait choisir ou non de me protéger d'un danger potentiel. Une chance sur deux valait toujours mieux qu'aucune aide, si c'était soudain nécessaire.

Le manoir Fulton et le manoir Harlow d'à côté avaient très exactement la même disposition, ce qui était assez perturbant. Même si les demeures avaient été construites bien avant la popularité des villas toutes faites, je supposais que quelqu'un avait tellement apprécié le premier, qu'ils avaient décidé d'en construire un deuxième presque exactement pareil.

Je me trouvai soudain attirée par le grand escalier. Il ressemblait tant à celui d'à côté que je frissonnais chaque fois que je passais devant. J'étais comme un papillon de nuit attiré au milieu de la flamme. *Brûle, bébé, brûle.*

— Qu'est-ce que tu as? demanda mon chat en me dévisageant avec méfiance après son millionième passage par la chatière.

Je haussai les épaules.

— Je suis juste un peu perturbée par le meurtre dans la maison d'à côté.

Il s'arrêta net, ne posant même pas entièrement sa patte avant gauche en me fixant.

— Attends, *quoi*? Quelqu'un a tué cette gentille vieille dame? Quand?

Oh, c'est vrai. Je n'avais pas encore eu l'occasion de lui parler, étant donné l'épisode de la terrasse.

— Ce matin, lui dis-je en l'observant soigneusement pour voir comment il allait réagir. Enfin, sans doute hier soir, à vrai dire.

Il eut un hoquet de surprise et posa sa patte avec force sur le plancher.

— Et tu ne me l'as pas dit?

— Il y a eu tout cette histoire avec la tasse, et je... je suis désolée.

Je m'excusai en sachant que c'était le moyen le plus efficace pour éviter une confrontation. Octo-Chat adorait se disputer et détestait perdre, alors que j'avais constamment le rôle le plus désagréable.

Il secoua la tête, consterné, et me fixa pendant un moment inconfortablement long avant de monter quelques marches et de se placer exactement comme il voulait.

— Vas-y. Dis-le-moi, maintenant, exigea-t-il. J'ai besoin de savoir exactement ce qui est arrivé.

Je me sentis angoissée sous le feu de son regard scrutateur, mais je fis ce qu'il dit. Même s'il était censé être mon animal domestique, j'avais vraiment l'impression que c'était moi que l'on éduquait.

— La sénatrice a été tuée. Quelqu'un l'a poussée en bas des escaliers, expliquai-je.

— Les escaliers ! s'exclama Octo-Chat en levant une patte puis l'autre pendant qu'il fixait la descente.

Je hochai bêtement la tête, incapable de parler.

— Jacques et Jillianne, parvint-il à siffler entre ses dents serrées. Je vais les écorcher vivants, ces bons à rien.

Il descendit rapidement les marches et fut sur le point de filer par la chatière lorsque je l'arrêtai.

— Attends ! criai-je. Tu connais Jacques et Jillianne ?

Je me sentais bête chaque fois que je prononçais leurs noms francisés. Pourquoi les chats avaient-ils besoin de noms aussi compliqués ? Octo-Chat était déjà assez terrible avec ses huit noms, mais au moins, ils étaient en anglais. Une seconde. Était-ce bien vrai ? C'était franchement dur de se le rappeler, d'où son nouveau surnom amélioré… et beaucoup, beaucoup plus court.

Il soupira, mais garda le dos tourné vers moi. Ses toutes petites épaules de chat tombèrent, alourdies par le poids de sa déception en moi.

— Bien sûr que je les connais. Nous étions voisins et — incroyable non ? — nous le sommes à nouveau.

— Êtes-vous amis ? demandai-je avec impatience, le contournant jusqu'à ce que nous soyons une fois de plus face à face.

Il eut l'air d'être sur le point d'éternuer. Il ne le fit pas. À la place, il dit :

— Avec ces tordus ? Certainement pas.

— C'est vrai qu'ils ont l'air un peu différents, mais ce n'est pas une raison pour…

— Ce n'est pas leur apparence, Angela. C'est la façon dont ils parlent.

Il grogna à peu près comme le grand chat chauve l'avait fait ce matin.

Je ne savais pas trop à quel jeu nous jouions, mais je détestais ne pas comprendre. Je secouai la tête et je lui jetai un regard noir.

— Tu ne sembles pas moins raciste, là. Où est-ce spéciste ? Quoi qu'il en soit, ce n'est pas brillant.

Il se contenta de glousser.

— Oh, tu comprendras ce que je veux dire. Attends un peu. Ça ne devrait pas durer très longtemps.

Il monta quelques marches avant de se retourner vers moi, les yeux luisants d'un air que je ne sus pas tout à fait interpréter.

— Au fait, dit-il comme s'il venait soudain de penser à quelque chose. La mort par escalier ? Oui, c'est un coup de chat classique.

— Que veux-tu... ? commençai-je.

Il m'interrompit par un rire diabolique qu'il aimait utiliser quand il souhaitait être particulièrement théâtral. Apparemment, ceci était un de ces moments bénis.

— Je veux dire, dit-il entre deux respirations surexcitées, que Jacques et Jillianne ont tué la sénatrice. Les chats sont coupables. Affaire classée.

Il s'éloigna lentement en riant toujours.

Je fis deux grands pas en arrière, ayant l'impression d'avoir vu ma propre mort. Quoi qu'il se passe, j'allais faire attention et regarder où je marchais sur cet escalier que j'avais précédemment considéré comme la caractéristique suprême de ma nouvelle maison.

Le rire d'Octo-Chat résonna dans les couloirs. Pourquoi était-ce si drôle pour lui ? Pourquoi riait-il encore, et pour ça ?

Apparemment, ma mère et lui partageaient la même fascination morbide pour la mort de la sénatrice. Dommage qu'ils s'adressent tous deux à moi, et non pas l'un à l'autre.

Il est comme ça, me rappelai-je. *Il aime être au centre de l'attention. Il ne te ferait jamais vraiment du mal.*

Mais je pensai alors à toutes ces vieilles dames aux chats qui mourraient en ville pour ensuite être dévorées par les animaux qu'elles aimaient et je frissonnai encore…

Enfin, je savais au moins qu'Octo-Chat ne mangeait que du Gourmet.

6

Même si je devais monter des affaires à l'étage, je décidai de me contenter du rez-de-chaussée de la maison pendant que les déménageurs ramenaient toutes mes possessions les plus lourdes par la porte d'entrée. J'avais besoin d'un peu plus de temps pour accepter ce qu'Octo-Chat avait révélé sur les homicides de félins contre humains et leur méthode préférée.

Et moi qui n'avais même pas su qu'une telle horreur existait. *Que je suis bête.*

En réalité, je n'avais pas ramené beaucoup de choses de mon ancienne maison, alors les premiers cartons que je déballai avancèrent vite. Comme je me sentais toujours mal à l'aise chaque fois que je passais devant l'escalier, je décidai de sortir et de faire un tour de la propriété.

De magnifiques massifs de fleurs très bien entretenus entouraient la maison sur trois côtés et l'arrière s'ouvrait sur une magnifique terrasse à deux niveaux, avec un brasero et deux balancelles identiques. Plus loin, une épaisse forêt entourait la propriété, lui donnant toute l'intimité nécessaire et même plus.

D'accord, la moitié de ma semaine allait maintenant sans doute être passée à l'entretien du jardin, mais même moi, je devais admettre que c'était du temps bien investi.

Un grondement sourd au loin ainsi qu'un éclair rouge entre les arbres attira mon regard, et je marchai péniblement à travers l'herbe pour aller voir. Apparemment, si j'inclinais la tête exactement comme il fallait, je pouvais voir directement dans le jardin de la sénatrice. Une voiture de sport rouge écarlate venait de se garer dans l'allée et je la reconnus immédiatement. Après tout, il n'y avait que deux voitures de sport élégantes et rouges dans tout Glendale : Mamie en conduisait une et Thompson possédait l'autre.

Je regardai avec horreur mon patron, l'associé principal de notre cabinet d'avocats, monsieur Richard Thompson, sortir de sa voiture et monter les marches jusqu'à la maison. Il était anormalement dépourvu de l'attaché-case qui était d'habitude greffé sur lui comme une extension de son bras gauche. Il semblait nerveux en relâchant sa cravate et en regardant autour de lui pour voir s'il y avait quelqu'un. La police était plus ou moins partie, ou bien ils s'étaient rassemblés ailleurs. Et Dieu merci, il ne pensa pas à me chercher de l'autre côté de la forêt.

Je restai enracinée sur place quand l'officier Bouchard sortit de la maison et s'avança pour saluer monsieur Thompson. Son badge réfléchissait la lumière du soleil comme une pièce neuve de dix centimes.

— Richard, puis-je vous aider ?

J'étirai le cou pour essayer d'apercevoir l'expression de monsieur Thompson, mais une branche basse me bloquait la vue.

— J'ai appris la nouvelle, dit Thompson.

Sa voix grave s'entendait à travers la forêt.

— Je me suis dit que j'allais passer pour un dernier hommage.

Bouchard descendit les marches au petit trot et fit signe à l'autre homme de le suivre.

— Je suis sûr que je n'ai pas besoin d'expliquer que ce n'est ni le moment approprié ni l'endroit.

— Je sais, acquiesça mon patron.

Il ne semblait pas savoir quoi faire de ses mains.

— C'est juste que c'était si… si inattendu.

Le policier soupira et leva le bras pour passer la main dans ses cheveux.

— Oui, nous sommes tous assez choqués. Mais ça ne change rien au règlement.

Ils échangèrent quelques mots à voix basse qui se perdirent avant d'atteindre mes oreilles, puis monsieur Thompson remonta dans sa voiture et partit.

— C'était quoi, ça? demanda Octo-Chat en choisissant ce moment précis pour se frotter contre ma jambe et me donner la peur de ma vie.

— Je ne sais pas du tout, lui dis-je franchement, toujours très méfiante parce qu'à la fois mon cabinet et moi nous étions systématiquement mêlés à chaque meurtre qui se produisait en ville.

D'accord, il n'y avait pas eu de meurtres avant Ethel Fulton, ou en tout cas, je n'étais pas au courant.

— J'espère que les prochains habitants n'auront pas d'animaux domestiques, m'informa-t-il en bâillant d'ennui pendant que nous regardions entre les arbres d'un air absent.

Cela me surprit suffisamment pour lui jeter un coup d'œil. Ce n'était pas comme s'il se passait autre chose au manoir Harlow. Même l'officier Bouchard avait disparu.

— Tu n'aimes pas les autres chats ? lui demandai-je.

— Sur *mon* territoire ?

Il fit un *pchhh* sarcastique.

— Je préfère ne pas partager, si on me laisse le choix. Ceci est mon terrain. Ce sont mes arbres pour grimper, et dans leurs branches ? Ce sont mes oiseaux à dévorer... ou en tout cas, à déposer au pied de ton lit quand tu as été une gentille humaine.

Je frissonnai en me souvenant de son cadeau le plus récent.

— Dans ce cas, je vais devoir faire en sorte de ne pas être une gentille humaine.

Il mordilla les brins d'herbe entre ses pattes, avala quelques bouchées, puis ricana.

— Juste pour ça, mon vomi sera vert, maintenant.

— Euh, d'accord, dis-je en haussant les épaules.

Franchement, ses punitions étaient rarement pires que ses récompenses, et celle-ci me semblait particulièrement modérée.

— Ça perturbera toute ta journée, expliqua-t-il avec un sourire satisfait.

Son rire devint sinistre et je savais qu'il était passé en mode génie diabolique. Le seul problème avec ça, c'était que nos définitions du mot *génie* étaient très différentes.

Quand il s'arrêta de rire, il inspira profondément et leva la tête vers moi.

— Tu ne comprends pas, n'est-ce pas ? dit-il avec un grognement frustré.

Je secouai la tête, juste au moment où l'officier Bouchard apparut devant la demeure Harlow. Pourquoi était-il là ? Que faisait-il ?

— Il te faudra nettoyer le vomi vert, expliqua mon chat entre des éclats de rire qui semblaient perdre leur énergie. Normalement, tu commences ta journée en nettoyant du vomi marron. Tu vois ? Tout sera différent dès le début de ta journée. Tu ne pourras pas le supporter !

— Tu m'as eue, dis-je avec un soupir résigné.

Il valait mieux pour nous deux qu'il pense avoir trouvé un nouveau moyen de me punir. Il prenait un tel plaisir à essayer de nouvelles techniques pour m'éduquer que je n'avais pas le cœur de rectifier ses idées sur ce qui fonctionnait ou pas dans la discipline des humains.

— Ça va mieux maintenant ? demandai-je en me retournant vers lui pour l'examiner avec un sourire sceptique.

— Pour l'instant, répondit-il. Mais attends demain matin !

— D'accord, super.

Je regardai la silhouette immobile de l'officier Bouchard et ma curiosité grandit. Qui pouvait bien tuer une sénatrice nommée quatre fois quand ses électeurs l'aimaient tant ? Pourquoi la police trouvait-elle nécessaire de monter la garde devant la scène de crime ? Et quel était le rapport, s'il y en avait un, avec ces chats chauves et bizarres ?

— Hé, es-tu occupé maintenant ? demandai-je à mon chat quand je compris qu'il pouvait sans doute se faufiler dans les bois pour aller voir de plus près.

Il se contenta de lever le nez et de répondre :

— Oui.

Puis il se retourna avec la queue bien levée, me montrant inutilement son derrière de chat.

— Eh bien, merci pour ça, criai-je.

Avec un dernier coup d'œil à travers les arbres, je décidai de laisser tomber. Pour l'instant, du moins. Les policiers avaient peut-être déjà identifié le coupable et c'était pour cela qu'ils surveillaient les lieux. Même si j'avais maintenant un titre officiel après l'annonce impromptue de ma mère ce matin, je n'avais pas encore d'expérience et j'étais nouvelle dans ce travail.

Les policiers étaient les experts et je devais leur faire confiance pour travailler correctement. Cependant, même en pensant cela, je savais que je n'allais pas tarder à me faufiler à travers les arbres pour enquêter personnellement sur la scène de crime.

7

Quand les déménageurs partirent, la nuit tomba vite. Non seulement ils m'avaient aidée à déménager mes maigres possessions, mais ils étaient également restés pour réorganiser les meubles existants dans le manoir et pour charger certaines des pièces inutiles afin de les déposer vite fait à la boutique caritative locale.

Enfin, peut-être pas si vite que ça, étant donné qu'ils avaient fini par retirer plus que ce qu'ils avaient fait entrer dans la demeure. Mais je n'avais pas l'intention de garder le lit dans lequel Ethel était morte, ni quoi que ce soit dans sa chambre, d'ailleurs. Je me moquais de savoir que Mamie n'avait aucun problème à réadapter le mobilier à son propre usage. Ça me fichait la trouille et je refusais de les garder dans ma maison. C'était déjà assez terrible qu'Octo-Chat refuse totalement de se séparer du mobilier de la salle à manger qui avait accueilli le dîner empoisonné. Je n'avais pas besoin d'en rajouter avec ma grand-mère qui dormait dans le lit de mort de l'autre vieille dame.

— Je suis content qu'ils soient enfin partis, dit Octo-Chat en posant les pattes avant sur le rebord de la fenêtre pour regarder le camion de déménagement s'en aller. Ils sentaient mauvais, ils empestaient l'odeur corporelle humaine. *Beurk.*

Je levai les yeux au ciel, mais il fut heureusement trop distrait pour le remarquer.

— C'est sans doute parce qu'ils ont bougé des choses lourdes pour nous pendant la majeure partie de l'après-midi.

— Ça reste dégoûtant. J'ai un appareil olfactif très délicat ici, dit-il en agitant le nez.

Eh bien, je ne pouvais pas vraiment le contredire là-dessus.

— Est-ce que ça va? demandai-je en espérant qu'il soit indulgent, même si je m'attendais à moitié à ce qu'il m'oblige à déplacer ses affaires d'un endroit à l'autre toute la nuit jusqu'à trouver la bonne disposition.

— Ça va, répondit-il.

Sa complaisance me fit un choc terrible. Est-ce que vivre ici allait être comme de vivre avec un chat différent et moins exigeant? Je pouvais l'espérer.

— Je suis prêt pour les funérailles quand tu veux, dit-il en laissant tomber son derrière sur le tapis oriental usé et en me fixant avec de grands yeux inquisiteurs.

La tasse… ah oui.

— D'accord, je vais aller chercher le carton, dis-je en essayant de me souvenir si je l'avais laissé dans la voiture ou rangé quelque part dans la cuisine.

Octo-Chat courut devant moi et me bloqua le passage.

— J'ai dit, quand tu es prête.

— Je suis prête. Nous pouvons le faire maintenant.

Ooh, c'était si mignon qu'il tienne compte de mes besoins, pour changer. La perte de sa tasse le poussait peut-être à reconnaître la valeur des amis qui lui restaient. Nous avions peut-être vraiment atteint un tournant de notre relation.

Il secoua la tête et adopta un ton condescendant.

— Non, Angela. Tu ne l'es *pas*. Je ne voulais rien dire parce que je supposais que tu le savais déjà, mais…

Il marqua une pause pour inspirer d'un air théâtral.

— Toi aussi, tu as une odeur corporelle humaine.

… Ou peut-être que rien n'avait changé du tout.

Je posai une main sur chaque manche et je le fixai.

— Et alors ? Tu veux que j'aille me doucher d'abord ?

— Ce n'est pas ce que je veux, rectifia-t-il en étudiant sa patte d'un air nonchalant. C'est ce que j'exige.

J'avais terriblement envie de laisser tomber toute cette histoire de funérailles pour une tasse, mais à la place, je tournai les talons et je me rendis à la salle de bains. Bon sang, il m'avait vraiment bien éduquée.

J'étais irritée que mon chat me dicte quoi faire, mais l'eau chaude apaisa mes muscles endoloris et je me sentis mieux en enfilant mon jean préféré et en rejoignant Octo-Chat au rez-de-chaussée.

— Je suis prête ! dis-je en partant une fois de plus chercher la tasse.

Sa silhouette poilue apparut en haut des escaliers, me faisant encore sursauter.

— Non, dit-il simplement. Ça n'ira pas.

— Qu'est-ce qui ne va pas maintenant ? demandai-je en tapant impatiemment du pied.

C'était une partie du langage corporel qu'il comprenait très bien, parce qu'il faisait souvent pareil en agitant la queue.

— N'est-il pas habituel pour les humains de porter du noir quand ils vont à un enterrement ?

Il pencha la tête sur le côté, comme si ça lui faisait de la peine de devoir m'expliquer un concept aussi simple. Après tout, j'étais censée être l'experte des humains.

— Oui, mais...

Il leva une patte pour me faire taire.

— C'est bien ce que je pensais. Alors, vite, vite.

Je soupirai, mais je partis quand même chercher la robe que j'avais portée à l'enterrement d'Ethel quelques mois auparavant. Maintenant, mon irritation était telle que le chat avait de la chance de ne pas se rendre à son propre enterrement.

Il est en deuil. Il est en deuil, me rappelai-je encore et encore. Mais en réalité, il était capable de passer la meilleure journée de sa vie et néanmoins me traiter de cette façon. La plupart des gens avaient bien l'impression que les chats étaient prétentieux et se croyaient tout permis, mais ils ne savaient pas à quel point, parce qu'ils étaient incapables de tenir une conversation avec leurs chefs suprêmes félins chéris. Cependant, malgré toutes ses plaintes Octo-Chat me pardonnait la plupart de mes défauts, alors je faisais de mon mieux pour supporter les siens.

Quand je redescendis les escaliers, je me tins fermement à la rampe au cas où le chat était aussi irrité que moi.

Octo-Chat me fit un ronronnement d'approbation en voyant ma longue robe noire et mes cheveux brossés en arrière.

— Enfin. Maintenant, viens.

Il trottina vers sa chatière électronique et attendit que je le rejoigne sur la terrasse. Une fois dehors, j'attrapai le petit cercueil improvisé — qui avait autrefois été le carton d'une paire de tongs que j'avais achetées au magasin de chaussures bon marché — de la boîte à gants de ma voiture et je le suivis sur le côté de la maison.

Il s'arrêta au bout du mur de soutènement sur lequel débordaient de magnifiques azalées roses.

— J'ai choisi cet endroit, m'informa le chat, parce que ces fleurs me rappellent les petites fleurs ornant notre chère tasse disparue.

Quand je scrutai les fleurs et les restes de la vaisselle Lennox dans ma main, je vis qu'il avait entièrement raison. C'était vraiment assez adorable qu'il soit aussi attentionné. Je me demandai s'il allait être aussi subtil en planifiant mes adieux s'il vivait plus longtemps que moi. C'était une pensée morbide, effectivement, mais avec tous les meurtres autour d'ici dernièrement, elle était valable.

— Dois-je aller chercher une pelle? demandai-je quand il n'essaya pas de creuser la terre molle.

— Ça vaudrait mieux, Angela.

Il pencha la tête avec révérence. Était-il en train de prier? Si c'était le cas, à quelle divinité s'adressaient les chats? Avait-il le même Dieu que moi? Et comment envoyait-on un objet sans âme dans l'au-delà? J'avais tant de questions alors que franchement, j'avais toujours simplement supposé que mon chat se vénérait lui-même et s'attendait à ce que je rejoigne son étrange religion.

Je le laissai faire... *ce qu'il faisait.* J'avais le temps de poser des questions plus tard. Maintenant, je devais respecter un étrange rituel que je ne comprenais pas tout à fait, mais j'en savais assez pour voir qu'il revêtait une importance vitale pour lui.

Heureusement, il ne me fallut pas longtemps pour trouver une petite pelle parmi les outils de la cabane de jardin d'Ethel. Quand je revins en trottinant vers la scène de notre enterrement, je me demandai si Ethel s'était occupée elle-même du jardinage ou si elle avait toujours engagé quelqu'un. Je me demandai aussi combien de temps il allait me falloir pour apprendre les soins particuliers à apporter à chacune des nombreuses essences de plantes ornant la propriété. J'espérais ne pas mettre si longtemps que j'en tuais quelques-unes par incompétence. Je ne voulais vraiment pas avoir d'autres funérailles pour des objets inanimés. D'accord, techniquement les plantes étaient vivantes, mais je ne pensais quand même pas qu'elles méritaient des funérailles en leur honneur. Évidemment, la tasse était un cas spécial. Et j'espérais que c'était aussi une évidence pour mon chat.

En revenant vers lui, je m'agenouillai et je commençai à creuser à l'endroit indiqué par Octo-Chat. Pendant ce temps, il me regarda faire et commença une longue oraison funèbre sur la vie de son amie la tasse.

— Elle me donnait toujours de l'eau quand j'avais soif, gémit-il.

Je décidai de ne pas préciser que c'était parce qu'il refusait de boire dans un autre récipient.

— Et contrairement à sa sœur, poursuivit Octo-Chat, elle n'a jamais été contaminée en laissant entrer une mouche dans mon Évian.

Sa voix trembla lorsqu'il poursuivit :

— Oh non, monsieur. Elle gardait l'eau dedans et les mouches dehors, comme devrait le faire une bonne tasse. Tu vas me manquer, tasse. Le petit-déjeuner ne sera pas le même sans toi. Mon dîner non plus.

Je luttai pour garder un visage sérieux, et Dieu merci, parce qu'il se tourna vers moi d'un air grave et dit :

— Maintenant, c'est à ton tour de dire quelques mots.

Eh bien, mince. Pourquoi n'avais-je rien préparé ? J'aurais dû le voir arriver. Perdue, je dis la première chose qui me vint à l'esprit en espérant qu'elle lui fasse plaisir.

— C'était une bonne tasse. Jolie. Elle était assortie au reste du service.

— C'est vrai ! C'est vrai ! cria Octo-Chat et quand il redevint silencieux, j'entendis un gros bruit de l'autre côté des bois.

— C'était quoi ? chuchotai-je à mon chat tigré.

Il se leva lentement, regardant la tombe ouverte que j'avais creusée pour la tasse et son cercueil.

— As-tu entendu ce bruit ? répétai-je, plus fébrilement cette fois.

Et si le meurtrier était revenu ? Et s'il venait pour nous et que nous étions simplement assis à l'air libre, sans bouger, sans même regarder ?

Mes paumes se mirent à transpirer. Heureusement que je ne tenais plus la tasse, sinon je l'aurais laissée tomber en la tuant une deuxième fois.

Octo-Chat garda les yeux baissés, toujours sérieux, toujours solennel, complètement indifférent à ma peur.

— Je pense que nous avons à peu près fini ici, dit-il tristement. Angela, peux-tu s'il te plaît remettre la terre ?

Je hochai la tête et je poussai soigneusement la terre autour de la boîte à chaussures pendant qu'Octo-Chat chantait une chanson larmoyante sans mots, seulement constituée de miaulements. Elle aurait été belle, si je n'avais pas été inquiète qu'elle conduise le tueur directement jusqu'à nous. Heureusement, il ferma les yeux en chantant, ce qui me permit de regarder par-dessus mon épaule et de garder un œil sur les bois.

Il fallut environ cinq minutes pour terminer la chanson sans paroles. Notre étrange rituel maintenant terminé selon son apparente satisfaction, il pencha une fois de plus la tête et dit :

— Bon, il est temps de jouer au détective.

Puis il courut tête baissée dans les bois.

8

J'arrivais à peine à le suivre pendant qu'Octo-Chat traversait la forêt dense à toute vitesse. Des branches me frappaient le torse pendant que je m'enfonçais de plus en plus loin. Les bois qui reliaient nos deux propriétés ne faisaient pas plus de quinze mètres de large, mais sans aucun sentier pour me guider, j'avais l'impression que c'était plus profond et plus sombre qu'à la lumière de l'après-midi.

Même en avançant prudemment, je parvins à m'accrocher le pied à une racine noueuse, ce qui m'envoya valser à plat ventre dans la terre. Bien sûr, j'avais bêtement porté des chaussures ouvertes pour l'enterrement de la tasse, aussi l'expérience fut-elle particulièrement douloureuse quand je me cognai l'orteil.

Je gémis et je roulai sur le côté en serrant mes pauvres orteils blessés et en scrutant l'obscurité à la recherche d'Octo-Chat. Il était sans doute déjà au manoir Harlow maintenant, ce qui voulait dire que j'étais seule dans la forêt lugubre, avec une blessure qui allait m'empêcher de fuir vite si les problèmes venaient à moi.

Un craquement inquiétant se fit entendre à quelques mètres pendant que quelque chose avançait lentement et d'un pas déterminé vers moi, sur le lit de feuilles sèches étalées sur le sol de la forêt comme un épais tapis.

S'il te plaît, ne sois pas un loup. S'il te plaît, ne sois pas un loup, suppliai-je intérieurement. Les loups étaient-ils assez courageux pour s'approcher d'une zone résidentielle? Je ne le savais pas du tout, mais la forêt qui reliait nos maisons s'étirait partout dans ce quartier chic. Il était totalement possible que quelques animaux logent près de là et qu'ils me voient maintenant comme un petit en-cas facile après le dîner.

— Bonjour? criai-je dans l'obscurité, parce que c'était plus terrifiant de rester silencieuse.

L'officier Bouchard tenait peut-être la garde au manoir Harlow et il allait venir en courant dans la forêt pour me sauver. Avec un peu de chance, il serait au moins légèrement plus prudent que moi.

Le craquement des feuilles s'arrêta, me laissant seul avec le sifflement étrange du vent dans les arbres. Bon, je n'allais jamais revenir ici la nuit. Non, je n'allais pas le faire, même si quelque chose piquait ma curiosité.

Et ce soir semblait un bon moment pour commencer ma règle de « l'interdiction des bois la nuit », dès que je pouvais sortir d'ici.

Je passai sur le dos et je parvins à m'asseoir. J'avais mal partout, et j'allais vraiment avoir besoin d'une autre douche. Heureusement, je n'avais apparemment rien de cassé, alors j'enfonçai mes mains déjà sales un peu plus loin dans la terre et je me relevai. Mon pied blessé avait du mal à supporter mon poids, alors je boitai comme un zombie, avançant très lentement à travers les bois.

Je n'avais même pas fait un mètre quand les craquements recommencèrent.

Je voulais courir, mais je savais qu'en essayant d'aller plus vite avec ma blessure, j'allais seulement m'étaler une fois de plus. J'avançai donc laborieusement avec un animal inconnu à ma poursuite. J'avais atteint la moitié du chemin entre la maison de la sénatrice et la mienne quand j'entendis Octo-Chat crier :

— Oh, si vous cherchez les problèmes, vous allez les trouver, c'est sûr !

— Octo-Chat ? criai-je en me retournant pour chercher son petit corps rayé parmi les arbres.

Je n'avais encore jamais été si heureuse d'entendre sa petite voix exigeante de toute ma vie.

Malheureusement, ce n'était pas lui que je trouvai devant moi, maintenant. À la place, deux paires d'yeux vert-jaune apparurent soudain, s'approchant de plus en plus jusqu'à ce que nous ne soyons plus qu'à un mètre ou deux les uns des autres. Les taches blanches sur le chat le plus petit le rendaient plus facile à distinguer, mais le grand sphinx noir resta caché dans les ombres, en dehors de ses grands yeux luisants.

Octo-Chat émergea des branches entremêlées de la forêt quelques secondes plus tard et me dévisagea de la tête aux pieds.

— Que t'est-il arrivé ?

— Je suis tombée, dis-je simplement, ne souhaitant pas quitter nos deux étranges visiteurs du regard.

D'un autre côté, je supposais que ces bois leur appartenaient autant qu'à nous.

— Ils t'ont fait trébucher ?

Il se plaça entre les autres chats et moi et grogna. Je me sentis légèrement plus en sécurité et beaucoup plus aimée.

— Je ne crois pas, dis-je un scrutant le sol à la recherche de la racine sournoise qui m'avait fait tomber, mais je ne trouvai rien dans l'obscurité grandissante.

— Eh bien, ça ne m'aurait pas étonné de leur part, marmonna-t-il.

Le plus grand sphinx s'avança et poussa une série de hurlements graves.

— Oh, bon sang, il recommence, siffla mon chat en guise de réponse.

— Qu'a-t-il dit? demandai-je en boitant jusqu'à l'arbre le plus proche et en posant la main sur son tronc pour ne pas rester coincée sur un seul pied pendant tout cet échange.

Même s'il avait détesté travailler avec le Yorkshire traumatisé lors de notre dernière affaire, il semblait encore plus fâché de devoir parler aux sphinx. Octo-Chat inspira profondément avant de traduire.

— Il a dit « *ne conservez que la première partie de ce malentendu théâtral.* »

Eh bien, je ne m'attendais pas à ça.

— Euh, quoi? demandai-je en déplaçant mon poids pour me reposer encore plus sur l'arbre.

— Pas quoi, rectifia Octo-Chat en poussant un gros soupir. *Qui?*

— Hein?

Je levai ma main libre pour me gratter la tête, complètement perplexe, maintenant.

Il soupira encore.

— Tu te souviens que je t'ai dit que je n'aime pas leur espèce? Voilà pourquoi. Ce n'est pas parce qu'ils ont l'air bizarres. C'est parce qu'ils parlent bizarrement. Tout ce qu'ils disent sort comme une énigme. C'est pour ça qu'on les appelle les sphinx. Tu comprends, maintenant?

— Tu veux dire, comme la créature mythique qui gardait le secret des dieux ?

Je trouvais à la fois fou et fascinant qu'une vieille histoire dont je me souvenais à peine ait une véritable incidence sur notre monde moderne.

— Oh, ce n'était pas aussi généreux que ça, dit Octo-Chat en parlant comme s'il avait personnellement connu le sphinx de la mythologie grecque. C'était un démon désagréable, qui tourmentait tout le monde juste parce qu'il en était capable.

Il cracha en direction des deux visiteurs chauves et hérissa les poils de son dos d'un air menaçant.

— Waouh, dis-je tout doucement.

Octo-Chat se tourna vers moi, maintenant encore plus énervé qu'avant.

— Maintenant, tu comprends pourquoi je n'étais pas très enthousiaste à l'idée de bavarder avec eux. La grande est Jillianne, au fait, et le petit, c'est Jacques.

— Je sais que tu es un peu mal à l'aise maintenant, dis-je pour l'apaiser.

J'avais bien vu que les trois chats avaient quatre jambes solides et que je n'en avais qu'une. Malgré sa frustration, Octo-Chat était au moins resté à mes côtés.

— Mais nous aurions vraiment besoin de leur aide, poursuivis-je. Peux-tu s'il te plaît simplement leur dire que je suis leur nouvelle voisine et que je suis ravie de les rencontrer ?

— Tu es au courant que l'ancien sphinx aimait aussi tuer les gens ?

Octo-Chat se lécha la pâte en parlant, peut-être parce qu'il n'aimait pas être assis dans la forêt sale, ou peut-être pour se vanter d'avoir un pelage contrairement à nos deux interlocuteurs.

Après un nouvel échange, il m'informa :

— Ils disent, et je cite : « *Que ce soit inscrit sur papier, paillasson ou assiette de porcelaine, voici notre salut, des chats à l'humaine.* »

— Ha, ils me souhaitent la bienvenue ! criai-je en m'amusant maintenant bien plus que mon pauvre chat éprouvé. Comment font-ils pour les inventer si vite ? Ce doivent être des génies.

Octo-Chat grogna. Une fois de plus, nos définitions semblaient très différentes.

— Je ne suis pas obligé de rester subir ça, tu sais. Si tu veux mon aide, tu éviteras d'encourager leur comportement insupportable.

Il me semblait que les deux chats parlaient *toujours* ainsi selon lui, mais si je lui faisais la remarque maintenant, il allait simplement rentrer à la maison et j'avais encore beaucoup de choses à découvrir sur nos deux petites merveilles.

— Peux-tu leur demander s'ils savent qui a tué leur propriétaire, s'il te plaît ? demandai-je à la place.

Octo-Chat garda les yeux fermement rivés sur moi, il me défiait.

— Ça commence à devenir usant, alors je te suggère de réfléchir soigneusement à chaque question, parce que je n'ai pas l'intention de faire ça toute la soirée, avertit-il.

— Très bien, très bien, grommelai-je. Maintenant, raconte-moi ce qu'ils ont dit ?

Il plaqua les oreilles contre sa tête et la secoua.

— Oui, ça t'amuse beaucoup trop, mais je te dis tout de suite que nous n'allons *pas* les adopter.

J'étais sur le point de crier contre Octo-Chat quand il déclama l'énigme suivante d'un ton monocorde et plein d'ennui.

— « *Ce que nous disons pour confirmer, lors d'une question fermée.* »

— *Oui!* criai-je avec joie. Ça veut dire oui, n'est-ce pas? Ils savent!

Cette affaire pouvait très bien être résolue en un clin d'œil, puisque nous avions deux témoins clés ici qui étaient d'accord pour nous parler.

Octo-Chat laissa échapper un grognement terrible, puis il se retourna et disparut entre les branches d'arbres.

— Hé, attends! criai-je en essayant de le suivre.

J'espérais que les sphinx allaient m'emboîter le pas. J'avais terriblement envie de leur poser la question suivante : c'était peut-être la seule dont nous avions besoin pour trouver le meurtrier. Bizarrement, ma question allait être la même que la réponse à leur première énigme : *Qui?* C'est-à-dire, qui a tué la sénatrice? Pourquoi Octo-Chat ne comprenait-il pas?

— Ils savent qui a tué la sénatrice, criai-je dans la direction où il était parti. Maintenant il te suffit de poser une question de plus et nous aurons résolu cette affaire en un temps record!

Je ne le voyais nulle part. Était-il vraiment parti en m'abandonnant? Et moi qui commençais à croire qu'il s'intéressait à nos enquêtes. Eh bien, nous étions deux à pouvoir jouer au jeu de la punition, et je pensais avoir beaucoup plus de facilité à l'irriter qu'il n'en avait de m'ennuyer.

— Oh, Octo-Chat! criai-je dans une dernière tentative pour l'attirer en restant aimable. Où es-tu?

Rien. Même le vent avait arrêté de siffler dans les arbres.

Eh bien, c'était merveilleux. Il était parti en courant et m'avait laissée blessée et seule dans une forêt effrayante. Sauf si…

Je me retournai pour chercher les sphinx derrière moi, mais à la place je heurtai un grand torse rond. Un torse humain.

Je ne pris même pas la peine de regarder son visage en pivotant et en essayant de courir. Que mon pied soit douloureux ou pas, il fallait que je retourne dans la sécurité relative de ma maison. Il fallait que je sorte tout de suite de ces bois sombres. Il se pouvait bien que ma vie en dépende.

Je n'avais fait qu'un seul pas lorsqu'il saisit mes bras et me tira à nouveau contre lui.

— Hé, que fais… ? criai-je en luttant pour me dégager.

Il leva une main poisseuse et la posa sur ma bouche avant que je puisse terminer mon appel à l'aide.

Bon, c'était fini. C'était ainsi que j'allais mourir… pas dans les escaliers, mais perdu dans les bois à quelques mètres seulement de ma nouvelle maison grandiose.

Ceci ne s'avérait pas être une très bonne journée pour déménager.

Pas du tout.

9

Et voilà. Fuite ou combat. Les deux, de préférence.

J'avais déjà été détenue par une meurtrière. J'avais été balancée sur le quai et laissée pour morte. Je pouvais survivre à ça. En faisant appel à toutes mes forces, je mordis la paume charnue qui couvrait ma bouche.

Oui ! Cela fonctionna.

Mon assaillant poussa un cri de douleur. Il s'écarta immédiatement en serrant sa main blessée contre lui.

— Ouille ! Pourquoi avez-vous fait ça ?

Sa voix était un peu aiguë pour un homme… et nasale également.

— Hé, c'est vous qui m'avez attaqué ! rectifié-je en examinant son visage écarlate et son pantalon de pyjama en flanelle rouge assorti. Il était bien moins effrayant maintenant que je l'avais bien vu, mais ça ne changeait rien au fait qu'il pouvait facilement me maîtriser avec sa taille et sa force.

— Qui êtes-vous ? demandai-je. Que faites-vous dans mon bois ?

Il n'était pas obligé de savoir que j'avais seulement emménagé l'après-midi même. En fait, j'étais sûrement plus en sécurité s'il l'ignorait.

Il eut au moins la décence de sembler gêné. En serrant toujours sa main blessée, il se précipita pour essayer de s'expliquer.

— J'ai entendu parler, alors je suis sorti voir ce qu'il se passait, et puis vous avez foncé sur moi.

Je poussai un soupir de dédain et je croisai les bras. Ça devait être agréable d'être un homme, de pouvoir se promener dans les bois sombres sans autre inquiétude pour sa sécurité qu'un éventuel tueur en série avec une tronçonneuse. D'un autre côté, je fonçais souvent tête baissée dans des situations dangereuses avec rien de plus que mon chat caractériel pour me défendre. Je supposai que je ne pouvais donc pas vraiment le juger trop durement.

— Ça ne me dit toujours pas qui vous êtes.

— Je suis Matt Harlow, dit-il en me tendant la main qui n'était pas blessée pour me saluer.

— J'ai mordu la première. Voulez-vous vraiment me faire confiance avec la deuxième? demandai-je en écarquillant les yeux d'un air de défi comme mon chat le faisait très souvent.

Je n'étais pas en sécurité tant que j'étais dans cette forêt. J'avais un trop gros désavantage dans l'obscurité avec un homme bien plus grand devant moi et une blessure qui me ralentissait.

Matt eut un mouvement de recul et il rit nerveusement. Au moins, il était effrayé, lui aussi.

— C'est vrai. Alors vous allez bien, n'est-ce pas?

— Je vais bien, dis-je alors que la pulsation dans mes orteils augmentait.

— C'est tout ce que j'ai besoin de savoir.

Il leva le bras pour me saluer, puis il repartit dans la direction d'où il venait.

— Passez une bonne soirée.

Je le regardai partir jusqu'à ce qu'il soit hors de vue, puis je continuai mon trajet jusqu'à la maison. C'était donc Matt Harlow, le parent proche de la sénatrice. Si nous nous étions rencontrés dans des constantes différentes, j'aurais pu lui tirer les vers du nez, voir ce qu'il savait. Là, je préférais attendre la lumière du jour et être à un endroit qui capte avec mon téléphone portable avant de l'accuser de meurtre.

D'accord, il semblait assez gentil : grand, rondelet, un peu comme un ours en peluche, mais son réflexe en me rencontrant avait été de m'attraper et de couvrir ma bouche. C'était bien plus inquiétant que ces chats sans poils farcis d'énigmes.

— Je suis rentrée, criai-je quand je passai la porte d'un pas lourd.

Je ne savais pas vraiment pourquoi je prenais la peine d'annoncer mon arrivée alors que mon colocataire félin ne s'inquiétait pas tellement pour ma sécurité.

Octo-Chat eut l'intelligence de rester caché. Autrement, je lui aurais fait un discours sévère parce qu'il m'avait abandonnée dans les bois juste au moment où les sphinx étaient sur le point de révéler un élément crucial de notre enquête. Eh bien, s'il voulait se cacher, il pouvait aller se coucher sans dîner.

Je traversai la maison en tapant des pieds pour qu'il comprenne que j'étais très en colère contre lui. À mon troisième passage du rez-de-chaussée, je m'arrêtai à la cuisine pour verser une portion de Gourmet dans le bol d'Octo-Chat. Même si je voulais lui apprendre une leçon, je n'avais pas envie de supporter toute une nuit de miaulements.

Je me vengeai cependant, parce que je lui servis le goût qu'il aimait le moins : le poulet que nous avions seulement parce qu'il faisait partie d'un lot que j'achetais au supermarché local. En général, j'en accumulais plusieurs douzaines, puis je les déposais sous forme de dons au refuge local, mais je me dis que ça valait le coup d'en utiliser pour une vengeance nécessaire.

Toujours insatisfaite, je montai les marches jusqu'à ma chambre dans la tour et je la fermai derrière moi. L'entreprise du câble venait nous connecter à Internet demain, alors pour le moment je devais dépendre de ma connexion mobile pour surfer sur le Web avant de dormir. Même si les pages se chargeaient terriblement lentement à cause de notre proximité avec la forêt, je voulais faire quelques recherches rapides parmi les activités récentes de la sénatrice pour voir si quelqu'un me sautait aux yeux en lien avec son meurtre.

Pendant que j'y étais, je cherchai également des informations sur Matt Harlow. D'après ce que je voyais, c'était simplement un citadin normal d'âge moyen qui avait récemment divorcé et qui travaillait dans la vente. Rien ne me parut indiquer un tueur en série, mais il était possible qu'il n'ait tué qu'une seule fois jusqu'ici, si la mort prématurée de Lou avait été causée par son fils.

Franchement, je ne voyais pas du tout.

Un grattement impatient me parvint depuis l'autre côté de la porte.

— Va-t'en ! criai-je, car je ne souhaitais pas m'occuper des caprices de mon chat.

Octo-Chat murmura quelques mots que je ne pus pas discerner, mais il semblait avoir une sorte de dispute avec lui-même.

— Je suis désolé ! cria-t-il après une légère hésitation.

Je fus si surprise que je laissai tomber mon téléphone sur le lit à côté de moi. Je ne pensais pas avoir déjà entendu cette série de mots sur ses lèvres. « *Tu vas le regretter* » oui, mais jamais des excuses sincères.

Je souris intérieurement, prête à profiter au maximum de ce moment. Tout comme Octo-Chat, il me fallait savourer mes victoires.

— Qu'as-tu dit ? demandai-je en faisant semblant de ne pas avoir entendu.

Je ne savais pas s'il était là pour demander une meilleure saveur de Gourmet ou parce qu'il se sentait mal. Néanmoins, c'était déjà bien.

Quand sa voix me parut tendue, je compris que ce moment était déjà une assez grande punition.

— Tu sais ce que j'ai dit. Tu es juste… *aarg !* Je suis désolé, d'accord ? Je suis désolé !

Je fonçai vers la porte, mais comme au ralenti. Franchement, le moment ressemblait à ceux où l'héroïne court au ralenti dans un champ de fleurs vives pour atteindre son héros. Oui, j'aimais mon chat, et ce moment était spécial pour moi, alors ne me jugez pas.

En ouvrant, je lui souris et je lui dis :

— Je te pardonne.

— Super, dit-il avec un sourire rusé. Au fait, il y a un joli petit vomi vert qui t'attend en bas des escaliers.

Il s'éloigna en trottinant, agitant les hanches d'un air triomphant. Franchement, je ne me souvenais même pas pourquoi il me punissait avec son vomi vert, mais j'avais d'autres chats à fouetter.

En laissant la porte ouverte au cas où il voulait revenir pour des câlins d'excuses, je m'installai sur mon lit et je repris mes recherches sur la sénatrice et son descendant.

Je lus d'abord tous les articles de presse la concernant datant de moins d'un mois. Ce fut d'un ennui mortel, alors je me concentrai sur ce que je savais déjà personnellement.

Après avoir préparé l'application pour prendre des notes sur mon téléphone, je tapai tout ce que j'avais découvert jusqu'ici :

A servi quatre mandats, allait sans doute être réélue.

Morte en tombant dans les escaliers.

Marche du bas enfoncée.

Maman est chargée d'enquêter pour le journal.

Intuition horrible à la scène de crime.

Deux chats sphinx d'un éleveur en France.

Officier Bouchard a monté la garde dehors pendant une grande partie de la journée.

M. Thompson est venu rendre visite et il a été éconduit.

Le proche parent est Matt Harlow. Il m'a croisée dans les bois et a couvert ma bouche quand j'ai essayé de crier.

Bon, c'était tout jusqu'ici, n'est-ce pas? Si je tenais compte de toutes les personnes mentionnées sur la liste, cela signifiait que mes premiers suspects comprenaient l'officier Bouchard, Matt Harlow, M. Thompson, ma mère, et un éleveur de chats en France. Et, ah oui, également ses deux chats. J'aurais sans doute dû ajouter toute personne dont il se disait qu'elle voulait se faire élire au siège de la sénatrice pour l'élection suivante : il restait encore plus de deux ans, ce qui me faisait penser qu'un adversaire politique était un coupable assez improbable.

Cela me ramena à une autre question très importante : comment la sénatrice connaissait-elle M. Thompson? Bien sûr, je pouvais simplement le lui demander la prochaine fois que j'irai travailler au cabinet, mais allait-il accepter de me dire la vérité ou simplement m'embrouiller davantage ?

Je tâtonnai pendant presque une heure sur Google, cherchant n'importe quel lien entre Harlow et Thompson, mais je ne trouvai rien. Comme j'étais encore en congé pendant le reste de la semaine, je décidai de demander un service à un ami.

— Allô ? répondit Charles à voix basse.

C'était l'associé adjoint de mon cabinet et mon ancien béguin.

— Charles, j'ai besoin d'un service, lui dis-je.

— Je suis au cinéma avec Breanne. Une seconde.

J'entendis les grognements de colère des autres spectateurs du cinéma, puis une minute plus tard, sa voix me parvint de façon plus évidente.

— Je suis dans l'entrée maintenant. Que se passe-t-il ?

— La sénatrice a été assassinée hier, lui dis-je au cas où il n'était pas encore au courant.

Mais il l'était. Évidemment.

— Ils n'ont pas encore éliminé la possibilité qu'il s'agisse d'un accident, rectifia-t-il.

— Mais moi oui, rétorquai-je, et il eut la bonne idée de ne pas me contredire. Quoi qu'il en soit, Thompson est venu cet après-midi et il a essayé d'entrer dans la maison, mais les policiers l'ont congédié.

— C'est bizarre. Attends, comment le sais-tu ?

— J'habite à côté, maintenant. Tu t'en souviens ? répondis-je d'un ton pragmatique.

— Tu ne sais pas rester à l'écart d'un bon mystère, n'est-ce pas, Russo ? s'esclaffa-t-il alors que nous parlions tout de même d'un meurtre.

Cela refit un peu fondre mon cœur pour lui. Comme il était déjà

fois, mais nous devions au moins révéler la vérité sur la mort de Lou Harlow.

Après un rapide petit-déjeuner de Cheerios sans lait, j'attachai mes cheveux et j'enfilai une robe d'été rétro aux couleurs vives, puis je montai dans ma voiture. Je voulais résoudre ce problème aussi vite que possible... pas seulement pour la sénatrice, ni seulement pour le monde en général, mais pour moi-même également. Le sommeil n'était pas venu facilement hier soir, et ça allait sans doute durer tant que je ne savais pas si j'étais en sécurité dans ma nouvelle maison.

— Où comptes-tu aller? demanda Octo-Chat en sautant sur le capot de ma voiture et en me poignardant du regard à travers le pare-brise.

— À la maison voisine, l'informai-je.

Je n'allais pas prendre le risque de repasser dans ces bois, malgré le soleil qui brillait maintenant.

— Descends tout de suite de ma voiture pour que je démarre.

— Je viens aussi, dit-il avant de piquer un sprint vers la forêt.

Je n'étais pas du tout surprise : il avait sa façon de voyager préférée, et moi la mienne.

Je longeai ma longue allée sinueuse jusqu'à un petit bout de route, puis je remontai le long de la longue allée sinueuse du manoir Harlow. Oui, une fois que mon pauvre pied allait être remis, il serait sans doute bien plus rapide de traverser les bois. Parfois, la vitesse n'était cependant pas l'élément le plus important d'un déplacement.

Comme quand on cherchait à résoudre un mystère.

J'avais appris cela lors de ma première fois. J'étais partie en galopant vers la ligne d'arrivée sans même prendre le temps de me préparer pour la course. Et j'avais failli me faire tuer.

En y réfléchissant bien, je m'étais également fourrée dans un danger mortel en cherchant à résoudre ma deuxième affaire. Cette fois, j'allais être très contente si livrer le meurtrier de Harlow à la justice n'impliquait aucun flirt avec la mort de ma part. J'allais certainement me sentir bien plus professionnelle si j'étais capable de résoudre un crime sans mettre en danger la vie de qui que ce soit.

Aujourd'hui allait peut-être être ma grande journée : un tournant décisif pour mademoiselle la Chuchoteuse, Détective Privée. Je gloussai à cette idée, mais je devais avouer que je commençais à m'habituer au surnom donné par ma mère.

Quand je me garai sur la propriété Harlow, je fus surprise de ne voir aucune voiture de police ou de sport. À la place, un vieux camion rouillé était garé juste devant l'entrée principale. La porte était grande ouverte, mais je ne voyais personne à l'intérieur… pas même les chats ésotériques qui vivaient encore là.

— Je suis là ! retentit le cri étouffé d'Octo-Chat dans les bois. Et j'arrive avec un cadeau, ajouta-t-il lorsqu'il fit son apparition avec un rongeur mort dans la bouche.

— Dégoûtant, dis-je en sachant déjà que le vomi de chat du lendemain matin allait être particulièrement affreux.

— Quelqu'un est là ? appela une voix grave depuis l'intérieur de la maison.

Je restai près de ma voiture et j'attendis que l'auteur de la question émerge sur la terrasse. Quand il le fit, je poussai un cri de joie et je courus vers lui pour le prendre dans mes bras.

— Brock ! C'est si bon de te voir dehors.

J'espérais qu'il ne soit pas offensé par mon choix de mots, mais je me sentais mieux en ne mentionnant pas directement le fait que c'était au tribunal ou en prison que je l'avais vu les dernières fois.

— C'est Angie, non ? demanda-t-il en me retournant un sourire immense. Merci d'avoir aidé pour mon procès.

Oups. Bien sûr, il ne me connaissait pas aussi bien que moi. J'avais passé la majorité d'une semaine entière à me concentrer sur son affaire, alors qu'il ne m'avait vue que pendant de courtes périodes au milieu de ce qui devait être l'événement le plus stressant de sa vie.

— Quand tu veux, dis-je en lui donnant un coup enjoué sur l'épaule.

— Eh bien, j'espère plus jamais, rectifia Brock en riant. Mais je te remercie.

Il était beau. Très beau. Ses longs cheveux sombres avaient été coupés plus court, laissant juste assez de longueur pour qu'une personne puisse passer les doigts dedans.

Qui ça ? Moi ? *Non*. Mon dernier béguin s'était très mal terminé… il était sorti avec quelqu'un d'autre. Et notre cher Brock se souvenait à peine de mon nom. Je n'avais pas besoin d'aller fantasmer sur les possibilités romantiques entre nous.

D'un autre côté, son sourire apparaissait facilement et il était sincère. Je n'arrivais pas à croire que cette horrible agente immobilière soit sa sœur jumelle. En dehors de leur nom de famille, ils n'avaient presque rien en commun. En tout cas, d'après ce que je voyais.

Brock me fit signe de le suivre dans la maison, puis il s'accroupit devant les escaliers et reprit le travail.

Ce pantalon. Ce tee-shirt. Ces muscles. Et la façon dont il maniait son marteau… *Arg*.

Apparemment, mon béguin pour Charles Longfellow le troisième était oublié. Même s'il avait été accusé à tort, je me demandais si Mamie approuverait que je fréquente un ex-prisonnier. En fait, elle allait sans doute le trouver encore plus excitant que moi.

Non, non, non. Vilaine Angie! Je n'avais pas le temps de

fréquenter des hommes — ni même d'y penser — alors qu'il y avait un meurtrier en liberté.

— Alors, ils t'ont engagé pour réparer les escaliers ? demandai-je, histoire d'avoir quelque chose de cohérent à dire.

Ses yeux sombres et étincelants étaient si beaux quand il se tourna pour m'examiner.

— Effectivement. Et ça m'a fait plaisir. Même si j'ai été acquitté, beaucoup de gens par ici n'ont pas très envie de m'engager.

— Oh, je pourrais te trouver des choses à faire.

Je fus une nouvelle fois hypnotisée par le renflement de ses muscles sous son jean. Une seconde, avais-je dit ça à voix haute ?

— Pardon ? demanda-t-il en se tournant vers moi et en s'essuyant le front avec l'avant-bras.

— *Euh*, bafouillai-je, incapable de me souvenir de ce à quoi je pensais.

Puis je compris subitement. Même si je trouvais l'homme qui se tenait devant moi très beau, ceci ne le concernait pas. C'était au sujet de ma kryptonite personnelle : le café. Je me souvins soudain que je n'en avais pas eu avant de venir. Pas étonnant que mon cerveau soit en compote. Il fallait que j'y fasse plus attention, dorénavant.

En me pinçant l'intérieur du bras pour revigorer mes sens, je finis par sourire en disant :

— J'ai quelques petits travaux dans ma nouvelle maison, si tu as le temps. J'habite juste à côté, en fait.

Il se leva et regarda dans la direction de ma maison comme s'il pouvait la voir à travers les murs en pierre solide du manoir Harlow.

— Oui, j'aimerais beaucoup.

Octo-Chat apparut dans l'encadrement de la porte avec des traces de sang frais sur son visage poilu, mais la carcasse de son en-cas de milieu de matinée avait heureusement disparu.

— Pas étonnant que tu n'aies pas de petit ami, maugréa-t-il en commençant à se laver.

Oh non, j'étais si peu douée pour draguer que même mon chat le remarquait. Ce n'était pas une bonne façon de commencer la journée. Pas du tout.

L'arrivée grossière d'Octo-Chat me rappela que j'étais venue pour une raison bien spécifique, qui n'était pas de flirter avec l'homme à tout faire.

— En réalité, je suis passée voir Matt Harlow. Est-il là ?

Brock fouilla dans une boîte remplie de clous jusqu'à trouver ce qu'il voulait.

— Non, il est parti juste après mon arrivée. À la lecture du testament, expliqua-t-il en se concentrant désormais sur son travail. Veux-tu que je lui dise que tu es passée ?

— Oui, merci.

N'ayant rien de plus à faire ici, je me tournai vers la porte et je jetai un regard à Octo-Chat au passage. Il affirmait toujours que tous les humains se ressemblaient, mais il avait un taux de réussite d'environ quatre-vingt-dix pour cent quand il s'agissait de distinguer le genre d'une personne. Je me demandai si les sphinx avaient les mêmes défauts que lui. S'ils avaient vu le tueur sans être capables de l'identifier.

— Oh, attends ! J'ai oublié quelque chose, cria Brock.

Je me retournai si vite que je fis presque un tour complet sur moi-même. Ma robe tournoya comme dans une espèce de vieux film et Brock gloussa.

— Je voulais juste te faire savoir que nous avons une offre officielle pour la maison de ta grand-mère. Apparemment, ta nouvelle colocataire va te rejoindre très vite.

Ah oui. Lui et sa sœur étaient chargés de vendre la maison de

Mamie. Le monde existait toujours en dehors de nous deux et de mon chat aux commentaires impolis.

— Merci, lui dis-je. C'est une bonne nouvelle.

Je marchai lentement vers ma voiture, prenant soin de ne pas mettre trop de poids sur mon pied. Maintenant que Mamie avait un acheteur pour sa maison, elle allait pouvoir me rejoindre bien plus tôt que nous l'avions prévu.

Je n'avais absolument aucune honte à admettre que j'étais une petite fille effrayée ayant besoin de grand-mère pour la border le soir. En tout cas, tant que le dernier meurtrier de Glendale n'avait pas été attrapé. Je pouvais l'inviter aujourd'hui pour fêter sa vente à venir et la supplier de passer la nuit.

Je savais qu'elle serait incapable de résister en découvrant que j'avais un mystère à résoudre dans la maison d'à côté.

11

Effectivement, Mamie accepta de passer plus tard dans l'après-midi pour *prendre des infos* sur notre nouvelle enquête… et ce sont ses mots, pas les miens. J'aurais peut-être dû appeler ma mère à la place, puisqu'elle était déjà impliquée. Mais Mamie avait été une partenaire très enthousiaste la dernière fois et j'appréciais son approche moins directe quand il s'agissait d'interroger les témoins.

Si ma mère n'avait pas fait carrière dans le journalisme, j'étais certaine qu'elle aurait pu être une très bonne gardienne de prison. Mamie, d'un autre côté, était une actrice dans l'âme. Même si sa carrière à Broadway avait pris fin presque cinquante ans plus tôt, elle aimait toujours mettre des costumes et jouer le rôle de n'importe quel nouveau personnage dont nous avions besoin pour nos enquêtes.

Moi ? Je suppose que j'étais le cerveau de notre petite opération. Quelle que soit cette opération. Pour l'instant, nous étions juste des détectives justicières improvisées avec un don pour trouver les indices et les problèmes. Bien sûr, si je laissais faire ma mère, j'allais bientôt accrocher une enseigne *Détective Privée* sur le devant de la maison.

Mamie était l'actrice, le gentil flic. Ma mère était la journaliste tenace, c'est-à-dire le méchant flic, et j'étais celle qui faisait toutes les recherches avant de foncer dans la bataille sans réfléchir à ma propre sécurité.

Je n'étais peut-être pas le cerveau, finalement.

Je déballai quelques cartons de plus en réfléchissant à tout cela… comme si cela avait de l'importance, comme si j'écrivais un roman ou que je préparais le casting d'une série télévisée narrant nos exploits. Ç'aurait été merveilleux ! Et ma mère et Mamie pouvaient aimer cette série toutes les deux. Mais pour l'instant, je voulais simplement accrocher mes vêtements et les organiser dans ma nouvelle penderie.

J'avais choisi la chambre la plus petite de tout le manoir, pas seulement parce que j'adorais l'idée de vivre dans une tour, mais aussi parce que cela me donnait davantage l'impression d'être chez moi. Malgré son flair pour le côté théâtral, Mamie m'avait élevée en m'apprenant à être modeste et à trouver le bonheur là où j'étais. Toute cette histoire de posséder une villa, je devais encore m'y habituer.

Je poussai un soupir frustré quand moins de la moitié de ma garde-robe passa dans la petite penderie de la tour. Il ne s'agissait peut-être que de vêtements venant de friperies et de magasins caritatifs, mais j'aimais chaque article que je possédais et je rechignais à m'en séparer. Ils ne fabriquaient plus les vêtements comme dans les années 80 et 90. Effectivement, je n'avais pas beaucoup vécu dans ces décennies, mais ça ne voulait pas dire que je n'aimais pas les touches de couleurs vives et les motifs sympas.

— Qui a fait caca dans ta litière ? demanda Octo-Chat en choisissant ce moment précis pour se faufiler hors de sa cachette sous mon lit.

Je ne savais même pas qu'il était là-dessous, le fourbe.

— Tu as des expressions vraiment très étranges, lui dis-je en fronçant les sourcils avant de me concentrer sur le bien plus grand problème du moment. Et mes vêtements ne rentrent pas dans le placard.

— Tout d'abord, toi aussi, soupira Octo-Chat avant de s'aventurer dans le placard pour examiner la situation.

En ressortant, il ajouta :

— Et deuxièmement, je ne vois pas vraiment pourquoi vous autres les humains, vous avez besoin de tant de tenues, mais tu sais que nous avons six chambres dans cette maison ? Six ! C'est une de plus que le nombre de vies qu'il me reste, et ça me semble largement suffisant. Il te suffit de choisir une des autres chambres et d'y ranger tes affaires.

Je secouai la tête en hésitant à lui demander comment il avait perdu ses quatre autres vies et qu'est-ce que ça voulait dire. D'après moi, je n'avais qu'une seule vie à vivre… et à perdre. C'était pour cette raison que même si nos enquêtes étaient passionnantes, elles pouvaient aussi être très dangereuses.

— Allez viens, dit Octo-Chat en soufflant. Je crois que je connais la chambre parfaite pour ça, si tu veux bien me suivre.

Je serrai le tas de cintres dans ma main et je le suivis jusqu'en bas de l'escalier en colimaçon et jusqu'à l'autre bout de l'étage de notre nouvelle maison. Enfin, nouvelle pour moi, du moins. Mon chat s'était facilement réinstallé en tant que maître de son domaine. Je ne l'avais jamais vu aussi à l'aise dans mon ancienne location, mais d'un autre côté, ce chat en particulier semblait né pour des choses plus grandioses et un environnement plus extravagant.

— Celle-ci, dit-il en s'arrêtant devant une porte fermée au bout du couloir.

Il posa les pattes sur la lumière qui passait sous la porte.

Je l'ouvris et je poussai un petit cri en laissant bruyamment tomber mes cintres. D'une façon ou d'une autre, j'avais complètement oublié cette pièce. Oui, j'avais fait plusieurs fois le tour de la maison avant de signer le contrat, mais j'étais alors si impressionnée par le luxe de l'ensemble du manoir que j'avais eu du mal à remarquer les détails.

Et, oh, cette chambre était très bien.

Tout d'abord, il y avait une grande banquette de fenêtre comme celles que j'avais enviées au manoir Harlow. Ce magnifique morceau d'architecture s'étirait sur au moins deux mètres, ce qui signifiait que je pouvais faire la sieste ici si j'en avais envie. De grands rideaux occultants tombaient de chaque côté. Ils avaient dû être fermés les autres fois que j'avais vu cet endroit : ça devait être la raison pour laquelle je ne m'en souvenais pas. J'aimais bien mieux cette explication plutôt que de penser que j'avais soit négligé, soit oublié des détails aussi importants.

Un chandelier en cristal antique était accroché au plafond voûté : il prenait la lumière du soleil et reflétait de minuscules arcs-en-ciel dans toute la pièce. La plupart des ampoules ne fonctionnaient plus, mais ça ne diminuait en rien son opulence. Le plancher en parquet de couleur miel était rayé, mais il était toujours solide. Il pouvait être poncé et verni assez rapidement une fois que j'avais l'argent et le temps — ou peut-être juste l'homme à tout faire sexy.

— Alors, est-ce que ça fonctionnera pour ton nouveau placard ? demanda Octo-Chat en autant sur la banquette et en jetant un rapide coup d'œil dehors avant de se retourner vers moi. C'est petit, alors je me suis dit que tu allais aimer.

— Un placard ? soufflai-je. Hors de question ! Ce sera ma nouvelle bibliothèque.

Je suis à peu près certaine que des larmes s'étaient formées dans mes yeux et tombaient sur mon visage, trempant mon tee-shirt, mais je m'en moquais. Octo-Chat pouvait se moquer de moi comme il le souhaitait, mais j'avais enfin trouvé un véritable enthousiasme sans réserve pour notre nouvelle demeure.

Comment pouvait-il en être autrement étant donné que je dormais maintenant dans une tour comme Raiponce et que j'allais avoir ma bibliothèque personnelle comme Belle ? J'étais entrée dans un conte de fées. Bien sûr, il se transformait en manoir hanté dès que les lampes s'éteignaient, mais… mais…

J'avais maintenant ma bibliothèque personnelle !

Quelqu'un frappa vivement à la porte du rez-de-chaussée, mettant fin à notre petit moment. Autrement, j'aurais pu rester là toute la journée à dessiner des plans pour ce que cette pièce vide allait bientôt devenir.

— N'avons-nous pas une sonnette ? demandai-je à Octo-Chat en fermant la porte derrière moi à contrecœur avant de me diriger vers les escaliers et de descendre au rez-de-chaussée.

Il haussa les épaules et fila pour découvrir qui venait nous voir.

Même si je n'avais pas du toute envie de quitter cette magnifique rêverie, je pensais qu'il pouvait s'agir de Mamie et elle n'aimait pas qu'on la fasse attendre.

— Bonjour ? appela une voix nasale et masculine.

Une deuxième série de coups retentit sur la porte, avec un peu plus d'urgence, cette fois.

Je reconnus immédiatement Matt Harlow en apercevant sa silhouette familière à travers le vitrail de chaque côté de la porte d'entrée. J'ouvris la porte et je restai devant l'entrée pour bloquer le passage. Je lui avais rendu visite plus tôt dans la journée, mais j'étais encore très angoissée par sa présence… et j'allais rester angoissée jusqu'à pouvoir l'innocenter complètement.

— Bonjour, dit-il en fourrant une main dans sa poche et en utilisant l'autre pour me saluer gentiment.

Je me demandai si c'était elle que j'avais mordue la veille.

— Vous êtes passée me voir aujourd'hui ?

Je fouillai dans ma poche pour vérifier que j'avais bien mon téléphone sur moi en tant que précaution supplémentaire, puis je fis un pas en arrière et je lui fis signe d'entrer.

— Aimeriez-vous vous joindre à moi pour un peu de thé? demandai-je, car cela se faisait entre voisins.

Octo-Chat traversa le vestibule en poussant des cris terribles.

— Trop tôt ! Trop tôt ! hurla-t-il.

— Votre chat va bien? demanda Matt en étirant le cou pour mieux le voir.

Je haussai les épaules.

— Oh, il s'en remettra. Du thé ?

— Oui, merci.

Un sourire sincère s'étala sur le visage de Matt et pour la première fois, je vis la ressemblance qu'il y avait avec sa mère décédée.

Je le conduisis au salon et je lui fis signe de s'asseoir sur le vieux canapé de l'époque victorienne bordé de cerisier sombre. Il y avait de nombreuses essences de bois dans la maison, et je ne savais pas si c'était le résultat d'une mauvaise organisation ou d'un style de décoration ancien que je ne comprenais pas tout à fait. À mi-chemin vers la cuisine, je me retournai en ayant l'impression d'avoir l'occasion parfaite pour poser quelques questions très importantes à Matt.

— Vous avez des chats également, n'est-ce pas ?

J'espérais que mon empressement à parler des sphinx n'était pas trop évident. Si Matt n'était pas le meurtrier, j'allais avoir besoin de son soutien.

Il joignit ses doigts devant lui. Il ne semblait pas très bien savoir comment se comporter dans ma maison.

— Moi ? Non, mais ma mère en a toujours eu d'aussi loin que je me souvienne.

— Que va-t-il arriver aux deux qui sont là maintenant ? demandai-je nonchalamment.

Il haussa les épaules et essaya de se mettre à l'aise sur le canapé bien trop ferme.

— Je ne sais pas trop, avoua-t-il. Ils se cachent depuis que je suis arrivé. Je me suis dit que je pouvais les ramener à la maison et les donner à mes enfants, histoire d'en faire le problème de mon ex-femme au lieu du mien. Mais je m'inquiète que ces deux-là fassent faire des cauchemars à mes enfants comme quand j'étais petit.

— Des cauchemars ? Pourquoi ? demandai-je alors que je le comprenais déjà.

Je disais tout ce qui me passait par la tête afin qu'il continue à parler.

— Avez-vous déjà vu un chat sans poils ? demanda-t-il en frissonnant. On dirait que leur cervelle est à l'extérieur.

Je ris, et lui aussi. Cette description était assez exacte. Malgré tout, j'avais commencé à apprécier Jacques et Jillianne maintenant que j'avais eu l'occasion de leur parler un peu. D'accord, ils étaient différents, mais ils étaient aussi vraiment uniques.

— Vous avez parlé de cauchemars quand vous étiez petit. Avez-vous toujours eu peur des chats ?

Il se racla la gorge et toussa dans son poing.

— Je n'ai pas peur des chats. Je les aimais bien, mais ensuite ma mère a rencontré cet éleveur en France et depuis, il n'y a eu que des sphinx pur sang pour elle.

J'avais l'impression d'avoir une occasion en or, une occasion si providentielle que je n'avais pas cru qu'elle soit possible.

— Si vous souhaitez que je les garde pendant que vous décidez quoi faire avec eux, ça ne me gêne pas du tout de donner un coup de main, suggérai-je avec un sourire mielleux.

— *Quoi ?* cria Octo-Chat en revenant à toute vitesse dans la pièce et en sautant sur le canapé à côté de Matt. Tu ne peux pas être sérieuse ! Il est hors de question que je permette…

— Oui, répondit Matt en interrompant la tirade de mon félin sans le savoir. Ce serait fabuleux. Enfin, si ça ne vous gêne pas.

— Oh, ça ne me gêne pas du tout, dis-je avec un grand sourire, profitant de l'air horrifié de mon chat.

— Traîtresse, maugréa Octo-Chat.

Matt tendit la main pour caresser Octo-Chat, mais il fut sommairement griffé par mon félin très grognon.

— Aïe ! cria-t-il. Et c'était ma bonne main, en plus.

Le chat siffla et courut se cacher dans une autre pièce en hurlant d'autres injures félines.

— Pardon, dis-je, me sentant très gênée.

J'espérais qu'il allait encore me faire assez confiance pour veiller sur les chats de sa mère après avoir vu le comportement erratique de celui dont j'avais la charge.

— Bon, et ce thé alors? suggérai-je me précipitant vers la cuisine avant qu'il puisse refuser.

Cela allait me donner quelques instants pour planifier mes questions. Si je posais les bonnes, il se pouvait que je trouve les indices manquants pour résoudre le meurtre de Lou Harlow une bonne fois pour toutes.

12

J'apportai une tasse d'Earl Grey nature — sans crème, sans sucre, pas bonne, vraiment. Cela allait devoir faire l'affaire, car je n'avais pas eu le temps de me rendre au magasin depuis que j'avais emménagé la veille. Franchement, c'était déjà une sorte de miracle que je possède du thé.

— Merci, dit-il avec un sourire amical, acceptant la tasse chaude et la tenant entre ses mains. Écoutez, pour hier soir, je voulais juste m'excuser de… Enfin, je suis sûr que vous vous en souvenez.

— De l'eau a coulé sous les ponts, dis-je en balayant ses excuses, même si j'étais heureuse qu'il les offre.

Il fallait que je garde son soutien si je voulais apprendre ce qu'il savait sur le meurtre de sa mère.

— Vous êtes simplement si accueillante et puis vous proposez de garder mes chats, en plus. Je me sens très mal d'avoir réagi de cette façon. C'est juste que…

Il soupira et fit tourner la tasse dans ses mains de sorte que l'image se trouve de mon côté. C'était ma tasse de *folle aux chats*.

Mamie me l'avait achetée pour fêter mon adoption officielle d'Octo-Chat quelques mois plus tôt, et elle était vite devenue ma préférée.

Matt soupira et regarda le sol.

— Ce n'est peut-être pas la chose la plus virile à avouer, mais j'étais terrifié.

— C'est compréhensible, le rassurai-je. Après tout, quelqu'un vient juste de tuer votre mère.

— Exactement !

Matt porta la tasse à ses lèvres, but une petite gorgée, puis la reposa sur la table basse. Il n'y avait pas de dessous de verre, mais le meuble avait déjà beaucoup de traces d'usure, alors je me dis que ce n'était pas un problème dont je devais m'inquiéter pour le moment.

— Je loge chez elle, en plus. Il est vrai que c'était ma maison quand j'étais petit, mais elle me donne la trouille.

— C'est exactement ce que je pense.

Je me penchai en avant pour lui faire un check, parce que nous logions tous deux dans des maisons inquiétantes. Il ne sembla pas savoir quoi faire de mon poing, alors on se serra la main à la place.

— Vous avez donc grandi par ici ? demandai-je en buvant une gorgée de ma propre tasse. Je ne supportais pas le thé sans au moins deux cuillerées de sucre, alors j'avais secrètement rempli la mienne avec de l'eau chaude : de cette façon, je pouvais au moins accompagner Matt et donner l'impression que mes questions faisaient partie d'une conversation plutôt que d'un interrogatoire.

— Pas *par ici*, dit-il en s'arrêtant et en secouant la tête. *Ici*. Juste à côté.

— Si ça ne vous gêne pas que je pose la question, pourquoi êtes-vous parti ?

J'étais ravie de la façon dont les choses se déroulaient pour l'instant. Matt se confiait à moi sans la moindre hésitation. Qu'allait-il bien pouvoir me dire encore avant d'atteindre le fond de sa tasse de thé ?

— L'amour, ricana Matt en levant les yeux au ciel. Mal m'en a pris.

Je grimaçai de compassion. Même si je n'avais jamais eu autre chose que des amours d'adolescente, j'avais pitié de cet homme récemment divorcé. Tout devait encore être frais et difficile, et maintenant il avait en plus perdu sa mère.

— Alors, pourquoi ne revenez-vous pas? Je suppose que votre mère vous a légué sa maison ?

— C'est le cas, mais je ne sais pas.

Il tapota le bord de sa tasse avec les doigts et fronça les sourcils.

— Ce serait difficile de vivre là sans penser constamment à elle.

— Était-elle une bonne mère? demandai-je avant de boire une gorgée nonchalante de ma tasse d'eau chaude.

Si Matt pensait que mes questions étaient trop rapides et trop rapprochées, il ne le montra pas. Au contraire, il semblait heureux de se confier, ou au moins d'avoir quelqu'un à qui parler. Le pauvre.

— C'était la meilleure, dit-il avec un soupir de nostalgie. Tout ce que vous pouvez lire sur elle dans les journaux est vrai, d'ailleurs. Elle avait vraiment un cœur d'or. Même avant d'être élue, elle était toujours bénévole quelque part. En fait, nous avons passé plus de Noëls à servir des repas chauds à la soupe populaire que nous en avons passé à la maison à ouvrir des cadeaux.

— C'est incroyable. Je suis certaine qu'elle va manquer à beaucoup de gens. Je sais que ce sera mon cas.

Je savais déjà tout cela sur elle, bien sûr, mais l'entendre des lèvres de son fils me mettait encore plus en colère parce que quelqu'un avait mis fin à sa vie de façon prématurée et violente.

Le regard de Matt s'illumina d'émotion.

— Vous la connaissez bien ?

Je souris.

— Eh bien, j'ai voté pour elle chaque fois que j'ai pu et je voyais qu'elle croyait à ce qu'elle disait. C'était un changement agréable.

Matt reprit sa tasse de thé et but une longue et lente gorgée.

— Je ne sais pas du tout qui aurait pu lui vouloir du mal, soupira-t-il en secouant la tête. Ça n'a aucun sens.

— C'était peut-être un accident, fis-je remarquer, même si je ne le croyais pas moi-même.

— Peut-être, concéda-t-il.

Nous restâmes quelques instants silencieux. Il ne dit rien de plus, mais je voyais aussi qu'il n'était pas prêt à partir, alors je lui posai une autre question.

— Quand je suis passée plus tôt, vous étiez à la lecture du testament. Tout s'est bien passé là-bas ?

Je repensai à la première et unique lecture de testament à laquelle j'avais pris part. C'était celle où j'avais failli mourir par la faute d'une vieille machine à café, où j'avais découvert mes pouvoirs et rencontré Octo-Chat pour la première fois. D'après mon expérience personnelle, les lectures de testament pouvaient être tordantes.

— Ça allait, répondit Matt d'un air passif. Aucune véritable surprise : j'ai eu la maison. Mes enfants ont tous les deux des fonds fiduciaires auxquels ils pourront accéder quand ils auront dix-huit ans. La majorité du reste est partie vers une bourse d'études dont elle parle depuis des années sans avoir eu le temps de s'en occuper.

— Une bourse ? C'est bien, dis-je en hochant la tête. Pour les étudiants qui veulent étudier la politique ?

Matt laissa échapper un rire de dérision.

— Surtout pas. Maman a toujours détesté les politiciens. Encore plus après en être devenue une. Selon elle, il y avait des gens intelligents avec de bonnes intentions qui finissaient par mal tourner en chemin. Mais pas elle. Que Dieu la bénisse.

— Puis-je demander à quoi sert cette bourse? m'enquis-je en espérant que ce n'était pas trop grossier de revenir en arrière après ces mots affectueux. Je veux dire, je pense à retourner étudier, alors je pourrais éventuellement poser une candidature.

Je n'envisageais pas vraiment d'autres études pour le moment, mais me connaissant avec mon amour insatiable des apprentissages, ce n'était qu'une affaire de temps.

Matt regarda autour de lui, observant mon manoir luxueux, le sous-entendu étant évident : pourquoi auriez-*vous* besoin d'une bourse ? Il ne le dit pas, cependant. Malgré nos débuts compliqués, je voyais qu'il était gentil, exactement comme sa mère l'avait élevé.

— La biologie. Ou plus précisément, la biologie marine, me dit-il, et ce n'était pas la réponse à laquelle je m'attendais.

En voyant ma stupéfaction, il se dépêcha d'expliquer :

— Je sais, ça a l'air bizarre pour une sénatrice, n'est-ce pas ? Mais dans les années soixante-dix, elle venait de m'avoir et mon père voulait qu'elle reste à la maison pour m'élever. Je suppose que ça ne lui convenait pas et elle a fini par divorcer, mais avant ça, elle s'est impliquée dans le mouvement pour sauver les baleines. Cela lui a donné son premier avant-goût d'activisme politique, et elle était accro.

Il marqua une pause et but une autre gorgée d'Earl Grey avant de continuer.

— C'est pour cette raison qu'elle est restée seule dans cette grande maison pendant toutes ces années. Elle ne voulait pas quitter l'océan et tout ce qu'il représentait pour elle. Je suppose que je lui ressemble un peu moi-même, car j'ai fait en sorte d'acheter une maison donnant sur le lac Michigan à Chicago. Même maintenant, je ne peux pas imaginer regarder par la fenêtre et voir autre chose que de l'eau.

— Ainsi, elle veut continuer à sauver les baleines grâce à sa bourse, résumai-je avec un sourire rêveur. C'est magnifique.

Quelqu'un d'autre frappa à la porte d'entrée. Les coups furent rapides et légers, cette fois.

— J'arrive ! criai-je en me levant d'un bond puis en poussant un cri de joie lorsque je vis Mamie à travers le vitrail.

— Bon, je suis là, dit-elle en entrant.

Elle portait des chaussures en caoutchouc vert fluo et un legging couvert d'arcs-en-ciel. En haut, elle portait un vieux tee-shirt qui avait perdu une grande partie de sa couleur d'origine après avoir été lavé trop souvent.

— Maintenant, parle-moi de ces chats qui communiquent par énigmes.

Je me tournai vers Matt et je fis une grimace.

— C'est un livre que nous lisons ensemble, expliquai-je vite.

Les livres constituaient la meilleure des excuses, car peu de gens posaient des questions supplémentaires. C'était triste, mais pratique.

— Quoi qu'il en soit, voici ma grand-mère. Mamie, voici Matt. La sénatrice Harlow était sa mère.

— Oh, pauvre garçon ! dit Mamie en se dépêchant de s'asseoir à côté de lui et en appuyant le dos de sa main contre son front. Comment te sens-tu ?

— Très bien, répondit Matt, même si cela ressemblait davantage à une question.

— J'ai voté pour ta chère mère chaque fois, annonça Mamie fièrement. Il n'y avait pas mieux qu'elle.

Matt leva sa tasse.

— Je bois à ces bonnes paroles.

Je retournai à ma place sur mon fauteuil, en face d'eux.

— Matt était justement en train de me parler un peu plus de sa mère. Et puis, j'ai proposé de veiller sur les chats de la sénatrice pendant que Matt s'occupe du reste de la propriété.

— On ne peut jamais avoir trop d'opinions ou trop de chats, dit Mamie en hochant la tête et en gloussant.

Aucune de ces informations ne me semblait correcte, mais je les laissai passer.

Matt but une autre longue gorgée de thé, puis il posa sa tasse vide sur la table basse.

— Je devrais sans doute partir, dit-il en se levant. Encore merci pour l'hospitalité et les mots gentils sur ma mère.

Mamie se leva également et le serra dans ses bras. Elle semblait minuscule autour de sa grande silhouette d'ours. Malgré tout, je vis qu'il appréciait le geste.

Quand Mamie le laissa partir, je me levai et je suivis Matt jusqu'à la porte.

— Faites-le-moi savoir quand vous voulez que je passe pour les chats, dis-je pendant que nous traînions dans l'entrée.

— Oh, oui, dit-il d'une façon qui laissait entendre qu'il avait déjà oublié… ou qu'il faisait semblant d'avoir oublié après le petit caprice d'Octo-Chat. Êtes-vous sûre que ça n'est pas trop vous demander ?

— J'en suis sûre, affirmai-je, peut-être trop vite.

En vérité, j'avais besoin de ces chats. Ils détenaient la clé du meurtre mystérieux, et je voulais vraiment savoir ce qu'ils avaient à dire.

— En fait, je devrais peut-être vous accompagner maintenant ? Leur donner un peu de temps pour s'installer avant la nuit tombée.

Je ne voulais pas risquer qu'il change d'avis, et maintenant que j'avais Mamie ici, elle pouvait m'aider à maintenir Octo-Chat dans une humeur assez bonne pour qu'il nous soit utile. Même si j'étais soi-disant sa meilleure amie, il préférait clairement sa compagnie à la mienne. J'essayai de ne pas me vexer.

Matt fronça les sourcils en m'examinant.

— Êtes-vous sûre d'être sûre ?

— Plus on est de fous, plus on rit ! dit Mamie en passant un bras autour de nos tailles et en nous rapprochant. Maintenant, allons chercher nos invités.

Matt ne dit rien de plus lorsque l'on sortit tous les trois sur la terrasse. Je scrutai les environs, mais je ne vis pas de véhicules supplémentaires — en dehors du coupé sport au moteur gonflé de Mamie — ce qui signifiait que Matt avait dû choisir de traverser les bois pour me rendre visite.

Et, même s'il avait été un compagnon parfaitement adéquat pour le thé de l'après-midi, cela ne me mettait pas à l'aise. Si ça ne le gênait pas de flâner dans les bois après notre frayeur mutuelle de la veille, était-il prêt à les traverser de nouveau à la faveur de la nuit ?

Finalement, je n'étais peut-être pas autant en sécurité que je l'avais espéré.

13

Au manoir Harlow, Matt s'excusa pour aller répondre au téléphone, laissant Mamie et moi localiser et attraper les deux sphinx. Malgré nos efforts de rapidité, il nous fallut presque une heure pour trouver Jacques et Jillianne, les récupérer, puis les ramener chez moi. Apparemment, ils étaient tout aussi doués pour se cacher que pour raconter des devinettes. Afin d'éviter qu'ils s'éclipsent à nouveau, Mamie et moi nous les portâmes directement dans la pièce que j'avais attribuée à ma future bibliothèque. On ferma vite la porte avant de les laisser sortir de leur panier.

J'avais également fait monter Octo-Chat et j'avais des griffures fraîches pour prouver qu'il n'était *pas* ravi d'être ici.

— Je suis contre ! cria-t-il en se jetant contre la porte fermée en signe de protestation.

— Oh, chut, sinon je vais te donner une raison de râler.

Je ne savais pas du tout laquelle, mais heureusement, ma menace en l'air fonctionna.

— Allez, viens, mon gentil minou ! roucoula Mamie en tapotant le parquet sur lequel nous étions toutes deux assises les jambes croisées.

Octo-Chat détestait être traité de *minou*, mais il adorait Mamie, alors il s'avança tranquillement et monta sur ses genoux. Elle le cajola immédiatement et se mit à gratter l'endroit spécial sous son menton. Je vis sa rage s'estomper. Heureusement.

— Faisons vite, dit-il en me fixant d'un air déçu.

J'avais l'habitude de son cinéma et de sa déception, alors ça ne chamboula pas du tout mes plans.

Les deux chats sphinx s'étaient retirés dans le coin opposé de la pièce et ils étaient assis en tremblant près de la bouche d'aération. Ils avaient l'air si malheureux que je me sentais presque mal de les avoir confinés ici. Malgré tout, ils avaient les informations qu'il nous fallait, et ils avaient choisi eux-mêmes de s'asseoir juste à côté de l'air froid qui entrait dans la pièce.

Le plus petit émit un miaulement éraillé et Octo-Chat soupira. Comme il l'avait suggéré, j'allais faire de mon mieux pour que cela se passe aussi vite et sans douleur que possible. Si n'était pas pour lui, c'était au moins pour nos deux invités.

— Allons-y, dit Mamie dont les yeux pétillaient d'excitation. Il me tarde de résoudre des énigmes.

Je lui avais déjà dit tout ce qu'elle avait besoin de savoir au téléphone ce matin-là, et elle était maintenant prête à l'action.

— Bon.

Je concentrai mon regard sur Octo-Chat, qui détourna les yeux.

— Octo-Chat, répétai-je pour attirer son attention. Si tu veux que ça aille vite, il faut que tu sois attentif.

Il se tourna vers moi avec les oreilles en arrière et la queue ébouriffée.

— Très bien. Que veux-tu que je demande à ces deux merveilles chauves ?

— Demande-leur qui a tué leurs propriétaires, dis-je avec l'air impatient que j'avais perfectionné pendant mon adolescence.

Mamie gloussa joyeusement et Octo-Chat resta assis sur ses genoux pendant qu'il criait aux sphinx.

Ils restèrent dans leur coin sombre comme s'ils y étaient collés. Il fallut bien plus d'échanges avec eux qu'avec notre ancien témoin terrier, et je dois admettre que je m'ennuyais un peu à mesure que les minutes s'écoulaient sans réponse.

Octo-Chat me regarda soudain, ses moustaches tressaillirent et il ne semblait pas content.

— Je le savais ! s'écria-t-il. Tu pensais que j'étais raciste ou je ne sais quoi, mais mon intuition était totalement juste.

— Que veux-tu dire ? demandai-je en frottant mes jambes pour réveiller mes terminaisons nerveuses endormies.

Mamie observa Octo-Chat avec une admiration très affectueuse lorsqu'il révéla :

— Ils ont tué la sénatrice.

— Oh, arrête ! criai-je.

Allait-il vraiment remettre ça ?

Il resta inflexible en insistant sur leur culpabilité.

— Non, vraiment. Ils viennent de l'avouer.

— Oui ? Alors, raconte-moi ce qu'ils ont dit, ordonnai-je en regrettant de devoir dépendre de sa traduction alors qu'il était très clairement biaisé.

— Ce serait plus facile si tu voulais bien me prendre au mot, tu sais ? Mais d'accord.

Il soupira puis récita leur dernière devinette.

— *Excusez-nous de vous dire ce qui paraît fou, mais la culpabilité est chez ceux que vous avez devant vous.*

Il avait raison, bien sûr. La réponse était évidente, mais…

— Ce n'est même pas vraiment une devinette, dis-je sombrement. C'est juste une rime.

— Bon sang. Ils viennent de te faire un aveu et il est relativement direct pour eux. Que veux-tu de plus ?

— Repose la question d'une autre façon, demandai-je avant de chuchoter à Mamie pour la mettre au courant pendant qu'Octo-Chat parlait un peu plus avec les sphinx.

Quelques minutes supplémentaires s'écoulèrent avant qu'Octo-Chat s'adresse à nouveau à moi.

— Eh bien, Angela. Ils ont dit : « *Vous ne nous avez pas crus la première fois, mais vous savez déjà qui sont les auteurs de l'assassinat.* »

Octo-Chat agita vivement la queue contre la jambe de Mamie et elle arrêta brusquement de le caresser.

— Ça te suffit, maintenant ? demanda-t-il avec de grands yeux.

— Pas tout à fait, répondis-je à son grand mécontentement. Ils disent que nous le savons déjà, mais j'ai toute une liste de suspects. Cela pourrait être monsieur Thompson, ou Matt, ou même l'officier Bouchard.

— Ou bien les deux tarés qui viennent d'avouer le meurtre, cracha-t-il en leur jetant un regard froid, qu'il fit suivre d'un sifflement.

— Qu'en penses-tu, Mamie ? demandai-je après lui avoir répété le dernier indice.

— Ouf, gémit-elle en se frottant les tempes. Je n'ai jamais été très douée pour les devinettes. Vous pourriez tous les deux avoir raison avec votre interprétation.

Je me mordis la lèvre inférieure en réfléchissant à ce qu'il fallait faire.

— D'accord, que penses-tu de ça? dis-je en attendant qu'Octo-Chat reporte son attention sur moi. Demande-leur comment ils l'ont tuée. Pas comment elle est morte, mais comment *ils* l'ont tuée.

— Nous le savons déjà, dit-il d'une voix dégoulinante de dédain.

J'agitai le poing dans sa direction et je grognai, ce qui suffit à le faire coopérer pendant un peu plus longtemps.

Quand il revint vers moi avec leur message, il le relaya sans aucun commentaire :

— *Ça monte et ça descend en même temps, c'est là la réponse que je vous apprends.*

— Les escaliers, notai-je en reconnaissant une version de la devinette que nous faisions à l'école. D'accord, ça, c'est *où*. J'ai toujours besoin de savoir *comment*.

Il pointa une patte dans ma direction.

— Tu es insupportable. Le sais-tu?

Je compris que sa patience ne tenait qu'à un fil bien effiloché — tout comme la mienne — mais nous n'avions pas terminé.

— Mais c'est pas vrai! Pose-leur la question, s'il te plaît! explosai-je.

J'avais supposé à tort que son affection pour la sénatrice allait le rendre plus coopératif, cette fois. D'un autre côté, il avait été certain d'avoir déjà résolu l'affaire tout seul. Qui avait besoin de faits et de témoignages quand on avait déjà un ego de la taille de son pays?

Octo-Chat gémit en disant :

— Tu m'en dois une. Tu me devras une très grande faveur pour ça.

— Plus grande que la villa que tu as exigée après ton dernier service rendu ? rétorquai-je en refusant d'être vaincue par mon chat… encore.

Il leva les yeux au ciel, mais révéla la devinette suivante malgré ses protestations.

— *« Le pied sûr et le cœur léger, voilà comment elle est tombée. »*

— Maintenant j'ai l'impression qu'ils se contentent de me renvoyer ma question. Ça va prendre une éternité, râlai-je en me réinstallant sur le sol inconfortable.

Il me tardait de remplir cette pièce avec des meubles confortables et des étagères de livres d'un mur à l'autre. J'aurais pu m'asseoir sur la banquette de fenêtre si Mamie ne s'était pas déjà installée parterre. Comme j'étais plus jeune qu'elle de plus de quarante-cinq ans, je n'aurais pas dû avoir autant de mal.

Elle se pencha en avant et posa une main sur mon genou.

— Ma chérie, si tu as confiance en ton chat, laisse-le se charger de toute la conversation. J'ai l'impression que ce sera plus facile pour tout le monde.

Si j'avais confiance en lui. C'était un énorme *si*. Colossal, même.

Octo-Chat avait manifestement pris sa décision avant d'apprendre tous les détails de la mort de Harlow. Malgré tout, je ne pouvais nier que les sphinx semblaient avouer le crime à leur façon détournée.

— Tu as raison, dis-je à Mamie avec un petit sourire, puis à Octo-Chat :

— Tu n'es pas obligé de traduire pour moi. Parle avec eux, tu me raconteras tout après.

Il m'observa avec méfiance, puis il quitta les genoux de Mamie et rejoignit nos deux témoins chauves dans le coin. Après plusieurs minutes de miaulements divers, il revint en trottinant et s'installa une fois de plus sur les genoux de Mamie.

— Ils l'ont fait. Ils l'ont tuée en la faisant trébucher quand elle était dans les escaliers. Ils sont désolés et disent se sentir vraiment mal. J'ai beau les détester, je n'ai pas l'impression que c'était volontaire, mais qui sait ?

— Merci, murmurai-je.

Je me sentis un peu mieux, car il avait reconnu un point. Au départ, il avait été certain qu'ils avaient tué leur maîtresse de sang-froid. Maintenant, il affirmait que c'était accidentel. Toute cette enquête était-elle vraiment vaine ? Mon intuition se trompait-elle à ce point ? J'étais censée m'améliorer à chaque affaire, pas empirer.

Juste à ce moment-là, le téléphone vibra dans ma poche. Je le sortis et je lus le nouveau texto de ma mère qui s'affichait à l'écran :

La police annonce que la mort de H était un accident. J'arrive.

Bon, voilà ma réponse.

Je passai mon téléphone à Mamie afin qu'elle puisse voir le message, elle aussi.

— Tu crois que c'est faux, ma chérie, m'informa-t-elle en posant Octo-Chat sur le côté afin de se lever du plancher en un seul mouvement fluide.

Je luttai pour me lever avec bien moins de grâce.

— Je ne sais plus ce que je crois, avouai-je.

Les derniers jours s'étaient écoulés dans un tourbillon vertigineux, depuis le déménagement à l'espionnage et tout ce qu'il y avait entre. Mon esprit et mon corps étaient épuisés. Était-il possible que je voie des indices là où il n'y en avait pas ?

Un seul regard vers Mamie m'indiqua qu'elle n'avait pas encore laissé tomber.

Et cela suffit à me pousser à continuer, moi aussi.

14

Maman arriva environ dix minutes plus tard. C'était un avantage des petites villes comme Glendale… il ne fallait jamais longtemps pour arriver quelque part. J'étais un peu éloignée de l'action au centre du village, maintenant que je vivais dans la partie Est plus huppée, mais tout restait incroyablement proche et en général, il y avait assez peu de circulation.

Mamie traversa le vestibule en sautillant pour la laisser entrer, ce qui ne sembla pas faire plaisir à maman.

— Angie ? demanda-t-elle en débarquant dans le salon où elle me trouva assise avec mon Smartphone. Que fait-elle ici ?

Ce n'était pas son moment le plus poli, mais ma mère et Mamie préféraient elles aussi se voir à petites doses. Apparemment, les types de personnalité de ma famille sautaient une génération, alors si j'avais moi aussi un jour une fille, j'allais me retrouver avec une fillette qui était à la fois trop bavarde et trop ambitieuse pour son propre bien. Mamie et moi avions eu le gène de l'excentricité, et ça me convenait très bien.

— Nous parlions de la mort de la sénatrice, répondis-je, détestant la façon dont retombaient les coins de la bouche de ma mère.

— Je pensais que nous travaillions ensemble sur l'affaire? dit-elle, son assurance habituelle semblant émoussée.

Elle jeta un coup d'œil vers la porte comme si elle se demandait s'il valait mieux fuir.

— C'est ce que nous faisions, dis-je avec douceur, détestant l'avoir blessée encore une fois. Je veux dire, c'est ce que nous faisons, mais...

Mamie passa devant ma mère et se laissa tomber sur le canapé.

— Oh, arrête ça, Laura Jean. Nous sommes toutes dans le même bateau. N'est-ce pas?

Elle tapota la place à côté d'elle et fit signe à ma mère de nous rejoindre.

— C'est vrai, ajoutai-je en serrant ma mère dans mes bras pour lui remonter le moral.

— De plus, Mamie n'est pas là depuis longtemps. N'est-ce pas?

— Tout à fait, répondit Mamie avec un clin d'œil que ma mère avait sûrement vu.

Soupir.

— Bon, dit ma mère en secouant la tête et en l'inclinant de chaque côté - soi-disant un tic nerveux qu'elle avait développé quand j'étais toute petite. Tant que je fais encore partie du club : j'ai des nouvelles.

Elle passa la main dans son sac et en sortit un bloc-notes.

— Tout d'abord, la mort a été prononcée comme étant un accident. Ils pensent qu'elle avait peut-être trop bu lors d'un gala de charité, puis qu'elle a trébuché et qu'elle est tombée dans les escaliers.

Trébuché sur ses chats, pensai-je, mais je ne dis rien. Je n'étais toujours pas prête à parler à Octo-Chat devant ma mère et je ne voulais pas encourager des questions qui allaient soit me pousser à le faire, soit m'obliger à lui dire *non* alors qu'elle était manifestement déjà vexée.

— Le plus proche parent est arrivé hier soir, poursuivit ma mère. Matthew Harlow, un commercial divorcé de Chicago.

Je hochai la tête sans rien dire.

— Le comté a assigné des policiers pour garder l'endroit quand il n'est pas chez lui, continua ma mère.

— Une surveillance policière. Pourquoi ?

Je me souvins avoir vu l'officier Bouchard là-bas la veille, et comme j'avais trouvé cela troublant. Cependant, il n'y avait eu personne quand j'étais passée ce matin. Enfin, en dehors de Brock, l'homme à tout faire.

Elle posa son bloc-notes et me regarda dans les yeux.

— Parce que la sénatrice était une personne très connue dans la zone, ils s'inquiètent que les gens puissent venir voler ou prendre des souvenirs. Le fait qu'elle possédait une des plus belles maisons de tout Glendale n'aide pas.

Ma mère écarquilla les yeux en me regardant. *Tout comme toi*, me criait son langage corporel.

— Que faisons-nous maintenant, alors? demandai-je en me sentant à nouveau envahie par ce sentiment de déception familier.

J'aurais dû être heureuse que la mort soit résolue, mais quelque chose ne me convenait toujours pas.

— Affaire résolue ?

— *Ha!* cria ma mère. Peu probable ! Ils peuvent dire que c'est un accident autant qu'ils veulent, mais je sais qu'il se passe quelque chose de louche.

Je souris et je tapai dans la main de ma mère. J'étais ravie que nous soyons d'accord sur ce point crucial.

— Et quand les policiers ne font pas leur devoir, il est de la responsabilité des journalistes de trouver la vérité. N'est-ce pas, ma chère ? dit Mamie avec un sourire mielleux.

— Exactement, rétorqua ma mère, même si elle semblait moins sûre d'elle, maintenant.

— Je suis d'accord, dis-je en attrapant mon téléphone et en le tendant à ma mère. Voici mes notes. Bien sûr, j'ai des choses à ajouter après avoir parlé avec Matt cet après-midi.

— Tu as rencontré Matt ? Sans moi ? Ma mère secoua la tête et se concentra sur le téléphone, mais je voyais que je l'avais vraiment blessée.

— Je suis désolée, maman.

Et j'étais sincère. Je devais faire plus d'efforts, maintenant que nous avions commencé à passer plus de temps ensemble, maintenant que nous partagions un intérêt commun.

— Ça n'a pas exactement été prévu.

— Elle l'a croisé dans la forêt hier soir, dit Mamie en se penchant en avant et en serrant ses mains ensemble.

— *Mamie*, criai-je. Peux-tu s'il te plaît arrêter de m'aider ?

Je renseignai ma mère sur tout ce qu'elle avait raté au cours du dernier jour et demi.

— Pardon de ne pas t'avoir appelée plus tôt. Les choses se sont enchaînées, expliquai-je pour terminer.

— Merci de m'avoir mise au courant, dit-elle un peu trop cordialement. Mais je devrais sans doute partir. Au revoir, maman, dit-elle à Mamie qui resta assise à sa place pendant que je raccompagnais ma mère à la porte et que je lui dis au revoir.

— Pourquoi fais-tu ça? demandai-je à ma grand-mère en revenant. Tu sais que ça l'ennuie.

— C'est pour ça que je le fais, gloussa Mamie.

Je posais les deux mains sur les hanches et je l'observai.

— Quoi? Elle te fait la même chose! insista Mamie, et elle avait raison.

— Il nous faut peut-être toutes travailler un peu plus pour nous entendre.

Je retombai sur mon fauteuil avec un soupir.

— Je veux dire, nous sommes toutes des adultes ici.

— Comme tu voudras.

— Super.

Maintenant que Mamie avait été grondée, cela nous ramenait à la question suivante :

— Alors, veux-tu s'il te plaît rester cette nuit?

Mamie eut un air espiègle en riant et elle demanda :

— Pour te protéger des monstres sous ton lit?

Je lui jetai un regard noir, refusant de jouer à ces petits jeux.

— Tu sais très bien pourquoi.

— C'est vrai, avoua-t-elle en hochant la tête d'un air pensif.

Elle sembla soudain s'assombrir.

— Il fallait juste que je lâche une dernière pique. Je promets d'être plus gentille à partir de maintenant.

— Et tu resteras? demandai-je en ne cherchant pas à cacher que c'était important pour moi.

Mamie hocha la tête.

— Je vais rester.

Je laissai échapper un énorme soupir de soulagement juste au moment où Octo-Chat revenait du coin où il s'était caché pendant la visite de ma mère. Je supposai que c'était parce qu'il ne lui avait toujours pas pardonné l'incident de la tasse de thé de la veille.

— Euh, bonjour. Salut. Qu'allons-nous faire avec les deux meurtriers que tu as invités à vivre avec nous ? demanda-t-il en hochant la tête vers les escaliers.

— Oh, Jacques et Jillianne ! m'exclamai-je. Je suppose que nous devrions les laisser sortir de la bibliothèque maintenant. *Hein ?*

Il fit plusieurs pas en arrière et plissa les yeux avec colère, comme si je venais de le punir en l'aspergeant avec une bouteille d'eau. Chose que je n'aurais jamais osé faire… d'autant plus maintenant que je savais qu'il pouvait facilement me tuer s'il en avait envie.

— Absolument pas, dit-il fermement.

— Mais tu as admis que c'était un accident, lui rappelai-je en me levant lentement sur mes pauvres pieds fatigués.

Octo-Chat agita si violemment la queue qu'elle ressemblait à un de ces personnages gonflables géants aux bras qui ondulent devant les garages automobiles.

— Oui, et veux-tu qu'ils te tuent accidentellement ? Tu n'as qu'une seule vie, n'est-ce pas ?

— D'accord, tu n'as pas tort.

Je voulais bien lui concéder cela. Même si je compatissais avec les sphinx, je n'avais vraiment pas envie de mourir aujourd'hui.

Mamie observa la discussion entre mon chat et moi d'un air amusé, même si elle ne comprenait qu'un seul côté de la conversation.

— Si les deux sphinx restent ici, nous devrions leur apporter de l'eau et de la nourriture. Et une litière, ajouta-t-elle.

— Bonne idée.

Ils étaient nos invités. La moindre des choses était de les mettre un peu plus à l'aise.

— Octo-Chat, où avons-nous rangé ta litière de rechange ?

— Oh, non. Pas moyen. Hors de question. Tu plaisantes, j'espère ? Si tu leur donnes ma litière, je ferais bien attention à utiliser ton lit pour toutes mes affaires de chat à partir de maintenant.

Eh bien, ce n'était pas ce que je voulais, mais je trouvais aussi totalement inutile d'aller au magasin pour acheter de nouvelles affaires quand nous avions tout le nécessaire ici.

Je soupirai et je posai une question que j'allais certainement regretter.

— Que veux-tu que je fasse ?

— Je veux que tu les renvoies chez eux. Je n'aime pas les avoir ici.

Il était toujours tendu, se tenant entre les escaliers et moi.

— Mais ne veux-tu pas découvrir qui a tué la sénatrice ? demandai-je en me rapprochant de quelques pas.

— Euh, allô ? Nous savons qui a tué la sénatrice.

Je réfléchis à cela. Il restait peut-être encore un moyen de le faire changer d'avis.

— Dans ce cas, ne devrions-nous pas les garder sous clé jusqu'à ce qu'ils puissent… euh, passer en jugement ?

Je savais que j'allais le toucher. Je ne savais pas du tout ce que les animaux faisaient normalement pour rendre la justice, mais je savais qu'Octo-Chat était un grand fan des séries télévisées juridiques. Avec un peu de chance, faire appel à son amour pour tout ce qui était en rapport avec les crimes et les punitions allait le convaincre de voir les choses à ma façon.

— Oh, Angela, tu as tout à fait raison, lâcha-t-il, comme secoué par cette révélation. Je vais aller monter la garde.

— Il va surveiller la porte, expliquai-je à Mamie en me demandant comment je venais d'ajouter gardienne de prison pour chats à mon CV et si ça pouvait un jour être utile.

Enfin, Octo-Chat était occupé, au moins.

Pour l'instant.

15

Je dormais mieux en présence de Mamie. Je verrouillais néanmoins la porte de ma tour, mais nous avions fait des progrès quant à la transformation du manoir géant en maison. Mes cartons allaient bientôt être tous déballés, Mamie allait officiellement emménager avec toutes ses babioles colorées qui me rappelaient mon enfance, et avec un peu de chance, nous allions aussi attraper l'assassin de Harlow.

Dernièrement, c'était ce dont je rêvais — ou en tout cas le sujet de mes cauchemars.

En me sentant merveilleusement reposée, je m'éveillai le lendemain matin dans l'odeur la plus glorieuse de toute l'histoire humaine.

Le café !

Je me précipitai vers la cuisine en descendant les marches deux à deux. Là, je trouvai ma chère, adorable et magnifique Mamie avec un tablier à pois attaché autour de sa taille fine et un pot de café géant et brûlant dans la main.

— Bonjour, chantonna-t-elle.

Je lui aurais donné le câlin ultime si je n'avais pas eu peur de faire tomber du café. J'avais été si pressée pour tout déménager à temps que je n'avais pas réfléchi à ce que cela impliquait d'avoir ma grand-mère pour colocataire. J'avais beau être terrifiée par les cafetières après mon expérience de mort imminente, cette boisson délicieuse et vivifiante me manquait. Et maintenant, grâce à Mamie, je pouvais en avoir.

— Merci, merci, merci, m'écriai-je lorsqu'elle attrapa ma tasse de *folle aux chats* fraîchement lavée pour me servir. Où avons-nous récupéré cette cafetière, au fait ? demandai-je après la première gorgée paradisiaque.

— Je l'ai apportée, expliqua-t-elle en se penchant pour vérifier ce qu'il y avait dans le four.

Au départ, je n'avais rien senti à cause de l'arôme ensorcelant du café, mais maintenant que je m'y étais habituée un peu, l'odeur du cake à la banane était facilement reconnaissable.

— Tu as toujours peur des cafetières, n'est-ce pas ? demanda Mamie en se tournant vers moi avec un grand sourire.

Elle avait toujours été du matin. Moi, pas tellement.

Je hochai la tête, trop heureuse de boire une autre gorgée réjouissante pour avoir honte.

— Eh bien, dans ce cas, je suppose qu'il me faudra simplement m'occuper du petit-déjeuner à partir de maintenant, déclara-t-elle en continuant à se déplacer dans la cuisine comme si elle lui appartenait.

Ce qui était vrai, d'une certaine façon.

— Hé, dis-je après avoir consommé assez de caféine pour réveiller mon cerveau. Où as-tu dormi hier soir ?

J'avais fait vider la vieille chambre d'Ethel et comme Mamie n'avait pas encore officiellement emménagé, les meubles de sa chambre n'étaient pas non plus arrivés.

— J'ai logé avec nos deux invités chauves, dit-elle avec une lueur dans les yeux pendant qu'elle me pinçait le biceps. Cette banquette de fenêtre était très confortable.

— Mamie, la grondai-je. Tu n'es pas censée dormir là-bas.

Elle balaya mon inquiétude en agitant un torchon dans ma direction.

— J'ai parfaitement bien dormi, merci.

— Quoi qu'il en soit, je devrais sans doute appeler quelqu'un pour au moins déménager ton lit ici.

Je vidai le reste de ma tasse en réfléchissant.

Quand elle vit que j'avais terminé, Mamie me prit immédiatement la tasse des mains et la remplit.

— Oh, je pourrais le demander à Brock, pensai-je pendant que mon cerveau continuait à se réveiller. Il prévoit déjà de passer aujourd'hui, il va me donner quelques devis pour des rénovations par ici. Je suis sûre qu'il acceptera de porter ce que tu voudras dans son camion.

Soudain, je me souvins d'autre chose dont nous n'avions pas encore parlé.

— Quand je l'ai croisé hier, il a dit que tu avais eu une offre pour ta maison ?

Mamie jubila à cette nouvelle.

— Tout à fait. Et je parie que tu ne devineras jamais qui.

Normalement, je n'aimais pas devoir deviner, mais j'étais encore si heureuse à cause du café que je participai volontiers.

— Papa et maman ?

— *Ha!* Comme s'ils allaient quitter leur demeure au bord de la baie. Devine encore.

Elle essuya distraitement le comptoir en me regardant chercher une réponse.

— Est-ce quelqu'un avec qui je suis allée à l'école ? hasardai-je.

Je ne voyais personne en ville que je connaissais et qui cherchait une nouvelle maison, alors je coinçai.

Mamie sourit et secoua la tête.

— Non, mais c'est quelqu'un que nous connaissons toutes les deux. Quelqu'un qui est plutôt beau.

Je m'appuyais contre le comptoir avec la tasse toujours dans les mains.

— *Mmm.*

Mamie aimait flirter et d'après mes derniers calculs, elle trouvait que la moitié des habitants de la ville étaient beaux. Je savais que son dernier béguin était pour le bien plus jeune officier Bouchard, mais il ne me semblait pas être du genre à apprécier une maison rétro et chaleureuse de style Cap Cod dans un quartier enclavé.

Incapable de maîtriser son excitation plus longtemps, Mamie fit sa grande révélation.

— Eh bien, c'est notre cher Charles !

Sa plaisanterie me fit rire, mais Mamie continua à me fixer avec franchise.

— Attends. Tu es sérieuse ?

Elle hocha la tête avec enthousiasme et fit un petit tour de joie sur elle-même.

— Tout à fait sérieuse. Il a dit qu'il était temps qu'il s'ancre dans la région maintenant qu'il était devenu associé.

— Mamie, c'est merveilleux ! criai-je en dansant avec elle, maintenant. Comme nous sommes tous amis, tu pourras rendre visite à ton ancienne maison de temps en temps.

— Oh, je compte là-dessus, rétorqua-t-elle avec une lueur espiègle dans les yeux.

Elle entama quelques pas de fox-trot rapides que j'étais totalement incapable d'imiter.

— Une fin heureuse pour tout le monde, conclut-elle.

Quelqu'un frappa doucement à la porte d'entrée, attirant notre attention.

— J'y vais, dis-je à Mamie en posant une main sur son épaule quand elle arrêta de bouger. Reste avec le cake à la banane. Je veux un morceau dès qu'il sort du four.

— Compris, chef, dit-elle en me faisant un salut militaire pour une raison que j'ignorais.

D'un autre côté, quand je comprenais ne serait-ce que la moitié des combines de ma grand-mère, c'était une bonne journée. Jusqu'ici, nous étions très bien parties.

Je marchai pieds nus vers le vestibule, la tête ébouriffée et une tasse à moitié pleine de café dans la main. Quand je vis qui était là à travers le vitrail, mon cœur s'arrêta de battre. D'accord, pas vraiment, mais il aurait pu, étant donné le choc et l'horreur que je ressentis à ce moment-là.

Brock me vit avant que je puisse me baisser hors de sa vue et il me salua de la main. C'était trop tard pour faire marche arrière. *Oh, crotte.*

Je tournai le dos et j'essuyai le sommeil de mes yeux, puis j'affichai mon meilleur sourire bouche fermée et j'ouvris la porte.

— Bonjour.

— J'espère que je ne viens pas trop tôt, dit-il en me dévisageant de la tête aux pieds parce que je portais mon pantalon de pyjama rose fluo et un débardeur à bretelles fines.

— Non, tu es pile à l'heure. Entre. Mamie ! criai-je vers la cuisine. Brock est ici et nous montons à l'étage.

— D'accord, patron ! répondit-elle en criant à son tour.

Brock fronça les sourcils et il posa la main sur la rampe de l'escalier avant de s'arrêter sur place.

— Oui, à ce sujet... Peux-tu s'il te plaît ne plus m'appeler Brock ?

Cela me surprit tellement que j'oubliai mon désir de garder la bouche fermée tant que je ne m'étais pas brossé les dents.

— Quoi ? Pourquoi pas ? N'est-ce pas ton nom ?

Il inspira avant d'avouer :

— C'est le cas, mais le nom est tellement associé au procès maintenant, que j'ai envie de grimacer chaque fois que je l'entends.

Je le comprenais tout à fait. Cet homme avait été accusé d'un double homicide, et pendant des mois tout le monde à Glendale avait été convaincu de sa culpabilité. Je ne lui en voulais pas de trouver un moyen de redémarrer à zéro.

— Oh, bien sûr. Comment dois-je t'appeler à la place ? demandai-je avec un autre sourire bouche fermée.

Il laissa échapper un grand soupir de soulagement.

— Pourquoi pas Cal ? C'est un diminutif de Calhoun, alors c'est toujours mon nom, mais il n'est pas entaché comme la version plus longue.

— C'est compris, Cal, notai-je avant de faire claquer ma langue de façon ringarde en pointant mon doigt sur lui comme un faux pistolet.

Vraiment pas cool.

Il sembla trouver cela attendrissant, car il rit.

— Merci, Ang.

Nous montâmes jusqu'à la chambre qui servait à la fois de future bibliothèque et de prison pour chats improvisée. Octo-Chat était posté devant la porte, donnant l'impression de ne pas avoir fermé l'œil de la nuit. C'était comme de ne pas dormir pendant plusieurs jours, s'il avait été humain. Je frissonnai en pensant comme il allait être grognon tant que nos invités sphinx n'étaient pas relâchés — ou au moins transférés jusqu'à une autre prison.

— Va dormir, toi, lui dis-je d'une voix toute mignonne, comme une propriétaire normale pourrait utiliser en parlant à un chat normal.

Il bâilla et s'éloigna en traînant les pattes.

EN entrant, je fis très attention à ce que les sphinx ne s'échappent pas, puis je me tournai vers Brock et j'expliquai :

— Ceci est ma pièce préférée de toute la maison. Je veux construire des étagères directement sur les murs, remettre le plancher en état, ajouter des éclairages et transformer cela en bibliothèque. Qu'en penses-tu ?

— C'est l'endroit parfait pour ça, dit-il en tournant lentement en rond au milieu de la pièce. Hé, ce sont les chats de la sénatrice, non ? demanda-t-il en apercevant Jacques et Jillianne qui tremblaient dans leur coin glacial préféré.

— C'est une longue histoire, expliquai-je en repartant vers la porte. Peux-tu s'il te plaît prendre quelques mesures vite fait ? Je reviens dans cinq minutes.

Quand il eut donné son accord, je fermai la porte derrière moi et je filai jusqu'à la salle de bains pour me brosser les cheveux et les dents. J'aspergeai aussi mon visage d'un peu d'eau froide, mais je décidai que faire plus était sans doute exagéré.

— Je pense que je peux arriver à faire le travail que tu souhaites, dit Brock — oups, *Cal* — quand je revins.

Il se tenait à côté de la banquette de fenêtre qui donnait sur le jardin magnifiquement entretenu. On voyait tout juste l'océan au-delà des cimes des arbres, et c'était magnifique.

— Fabuleux, dis-je en le rejoignant à la fenêtre et en ressentant un petit frisson d'excitation.

Même avec la caféine qui filait dans mes veines, j'étais un peu muette à côté de ce bel homme.

— Combien ça coûterait et quand peux-tu commencer ?

Il annonça un nombre qui me noua l'estomac jusqu'à ce qu'il explique que cela comprenait le prix des étagères sur mesure dont j'avais besoin sur mes murs. Après cela, j'eus l'impression de faire une affaire. Je n'arrivais pas à croire que ce prince allait construire la bibliothèque de mes rêves.

Les rêves pouvaient vraiment devenir réalité.

On se serra la main pour conclure le marché, puis il dit :

— Il est assez tôt pour que je puisse commencer aujourd'hui. Comme je l'ai dit, il n'y a pas foule pour m'engager, étant donné mon passé récent.

— Marché conclu, Cal Calhoun, dis-je avec un grand sourire, ravie à l'idée de passer plus de temps avec lui.

En partie parce qu'il serait proche en cas de danger, et en partie parce que je craquais vraiment pour lui, désormais.

— Mamie et moi serons par là en train de déballer les cartons aujourd'hui. Il te suffit de crier si tu as besoin de quoi que ce soit.

— Je ferai ça.

— Oh, et Cal ?

Il fallait que je continue à dire son nouveau nom pour m'y habituer. Plus je le prononçais, plus il me plaisait. C'était simple et attirant, tout comme l'homme lui-même.

— Oui ?

Il retira le mètre ruban qu'il avait apporté et laissa sa longue langue jaune se rembobiner.

— Fais attention aux sphinx. Ce sont de petites saletés, impossibles à attraper, dis-je en répétant les mots de l'officier Bouchard.

Et là-dessus, je me faufilai hors de la pièce et je courus vers ma tour pour trouver la tenue parfaite dans laquelle j'allais nonchalamment croiser mon nouveau béguin plus tard dans la journée.

16

Mon téléphone se mit à sonner agressivement alors que j'étais au milieu de mon shampooing. Je coupai l'eau, j'attrapai ma serviette et je sautai de la douche juste à temps pour répondre à Charles avant que son appel tombe une deuxième fois sur le répondeur.

— Allô ? dis-je en dégoulinant sur le carrelage froid.

J'ouvris la vieille fenêtre qui grinça. Cela laissait au moins entrer un peu de chaleur.

— Angie, c'est moi, répondit Charles comme s'il ignorait que les noms s'affichaient automatiquement sur les téléphones, de nos jours.

— Que se passe-t-il? demandai-je en serrant un peu plus ma serviette autour de moi.

Il fallait évidemment que nous ayons cette conversation alors que j'étais mouillée et nue. En connaissant ma chance, j'allais glisser dans une des nombreuses flaques qui se formaient sous moi, me cogner la tête, perdre connaissance, et puis Brock — je veux dire, Cal — allait devoir défoncer la porte pour me sauver. J'allais peut-être même me réveiller avec un deuxième super pouvoir secret, tant que j'y étais.

D'accord, maintenant j'étais nue, mouillée et paniquée. Je me baissai lentement pour m'asseoir sur le bord de la baignoire pendant que Charles expliquait la raison de son appel. Au moins, si je tombais, le trajet serait plus court avant de frapper le sol.

— Pardon de ne pas t'avoir rappelée hier.

J'entendis le bruit d'une porte qui se refermait de son côté. Il marqua une pause avant de continuer :

— Thompson a pris quelques jours de congé pour perte d'un être cher.

— Pour la sénatrice ? demandai-je, ne m'attendant pas à cela de la part de mon patron accro au travail.

— Oui, confirma-t-il d'un ton aussi surpris que je l'étais. Apparemment, ils étaient plus proches que nous ne le savions.

J'inspirai soudain brusquement, perdant presque l'équilibre et luttant pour ne pas tomber.

— Avaient-ils une liaison ?

— Oh, arrête, reprit Charles. Thompson et Harlow, vraiment ?

— Eh bien, rien n'est impossible, marmonnai-je, sur la défensive.

— Ce n'est pas le sujet, dit-il d'un ton manifestement irrité.

Cela ne m'empêcha pas de poursuivre le fil de mon interrogatoire. Il avait des informations et je devais les connaître le plus vite possible.

— Alors quoi ? demandai-je.

— Écoute ça, commença Charles que j'imaginais sourire en marchant dans son bureau.

Il adorait révéler les rebondissements surprenants, la preuve irréfutable. Je me demandais si c'était le cas maintenant.

— Harlow avait l'intention de se retirer de la politique. Elle préparait Thompson pour lui succéder aux élections.

— Thompson ? m'exclamai-je. Mais il est horrible avec les gens.

Non seulement il insistait pour appeler tout le monde par son nom de famille, mais il me critiquait souvent ouvertement ainsi que les autres employés du cabinet. Je savais que c'était pour protéger notre réputation, mais tout de même. L'idée qu'il puisse devenir un politicien élu représentant mon État me retournait l'estomac.

— Peut-être, lâcha Charles, apparemment réticent à dénigrer l'associé principal, contrairement à moi. Mais on ne peut nier qu'il est intelligent, et crois-moi ou pas, Harlow et lui partagent une grande partie des mêmes opinions politiques.

— Comme quoi ? criai-je, toujours incapable de croire ce qu'il venait de révéler.

— Ils sont amis depuis longtemps. En fait, ils se sont rencontrés il y a plus de trente-cinq ans, quand ils travaillaient tous les deux pour le mouvement de sauvetage des baleines. Thompson a dit qu'il s'agissait de quelques-unes des meilleures années de sa vie.

Voilà encore cette histoire de sauvetage des baleines. Était-ce important ? Assez important pour coûter la vie de la bonne sénatrice ? Et si oui, Thompson risquait-il d'être la cible suivante ?

— Charles ? dis-je en sachant que je pouvais lui faire confiance. Penses-tu que la sénatrice a été assassinée parce qu'elle militait pour l'environnement ?

— À l'époque où maintenant ? rétorqua-t-il, et je compris que son grand et beau cerveau travaillait déjà.

— L'un ou l'autre. Sais-tu quoi que ce soit qui pourrait nous renseigner sur une raison de vouloir la tuer ?

Il soupira.

— Tu sais que la police a déclaré que sa mort était accidentelle ?

— Oui, mais ça m'étonnerait que tu le croies aussi.

— C'est effectivement suspect.

Il réfléchit un moment avant d'ajouter :

— Suis-tu la politique nationale de près ?

— Pas vraiment, avouai-je. J'ai fait des recherches Google sur la sénatrice et les articles récents qui la mentionnaient, mais je n'ai rien remarqué de particulier.

Il gloussa.

— Eh bien, voici un rapide résumé. La semaine dernière, il a été annoncé qu'une entreprise pétrolière majeure a déposé une demande pour installer un oléoduc. C'est une nouvelle proposition, mais les gens s'inquiètent. Il passerait pour l'essentiel à travers notre État, coupant même le coin de l'un de nos parcs nationaux.

Cela me parut horrible. J'aimais beaucoup mon pays pour sa beauté naturelle et sa proximité avec l'océan, tout comme la sénatrice. Une opération géante pour le pétrole allait gâcher une partie de cela, et pour quoi ?

— Je comprends pourquoi la sénatrice aurait pu ne pas vouloir ça, étant donné son amour pour l'environnement, dis-je à Charles.

— Il faut encore un moment avant de faire voter le projet, mais les grandes sociétés pétrolières font un lobbying important. L'argument est que cela pourrait créer des emplois et nous apporter une autre source d'énergie locale très utile, baissant ainsi notre dépendance au pétrole étranger.

Il expliqua tout cela d'un ton pédant sans le moindre indice sur ce qu'il ressentait. Étant donné qu'il était arrivé récemment de la Californie, je me demandais si Charles était du côté des industriels du pétrole ou des parcs nationaux. Je savais ce que je pensais, de mon côté.

— Mais la sénatrice n'aurait pas été d'accord avec la destruction de l'un de nos parcs nationaux, je suppose.

— Elle ne l'aurait pas du tout été, même s'il ne s'agit que de deux mille hectares et que la proposition d'oléoduc inclut la construction d'un nouveau parc protégé plus loin.

Jouait-il l'avocat du diable de façon purement hypothétique, ou croyait-il vraiment que l'oléoduc était autre chose qu'un désastre imminent ?

Frustrée, je poussai un grognement.

— Quel est l'intérêt de le protéger, si n'importe qui avec assez d'argent peut le détruire sur un coup de tête ?

— Je vois ce que tu veux dire, Angie. Vraiment, soupira Charles en marquant une pause. Mais tu dois comprendre que l'équilibre des pouvoirs est mis en place pour une raison, et cela fonctionne. Ce n'est pas un coup de tête. Pour que l'oléoduc soit approuvé, une majorité du Sénat doit voter en sa faveur. Et, comme tu le sais, Harlow n'était qu'une personne parmi une centaine.

Je fis courir les doigts sur les bords doux de la serviette. Ma peau était en train de sécher rapidement pendant cette conversation, mais mes cheveux étaient toujours pleins de shampooing.

— Dans ce cas, pourquoi le meurtrier a-t-il choisi Harlow? demandai-je.

Charles se mit à parler plus bas et j'imaginai que quelqu'un passait devant sa porte et que pour une raison ou pour une autre, il voulait que cette conversation reste privée.

— Laisse-moi une fois de plus te rappeler que nous ne savons pas s'il y a eu un crime, mais si oui, il y aurait de nombreuses raisons pour lesquelles on pourrait choisir Harlow.

Oh, ça devenait intéressant. Charles avait peut-être la preuve irréfutable, finalement.

— Comme ? demandai-je avec une curiosité fébrile.

— Tout d'abord, parce que c'est une des deux sénatrices représentant l'État où serait construit l'oléoduc proposé, ses opinions ont un peu plus d'influence, commença-t-il avant de s'arrêter, puis de reprendre d'une voix normale. Il faut ajouter à cela qu'elle était une politicienne essentiellement conservatrice qui allait certainement voter avec les démocrates sur le moindre sujet en lien avec l'environnement... Avec un Sénat divisé comme le nôtre, elle peut très bien avoir le vote décisif. En tout cas, elle aurait pu.

J'entendis frapper à l'autre bout du fil.

— Juste une seconde ! cria Charles avant de me dire : Je dois partir.

— Merci, Charles. Ça m'aide beaucoup et j'ai de nombreux éléments de réflexion grâce à toi.

— Angie, attends.

Il marqua une pause. Quand il reprit la parole, sa voix était plus grave et plus sérieuse qu'avant.

— S'il te plaît, fais attention. Si tu as raison et qu'il y a une espèce d'énorme conspiration politique, tu pourrais te retrouver à être la suivante sur la liste du tueur à gages. Laisse tomber. Je t'en supplie. Laisse les autorités s'occuper de tout ça. D'accord ?

— D'accord, répondis-je gentiment en croisant les doigts, au cas où.

Je ne voulais pas inquiéter Charles, mais en même temps, j'étais si près de résoudre l'affaire que ça n'avait aucun sens de laisser tomber maintenant.

— Merci pour le coup de fil. Au revoir.

Je raccrochai avant qu'il puisse argumenter davantage, je finis ma douche, je m'habillai et je partis chercher Mamie.

Avec un peu de chance, cette affaire serait résolue avant la tombée de la nuit.

Et peut-être que pour une fois, la chance était vraiment de mon côté.

17

Pendant une grande partie de l'après-midi, je pensai à tous les gens de la région que l'oléoduc pouvait arranger. Quel gain fallait-il retirer de la situation pour envisager le meurtre comme une option viable ?

Je suppose que quelqu'un au chômage pouvait suffisamment vouloir un travail pour prendre une mesure aussi drastique, particulièrement s'il devait nourrir sa famille. Mais la proposition était encore très nouvelle, alors les journaux n'avaient pas beaucoup parlé de ce qui arrivait chez nous. Même si je ne suivais pas les actualités autant que je l'aurais dû, j'apprenais la plupart des faits importants par l'intermédiaire de mes différents comptes sur les réseaux sociaux. Ceci n'avait pas encore fait le tour. En tout cas, pas dans mon réseau.

L'assassin de Harlow devait être quelqu'un de l'intérieur. Quelqu'un qui s'intéressait aux actualités, ou peut-être même qui les communiquait.

En réfléchissant davantage, je passai un coup de fil à ma mère. Malheureusement, je tombai directement sur son répondeur. *Snif.*

Je passai un peu de temps à faire des recherches sur mon ordinateur portable, mais je ne trouvai rien. J'avais l'intention de bientôt parler à Mamie de ma conversation avec Charles, mais elle avait des difficultés à ne pas lever la voix quand elle était enthousiaste. Ses paroles risquaient de résonner dans cette maison géante et parce que Cal travaillait toujours ici dans la bibliothèque, notre discussion allait devoir attendre.

Quand une heure de plus se fut écoulée, j'essayai de rappeler ma mère. Elle n'abandonnait jamais une histoire tant qu'elle n'avait pas atteint une conclusion satisfaisante et, comme c'était elle qui communiquait les nouvelles, elle devait certainement en savoir plus sur cet oléoduc et ses bénéficiaires potentiels.

Toujours pas de chance. *Grr.* Elle devait avoir éteint son téléphone, ce qu'elle ne faisait presque jamais. Papa et elle avaient peut-être décidé de voir un film en matinée dans le nouveau cinéma de la ville voisine.

Troublée et incapable de rester assise et d'attendre plus longtemps, je décidai d'aller voir comment ça se passait à la bibliothèque. Je pouvais peut-être trouver une façon aimable de renvoyer Cal chez lui en avance afin de pouvoir parler de ma découverte récente avec Mamie.

— Toc, toc, criai-je avant de pousser la porte.

La pièce était devenue fraîche et je serrai les bras autour de moi en entrant dans la bibliothèque. Glendale était dans cette partie de l'année spéciale où les journées étaient ensoleillées et chaudes, mais où les températures du matin et du soir tombaient un peu trop bas. La grande fenêtre en saillie était ouverte, ses rideaux fins voletant à l'intérieur.

Cal n'était pas là, et les deux sphinx non plus.

Oh non. Ça n'allait pas du tout.

Je descendis précipitamment les escaliers en cherchant quelqu'un, n'importe qui.

Cal était dehors en train de charger son camion.

— Je reviens demain, si ça te convient, dit-il avant de voir mon air paniqué. Euh, ça ne te convient pas ?

— As-tu laissé la fenêtre ouverte là-haut ? demandai-je.

Ma voix était aiguë et hystérique, ce que je détestais.

— Les chats sont partis.

Il releva le hayon du camion et me jeta un regard peiné.

— Mince. Je suis désolé. Laisse-moi t'aider à les retrouver.

Incapable d'attendre plus longtemps, je fis le tour de mon jardin en espérant trouver nos deux invités disparus pendant que Cal fouillait plus près de la maison. Il avait dû mettre Mamie au courant à un moment, car elle sortit pour nous aider, elle aussi.

— Je n'ai pas laissé la fenêtre ouverte, dit-il quand nous nous croisâmes. Je l'ai brièvement ouverte pour laisser sortir un peu de poussière, mais j'ai gardé un œil sur les chats pendant tout ce temps. Quand je l'ai refermée, ils étaient toujours dans la pièce.

— Je te crois, dis-je, mais ça n'apaisait pas mes inquiétudes.

Qu'allait dire Matt en découvrant que les chats qu'il m'avait suppliée de garder avaient maintenant fugué ?

Qu'il souhaite ou pas les garder, il n'allait certainement pas être ravi que je sois parvenue à perdre un des derniers souvenirs de sa mère.

Je scrutai la forêt, mal à l'aise. Allais-je devoir affronter ces bois à nouveau ? Octo-Chat accepterait-il de m'aider ? Et où était-il, d'ailleurs ?

J'aperçus une petite voiture de sport rouge devant la villa

Harlow. Apparemment, Thompson était venu rendre visite à Matt. Avec un peu de chance, cela allait l'occuper assez longtemps pour que je retrouve les chats disparus. Nous cherchâmes une demi-heure de plus, mais le crépuscule commençait à tomber.

— Encore une fois, je suis vraiment désolé, dit Cal alors que nous n'avions toujours rien trouvé. Puis-je toujours revenir demain ?

— Bien sûr. Et sérieusement, ne t'inquiète pas pour ça. Je sais que ce n'était pas de ta faute, tentai-je de le rassurer.

Il hocha sombrement la tête, puis il marcha vers son camion qui démarra en crachotant.

— Je vais commencer le repas, annonça Mamie en me tapotant l'épaule avec compassion. Ne t'inquiète pas, ma chérie. Je suis certaine qu'ils referont bientôt surface.

Je me mordillai la lèvre en faisant un autre tour de la propriété. Pourquoi ces sphinx étaient-ils aussi doués pour se cacher ? Et pourquoi Octo-Chat n'était-il pas là pour m'aider ?

En laissant enfin tomber, je montai les marches d'un pas lourd et je partis enquêter dans les étages supérieurs de la maison. Peut-être n'étaient-ils pas du tout sortis. Il était possible qu'ils se soient cachés dans un autre coin gelé, frissonnant sans retenue. Sérieusement, pourquoi désiraient-ils toujours avoir froid ?

La maison elle-même avait baissé de plusieurs degrés depuis mon dernier passage. Je découvris à regret que j'avais laissé la fenêtre de la salle de bains grande ouverte après ma discussion avec Charles. Je la refermai et je décidai enfin que j'avais droit à une pause. Je pouvais continuer à chercher plus tard avec des yeux nouveaux. D'abord, il fallait que je m'assoie un peu.

Lorsque je m'approchai des escaliers, une ombre bougea au bout du couloir. Je plissai les yeux en me demandant si j'avais enfin trouvé les sphinx juste au moment où j'allais abandonner. Malheureusement, il ne s'agissait pas des chats, simplement de ma pauvre imagination surmenée. En gardant les yeux rivés sur les magnifiques vitraux du vestibule, je descendis d'une marche en posant directement le pied sur Octo-Chat, qui n'avait pas été là une seconde avant, quand la voie était libre.

Il laissa échapper un terrible cri et j'ajustai vite mon poids pour éviter de lui faire plus mal. Cet ajustement me fit perdre l'équilibre et je dévalai quelques marches avant de me rattraper à mi-chemin.

— Tu as essayé de me tuer! criai-je en tenant ma tête douloureuse.

Je me l'étais cognée — je m'étais *tout* cogné — en descendant.

— Tu as vraiment essayé de me tuer!

Octo-Chat écarquilla les yeux d'horreur.

— C'était un accident, insista-t-il en descendant pour m'examiner de plus près.

Je vis qu'il avait mal, lui aussi, mais il allait survivre.

Moi? J'avais presque été assassinée par mon chat et je ne savais pas du tout pourquoi.

Mamie se précipita dans la pièce.

— Angie, mon Dieu! Est-ce que tout va bien?

— Octo-Chat a essayé de me tuer, criai-je à nouveau.

Comment était-ce possible?

— Non, Angela, non! poursuivit-il en n'agitant même pas la queue et sans aucun autre geste d'irritation. C'était un accident. Il y avait un petit point rouge brillant. Je ne voulais pas...

Soudain, la porte d'entrée s'ouvrit avec fracas. Ma mère se tenait là, illuminée par le soleil couchant, les cheveux ébouriffés et parsemés de petites branches.

— Monte dans la voiture maintenant! me dit-elle. Maman, tes clés! ordonna-t-elle à Mamie.

— Je n'ai rien fait ! Je n'ai rien fait ! cria Octo-Chat, mais je pouvais m'occuper de lui plus tard.

Je descendis les marches aussi vite que possible et je sautai sur le siège passager du beau coupé sport rouge de Mamie.

— Que se passe-t-il ? m'écriai-je quand ma mère me rejoignit et enfonça les clés dans le contact.

Le moteur rugit et elle poussa la voiture à plein régime en créant un énorme nuage de poussière derrière nous. Nous démarrâmes si vite que ma tête cogna l'appui-tête. Cela réveilla ma douleur, mais cette douleur physique n'était rien à côté de la curiosité morbide sur la suite des événements.

— Maman ! criai-je en m'accrochant au tableau de bord pendant que nous volions sur mon allée avant de nous engager sur la route devant nous. Que se passe-t-il ?

— J'ai vu qui a essayé de te tuer, dit-elle, et je remarquai pour la première fois qu'elle haletait de fatigue. J'étais dans les bois et je suis venue en courant à la seconde où je l'ai vu se glisser hors de ta fenêtre. Il a tué Harlow et il essaie maintenant de te tuer. Ma propre fille ! Si je l'attrape avant la police, il est mort.

— Maman ! hurlai-je encore pour m'assurer que je pouvais être entendue malgré le bruit du moteur.

Elle tourna encore brusquement et la belle petite voiture de Mamie zigzagua sur la grande route qui traversait Glendale.

— Qui ? Qui a essayé de me tuer ?

Elle serrait le volant avec tant de force que ses articulations blanchissaient, mais elle colla tout de même le pied au plancher. Nous traversâmes la voie de chemin de fer et ma mère perdit presque le contrôle du véhicule. Malgré tout, nous avancions très vite, plus vite que ce que devrait pouvoir faire une voiture.

— Allez, allez, marmonna-t-elle en serrant les dents.

Des sirènes retentirent derrière nous et je reconnus une des voitures de patrouille du comté. Elle se mit à nous suivre et gagna rapidement de la vitesse.

— Maman ! criai-je.

Je ne savais toujours pas ce qu'il se passait, mais j'avais l'impression d'avoir été sauvée d'un assassinat pour atterrir dans un autre.

— Stop ! La police est derrière nous !

— Bien, dit-elle en inspirant profondément avant d'accélérer encore.

Le compteur s'approchait dangereusement de la marque des deux cent cinquante kilomètres-heure. Comment était-ce possible ? Pourquoi faisions-nous ça ?

Je fus saisie de panique pendant que nous continuions notre folle cavalcade. Oh, mon Dieu, quelqu'un avait essayé de me tuer, et maintenant j'allais mourir à cause de la conduite insensée de ma mère.

— Où a-t-il pu aller ? me cria ma mère. Où peut-il aller ensuite ?

— Qui ? hurlai-je encore.

Je ne comprenais toujours rien.

— Ton patron, répondit-elle en changeant de voie sans se gêner. Richard Thompson.

18

J'étais sous le choc pendant que mon corps heurtait la portière et ma ceinture s'enfonçait dans ma poitrine. Maman pensait-elle vraiment que mon patron avait essayé de me tuer ? Ça ne pouvait pas être possible. Octo-Chat m'avait fait trébucher. Je n'avais pas vu Thompson ce jour-là.

— Maman, dis-je en haletant. Je ne sais pas ce que tu as vu, mais Thompson n'a pas été chez moi.

— Si, il y a été, cria-t-elle en tournant à nouveau brusquement.

Je compris alors que nous roulions vers le cabinet. La voiture de police restait collée derrière nous. Je me retournai et je vis le visage déterminé de l'officier Raines qui nous poursuivait. Maman et elle étaient déjà parties du mauvais pied, et après cette course-poursuite improvisée, elles ne pourraient jamais s'entendre, quoi qu'il arrive ensuite.

— Je ne sais pas comment il est entré, continua maman. Mais il est sorti par la fenêtre.

— Quand ? suppliai-je en ne comprenant toujours pas.

Comment était-ce possible ?

— Environ deux minutes avant que j'arrive à ta porte, révéla-t-elle en ralentissant légèrement lorsque nous passâmes devant le cabinet. La voiture de Thompson n'était pas là-bas.

Le timing dont parlait ma mère correspondait plutôt bien avec ma chute, mais…

— Il n'y avait aucune voiture. Je n'ai vu ni entendu personne partir avant nous, insistai-je.

Même si Thompson avait réussi à entrer et sortir de ma maison sans être repéré, il n'était parti nulle part dans sa petite voiture de sport rouge. Je ne manquai pas de remarquer l'ironie de la poursuivante et du poursuivi ayant exactement le même genre de véhicule. Quelle course-poursuite cela aurait pu être, si Thompson avait réellement participé.

— Bien sûr, cria ma mère en faisant faire demi-tour à la voiture comme dans un film d'action. Il est toujours à pied ! Nous devons retourner là-bas ! Ta grand-mère !

Je fus saisie de peur en pensant à ma pauvre grand-mère vulnérable toute seule avec un tueur. C'était une dure, mais ce n'était qu'une façade. S'il l'attaquait physiquement, elle n'avait aucune chance.

Les sirènes retentirent encore derrière nous.

— Garez votre voiture sur le bas-côté, ordonna l'officier Raines dans le haut-parleur.

— Allez, maman, dis-je en m'agrippant toujours au tableau de bord. Ramène-nous auprès de Mamie !

Je ne savais pas du tout où ma mère avait appris ses incroyables capacités à faire des cascades en voiture, mais elle nous ramena au manoir en un temps record, ce qui n'était pas rien, car nous en étions aussi parties comme des bombes.

Dès que la voiture s'arrêta en faisant crisser les pneus, je sautai au-dehors et je courus vers la maison en trébuchant sur les marches de la terrasse.

— Mamie ! criai-je. Est-ce que tu vas bien ? Je t'en supplie !

Mamie apparut dans l'embrasure de la porte avec son tablier à pois. Elle s'essuyait les mains sur un torchon.

— Bien sûr que je vais bien, ma chérie. Je terminais juste le dîner. Ta mère et toi vous vous êtes amusées pendant votre folle course-poursuite ?

Je la serrai fort, mais je fus vite tirée en arrière par l'officier Raines qui était très en colère. D'une façon ou d'une autre, elle avait déjà menotté et plaqué ma mère au sol.

— Stop ! hurlai-je. Nous ne sommes pas les méchants !

L'agente de police me menotta néanmoins et elle commença à me citer mes droits.

Ma mère se débattit sur le sol.

— Il est toujours par ici. Il a essayé de tuer ma fille !

Ça ne sembla pas amuser l'agente.

— Mais oui, c'est très probable, maugréa-t-elle.

Mamie appuya fort sur son épaule et tout le monde retint sa respiration.

— Écoutez-moi, mademoiselle ! Si ma fille affirme qu'il y a un tueur en liberté, vous avez intérêt à croire qu'il y a un tueur en liberté. Qu'est-ce que ça fait si elle a un peu dépassé les limitations de vitesse ? Est-ce aussi terrible que d'avoir un tueur en liberté ?

L'officier Raines partit d'un rire sarcastique.

— *Un peu !* Vous voulez dire de cent quatre-vingts kilomètres-heure au moins.

— Il fallait que j'attire votre attention d'une façon ou d'une autre, grogna ma mère en cherchant désespérément à se retourner.

— Eh bien, ça a fonctionné, dit la policière en poussant mon épaule pour me forcer à descendre les marches de la terrasse. Vous avez mon attention et un aller simple pour la prison du comté.

Non, non, non. Ça n'allait pas du tout. Je n'avais pas eu le temps de terminer de rassembler les indices pour découvrir pourquoi Thompson voulait assassiner Harlow, puis moi. Mais j'avais confiance en ma mère. Si elle disait qu'elle l'avait vu, alors il était sans doute encore quelque part ici.

— Thompson ! criai-je en essayant en vain d'échapper à celle qui m'avait capturée. Nous savons que vous êtes là.

— Arrêtez de détourner l'attention, cracha la policière.

Pourquoi ne voulait-elle pas nous écouter ? Si elle traînait ma mère et moi au poste, alors Mamie allait être en danger et Thompson ne serait sans doute jamais remis à la justice.

L'officier Raines me poussa vers sa voiture de patrouille pendant que Mamie la frappait à chaque pas.

— Lâchez ma petite-fille !

Tout ceci dégénérait vraiment très vite. Il ne restait plus qu'une seule personne vers laquelle me tourner. Enfin, pas exactement une personne…

— Octo-Chat ! hurlai-je en étirant le cou en arrière pour regarder la maison.

Mon cher et adorable chat tigré arriva à point nommé en courant par sa chatière électronique et il leva des yeux tremblants vers moi.

— Angela, je ne te ferais jamais de mal.

— Je sais, répondis-je tendrement, ce qui était difficile étant donné que j'étais en garde à vue. Aide-nous. Aide-nous à attraper Thompson. C'est lui le tueur, pas les chats.

L'officier Raines me regarda avec pitié.

— Vous, vous pourrez peut-être vous en sortir en plaidant la folie, dit-elle.

Il était clair que ça ne lui plaisait pas du tout.

Octo-Chat courut dans le jardin et commença à crier à pleins poumons. Nous le regardâmes tous hurler :

— Jacques ! Jillianne ! C'est le moment ! Livrons l'assassin de votre humaine à la justice ! Faites ce que font les chats ! Faites-le maintenant !

Je ne sais pas s'il savait où ils étaient cachés, mais un instant plus tard, un terrible grognement se fit entendre sur le toit, suivi par un sifflement, et…

Thompson apparut en trébuchant, s'écartant de l'endroit où il se cachait derrière la tour. *Ma tour !*

— Le voilà ! criai-je à l'officier Raines en me tordant violemment pour la forcer à regarder.

— Monsieur, cria la policière qui l'aperçut tout de suite. Pourquoi pénétrez-vous illégalement sur cette propriété ?

— Oh, euh, bafouilla mon patron en essuyant ses mains sur la veste de son costume.

Sur son visage coulait du sang frais et je reconnus immédiatement le travail d'un chat énervé… peut-être deux.

Thompson passa la main sous sa veste, puis en sortit un pistolet luisant. Pour la troisième fois en l'espace de quinze minutes, je risquais de mourir. Quelle journée.

— Monsieur ! Lâchez votre arme ! ordonna l'officier Raines en me poussant à terre, sans doute pour ma sécurité.

Octo-Chat courut vers moi et se mit un nettoyer ma joue avec sa langue râpeuse.

— Je suis vraiment désolé, Angela. Dire que j'ai été utilisé de cette façon. Je ne te ferais jamais de mal. Tu es mon humaine et je t'aime.

— Je sais, répondis-je en regrettant d'être menottée parce que je ne pouvais pas caresser sa douce tête poilue. Moi aussi, je t'aime.

Un cri terrible nous sépara. Je levai les yeux juste à temps pour voir Thompson frapper le sol. Sa jambe était tordue de façon ignoble après sa chute de deux étages et il poussait des cris de douleur.

En roulant sur le côté, je levai la tête et je vis Jacques et Jillianne sur le bord du toit en train de se lécher les pattes chauves avec bonheur. Et soudain, je compris tout. Je ne savais toujours pas pourquoi il l'avait fait, mais Thompson s'était servi des sphinx pour faire tomber la sénatrice comme il avait utilisé Octo-Chat pour me faire trébucher, cet enfoiré rusé. Pas étonnant que les pauvres chats perturbés avaient avoué le crime.

Octo-Chat jeta un coup d'œil vers Jacques et Jillianne sur le toit et poussa un cri de joie.

— Ils ont fait ce que font les chats ! exulta-t-il en se précipitant vers la silhouette prostrée de Thompson.

Ce qu'il se passa ensuite ne fut pas très joli. Il marcha sur le dos de Thompson et s'accroupit. Un endroit humide assombrit immédiatement la veste claire du costume de mon patron et une odeur d'ammoniaque très reconnaissable se mêla à l'air frais de la soirée.

— Voilà pour avoir essayé de tuer mon humaine ! hurla-t-il, furieux, avant de griffer Thompson avec ses pattes arrière.

Mamie éclata de rire en frappant dans ses mains. Franchement, j'aurais fait pareil si je n'avais pas été menottée.

— Merveilleux, cria-t-elle.

— Officier Raines, marmonnai-je, le visage aplati sur le sol. Cet homme est entré par effraction dans ma maison et a essayé de me tuer. Nous sommes à peu près certaines qu'il est également celui qui a tué la sénatrice Harlow et a essayé de maquiller cela comme un accident.

Thompson émit un râle.

— Vous avez de la chance qu'une telle chute ne vous ait pas brisé le cou, dit la policière en retirant les menottes à ma mère et moi, puis en s'avançant pour attacher Thompson. Ou peut-être pas, puisque vous allez avoir beaucoup de choses à expliquer en arrivant au poste.

Elle le força à se lever et il poussa un nouveau cri de douleur.

— Bien fait ! pesta Mamie.

La policière installa Thompson à l'arrière de sa voiture de patrouille puis disparut dans la nuit.

Bon, maintenant que nous savions qui l'avait fait, il était temps de découvrir pourquoi...

19

Maman, Mamie et moi nous rassemblâmes autour de la table de la salle à manger, la même qui avait été utilisée pour servir le repas empoisonné ayant fait perdre la vie à la propriétaire de ce domaine. J'essayai cependant de ne pas trop y penser pendant que j'entamais avec appétit le repas délicieux et bien mérité devant moi.

Malgré le décor chic, nous mangions un gratin de pâtes au thon et saucisses de Vienne couvert de chapelure.

— Je n'arrive pas à croire que monsieur Thompson ait tué son amie. Je n'arrive pas à croire qu'il ait essayé de me tuer, moi aussi, dis-je en secouant tristement la tête.

Octo-Chat était assis à côté de moi et il lapait un bol de crème. Il leva la tête, rota et me sourit sans paraître gêné. C'était incroyable de voir comme les choses revenaient vite à la normale, par ici.

— Eh bien, tu as dit qu'il n'était pas un très bon patron, fit remarquer Mamie en piquant une mini saucisse du bout de sa fourchette et en la mordant d'un air extrêmement ravi.

— Il me semble qu'un mauvais patron et un assassin, ce n'est pas du tout la même chose, lança ma mère.

Elle avait trouvé une vieille bouteille de pinot noir dans la cave et elle buvait des gorgées généreuses de son verre trop rempli.

— Tu l'as résolue, dis-je en lui faisant mon meilleur sourire filial. C'est toi qui as tout compris. *Comment ?*

Elle hésita un instant, but une autre gorgée, et dit :

— Eh bien, ça n'a pas été facile, mais quand la mort a été déclarée comme étant un accident, j'ai su que ça ne pouvait pas être la vérité. Comme Mamie et toi sembliez avoir formé votre propre club d'investigation, j'ai décidé de surveiller la forêt. C'est ce qu'aurait fait n'importe quelle bonne journaliste à ma place.

— Et puis tu as vu Thompson s'y faufiler discrètement, ajoutai-je.

— Oui. C'était particulièrement suspect quand je l'ai vu grimper hors de la fenêtre de l'étage. Les invités ne font jamais ça.

Elle but une autre gorgée et soupira :

— Cependant, je ne sais toujours pas pourquoi.

— Harlow avait l'intention de prendre sa retraite. Elle le préparait pour la remplacer, révélai-je. Charles me l'a appris plus tôt dans la journée.

— Hé, tu ne me l'as jamais dit ! protesta Mamie en posant sa fourchette et en appuyant la serviette contre ses lèvres.

— Je ne l'ai dit à aucune de vous. Je n'en ai pas eu le temps.

— Apparemment, dit ma mère en frottant le sommet de son verre de vin avec le doigt. Ce Charles a informé Thompson, et c'est pour cela qu'il est venu traîner par ici.

— Charles ne m'aurait jamais mise en danger, répliquai-je alors que l'angoisse se déversait à nouveau dans mon estomac.

— Pas volontairement, acquiesça Mamie. Penses-tu qu'il a été piégé ?

— C'est de ma faute, marmonnai-je en comprenant maintenant ce qui était arrivé. J'ai demandé à Charles d'interroger Thompson sur la raison pour laquelle il avait rendu visite à la scène de crime, le premier jour.

— Et cette conversation lui a suffi pour savoir que tu étais sur ses trousses, dit Mamie en se renfrognant. Je n'ai jamais beaucoup aimé cet homme.

— Tu ne l'as pas non plus rencontré, fis-je remarquer en appréciant comme ma mère et ma grand-mère étaient promptes à me défendre.

— Ils étaient amis, dit ma mère après quelques moments de silence. Il a tué une amie. Pour quoi ? Le pouvoir ?

— Franchement, je ne le sais pas, avouai-je. Les officiers Raines et Bouchard pourront cependant le lui faire dire.

— J'espère vraiment que nous avons vu le dernier meurtre à Glendale pour de nombreuses années à venir, ajouta Mamie en soupirant.

— Pas moi, annonça Maman en levant son verre.

Quand Mamie et moi nous tournâmes vers elle avec horreur, elle ajouta :

— Quoi ? Ça donne des actualités intéressantes.

— Je suis de son côté, dit Octo-Chat derrière moi. Je ne me suis encore jamais autant amusé de toutes mes vies.

Nous terminâmes le dîner et ma mère rentra chez elle. Je me rendis compte trop tard que Cal n'avait pas eu le temps de livrer le lit de Mamie, mais ça ne semblait pas la perturber.

— J'aime dormir sur la banquette de fenêtre, dit-elle. C'est comme une aventure.

Je levai les yeux au ciel, mais je partis me coucher malgré tout.

Octo-Chat me suivit à distance.

— Angela ? demanda-t-il. Sans rancune ?

Nous montâmes tous les deux sur mon lit et je lui caressai le dos.

— Bien sûr. Ce n'était pas de ta faute.

Il baissa la tête et s'écarta.

— J'aurais dû essayer davantage. J'aurais dû mieux t'aider avec les sphinx.

— Oui, tu aurais dû, acquiesçai-je, car je ne voulais pas céder sur ce point spécifique. Mais nous ne pouvons pas changer le passé. Nous pouvons seulement essayer de faire mieux demain.

Octo-Chat ronronna et roula sur le dos.

— Tu peux caresser mon ventre maintenant, signala-t-il.

J'hésitai, les doigts à quelques centimètres de son ventre poilu.

— Promets-tu de ne pas me mordre ?

— Je promets de ne plus jamais te mordre, dit-elle.

Eh bien, c'était certainement une promesse en l'air. Peu importe son euphorie et son amour pour moi du moment, dès le lendemain, j'allais probablement le contrarier encore. Je ne doutais cependant pas de ses bonnes intentions.

Pour ce soir, je décidai de me détendre un peu et de me laisser profiter de sa gentillesse inattendue. Je le caressai un peu plus longtemps jusqu'à ce que mon téléphone vibre entre nous.

— Une seconde, dis-je en mettant le téléphone sur haut-parleur. Allô ?

— C'est Charles, dit mon ami, hors d'haleine.

Un immense sourire s'étala sur mon visage.

— Je sais.

— Je vais te laisser avec ton petit ami, annonça Octo-Chat en trottant hors de ma chambre vers une autre partie de la maison.

J'étais ravie que Charles ne puisse pas le comprendre, d'autant plus qu'il était toujours dans une relation avec Breanne Calhoun et que je ne savais pas ce qui allait naître de mon nouveau béguin pour son frère jumeau, Cal.

— J'ai appris ce qui est arrivé avec Thompson, dit-il.

Sa voix se brisa et j'eus l'impression qu'il pleurait.

— La police est venue m'interroger ce soir. Ils ont cru que j'étais peut-être impliqué, puisque j'étais son associé.

— Ils savent que c'est faux, n'est-ce pas ? lâchai-je.

Je ne voulais absolument pas que Charles porte le chapeau. Il n'avait été impliqué que parce que j'avais demandé son aide.

— C'est de ma faute s'il t'a poursuivie.

Sa voix se brisa à nouveau.

— Si quelque chose t'était arrivé, Angie…

— Stop. Il ne s'est rien passé. Je vais bien. Et toi ? Est-ce que la police t'a disculpé ?

— Pas officiellement, mais ça ne devrait pas tarder.

— J'essaie toujours de comprendre pourquoi Thompson aurait pu tuer son amie.

Je recommençai à me ronger les ongles.

Heureusement, Charles ne pouvait pas voir mon habitude dégoûtante et Maman n'était pas là pour m'en empêcher.

— Je ne crois pas que c'est ce qu'il voulait, répondit Charles. À mon avis, il voulait simplement lui faire assez mal pour qu'elle démissionne plus tôt et qu'il puisse prendre sa place.

— Mais pourquoi ?

— Avec un peu de chance, il avouera ses raisons, mais je suis prêt à parier que Harlow et lui n'étaient pas d'accord concernant l'oléoduc. Ils aimaient tous les deux l'environnement, mais

Thompson était sans doute un peu plus disposé à trahir ses principes pour le bon prix.

— C'est affreux, crachai-je avant de m'essuyer la bouche du revers de la main.

— Oui, acquiesça Charles. Mais tu promets que tu vas bien ?

— Je le promets. Au fait, j'ai appris qu'il fallait te féliciter. Tu as acheté la maison de Mamie.

Il rit.

— Oh, ça. Oui, j'ai de bons souvenirs du temps que nous y avons passé à travailler sur l'affaire Calhoun ensemble.

— Bonne nuit, Charles, dis-je avec un énorme sourire.

J'avais peut-être encore une chance avec Charles, finalement.

— Tu as fini ? demanda Octo-Chat qui se tenait juste de l'autre côté de la porte ouverte.

— Oui. Puis avoir plus de câlins maintenant ? demandai-je en tapotant le lit à côté de moi.

Il me jeta un regard noir.

— Angela, pas devant les invités !

Il fit un pas de côté pour révéler Jacques et Jillianne qui attendaient également dans le couloir. Ils ne me comprenaient pas comme Octo-Chat, mais apparemment, ce n'était pas le sujet.

— Pardon, marmonnai-je en m'asseyant dans le lit. Entrez.

Les trois chats entrèrent et trouvèrent des endroits confortables sur mon duvet.

J'attendis qu'Octo-Chat explique ce qu'il se passait, et après un court silence gênant, c'est ce qu'il fit.

— Je sais que tu as encore des questions sur ce qui est arrivé, alors je suis allé chercher ces deux-là et je te les ai apportés.

— Mais tu détestes les sphinx, chuchotai-je en me couvrant la bouche au cas où ils étaient capables de lire sur mes lèvres.

Octo-Chat haussa les épaules.

— Ils sont irritants, mais aussi plutôt cools. Tu as vu la façon dont ils ont fait tomber ce type du toit ? C'était génial.

Je ris et je tendis la main pour toucher le petit sphinx, Jacques. Sa peau nue était étonnamment douce, pas glissante et froide comme je m'y étais attendue.

Jillianne s'avança elle aussi pour demander des caresses, mais Octo-Chat bondit sur mes genoux et poussa un hurlement d'avertissement.

— Bas les pattes ! On ne touche pas à mon humaine ! cria-t-il.

Je me contentai de rire à nouveau. J'aimais qu'Octo-Chat soit fier de notre relation. Comme il n'avait aucun souci à m'insulter librement, je savais que ses compliments venaient du fond du cœur.

— Bon, dit-il quand les deux autres eurent reculé au bout du lit. Que veux-tu savoir ?

— Tu as fait référence à un point rouge quand tu… je veux dire, quand je suis tombée. Ont-ils aussi vu un point rouge ?

Les chats échangèrent des miaulements, et pour une fois je profitai du spectacle. Quelques minutes plus tard, Octo-Chat fit son rapport :

— Oui, un petit point rouge et brillant. Le pointeur laser.

— Si tu sais que c'est un pointeur laser, pourquoi as-tu essayé de l'attraper ? demandai-je.

Il se tourna vers les sphinx, mais je l'interrompis.

— Non, c'est à toi que je pose la question.

— Nous ne décidons pas de pourchasser ce petit point rouge qui brille, me dit-il avec sérieux. Certaines choses sont simplement comme elles sont. Le soleil se lève, le coq chante, le chat essaie d'attraper le petit point rouge.

— Qui parle sous forme de devinettes maintenant? dis-je avec un sourire satisfait. C'était incroyablement poétique.

Il leva les yeux au ciel.

— Veux-tu que je t'aide ou pas?

— Oui, s'il te plaît.

Je lui caressai la tête pour m'excuser.

— Peux-tu s'il te plaît leur demander pourquoi ils étaient tout le temps assis dans ce petit coin froid?

— Oh, je le sais déjà, répondit Octo-Chat. Ils se punissaient.

— Ils se punissaient? répétai-je en me sentant très mal pour ces pauvres petits chats sans poils.

Il hocha la tête.

— Les chats adorent la chaleur et ceux-là en ont encore plus besoin que nous. Ils se sentaient si coupables d'avoir tué leur humaine, qu'ils ont décidé de se punir.

— Savent-ils que ce n'est pas de leur faute?

Il secoua la tête.

— Je n'en suis pas certain. J'ai essayé de leur expliquer, mais ils sont encore assez bouleversés.

— Ooh, les pauvres, dis-je en me décalant vers le fond du lit pour les caresser à nouveau.

— Angela, on ne va pas les garder, m'avertit Octo-Chat.

— Ne t'inquiète pas, dis-je avec un sourire, en le caressant à son tour pour l'apaiser. J'ai déjà le chat parfait, et en outre, je pense connaître la bonne personne pour les accueillir.

20

Cela fait déjà quelques semaines que Mamie, Octo-Chat et moi avons emménagé dans notre nouvelle maison, et maintenant j'ai vraiment l'impression que c'est chez nous. Le mieux — en dehors du fait que nous soyons tous ensemble, bien sûr — est la nouvelle bibliothèque que Cal a faite pour moi. J'y ai mis mon bureau et je passe maintenant des heures à lire, à faire des recherches ou à parcourir les réseaux sociaux. J'essaie de rester mieux informée sur les événements actuels, maintenant que ces événements ont failli me faire tuer.

Ma mère n'aurait pas pu être plus fière.

Mon ancien patron, monsieur Thompson, a plaidé coupable pour homicide. Comme Charles l'avait soupçonné, il n'avait jamais eu l'intention de tuer la sénatrice Lou Harlow, il voulait simplement la malmener un peu. Il avait avoué qu'il avait saboté les escaliers et mis quelque chose dans sa boisson, le soir du gala de charité. Et oui, il s'était servi de ses propres chats contre elle. Avec un petit point rouge brillant, Jacques et Jillianne avaient fini par devenir une arme mortelle. Thompson avait voulu que tout cela ressemble à un accident, mais il n'avait pas compté sur l'implication de mon équipe de super enquêteurs.

Il prétend n'avoir pas non plus voulu me tuer moi, seulement me faire peur, mais je n'y crois pas. Il n'avait toutefois pas besoin de me convaincre. Il n'avait besoin de convaincre personne, puisqu'il avait déjà été radié du barreau et qu'il n'aurait jamais l'occasion de servir au Sénat. Maintenant, nous attendions juste de savoir combien de temps il allait faire en prison. J'espérais que c'était beaucoup.

Jacques et Jillianne semblent enfin s'être pardonnés eux-mêmes, et même si leur ancienne propriétaire leur manque beaucoup, ils ont désormais un très bon papa pour chats. Ce n'est pas Matt qui les a adoptés, mais plutôt Charles Longfellow, le troisième. Je savais qu'il se sentait seul depuis que Yo-Yo le yorkshire était parti, et comme il semblait s'installer définitivement par ici, deux colocataires félins étaient le moyen parfait de transformer sa maison en véritable foyer.

Il ne les trouvait même pas effrayants. Je suppose que parce qu'il venait de Californie, il avait l'habitude des choses étranges.

Matt, le fils de la sénatrice, a également décidé de rester à Blueberry Bay. Il a dit vouloir continuer sur les traces de sa mère et il est en train de lutter avec son ex pour obtenir la garde de leurs deux enfants pendant l'été. Il espère leur donner l'enfance de rêve au bord de l'océan qu'il avait eue lui-même. C'est un voisin agréable maintenant que je n'ai plus peur de lui, même s'il a l'intention de vendre et de trouver une maison plus petite. Il pourra ainsi avoir plus d'argent à donner à la Bourse Lou Harlow.

La sénatrice avait également laissé sa marque à Washington. Pendant que Matt triait ses affaires, il a trouvé une proposition presque terminée d'un nouveau parc éolien, ici, dans le bel état du Maine. Elle n'avait pas encore eu le temps de le présenter au comité du Sénat, mais Matt a fait en sorte que le dossier atterrisse dans de bonnes mains.

Tout se termine plutôt bien. Ce n'est pas parfait, mais... on se contente de ce que l'on a.

Il ne nous restait plus qu'un élément majeur à régler, et cela allait arriver aujourd'hui. Ma nouvelle sonnette retentit, jouant un petit air ancien que Mamie avait choisi parmi une énorme liste de possibilités.

— J'arrive ! criai-je en descendant les marches et en ouvrant la porte.

Ma mère semblait nerveuse, mais pas moi. Je la serrai dans mes bras avant de la conduire jusqu'à ma nouvelle bibliothèque.

Elle poussa un petit cri quand je lui montrai.

— Oh, Angie ! C'est magnifique.

Je lui fis signe de s'installer à la fenêtre. Je l'avais déjà ouverte en grand pour laisser circuler l'air agréable du printemps dans la pièce. Cette salle n'était plus une prison, mais plutôt un sanctuaire.

— C'est vrai, confirmai-je avec un soupir de contentement. Mais ce n'est pas la raison pour laquelle je t'ai invitée ici aujourd'hui.

— Ah bon ?

Ma mère croisa les mains sur ses genoux et attendit.

— Il y a quelqu'un que je veux que tu rencontres. *Octo-Chat !* criai-je, et quelques secondes plus tard, mon complice félin nous rejoignit en courant.

Ma mère rit.

— Je connais déjà Octo-Chat, dit-elle en tendant la main pour caresser sa tête tigrée toute douce.

Je souris et je secouai la tête.

— Pas comme moi. Veux-tu lui parler ?

Elle fronça les sourcils, puis regarda tour à tour Octo-Chat et moi.

— Comment ?

— Par mon intermédiaire.

Je posai ma main sur la sienne et ses yeux se mirent à étinceler de joie.

— Vraiment ?

— Vraiment.

Je serrai sa main avant de la relâcher.

Ma mère n'aurait pas pu cacher son enthousiasme, même si elle avait essayé.

— J'ai tant de questions ! Comment cela fonctionne-t-il ? Peux-tu aussi comprendre d'autres animaux ? Peut-il me comprendre ? Quel est le rapport avec la cafetière ?

Je ris encore. Le visage de ma mère s'assombrit, mais je passai un bras autour d'elle pour lui montrer que tout allait bien.

— Ce sont toutes de bonnes questions, dis-je. Prenons-en une seule à la fois.

ET ENSUITE ?

Je m'appelle Gracie Springs et je n'ai pas de pouvoirs magiques... mais je crois que mon chat en a. J'ai commencé à avoir des soupçons quand il a sauté un petit peu trop haut en poursuivant un rouge-gorge dans le jardin. Et j'en ai été sûre quand il a ouvert la bouche et qu'il s'est adressé à moi par mon nom !

Et qu'a-t-il dit en premier ? Qu'il n'aime pas le nom que je lui ai donné — même si Bouboule lui va comme un pull chaud à Noël. Nous avons trouvé un compromis avec « Merlin le Matou Magique », qui selon lui évoque très bien sa longue et noble lignée.

Après avoir réglé ce détail, il m'a informé que je dois garder son secret ou risquer de passer le reste de ma vie dans une espèce de prison magique. J'ai accepté, ne sachant pas que ça allait se transformer en travail à plein temps : je dois sans cesse le couvrir et mentir afin de nous sortir de quelques situations délicates.

Quand mon patron du café local est tombé raide mort, les circonstances déjà difficiles deviennent presque impossibles... d'autant plus que tous mes collègues semblent penser que je suis responsable.

J'espère vraiment que mon chat sorcier saura me sortir de là, parce que pour l'instant, j'ai le choix entre une malédiction d'un côté et une inculpation pour meurtre de l'autre. Au secours !

Merlin Affronte un Familier est maintenant disponible.
Commandez votre exemplaire dès aujourd'hui !

APERÇU

MERLIN AFFRONTE UN FAMILIER

Je m'appelle Gracie Springs et j'ai toujours été une fille assez normale. Je travaille en tant que barista tout en préparant mon Master de sociologie. J'ai fini tous mes cours, mais je n'ai toujours pas trouvé le sujet parfait pour mon mémoire. Et sans lui, je ne peux pas obtenir mon diplôme.

Oups.

En attendant, je vis dans une petite ville ordinaire de Géorgie du Sud nommée Elderberry Heights. La plupart de mes voisins ont plus de soixante-dix ans. Je vis dans la maison de ma grand-mère Grace. Elle a choisi d'abandonner sa demeure en déménageant vers le sud dans un village pour retraités branchés situé sur l'archipel des Keys, en Floride.

Elle m'a donné la maison où elle a élevé mon père et mes oncles, en disant que c'était mon héritage anticipé et que j'avais toujours été sa préférée, de toute façon… et pas seulement parce que nous avions le même prénom.

Elle a laissé tous ses meubles et sa décoration, ce qui signifie que ma maison contient au moins trois dizaines de napperons en crochet faits main et que le salon est constitué de canapés fleuris marrons et de petites tables en chêne clair. Je n'ai pas le cœur — ni l'argent — de changer quoi que ce soit.

Grand-mère Grace m'a aussi laissé ce chat en piteux état qui est apparu sur le seuil de la porte quelques jours seulement avant qu'elle déménage et que j'emménage. Le vétérinaire dit qu'il s'agit d'un Maine coon. Moi je dis qu'il est bien plus grand que ne devrait l'être un chat, surtout si l'on tient compte de ses longs poils ébouriffés qui lui donnent littéralement un air de boule de poils.

Je suppose que c'est pour cette raison que je l'ai appelé Bouboule.

Garder un chat que je n'avais pas voulu était un petit prix à payer pour une maison gratuite et avec le temps, Bouboule a commencé à me plaire. Il n'est pas exactement du genre à faire des câlins. En fait, chaque fois que j'ai essayé de le soulever, il m'a attaqué. Il a réussi à me faire saigner deux fois.

Je n'essaie plus de le soulever, mais si je reste assise sans bouger et que je fais semblant de ne pas m'intéresser à lui, il vient parfois s'installer sur mes genoux. Un jour, il a même ronronné.

Bouboule aime la nourriture et il prend souvent une bouchée de ce que je mange pour le dîner. Il aime aussi courir dans les couloirs au milieu de la nuit comme une créature possédée.

Je n'avais pas eu l'intention d'en faire un chat d'extérieur, mais il est si doué pour s'échapper que j'ai fini par installer une chatière afin de ne plus avoir à m'inquiéter de ses escapades.

Ce qui me ramène à ce matin…

J'étais en retard pour le travail, parce que j'avais passé un moment particulièrement difficile à essayer de suivre un nouveau tuto maquillage de ma Youtubeuse beauté préférée. À la fin, j'avais tout retiré et gardé un regard charbonneux et des lèvres couleur chair. Ça m'apprendra à essayer une nouveauté juste avant de devoir partir au travail.

D'autant plus que mon vieux patron radin utilise la moindre excuse pour faire des retenues sur mon salaire. Il est toujours très amer parce qu'une franchise populaire de cafés s'est installée à quelques rues de lui et a considérablement diminué ses profits. Mais il est aussi entêté et pas tout à fait prêt à admettre sa défaite, c'est pourquoi il a gardé tous ses employés tout en diminuant nos heures et en cherchant n'importe quelle excuse pour nous payer moins.

Un type super, mon patron…

Je n'avais pas vu Bouboule depuis le petit-déjeuner et je voulais être certaine que tout allait bien avant de partir au travail.

— Bouboule ! Bouboule ! Viens là, minou, minou ! l'appelai-je en claquant la langue, mais il ne vint pas en courant.

Il ne vient jamais en courant. C'est toujours à moi de le trouver.

Je regardai donc sous le lit, derrière le canapé et par la fenêtre.

Je finis par l'apercevoir, le derrière en l'air et la tête au ras du sol : la posture classique précédent un bond. De l'autre côté, un rouge-gorge qui n'avait rien remarqué prenait son bain dans le bassin pour oiseaux en pierre laissé par grand-mère. Il profitait des quelques gouttes qui ne s'étaient pas encore évaporées à cause du soleil brûlant de l'été.

Le derrière de Bouboule s'agita une fois, deux fois.

Il bondit, mais le rouge-gorge le vit arriver et s'envola.

Bouboule s'envola à sa suite.

Et ce ne fut pas un bond de chat normal. Il ressemblait à un petit athlète félin sur le point de faire un smash au basket. Il monta et monta à la suite de sa cible effrayée. Il devait être monté d'au moins deux mètres et il continuait.

C'est alors qu'il a tourné la tête vers moi et qu'il m'a vue en train de l'observer. Ses yeux émeraude transpercèrent les miens et pendant un instant, il resta coincé en l'air.

Puis il se retourna et le mouvement soudain rompit le sortilège. Bouboule retomba parterre, puis détala hors de ma vue en me laissant perplexe. *Que venait-il de se passer ?*

* * *

J'attribuai tout l'épisode du chat défiant la gravité à mon manque de sommeil et à une imagination trop active, puis je me dépêchai vers la Maison du Café de Harold.

Même si j'ignorai à la fois les limitations de vitesse et les panneaux stop, j'arrivai avec trois minutes de retard à mon travail. Mon patron, Harold lui-même, m'attendait juste à côté de la porte.

Il tapota son poignet alors qu'il ne portait jamais de montre et cria :

— Quand finiras-tu par apprendre la leçon ? Trois minutes, c'est trois dollars, et puisque c'est ton deuxième retard cette semaine, je double ta peine.

Je poussai un petit grognement de mépris et je le contournai vite pour pointer.

— Gracie ! Tu m'écoutes ? demanda-t-il en me suivant comme un caneton cinglé.

— Oui, tu retiens six dollars sur ma paie parce que j'ai trois minutes de retard, alors qu'il n'y a pas de clients et que tu ne nous paies que le salaire minimum. Et même ça, c'est parce que tu y es légalement obligé. Bientôt, c'est moi qui te paierai pour avoir le plaisir de n'avoir rien à faire pendant que nos clients traînent au Mermaid's Brew au bout de la rue. C'est à peu près ça ?

Le visage de Harold devint écarlate.

— Quelle insolence ! hurla-t-il. Si ça ne coûtait pas si cher de former un nouveau, tu n'aurais plus de travail. En fait, tu as de la chance que je...

Il fit un pas en arrière, secoua la tête et réessaya.

— Écoute-moi, Gracie. Tu as de la chance que...

Il arrêta de parler, le souffle coupé, et s'effondra sur le sol. Il était passé de furax à immobile en quelques secondes.

— Harold, Harold ! criai-je en m'agenouillant pour vérifier s'il respirait encore.

Ce n'était pas le cas.

Je pris son poignet pour trouver un pouls.

Je ne le trouvai pas.

Oh-*oh*.

À PROPOS DE MOLLY FITZ

Même si Molly Fitz, l'autrice de bestsellers sur la liste de *USA Today*, ne sait techniquement pas communiquer avec les animaux, ses trois assistants d'écriture félins et elle ont des conversations très animées en vaquant à leurs occupations.

Elle vit avec son enfant et leur propre zoo quelque part dans la nature sauvage de l'Alaska. Molly s'aventure parfois hors de chez elle pour de bons repas, du café délicieux, ou pour rencontrer de nouveaux animaux.

Apprenez-en plus sur Molly et ses livres en français, et n'oubliez pas de vous inscrire à sa newsletter sur **minoumystérieux.com.**

LES ENQUÊTES DE LA CHUCHOTEUSE

Angie Russo vient de s'associer avec le tout premier chat détective parlant de Blueberry Bay. Avec sa bande hétéroclite d'humains et d'animaux, Octo-Chat est bien décidé à sauver la situation... tant que ça n'interfère pas avec son planning. Commencez par le tome 1, ***Minou Mystérieux***.

MYSTÈRES MAGIQUES DE MERLIN

Gracie Springs n'est pas une sorcière... mais son chat est un sorcier. Elle doit maintenant aider à garder son secret ou risquer de passer le reste de sa vie dans une prison magique. Dommage que les problèmes semblent les suivre partout où ils vont ! Commencez par le tome 1, ***Merlin affronte un familier***.

L'AGENCE D'INTÉRIM PARANORMALE

La vie simple de Tawny Bigford prend un tour magique quand elle tombe sur le meurtre de sa propriétaire et qu'elle est recrutée par un chat noir parlant nommé Fluffikins pour prendre le rôle de la défunte en tant que Sorcière Officielle de la ville de Beech Grove, Géorgie. Commencez par le tome 1, ***Sorcière à louer***.

COMMUNIQUEZ AVEC MOLLY

Si vous cherchez à rejoindre une communauté de doux dingues qui aiment les animaux autant qu'ils aiment les livres, alors nous allons vraiment nous entendre !

Suivez **ma page Facebook** exclusivement réservée à mon lectorat français : Facebook.com/lapilealire

Abonnez-vous à **ma newsletter** pour recevoir des cadeaux numériques, les dernières nouvelles et même des cadeaux occasionnels réservés uniquement à mes fans français : minoumystérieux.-com/abonnez

NOTES

CHAPITRE 4

1. NdT : Upchuck signifie « gerber, dégobiller » en Anglais.